U0923187

本书为2016年国家社科项目“英国汉学家蓝诗玲翻译风格研究”阶段性成果

【学者文库】

蓝诗玲鲁迅小说翻译艺术研究

卢晓娟◎著

新 华 出 版 社

图书在版编目（CIP）数据

蓝诗玲鲁迅小说翻译艺术研究 / 卢晓娟著．—北京：新华出版社，2018.5
ISBN 978－7－5166－4220－7

Ⅰ．①蓝…　Ⅱ．①卢…　Ⅲ．①鲁迅著作—英语—文学翻译—研究
Ⅳ．①I210.97②H315.9

中国版本图书馆 CIP 数据核字（2018）第 113051 号

蓝诗玲鲁迅小说翻译艺术研究

作　　者：卢晓娟

责任编辑：张　谦　　　封面设计：中联华文

出版发行：新华出版社
地　　址：北京石景山区京原路 8 号　　　邮　　编：100040
网　　址：http：//www.xinhuapub.com
经　　销：新华书店
购书热线：010－63077122　　　中国新闻书店购书热线：010－63072012

照　　排：中联学林
印　　刷：三河市华东印刷有限公司

成品尺寸：170mm×240mm　1/16
印　　张：16.5　　　字　　数：300 千字
版　　次：2019 年 1 月第一版　　　印　　次：2019 年 1 月第一次印刷

书　　号：ISBN 978－7－5166－4220－7
定　　价：85.00 元

图书如有印装问题，请与印刷厂联系调换：010－89587322

前　言

蓝诗玲(Julia Lovell,1975 - ,音译为朱丽亚·拉佛尔,后文不再标注)是英国汉学家,现任教于英国伦敦大学伯贝克学院(Birkbeck College,University of London)。其翻译作品有韩少功的《马桥词典》、欣然的《天葬》、朱文的《我爱美元》、张爱玲的《色戒》、阎连科的《为人民服务》和部分鲁迅小说。蓝诗玲是目前较年轻的一位汉学家,她的翻译作品受到读者的广泛欢迎。

本书选取了鲁迅小说集《彷徨》《呐喊》和《故事新编》共33篇蓝诗玲的译本,并同时选取了杨宪益和戴乃迭的相同小说段落的译文进行了对比研究。全书共7章,第1章是对蓝诗玲的基本情况介绍;第2章是对鲁迅基本情况及小说作品的简介,包括鲁迅生平、小说主要人物分析和专家学者对鲁迅的评价等;第3章是对小说中文化负载词汇的两个译本的对比;第4章是对小说中的重叠词汇的翻译方法进行对比研究;第5章是对小说中的习语等进行对比分析,对比两位译者对汉语成语和俗语的翻译方法;第6章是对小说中的描写段落进行对比分析,比较两位作者的翻译风格;第7章是对小说的修辞手段进行分析,比较两个译本中的翻译手段。

本书选用的汉语原文出自外文出版社2010年版《彷徨》《呐喊》和《故事新编》,是汉英对照版,英语译者是杨宪益和戴乃迭。蓝诗玲译本是企鹅出版社于2009年出版的《阿Q正传及其他中国故事——鲁迅小说全集》(*The Real Story of Ah - Q and Other Tales of China*: *The Complete Fiction of Lu Xun*)。

出于对蓝诗玲翻译作品的喜爱,作者书中对鲁迅小说的英译文本进行了探究,从每章例句汉语原文的选择到英译文本的匹配,最后到每个例句的分析都力求精准。因作者的水平有限,书中难免存在疏漏,敬请谅解和指正。

本书也获得2015年度大连外国语大学社科项目资金支持;也获得了2017年大连外国语大学语言学及应用语言学研究基地的大力支持。

感谢在本书编写过程中给予大力支持和帮助的人们,感谢他们的无私奉献,没有他们的帮助和鼓励,就不会有本书的顺利成稿,衷心祝愿他们生活幸福,身体安康。

目　录
CONTENTS

第 1 章

蓝诗玲(朱丽亚·拉佛尔)简介

第 1 节　蓝诗玲其人

蓝诗玲原名朱丽亚·拉佛尔(Julia Lovell),英国人,汉学家和翻译家。曾经就读于剑桥大学,主攻中文,毕业后获得博士学位。她过去曾经任教于剑桥大学和伦敦大学,教授中国历史和文学。目前在英国伦敦大学伯贝克学院(Birkbeck College, University of London)任教。与美国翻译家葛浩文(Howard Goldblatt)并称为中国当代文学英译的双子星座(朱振武,2017)。

蓝诗玲非常喜爱中国文化,热爱中国文学作品。1998 年,蓝诗玲来到中国南京大学学习,当时她刚刚拿到学士学位。通过一年的学习,蓝诗玲对中国有了进一步的了解。2003 年蓝诗玲翻译了作家韩少功的《马桥词典》。后来又翻译了作家欣然的《天葬》、朱文的《我爱美元》,还包括张爱玲的《色戒》和阎连科的《为人民服务》,以及鲁迅小说全集等作品。在翻译活动中,蓝诗玲对中国文学给予了高度评价,但也清楚地认识到中国文学海外传播面临的困境,同时对中国文学的"诺贝尔奖情结"等现象也非常感兴趣。

除了文学作品的翻译,蓝诗玲也关注中国的历史和文化,特别是中国文化与西方文化之间的冲突和误读,如鸦片战争与中国的"国耻教育"。蓝诗玲关于中国文学、历史与文化的文章已见诸英国《卫报》(*The Guardian*)、《泰晤士报》(*The Times*)、《经济学家》杂志(*The Economist*)和《泰晤士报文学增刊》(*The Times Literary Supplement*)等。

2009 年,蓝诗玲翻译出版了《鲁迅小说全集》。译著由企鹅出版社出版发行。蓝诗玲喜爱鲁迅的作品。蓝诗玲认为鲁迅的作品虽然在当今受到中国年轻人的冷落,但在中国 20 世纪的文学史和思想史上,鲁迅始终是一面无法逾越的旗帜。而她也希望译著的读者能够了解到这一点。

在翻译出版《鲁迅小说全集》之前，蓝诗玲还翻译了与鲁迅文学作品风格截然不同的中国作家张爱玲的文学作品——小说《色戒》。如今这两本书都被收录在“企鹅经典”丛书中，西方读者只需在普通书店就能买到。

蓝诗玲喜欢中国作家的文学作品，认为每个作家的文学作品都能从不同侧面满足她对文学的探求：鲁迅因爱国而对社会现象的焦虑，对个别知识分子尖锐的批判，对生活的强烈美好的向往；张爱玲笔下动人的爱情故事；韩少功以轻松幽默的语言谈论严肃的生活话题……她表示愿意通过自己的努力，把中国现当代文学领域的经典作品及作品中饱含的文学的丰富性推介给欧美等国家爱好文学的读者，以期帮助他们通过文字背后的故事体验其他国家和民族普通人民的生活和情趣。

蓝诗玲认为尽管近年来西方媒体对中国多有关注，尤其是政治经济方面，但几十年来，中国文学的翻译作品始终不易被母语为英语的西方民众所接受，而且至今依然。西方读者对于中国文学作品的接受度还不高，而且不够。孙敬鑫(2012)指出：“在蓝诗玲看来，虽然中国文学要在英语出版中取得一席之地还需付出更多努力，但中国文学走向世界，只是一个时间和投资问题。”

蓝诗玲多次表示，随着中国经济的发展，西方民众特别想了解当代的中国，包括中国的文化。尤其是北京奥运会之后，企鹅出版社等西方大的出版集团纷纷看好中国图书市场，出版发行了一系列中国文学方面的英文译著，这些出版社或许能够将中国文学作品推向母语为英语的国家成为文学界的主流。

第 2 节　蓝诗玲鲁迅小说翻译研究概述

蓝诗玲从事中国文化与文学研究多年。她翻译的朱文创作的《我爱美元》(*I Love Dollars*)于 2008 年入围桐山奖(Kiriyama Prize)最终候选名单。于 2012 年，其作品《鸦片战争》(*The Opium War: Drugs, Dreams and the Making of China*)获得简·米哈尔斯基文学奖(Jan Michalski Prize for Literature)。

蔡瑞珍(2015)认为“英国新生代汉学家、翻译家蓝诗玲，用地道的英国英语翻译了鲁迅所有小说，为英美普通读者了解鲁迅以及现当代中国文学经典作品提供了便利的译本”。蓝诗玲对于鲁迅和鲁迅小说有着自己独特的理解。她发现鲁迅对于外国文学情有独钟。鲁迅曾经建议年轻作家大量地去阅读外国文学作品，鲁迅甚至提出了“硬译”的翻译理念，通过翻译把外语的表达句式输入汉语语言之中。

蓝诗玲的学术研究主要围绕着中国“五四”阶段的文学作品,尤其对鲁迅的作品感兴趣。她认为鲁迅对于普通民众的描写及其作品反映出来的乡土气息,他的讽刺与黑色幽默及语言和对人物的定位和把握都值得人们去研究。蓝诗玲尤其喜欢鲁迅的《孔乙己》《药》和《明天》等几部单篇小说,其叙事方式、精彩的对话及触动心灵的情节安排都令人无法忘怀。她也喜欢富有诗情画意的《社戏》,认为这部作品令人回味。

蓝诗玲认为鲁迅小说虽然是20世纪的作品,但是与现代中国仍然有着紧密的联系,认为鲁迅的民族主义精神与当代中国的积极进取精神是一致的。另外,她认为鲁迅文学作品无疑仍旧是中国文学有价值的遗产,而不是“一块旧石头”(an old stone)。对于脚注问题,蓝诗玲也有自己独特的见解,认为翻译应尽量避免使用脚注,因其削弱了作品的文学性的彰显。她的做法是把有助于读者理解译文的重要信息直接穿插在译文之中,在阅读中不厌其烦地一次次把书翻到最后或者是在页码下面去找寻相关的解释的确很麻烦,也会大大影响读者的阅读体验,破坏读者阅读的连贯性。蓝诗玲也比较喜欢用注释,特别是利用介绍部分来解读作品的历史背景等知识。

李欣芳、董会庆(2016)总结了鲁迅小说的英译研究现状,认为“大体可分为四类:综述型,译本对比型,翻译观、翻译策略研究型和从某视角研究型。对鲁迅小说集《呐喊》的研究,主要集中在《呐喊》中文化负载词的翻译研究、《呐喊》中的隐喻英译研究和基于语料库的《呐喊》英译研究三个方面”。而蔡瑞珍(2016)认为“蓝诗玲是外国学者中翻译鲁迅小说最全的一位。莱尔(美国汉学家、翻译家)与蓝诗玲开创了用美国英语与英国英语翻译鲁迅小说的典范”。赵海娟(2016)也发现了“蓝译鲁迅小说中形貌修辞的大量运用使其更具特色,为译文的整体艺术魅力增色甚多”。还有研究者例如赵薇(2016)认为“现代英国汉学家蓝诗玲的翻译之所以在西方引起巨大反响,在于她坚持了以读者为中心的翻译原则,照顾到读者的接受度,进行了适当的译者介入与调节,使叙事语言生动活泼,语义充满张力,被普通英语读者所接受”。郑雅(2015)认为“鲁迅的小说注重遣词造句,以其独具一格的文体著称,在翻译鲁迅小说时应注意其文体风格的再现。蓝诗玲的译文在语音、词汇的层面再现原文文体比较成功”。

蓝诗玲在翻译鲁迅小说时也遇到了许多困难,例如《阿Q正传》等,小说中所包含的文化背景和作者的叙述风格独树一帜,所以蓝诗玲在翻译鲁迅小说时所遵循的原则是尽量忠实于原文。但同时她也指出,完全忠实于原文则会大大削弱英译文本的流畅性。“事实上,只要有语言差异存在,只要译者的翻译目的和侧重点不同,译者就可能采取不同的翻译策略,从而产生不同的译文。”(徐托,2012)

总之,曹新宇等(2015)认为"蓝诗玲采用了多种方法来保证译文的通顺"。还有的研究者给出了更高的评价,例如刘小乐(2015)指出:"蓝诗玲在翻译中首要遵循的是忠实原文、尊重原作者。蓝诗玲在翻译过程中尽量避免对原文任意删改,对于原作中的中国乡土文化,能直译的尽量直译,做到对原文的忠实,对原作者的尊重。"潘萍(2015)在文章中指出:"作为汉学家的蓝诗玲,翻译这些文学作品是为了满足以英语为母语人的需求。由于汉英两种语言的明显差异,在翻译过程中,她尽量简化读者难懂的表达和文化形象,有时还会重组句子结构以便符合英语的表达形式。"对于蓝诗玲的译文,也有研究者给予了评价,例如"蓝译本的译文词汇变化性最大,其用词最丰富"(杨坚定,2013)。许渊冲(2003)认为"重译是提高翻译水平的一个好方法。重译是两个译者之间,有时甚至是译者和作者之间的竞赛"。

对于蓝诗玲译本中的不足,研究者给出了各种解释,例如潘萍(2015)认为"蓝诗玲,作为汉学家,是从大学才开始学习中文,因此她对中国几千年来的文明和文化的了解不可能面面俱到"。张秀峰(2015)指出:"国外汉学家作为一个特殊群体,其翻译活动可能存在某种整体或群体特征,这种特征源自汉学家对两种语言文化相对平衡的认识,但也呈现出他们以自身语言文化为主导的'他者'视角。这种他者视角是建立在对某一领域的中国事实较为充分的了解和认识的基础上形成的相对理性的视角。"周世培(2015)认为"蓝诗玲在对原文中的一些具有反讽韵味表达的翻译,可能由于对原文语言理解的不足,或者是中西方文化的差异,导致译文中反讽效果的削弱甚至缺失,但是对绝大多数的反讽表达翻译是贴切准确的"。

对于蓝诗玲的译本研究,专家学者们使用了不同的翻译理论来进行探索。沈妍斐(2016)认为:"语用前提理论为译者提供了一个全新的分析工具和翻译标准,对文学翻译具有很大的实践指导意义。"而且姜琪瑶(2016)也认识到"译者和翻译研究者的研究视角已经从关注源语文本的角度转移到了关注译文在目的语文化的接受性和可读性"。还有霍跃红、王璐(2015)主张"将叙事学和翻译研究相结合的跨学科研究既为文学翻译理论及实践提供了新的研究视角,为叙事学研究开辟了更大的应用领域,丰富了其理论研究的层面,又为翻译(尤其是小说翻译)批评提供了重要的评价工具,对翻译实践及其批评具有借鉴指导作用"。郑穹(2015)则指出:"文体学的引入为翻译研究提供了新视角。鲁迅的小说有其独特的风格,应在译文中得到体现。"

在目前中华文化汉译外的大潮下,对于蓝诗玲译本的研究具有重大的意义。中国文学作品及其他关于中国文化等多方面内容的书籍应该如何做好翻译工作,还没有统一固定的要求。卢国荣、张朋飞(2016)就曾提出:“对于如何翻,谁来翻,数十年来学者和翻译家们各执一词,争论不休。汉译英难就难在目标语读者是西方国家的人。中国的许多经典文学作品如《牡丹亭》等被翻译并发行到西方国家后,在国外的传播和被接受程度并不理想。翻译的质量也参差不齐,这是令人担忧的。”涂文婷(2016)指出:“中国文学译出既不能盲目自大,又不能妄自菲薄,只有在充分了解译介受众的情况下,由合适的译介主体科学的选择译介内容,通过有效的译介途径才能取得良好的译介效果。”张淑卿(2015)认为汉译外的意义在于“探讨世界文学的共有规律,确认文学批评的共同标准,在与他国文艺理论家的互动互融过程中,阐释中国的文艺主张,构建富有公信力的中国当代文学话语体系,为拓展海外受众发挥理论支撑与智囊作用”。

在汉译外的研究中,刘云虹(2015)指出:“翻译观念、翻译选择和翻译接受的问题一直是文学译介与传播中的根本性问题,而在中国文化‘走出去’的时代语境中,这些问题更引发了一系列困惑与争议。”因此,无论对于国外译者还是国内译者来说,还要经过更长的时间和研究才能解决翻译过程中出现的问题。但是目前的状况也不是很快就能改变的。李伟荣(2015)指出:“中国文化‘走出去’,讲好中国故事,翻译当然是很重要的一环,因为很多文化材料包括文学作品都必须依靠翻译才能送达外国,现在很少有像林语堂这样杰出的双语作家,即便是有双语作家,也无法真正做到中英文娴熟自由、任意转换。”所以,任何一个双语译者,就目前来看都很难给出所谓最完美的译文。

国内译者和国外译者的翻译接受度是不同的,正如张春柏(2015)指出的那样:“一个公认的事实是,霍克斯的译本在域外的接受度要高于杨宪益和戴乃迭的译本。上述例子虽为中国译者所译,但也从一个侧面反映了一个事实,即随着日益频繁的中西文化交流,对许多以前通常意译的中国文化负载词,西方读者现在已经比较能够接受直译,甚至音译的译文了。从多元系统论的角度看,这似乎也反映了中国文化和中国文学正处在从边缘向中心移动的过程中。”

有人认为外国译者的译文水平要高于本国译者,但同时本国译者所起的作用也不容忽视。吴天楚、高方(2016)认为“如何在中外文学的交流中充分发挥外国译者的积极作用,如何加强作家与译者之间的联系和互动,值得我们在今后的文学外译工作中作进一步探究”。

杨国华(2015)认为“在文学翻译过程中,译者首先是原作的读者,然后才是译者。所以译者对原作的解读也自然带有一般读者的阅读特质。换言之,不同译者对同一文本的理解会有不同的具体化。译者阅读原作时,原作的语言结构、信息结构、美学结构会映射到译者的认知结构之中”。从这一点上看,国内译者应该说在对文本的理解上要高于国外译者。但我们也不能忘记“小说是以描写为主要语言手段的文学形式，不同作家在不同作品中会有不同的语言特征”（张梦井，2007）。

在蓝诗玲译本研究尤其是关于蓝诗玲译本与杨宪益、戴乃迭译本之间的对比研究中，研究者们总结了译者所使用的翻译策略。例如杨杜菡（2016）认为“对于带有文化特征的词语，杨宪益直接翻译出原文中的文化信息。蓝译则在保留原文信息和对文化信息详细描述两种方式间进行了折中，采用了三种方式：直接翻译、直接翻译后再添加注释于文末、详细描述含义。在文化词语的翻译上，蓝诗玲的译本更加完善，注重让西方读者理解中国的文化内涵。同时以自己的理解方式翻译文本，多处使用英文俚语，旨在让西方读者更好地理解鲁迅通过小说所要表达的主旨含义”。还有其他研究者如杨菁雅（2016）也指出：“两位译者的不同翻译目的导致了其译本所承载的不同功能，而译本的不同功能直接影响了译者对于翻译方法和翻译策略的选择。蓝诗玲希望通过对上述文学作品的翻译引起译入语大众读者对中国文学的兴趣，其译本所承载的功能即是如此，故大量使用归化的翻译策略。杨宪益、戴乃迭夫妇则主要希望通过对上述文学作品的翻译弘扬中华民族的文化传统和民族精神，其译本承载着使这种精神和文化财富通过自身的艺术粹质和魅力传向海外人士的功能。因此在翻译的过程中，杨宪益、戴乃迭夫妇多采用异化的翻译策略，直译的方式将鲁迅小说再现在译文当中。”

朱振武、唐春蕾（2015）提出“文化负载词在汉英两种语言里有时会有对应，有时只能寻得相近词汇，但更多的时候存在文化缺省。她（蓝诗玲）的大部分译作还是倾向于归化的手段，目的是为了让中国文学作品更容易被西方读者所接受，促进中国文化走出去”。在其他方面的对比研究中，例如如何翻译典故等，张翠玲（2015）总结为“对于历史典故和引文的翻译，杨译本基本采用直译加脚注的方法，而蓝译本则是直接插入解释性的文字，即文内注释，再复杂的就用尾注（end - note），即文外注释法”。正如刘宓庆（2006）指出的那样：“语言的共性产生于人对客观世界的认识体系（the cognitive system）的同一性（identity）。就整体而言，人所处的客观世界是同一的（identical），四海之内皆有金、木、水、火、土，因此，不论操什么语言，人们对它们的认识必然在基本上、总体上是相同的，不可能大体相悖。”

研究者对于几种翻译策略给予了不同的解释。朱丹（2015）认为“采用解释又不加注释的方式使读者接受，这也是交际翻译的一个显著特征，译者有更大的发挥空间，不得已时译文以一些语义上的缺失为代价，但译文可以比原文更加优秀”。而高方、韩少功（2016）则认为“以传达作品的主要内容和艺术特点为底线。

另一条是宁减不增,其意思是译者要是难住了,可在双方同意的情况下少译一点,但切切不可随意增加"。不同的译者,不论是外国译者还是国内译者,所用的翻译策略肯定是不同的。崔艳秋(2015)指出:"虽然让译文读者像母语读者欣赏原文那样去欣赏译文终究是一种理想的期待,译者往往只能在审美体验上抽象的近似,但译者不能放弃风格传译的努力。由于中国文学在英美读者市场尚处于边缘,需要可读性强的译本来打开市场,赢得更多世界读者。因此,译者应该充分发挥主体性和想象力,采用多种策略再现原作的思想和风格,兼顾读者的阅读习惯。"也有的研究者如周世培(2015)指出:"所谓忠实并非愚忠,在忠实有损于译文的可接受性时,译者往往采取变通方法,运用了意译、音译、仿译和替代等翻译技巧和方法。"

总之,蓝译译本更符合西方读者的阅读习惯,译文表达优美、流畅。虽然蓝译的基本原则是要忠实于原文,但当译者更多地考虑到语言的流畅性等问题时,对于原文的增删便比较明显。蓝译译文的字里行间似乎都流淌着译者灵活而又极富动感的年轻的气息。

蓝译译本虽然翻译出版的时间短,但蓝诗玲的翻译极大地符合了风格翻译的原则。刘宓庆(2006:243)曾这样写道:"风格翻译必须注意原语与译语的时空差,考虑接受者因素,其中包括:1)交际效果,即译文的社会效用; 2)交际功能,即译文的传播目的;3)接受者的社会背景及素质;4)接受者所处的时代和社会的文风、时尚。接受者原则的实质是翻译风格的调节机制,要求译者面对时空差有的放矢地调节风格翻译的实施手段。"蓝诗玲在接受者原则方面,特别是对于3)与4)两点上做得尤为突出。

研究汉学家对于中国的文学作品外译有着积极的作用。张秀峰(2015)指出:"在跨文化翻译中,要考虑翻译所处的阶段性与历史性,考察文化传播过程中译者、出版者及读者的动态发展变化,更要深入了解译入语国家的需求,认识到文化交流是自然的过程,在不同的阶段应采用不同的策略和方法。"曹文刚(2015)在文章中也指出:"在中国当代文学的海外传播中,意识形态的影响无处不在。中国当代文学的海外传播是一个系统工程,要把各个环节很好地协调起来,不能忽视其中任何一个环节,才能实现中国当代文学海外传播的最终目标。"

笔者比较赞同李金树、林红(2015)的看法,即"中国文化外译较理想的译者模式为'中西结合',先由中国翻译家给出初译本,再由精通中西文化的汉学家、翻译家以接受语读者的角度审视译文,进行改译和校译"。这样的做法既发挥了译者主体性,同时也照顾到了译者的创造性。"译者风格与作者风格是并行不悖、互相映衬的。"(周仪、罗平,2005)正如王晓为(2015)指出的那样:"译者的主体性在翻译作品时发挥着十分重要的作用,译者既要忠实于原作品内容,又要充分发挥自己的创造性,使译本既有美感,又可以体现译者独特的风格。”中外译者的合作将是解决汉译外翻译工作中出现的各种问题的一个最直接的解决办法。

参考文献

1. Lovell, Julia. *The Real Story of Ah – Q and Other Tales of China: The complete fiction of Lu Xun*[M]. London: Penguin Group, 2009.

2. 蔡瑞珍:《文学场中鲁迅小说在美国的译介与研究》,载《中国翻译》,2015年第2期。

3. 蔡瑞珍:《鲁迅小说英译的文化资本重构》,载《集美大学学报(哲社版)》,2016年第2期。

4. 曹文刚:《中国当代文学的海外传播》,载《哈尔滨师范大学社会科学学报》,2015年第1期。

5. 曹新宇、甄亚乐、杜涛、高小雅:《可读性背后的意义偏离——从蓝诗玲英译〈阿Q正传及其他中国故事——鲁迅小说全集〉谈起》,载《翻译论坛》,2015年第2期。

6. 崔艳秋:《重塑的经典——评〈阿Q正传〉的补偿性风格传译》,载《当代外语研究》,2015年第2期。

7. 高方、韩少功:《“只有差异、多样、竞争乃至对抗才是生命力之源”——作家韩少功访谈录》,载《中国翻译》,2016年第2期。

8. 霍跃红、王璐:《叙事学视角下〈阿Q正传〉的英译本研究》,载《大连大学学报》,2015年第2期。

9. 姜琪瑶:《鲁迅作品中民俗文化的翻译研究——基于杨宪益和蓝诗玲译本的对比》,载《名作欣赏》,2016年第14期。

10. 李金树、林红:《中国文化外译定位:接受语境视角》,载《淮北师范大学学报(哲学社会科学版)》,2015年第3期。

11. 李伟荣:《中国文化“走出去”的外部路径研究——兼论中国文化国际影响力》,载《中国文化研究》,2015年第3期。

12. 李欣芳、董会庆:《鲁迅小说集〈呐喊〉英译研究综合述评》,载《语文学刊》,2016年第5期。

13.《刘宓庆翻译散论》,北京:中国对外翻译出版公司,2006年版。

14. 刘小乐:《葛浩文与蓝诗玲翻译观比较研究》,载《洛阳理工学院学报(社会科学版)》,2015 年第 3 期。

15. 刘云虹:《中国文学对外译介与翻译历史观》,载《外语教学理论与实践》,2015 年第 4 期。

16. 卢国荣、张朋飞:《〈边城〉金介甫英译本的成功之道》,载《当代外语研究》,2016 年第 1 期。

17. 潘萍:《从翻译生态环境角度分析鲁迅作品英译版本的差异——以杨宪益和蓝诗玲的英译本为例》,载《校园英语》,2015 年第 5 期。

18. 潘萍:《从译者需求和适应能力分析鲁迅作品英译版本的差异——以杨宪益和蓝诗玲的英译本为例》,载《读与写(教育教学刊)》,2015 年第 1 期。

19. 沈妍斐:《〈阿 Q 正传〉中语用前提英译评析——以杨译本和蓝译本为例》,载《翻译论坛》,2016 年第 1 期。

20. 孙敬鑫:《蓝诗玲: 英国新生代汉学家》,载《对外传播》,2012 年第 6 期。

21. 涂文婷:《传播学视角下的麦家小说〈解密〉海外译介模式探究》,载《湖北广播电视大学学报》,2016 年第 3 期。

22. 王晓为、丁程程:《鲁迅小说〈孔乙己〉英译本翻译策略研究》,载《短篇小说(原创版)》,2015 年第 33 期。

23. 吴天楚、高方:《韩少功在法国的译介与接受》,载《小说评论》,2016 年第 2 期。

24. 徐托:《基于语料库的汉语有标记被动式英译研究——以〈呐喊〉和〈彷徨〉为例》,载《南通大学学报(社会科学版)》,2012 年第 5 期。

25. 杨杜菡:《从文体学角度分析鲁迅小说〈肥皂〉的两个英译本》,载《名作欣赏》,2016 年第 18 期。

26. 杨国华:《从不定点理论对比分析〈狂人日记〉的四个译本具体化策略的异同》,载《海南师范大学学报(社会科学版)》,2015 年第 1 期。

27. 杨菁雅:《功能对等理论视角下鲁迅小说〈药〉〈孔乙己〉〈风波〉两个英译本的对比研究》,浙江大学博士论文,2016 年。

28. 张春柏:《如何讲述中国故事:全球化背景下中国文学的外译问题》,载《外语教学理论与实践》,2015 年第 4 期。

29. 张翠玲:《翻译目的与翻译策略——〈阿 Q 正传〉的三个英译本比较》,载《宜春学院学报》,2015 年第 1 期。

30. 张梦井:《比较翻译概论》,武汉:湖北教育出版社,2007 年版。

31. 张淑卿:《鲁迅、莫言与麦家:中国文学海外传播启示录》,载《学术交流》,

2015 年第 3 期。

32. 张秀峰:《汉学家文学翻译对中国文化外译引发的思考》,载《文化学刊》,2015 年第 9 期。

33. 赵海娟:《文学翻译中的形貌修辞研究——以蓝译鲁迅小说为例》,载《天津外国语大学学报》,2016 年第 3 期。

34. 赵薇:《文学翻译中的译者介入与读者接受——以英国汉学家蓝诗玲的翻译实践为例》,载《洛阳理工学院学报(社会科学版)》,2016 年第 1 期。

35. 郑穹:《〈药〉杨译本的文体学分析》,载《牡丹江大学学报》,2015 年第 1 期。

36. 郑雅:《文体学视域下〈阿 Q 正传〉两个英译本的对比研究》,载《重庆第二师范学院学报》,2015 年第 3 期。

37. 周世培:《蓝译本〈阿 Q 正传〉中文化词的翻译策略探析》,载《贵州民族大学学报(哲学社会科学版)》,2015 年第 4 期。

38. 周世培:《鲁迅小说中的反讽翻译》,载《兴义民族师范学院学报》,2015 年第 1 期。

39. 周仪、罗平:《翻译与批评》,湖北教育出版社,2005 年版。

40. 朱丹:《交际翻译与〈色·戒〉中的文化词的英译》,载《牡丹江教育学院学报》,2015 年第 8 期。

41. 朱振武:《汉学家的中国文学英译历程》,上海:华东理工大学出版社,2017 年版

42. 朱振武、唐春蕾:《走出国门的鲁迅与中国文学走出国门——蓝诗玲翻译策略的当下启示》,载《外国语文》,2015 年第 5 期。

第 2 章

鲁迅及其小说集简介

鲁迅被称为从历史和人民中间走出来的人民战士、民族英雄、中国文化革命的主将,我国伟大的文学家、思想家和革命家(王士菁,1979)。根据王士菁《鲁迅传》中的统计,鲁迅的创作主要包括:小说集 3 本:《彷徨》《呐喊》和《故事新编》;回忆散文 1 本,散文诗 1 本,共约 35 万字;杂文 16 本,650 多篇,共约 135 万字;辑录、校勘中国古典文学作品和中国古典文学研究著作,已出版的共约 80 万字。鲁迅同时也翻译了大量外国文学作品。其中包括翻译介绍俄国、法国、德国、日本等国的古典文学作品和苏联、保加利亚、罗马尼亚、捷克、匈牙利、芬兰、荷兰及西班牙等十多个国家的近代作家的作品,共计长中篇小说和童话 9 本、短篇小说和童话 78 篇、戏剧两本、文艺理论著作 8 本及短篇论文 50 篇,共 310 多万字。

第 1 节　鲁迅生平

鲁迅出生在绍兴。当时的绍兴还是清朝封建统治下的一个府城,皇帝的君权已经发生动摇,但还没有被推翻,仍然维持着统治的局面;城市里还没有现代的工业和产业工人,衙门还在;还有红色或者灰色尖顶的教堂房子。鲁迅诞生的地方是城内离商业区较远的一条街上的一个台门里。居住在台门里的是一个聚居的大家族——新台门周家。在周家祠堂后面穿过几个天井,有一排五间楼房,由西往东数的第二间的楼下,鲁迅于 1881 年 9 月 25 日出生在这里,父为其取名樟寿,字豫山,后又改为豫才。

鲁迅的父亲周伯宜,曾经考中过秀才,母亲鲁瑞,能够看书。“鲁迅”这个笔名中的“鲁”字就是取自于母亲的姓。鲁迅的祖父周介孚是翰林院的编修,在北京做官,祖母姓蒋,是一位善于讲故事的老人。鲁迅童年时期家境富裕,不愁生计。他接触了很多人,包括家里的保姆,就是后来作品中的长妈妈。

鲁迅大概在 7 岁时开始读书,所上私塾就在新台门内。鲁迅在这期间接触了几位夫子,包括启蒙的玉田老人和后来的子京老人。鲁迅著名的散文《从百草园到三味书屋》就是来自于童年的经历。闰土也是鲁迅童年时期的一个玩伴。鲁迅在上私塾期间喜欢搜集画谱。他把自己的压岁钱都用在购买画谱上面。鲁迅还喜欢抄书,所抄之书包括有关草木虫鱼之类的书籍。除了抄书,鲁迅还有一项爱好就是种花,在童年时期就成为一个知识广博的小植物学家,清楚许多花卉的栽培方法和分类。

鲁迅童年时期在外婆家的生活丰富了他的人生经历,并在多篇作品中得到了体现。鲁迅母亲的娘家住在绍兴乡下一个叫安桥的村子。鲁迅经常随母亲在夏天回到乡下,和农民或者渔民的孩子们玩耍,接触到处于封建势力压榨下的农村。鲁迅在农村和乡下孩子共同生活的片段,以及和他们之间培养起来的深厚和真挚的友谊,成为鲁迅创作中最初的也是最为生动而难得的源泉。

鲁迅的少年生活却并不是一帆风顺,衣食无忧。在鲁迅 13 岁那一年,家里发生了一件很重大的不幸事件,其祖父因为科场案件被关进牢狱。鲁迅被父母送到舅父家去避难。从此,周家的经济状况急转直下,从不愁生计到最后破产。鲁迅在这期间,几乎是每天都奔走在当铺和药店之间,饱尝了生活的艰辛。清朝政府的衰败和现实生活的严峻给少年鲁迅的教训是极为深刻的,这对鲁迅日后的创作也产生了一定的影响。鲁迅是一个不向困难低头的人,在其父亲去世之后就没有再去三味书屋上学,18 岁那年离家去了南京,进入江南水师学堂学习,并改名为树人。

鲁迅于 1898 年(光绪二十四年)来到南京,这一时期正是戊戌变法维新运动猛烈的时候。鲁迅于这一年考入江南水师学堂去学"洋务"。在第二年春季开学的时候改入江南陆师学堂附设的矿务学堂去学开矿。在矿务学堂鲁迅开始接触到了一些新的进步思潮,开始了深刻的思索和热烈的追求,于 1902 年 3 月毕业。在当时对于寻求救国和维新道路的青年鲁迅来说,去国外是比较合适的一条路。因此,鲁迅在毕业之后,于 1902 年 4 月同另外 3 个人一起随江南陆师学堂的总办俞名震去了日本。在日本,鲁迅接触了许多进步人士。

鲁迅在日本首先是在东京弘文书院补习日文,于 1904 年 9 月离开东京到仙台,进入仙台医学专门学校学医。在这所学校鲁迅接触到许多教师,听到了许多新鲜的课程。尤其是认识了藤野先生,也就是后来《藤野先生》中写的人物。后来鲁迅学习西方医学来拯救祖国的理想破灭了,他发现医治人的身体却不能医治人的灵魂。现实迫使鲁迅去寻求另一条新的救国道路。他认识到凡是愚弱的国民,不论体格如何健壮,也只能做毫无意义的示众材料和看客。他认为第一件要紧的事是改变人们的思想。1906 年的夏天,鲁迅从仙台回到了东京,开始了革命文学活动。

鲁迅在日本的文学活动首先是初涉文艺刊物。第一步是办杂志,取名叫《新生》,后来"流产"了,对鲁迅的打击很大。鲁迅又开始文学活动的第二步:翻译俄国和东欧的文学作品。但同样都没有如愿,便于1909年回国。

鲁迅回国后在好友许寿裳的帮助下到浙江两级师范学堂做教员。在任教一年后鲁迅回到故乡绍兴。1910年秋季,鲁迅在绍兴府中学堂做学监,并且担任博物学、生理卫生学教员,课余继续采集植物标本,同时辑录唐朝以前有关绍兴地区的地理和历史的著作及唐朝以前的小说,这也是他的《会稽郡故书杂集》和《古小说钩沉》的开端。

1911年辛亥革命爆发。鲁迅在绍兴积极参加文化和教育界人士召开的会议,支持进步的和革命的势力。鲁迅于1912年2月来到南京,由许寿裳向时任教育总长的蔡元培推荐,到教育部做部员,闲暇时间抄书。1912年5月,鲁迅随教育部到北京,住在绍兴会馆里面。在不安定的生活环境中,继续抄写并校勘了许多中国古代的书籍,系统地辑录了散在各种"类书"中间的唐以前的古小说,以及唐朝和宋朝的传奇小说,开始校录魏晋时代诗人嵇康的诗文集,同时翻译了一些关于论述儿童教育和美术教育问题的文章。鲁迅还花费了大量时间研究佛经和手记碑帖拓片,并且有独到的见解。

辛亥革命失败后,鲁迅一直在思考,认识到自己并不是一个一呼百应的英雄。后来鲁迅答应朋友的邀请,再次拿起自己的武器——笔,参加到革命运动中来。1918年5月,鲁迅在《新青年》杂志第四卷第五号上,发表了第一篇用白话文写的小说——《狂人日记》。之后鲁迅参加了《新青年》杂志的编辑工作,在一个时期内经常出席刊物的编辑会议,并继《狂人日记》后,又发表了小说《孔乙己》和《药》等作品。

1919年8月,鲁迅结束了会馆生活,在北京西直门内公用库八道湾买了一所房子,11月迁居于此,在北京定居下来。鲁迅仍然在教育部任职,同时继续文学创作,并于1920年6月发表了短篇小说《明天》,同年7月发表了《一件小事》。1920年秋季,鲁迅应北京大学中国文学系的主任马幼渔聘请到学校教授"中国小说史"课程,接着又讲授了一个时期的文学理论。在北大授课期间,鲁迅与年轻人建立了经常性的联系和亲密的友谊。1920年10月,鲁迅发表了两篇小说:《头发》和《风波》。随后创作了著名的短篇小说《故乡》。当时有两个著名的文学团体:文学研究会和创造社。前者的机关杂志《小说月报》,主编是著名小说家沈雁冰。鲁迅虽然没有参加这几个团体,但是他的文学创作和他所翻译的文学作品经常出现在这个杂志上,或者被编入"文学研究会丛书"中。1924年11月17日,孙伏园创办《语丝》杂志,鲁迅是撰稿人。

鲁迅于1921年创作了《阿Q正传》。1922年春天,俄国盲诗人爱罗先珂(Epomehk)来到鲁迅的八道湾寓所。鲁迅在和他相处的日子里,翻译了他的多篇童话作品。鲁迅的小说《鸭的喜剧》写了他与这位盲诗人之间的深厚友情。鲁迅于1923年8月搬出八道湾,先是住进西四砖塔胡同61号颐高同乡的家里,后来搬入阜成门内宫门口西三条胡同21号的寓所,这个地方成为当时北京青年,特别是爱好文学的青年的一个活动中心。

1923年9月,鲁迅的第一部短篇小说集《呐喊》出版,1924年6月,学术著作《中国小说史略》出版。鲁迅的散文诗集《野草》创作于1924年9月起到1926年4月;小说《彷徨》创作时间从1924年1月到1925年11月,两部作品都深刻反映了作者这一时期思想的变化过程。这期间国内的形势也发生了很大的变化。鲁迅被迫离开北京抵达上海;9月2日离开上海前往厦门,在厦门大学任中国文学系教授兼国学院研究教授;1927年1月到广州,在中山大学担任"文学论"和"中国文学史"课程教员,同时兼任中国文学系的主任。1927年10月,鲁迅与许广平回到上海定居。

出版《语丝》的北新书局把编辑部移到上海来,从1928年2月起,由鲁迅担任主编。在同年的6月份,鲁迅和郁达夫创办了以刊载文学创作和翻译作品为主的杂志《奔流》。1930年3月鲁迅参加了"左联"成立大会,同时也参加了革命群众团体"自由大同盟",因此而遭到国民党的迫害。1930年5月间,鲁迅由闸北景云里寓所迁居到北四川路的一所公寓的房子里。"九一八"事变后,鲁迅参加了一系列的革命活动,与爱国人士在一起,为保卫国家和人权进行斗争。鲁迅的许多杂文集就是在这一时期创作的。鲁迅的历史小说集《故事新编》最终完成于1935年。

自1933年以后,鲁迅的身体状况逐渐坏下去,但他仍然坚持工作。到了1935年年底前后,鲁迅的身体愈加不好,但却不愿离开自己的国家去国外养病。1936年的3月间,鲁迅病倒了,治疗后仍时好时坏。同年8月初,鲁迅又开始工作了。这一年的10月17日夜间又一次病倒,19日早晨5时25分,鲁迅终因肺病而与世长辞。

第2节 鲁迅小说集《彷徨》简介

一、鲁迅的《彷徨》

《彷徨》收录了鲁迅的11篇小说，主要是以知识分子题材的小说为主，一共有8篇。其中最主要的作品当推《在酒楼上》《孤独者》和《伤逝》等。这几篇小说中的主人公都属于新时代的知识分子。他们不同于闰土、阿Q式的无知愚昧的劳动者，也不是孔乙己、陈士成式的没落的旧知识分子。他们有着不同的性格特点，有着不同的人生经历，但同时都受过旧民主主义或“五四”运动时期新思想的影响，是觉醒的新知识分子。他们对旧的黑暗社会和统治阶级不满，在一定程度上进行过抗争，但都失败了。鲁迅在《彷徨》中就对造成这些知识分子悲剧的原因进行了分析。他认为这些知识分子都有个通病，那就是容易动摇并经常幻想，与群众脱离，最终导致失败。

鲁迅在《彷徨》中还描写了一种知识分子形象，那就是《肥皂》和《高老夫子》中的四铭和高尔础之类的人物。鲁迅用讽刺的手法，描写了这类知识分子的虚伪和无耻。

鲁迅描写的知识分子都具有典型意义。他们的悲剧，不是偶然的个人的悲剧，也不是所谓性格造成的悲剧，而是整个社会的悲剧。鲁迅的这几篇小说也客观地反映了当时社会的真实现状：封建军阀统治着国家的领土，连年割据混战，民不聊生。在这样的状况下，知识分子如果不依靠群众，单凭几个人的革命热情是不能成功的，是没有前途的。

二、小说集《彷徨》中的主要人物形象

鲁迅的《在酒楼上》是主要以“五四”时期的知识分子为题材的小说。小说主人公吕纬甫起初对于旧社会抱有一些不平，曾经是一个激进的、敏捷精悍的人物，后来却变得行动迂缓，对于一切都采取消极的态度，和以前判若两人。这些人物在鲁迅看来好像是悬在半空中，没有找到正确的道路和支持，没有和群众结合起来。因此，他们生活空虚，思想灰暗，行动愚昧可笑。

在创作《在酒楼上》的同一时期，鲁迅又创作了《幸福的家庭》。小说主人公是属于需要依靠赚得几文稿费来维持生活的空头“文学家”，他想从当时的不安稳的社会现实中逃离开去，但是却无所逃避。主人公一心要写出“幸福的家庭”是什

么样的，但是在实际写作中却不知道要让这个“家庭”居于何处。

鲁迅在《肥皂》《示众》和《高老夫子》中运用讽刺的手法描写人物。比如在《肥皂》中，鲁迅描绘了主要人物四铭。这个人物是满口仁义道德，暗里却是男盗女娼，是十足的虚伪人物；在《高老夫子》中，鲁迅笔下的高尔础和他的狐朋狗友一边吃喝玩乐，一边发表“中国国粹义务论”。刻画了一群令人可笑的小人形象；在《示众》中，鲁迅描写了一群看客形象，某些场景和《药》相似。作者痛心地描写着一群没有思想没有头脑、生活麻木的看客，并为这一现象而感到悲哀。

鲁迅在《孤独者》中塑造了魏连殳这个形象，是“五四”时代的“新人物”代表。他有过理想，却是游离在能够推动历史前进的斗争之外的“多余的人”。他对现实不满，却又缺乏改造现实的决心和勇气；他有过牢骚，有不平，也有过美好的幻想，却没有比较明确的前进方向。于是他面对现实采取了报复的态度，从极端的厌恶发展为不择手段的报复，最后在浑浊的社会现实中沉沦下去，把自己淹没在黑暗之中。

鲁迅的小说《伤逝》描绘了一对年轻人的爱情悲剧，小说以男主人公涓生的“手记”形式展开，表达了涓生对女主人公子君的悔恨和对生活的悲哀。涓生和子君都是接受了“五四”新思潮的影响而觉醒起来的知识分子，他们有理想，有抱负，也曾有过反抗。他们对现状不满意，希望能够打破旧的习惯，希望能够男女平等，希望能够婚姻自由。她的这种思想，在当时是具有进步意义的。但是涓生和子君的爱情却缺乏坚实的基础。两个人最初的爱情是浪漫的，但是结婚不久，子君在生活的压迫之下，渐渐失去了对爱情的憧憬，最后不得不回到自己的家庭中去，和涓生的爱情也被埋葬了。

《彷徨》中收录的小说是以知识分子题材为主，但也有描写女性人物的小说，例如《祝福》，在《彷徨》中也占有重要的地位。《祝福》中的主人公祥林嫂生活在封建社会中，因经历坎坷，命运悲惨。她第二次婚姻好像“交了好运了”，但是好景不长，不幸的事接二连三地发生，伤寒夺去了丈夫的生命，狼又叼走了她的孩子。这些遭遇在她的心里永远留下了极大的创痛。她为了减轻这痛苦，便不停地诉说自己的悲惨故事。时间一长，她便不再引起人们的注意和同情，反倒成为人们的笑柄，这使得她感到了悲哀和孤独。她被人提醒，再嫁的人，死后到了阴间，要被锯为两半分给那两个死去的丈夫。于是祥林嫂到土地庙去捐门槛做替身来赎罪。但是，即使捐了门槛却仍然不被人认可，自己仍然是不祥之人，祥林嫂彻底崩溃了，最终凄惨地死去。

作者并没有把祥林嫂描写成一个消极人物。祥林嫂虽然在屈辱中度过了一生，但在生命的最后时刻，开始对代表着封建、迷信权威的阎罗产生了怀疑。她怀疑那地狱是否存在,灵魂是否存在。从主人公祥林嫂的身上可以看到受压迫妇女内心的凄苦和对希望的渴求。“《祝福》,一部极有个性的悲剧。它是在冷峻中藏着温暖,严酷中闪着亮色,屈辱中含着反抗,它是幽谷中一条冷溪。”(陈静,2011)

鲁迅的《弟兄》和《离婚》是《彷徨》中的最后两篇。《弟兄》描写了主人公张沛君极端的自私自利心理,揭露了他掩藏在面具下面虚伪的真面目。《离婚》塑造了爱姑这个坚强的女性形象。虽然爱姑性格上比较坚强和强势,但是在面对七大人的时候,却又软了下来,一个农村妇女无法和强大的有权势的七大人相抗衡。最后爱姑的离婚打算失败了,但爱姑的勇气和决心却没有被完全打压下去,仍然尽力抗争着。

第3节 鲁迅小说集《呐喊》简介

一、鲁迅的《呐喊》

《呐喊》的出版,标志着“五四”以来革命的新文学对于旧文学斗争的胜利,是中国新文学史上一个重要的事件。它的出版立刻引起了当时文艺界的注意。当时的很多评论家都对它进行了评论。

成仿吾(1924)在《〈呐喊〉的评论》中写道:“近半年来的文坛,可谓消沉到极处了。我忍着声音等待震破这沉默的音响的到来,终于听到了一声洪亮的呐喊。在我未曾直接耳闻这一声洪亮的呐喊之先,我先听到了一阵噪杂的呐喊的呼声,这种呼声对于提醒人们迟钝的注意力是必要的,然而与我这种吞声等待的人,却有点觉得噪杂而可厌。……然而我终于听到了一声洪亮的呐喊了,这便是鲁迅的《呐喊》这一部小说集。”

茅盾(1923)在《读〈呐喊〉》中写道:“在中国新文坛上,鲁迅君常常是创造‘新形式’的先锋;《呐喊》里的十多篇小说几乎一篇有一篇新形式,而这些新形式又莫不给青年作者以极大的影响,必然有多数人跟上去试验。……除了欣赏惊叹而外,我们对于鲁迅的作品,还有什么可说呢?”

鲁迅的创作背景在《呐喊》中,所描写的最常见的典型环境,通常是他的故乡绍兴农村的环境;他所描写的事件,也大都在这样的环境里发生的。在自然景色方面也是如此。总之,鲁迅在小说中大体上都是描写绍兴或者绍兴附近农村人的社会风尚和习俗,鲁迅所熟悉的绍兴农村生活,是他作品中一个最重要的源泉(王士菁,1979:154)。

二、小说集《呐喊》中的主要人物形象

鲁迅在1918年5月的《新青年》杂志第四卷第五号上发表第一篇用白话文写的小说《狂人日记》。在这篇小说里，鲁迅通过对一个“狂人”的描写，把中国封建社会里的家族制度和礼教的毒害，赤裸裸地揭露出来，借着小说里的“狂人”的嘴，对于几千年的封建制度进行尖锐深刻的抨击。主人公认为在这封建社会中，歪歪斜斜地每页上都写着“仁义道德”几个字，但从字缝里却可以看出来，满本都写着的两个字是“吃人”。作品通过这个艺术形象，在读者的眼前展开了一幅丑恶的封建社会的图画。在《狂人日记》这篇作品中，鲁迅用现实主义的高度概括的手法，深刻地揭示了封建社会制度和封建礼教的吃人的本质。

在发表《狂人日记》之后，鲁迅又发表了短篇小说《孔乙己》。鲁迅笔下的孔乙己是一个旧时代的没落知识分子的典型。他一辈子也没有考中秀才，依靠替人家抄书为生。他又有好吃懒做等坏习气。比如在别人家里抄书没有几天，书籍纸张笔砚一齐失踪。这样的事发生几次，就没有人叫他抄书了。他没有办法，就不免偶尔做些偷窃的事。有一次，他偷到丁举人的家里，被抓到了，先写服辩，然后捆打，打了大半夜，打断了腿。此后，他只好把被打折的两腿盘在一起，下面垫着一个蒲团，用草绳挂在肩上，用手代替脚行走。最后，孔乙己在人们的嘲笑中死去。鲁迅通过孔乙己这个典型人物揭露了封建科举制度的罪恶，鲁迅没有美化他，也没有丑化他，只是用现实主义的简洁、明快的笔触描绘了一个生动的艺术形象。

《药》是鲁迅另外一篇著名的小说。鲁迅以辛亥革命为背景，通过在华老栓家茶馆里的对话，描绘出了一个革命者夏瑜的形象。夏瑜虽然没有出现，但是小说中一些简短的对话，也可以让读者在头脑中形成一个清晰的革命者的形象。但在当时，普通群众因并不了解革命者，所以才会出现在他被杀害的时候用他的血医病这样可悲的事情。这篇小说一方面描写了普通民众尚未觉醒的精神状态；另一方面也反映出了辛亥革命失败的一个重要原因：脱离群众，孤军奋战。但是，鲁迅对于革命事业并没有失去信心，认为革命者的血不会白流。

在小说《明天》中鲁迅描写了主人公单四嫂子失去儿子的悲哀，用更多的笔墨将旧社会的病根暴露出来。也描绘了一些丑陋的人物形象，如庸医何小仙、流氓蓝皮阿五之流。

《一件小事》塑造了一个车夫的形象。在这篇小说中，鲁迅使用了第一人称，通过“我”的视角，描绘了一个车夫对于上流社会、知识分子及普通百姓的不同的态度。

1920年10月，鲁迅发表了小说《头发》和《风波》。在《头发》里，鲁迅讽刺了

当时北洋军阀统治下的不合理的社会现象。《风波》所描写的历史背景，是 1917 年的张勋复辟事件。作者借张勋复辟这件事在当时农村中所引起的风波，揭露了当时黑暗势力的丑态，那个“有些遗老臭味”的赵七爷便是他们的代表，吓唬像七斤那样的老实农民。作者用简洁、明快的手法，刻画了农民淳朴的性格和他们不同的个性特征。他们既善良又愚昧，令人愤慨和惋惜。

鲁迅继《头发》和《风波》后发表了小说《故乡》。在这篇小说中，作者塑造了一个令人难忘的农民闰土的形象。当时的社会背景是即将崩溃的半封建半殖民地统治下的农村，和生活在这样的农村中的农民的命运。鲁迅描绘的闰土的命运，实际上就是当时的千百万农民的命运。小说从始至终都充满着抒情的意味，在诗一般优美的抒情中，表达了生活在困苦中的农民的愿望。作者笔下的农村生活和农民的形象，栩栩如生。作者在小说结尾，重复描写了西瓜地上的戴着银项圈的小英雄的形象。

鲁迅在 1921 年写作《故乡》后，又在同年发表了小说《阿 Q 正传》。在这篇著名的作品中，作者深刻地刻画了贫困雇农阿 Q 的形象，通过阿 Q 这一艺术形象，再次批判了辛亥革命的失败，并揭示了阿 Q 自欺欺人的失败主义——“精神胜利法”的社会根源和历史根源。住在未庄土谷祠里的阿 Q，没有自己的土地，没有固定的职业，只给人家做短工。人们只有在忙碌的时候才会记起他。阿 Q 虽然破产，但却很妄自尊大，所谓的“精神胜利法”是他的一个最显著的特征。当革命来的时候，他也会想要参加革命；但赵太爷、“假洋鬼子”等之流窃取了革命果实，反过来不准他革命。最后阿 Q 在莫名其妙的罪名下被枪毙了——这就是阿 Q 短暂而简单的一生。鲁迅所描绘的是辛亥革命时期的农村的变化和农民的悲惨命运。鲁迅在《阿 Q 正传》里，塑造了阿 Q 这一令人难忘的艺术形象。《阿 Q 正传》发表后不久，立刻被翻译成多个国家的语言，在世界范围广为传播。

第 4 节　鲁迅小说集《故事新编》简介

一、鲁迅的《故事新编》

《故事新编》延续了《呐喊》和《彷徨》中的现实主义写作手法，生动形象的描写，准确详尽的史料，给读者高度的真实感。同时它又充满着浪漫主义色彩，包括作家丰富的想象力，既有人间天上的纵横描绘，又有古今糅合的叙述，不乏夸张和漫画的手笔，还有犀利的讽刺。鲁迅曾说《故事新编》是神话、传说和史实的演义。

鲁迅创作这本故事集共花费了 13 年的时间。

《故事新编》是讽刺艺术的大胆尝试，为我国的历史小说增添了新的美学方向的探索路径。“这种讽刺手法运用得非常巧妙又变化多端。其讽刺手法中包括了矛盾法、夸张法、变形法等，显示了鲁迅的多方面的创造力。”（杨义，1984：79）

《故事新编》究竟是什么类型的作品？有人认为是“寓言小说”，也有人认为是以“故事”形式写出来的杂文，还有人认为是“历史小说”。陆耀东、唐达晖认为把《故事新编》称作历史小说比较妥当，比较符合作品的实际情况。鲁迅先生的这些小说，无一不是在“博考文献”的基础上创作出来的。它虽然穿插了少量的现代题材，但不足以改变它的历史小说的基本面貌。（陆耀东、唐达晖，1984：132）二人还写道：“鲁迅先生从浩瀚的古籍中，选取了一些近似或神似现实生活的事件、人物和问题，用革命的思想照亮它的内涵，深刻地发掘了蕴藏在它深处的与现实有密切关系的东西，从而提炼出富有现实意义和高度战斗性的主题。”

二、《故事新编》中的主要人物形象

《补天》中鲁迅描绘了美丽仁慈的创世者女娲的形象。女娲除了拥有惊人的外貌上的美丽，还有更为美丽的心灵。女娲为了创造人类的事业，不辞辛苦地炼石补天。作者把女娲作为善和美的化身，与丑恶的破坏者进行了鲜明的对比，揭示了反动派的虚伪、残暴。小说既有浪漫主义的色彩，又不乏现实主义的风格。

《奔月》取材于后羿射日、嫦娥奔月的神话，作者不拘于史实，随手拈来，融会贯通，演绎成了射日英雄被妻子抛弃，又险遭暗算的故事。情节起伏，耐人寻味。英雄后羿已失去了昔日的光彩，只能为生计而劳碌，又得面对徒弟和妻子的背叛，但他并不气馁，继续努力。作品同时又充满了“人情味”和“戏剧性”，赋予人物以现代特征，具有浓郁的抒情色彩，状物写人达到了炉火纯青的境界。

《理水》是一篇融古代生活与现实生活为一体的讽喻小说。它取材于大禹治水的传说，以大胆的艺术手法，喜剧化的艺术效果，歌颂了大禹似的“中国的脊梁”，鞭挞了作威作福的官僚绅士和助纣为虐的帮闲文人。作者运用浪漫主义的手法，赋予古人现代人的思维。尤其是对文化山上的知识名流的描写，以畸形的语言和行动展示他们的荒谬，小说中对于各国语言的巧妙运用，是相当高明的。

《采薇》是借《史记·伯夷列传》的记叙加以扩展而成的历史小说，将古人“化腐朽为神奇”，注入浓厚的时代气息，是一篇现实主义的杰作。小说的最大特色是“通体都是矛盾”：伯夷、叔齐二人既保守又反抗，既痛恨商王无道，又反对武王伐纣，这就必然使他们最后落得个饿死首阳山的下场。另外，作者对于阿金、小丙君和小穷奇等人虽着墨不多，但都栩栩如生，具有很强的故事性。

《铸剑》取材于《列异传》中的古代民间传说，鲁迅说此文“是写得较认真的”，通过对两个复仇者形象的着力刻画，揭示了小说“血债血偿”和“以火与剑”反暴力的主题。眉间尺和黑色人（宴之敖者）都是复仇者。鲁迅浓墨重彩，将其愤世嫉俗、不怕牺牲的精神表达了出来。

《出关》取材于《庄子》和《史记》，其中孔子是“知其不可为而为之”的实干者，而老子则是“无为而无不为”的空谈家。小说反复写“老子像一段呆木头”，非常生动。这种“漫画化”的手法，还表现在用泼辣幽默的笔墨，勾勒了关尹喜、书记、账房先生等人的嘴脸。

《非攻》取材于《墨子·公输》等古籍，着重突出了墨子好义和非攻的主张，塑造了一个来源于历史又高于历史的古代英雄形象，是一篇“为时而作”的现实主义杰作。作者通篇采用“白描”写法，将墨子淳朴好义、兼爱非攻的思想描写出来。而在将墨子与公输班进行对比描写时，愈使墨子的形象完美，这是因为作者寻找到了“古今神似之处”，即一些本质特征相似的历史现象，使人们在阅读中，自然而然地联想到现实的种种人物和事件，并加以认真的反思。

《起死》取材于《庄子·至乐》中的一个寓言，作者加以改造，以小闹剧的形式，让骷髅复活向庄子索取衣服，搞得庄周丑态百出，从而显示出他的唯物是非观的相对主义哲学的矛盾和错误。本篇实际上是一幕短剧，作者巧妙运用了西方现代主义手法，让古人复活并有现代化行为。本文以其深刻的思想和尖锐的讽刺而著称，主题是严肃的，但表现手法则十分机智幽默，这就是所谓“油滑之处”，这也是鲁迅在《故事新编》中普遍运用的一种以古今交融来针砭时弊，达到讽刺目的的艺术手段，以此来制造历史与现实的混淆，形成漫画式的幽默。

第 5 节　对鲁迅及鲁迅小说的评价

从 20 世纪以来，人们对鲁迅的研究就没有停止过。例如成仿吾（1924）、巴金（1978）、孙伏园（1979）、陈鸣树（1981）、王得后（2002）、林非（2002）和朱正（2007）都评价了鲁迅，对什么是鲁迅思想表达了各自的观点。

鲁迅创作的小说数量并不多，不算历史神话题材的《故事新编》，就只有《彷徨》和《呐喊》，共有 25 个短篇，但从思想上、艺术上来说，这些作品都是中国现代小说史上的宝贵财富。许多专家学者著书研究鲁迅的文学作品，例如陈鸣树（1981）、李希凡（1981）、杨义（1984）、陆耀东、唐达晖（1984）、黎风（1986）、郜元宝（2007）、陈静（2011）等分析并评价了鲁迅小说的特点。范伯群、曾华鹏（1986）总结了鲁迅小说的风格。李怡、郑家建(2012:102)高度评价了鲁迅的《呐喊》《彷徨》,从社会层面、文化层面和哲学层面对于鲁迅的《呐喊》和《彷徨》的思想内容进行了梳理。

在21世纪,对于鲁迅的当代价值的讨论依然在继续,例如高远东(2001)、孙郁(2001)、吴中杰(2001)、朱正(2006)、郭志刚(2009)、孔庆东(2007)、吴俊(2009)和夏明钊(2013)等都论证了鲁迅的当代研究价值。许寿裳(2013)和王锡荣(2014:103)也指出了鲁迅在翻译方面所做出的贡献。

正如学者葛涛(2007)指出的那样:"越来越多的学者认为鲁迅的思想对于21世纪仍有重要的参考价值,鲁迅的生命力依然存在。"孔庆东(2012)曾鲜明地指出:"我认为今天的中国更需要鲁迅,我们正处在一个极度需要鲁迅精神的时代。"陈漱渝(2015)认为:"鲁迅作品既有特定的认识意义,也有深刻的现实意义和恒久的普适意义。"

参考文献

1. 巴金:《鲁迅先生就是这样一个人——鲁迅回忆录Ⅰ》,上海:上海文艺出版社1978年版。

2. 陈静:《孤立呐喊:鲁迅》,长沙:湖南师范大学出版社2011年版。

3. 陈鸣树:《鲁迅小说论稿》,上海:上海文艺出版社1981年版。

4. 陈漱渝:《鲁迅风波》,北京:大众文艺出版社2009年版。

5. 陈漱渝:《本色鲁迅》,桂林:漓江出版社2015年版。

6. 成仿吾:《〈呐喊〉的评论》,载《创造季刊》,1924年第2期。

7. 邓晓芒:《孤独的鲁迅》,见一土:《21世纪:鲁迅和我们》,北京:人民文学出版社2001年版。

8. 范伯群、曾华鹏:《鲁迅小说新论》,北京:人民文学出版社1986年版。

9. 高远东:《读鲁迅》,见一土:《21世纪:鲁迅和我们》,北京:人民文学出版社2001年版。

10. 郜元宝:《鲁迅六讲》,北京大学出版社2007年版。

11. 葛涛:《鲁迅文化史》,北京:东方出版社2007年版。

12. 郭志刚:《理解鲁迅》,见陈漱渝:《鲁迅风波》,北京:大众文艺出版社2009年版。

13. 孔庆东:《孔庆东评点鲁迅小说》,沈阳:辽宁人民出版社2007年版。

14. 孔庆东:《正说鲁迅》,北京:中国文联出版社2012年版。

15. 黎风:《鲁迅小说艺术讲话》,西安:陕西师范大学出版社1986年版。

16. 李霁野:《鲁迅先生对文艺嫩苗的爱护与培育》,载《河北文学》,1976年第9期。

17. 李希凡:《〈呐喊〉〈彷徨〉的思想与艺术》,上海:上海文艺出版社1981年版。

18. 李怡、郑家建:《鲁迅研究》,北京:高等教育出版社2012年版。

19. 林非:《鲁迅的思想风采》,见张杰、杨燕丽选编:《鲁迅其人》,北京:社会科学文献出版社2002年版。

20. 陆耀东、唐达晖:《鲁迅小说独创性初探》,长沙:湖南人民出版社1984年版。

21. 茅盾:《读〈呐喊〉》,载《文学周报》,1923年第10期。

22. 孙伏园:《忆鲁迅先生〈鲁迅回忆录II〉》,上海:上海文艺出版社1979年版。

23. 孙郁:《文字后的历史》,见一土编著:《21世纪:鲁迅和我们》,北京:人民文学出版社2001年版。

24. 王得后:《致力于改造中国人及其社会的伟大思想家》,见张杰、杨燕丽选编:《鲁迅其人》,北京:社会科学文献出版社2002年版。

25. 王士菁:《鲁迅传》,北京:中国青年出版社1979年版。

26. 王锡荣:《认识中国的一扇窗》,桂林:漓江出版社2014年版。

27. 吴俊:《鲁迅还在我们的世界中》,见陈漱渝:《鲁迅风波》,北京:大众文艺出版社2009年版。

28. 吴中杰:《重新解读鲁迅》,见一土编著:《21世纪:鲁迅和我们》,北京:人民文学出版社2001年版。

29. 夏明钊:《我的鲁迅研究》,北京:东方出版中心2013年版。

30. 许寿裳:《鲁迅传》,长春:吉林人民出版社2013年版。

31. 杨义:《鲁迅小说综论》,西安:陕西人民出版社1984年版。

32. 一平:《也纪念鲁迅》,见一土编著:《21世纪:鲁迅和我们》,北京:人民文学出版社2001年版。

33. 朱正、邵燕祥:《重读鲁迅》,北京:东方出版社2006年版。

34. 朱正:《一个人的呐喊:鲁迅1881－1936》,北京:北京十月文艺出版社2007年版。

第3章

鲁迅小说中的文化负载词汇翻译策略研究

第1节　文化负载词汇翻译概述

鲁迅小说中有许多文化负载词汇，对于文化负载词汇的翻译一直都是专家学者们研究的对象。那么文化负载词汇的定义是什么呢？20世纪60年代起，国内外就开始有很多学者对文化负载词进行了不同的定义阐述。著名的语言学家、翻译家、翻译理论家尤金·奈达（1969）认为文化负载词是那些被认为专属于某种文化并与其他文化中的词语有相通之处，却又不属于另一种文化的词语。英国翻译研究界的著名翻译家莫娜·贝克（Mona Baker，2000）则有不同的看法，她认为当源语词汇所传达的概念在目的语文化中完全不存在时，这种概念通常被认为是“带有文化特征的”（culture specific）。

国内学者也对文化负载词汇给出了各自的定义，南开大学对外翻译学教授王秉钦（1985）曾指出文化负载词是指一种文化现象，是某种特定文化独一无二的不能被来自于其他文化的人所理解或接受，而且在其他文化中很容易被误解或是产生文化空缺的现象。南京大学教授包惠南（2001）则认为所谓文化负载词又称词汇空缺，即源语词汇所承载的文化信息在译语中没有对应语。他对文化负载词的理解相当明晰：每一种语言都是一个国家、民族文化发展的产物，都有着其久远的历史背景和丰富的文化内涵。每个国家、每个民族都有其独特的发展历史、社会制度、生态环境、宗教信仰和民族风情等，因此每一种语言都有其特定的词汇、成语、典故等“文化负载词（culturally loaded words）”反映这些观念和事物。方梦之（2004）主编的《译学词典》的定义是：文化负载词指有一定文化背景或深刻文化意蕴的词语，包括在一定历史阶段沉淀下来的言语、典故、特殊的人物名称等，以及现行的熟语、习语。目前国内被多数研究者所接受的定义是廖七一（2000）的概述，他认为文化负载词是标志某种文化中特有事物的词、词组和习语，反映了特定民族在漫长的历史进程中逐渐积累的、有别于其他民族的独特的活动方式。

总之，文化负载词汇是存在于源语言中的某些语言现象或文化术语，由于历史背景、社会习俗、宗教信仰和意识形态的差异而在目标语言中找不到对等语或相应的表达，从而形成的独一无二、此有彼无，又具有独特民族风味的词语，即称之为文化负载词，包括习语、社会习俗、宗教寓言、物质名词和度量衡等方方面面的生活用语。

文化负载词的分类也有不同的标准。按照奈达的文化观，文化负载词汇可以分为五类：第一类是生态类文化负载词汇；第二类是物质类文化负载词汇；第三类是社会文化类文化负载词汇；第四类是宗教文化类词汇；第五类是语言文化负载词汇。

由于文化负载词汇涉及生态文化、物质文化、社会文化、宗教文化和语言文化等多个方面，有学者从语义角度对文化负载词汇进行了以下分类：①概念意义相同且联想意义亦相同的文化负载词汇；②概念意义相同而联想意义部分相同的文化负载词汇；③概念意义相同而联想意义不同的文化负载词汇；④概念意义相同而联想意义在一种语言中丰富但在另一种语言中空缺的文化负载词汇；⑤一种语言中所特有的文化负载词汇。

在国内，邓炎昌（1989）等根据源语和译语的对应情况，将文化负载词分为四类：第一，源语词在目标语中没有对应语，如阴阳、五行、八卦等。第二，表面意义相同而内涵意义不同。第三，在一种语言中的词语在另一种语言中有多个对应词，但没有一个词完全对等。第四，词语的基本含义大致对等，而第二层含义或附加义不同。

根据王德春教授（1990）主编的汉语国俗词典，中国的国俗词语在本书中（中国是一个有五千多年历史的古老国度，积累了大量的文化负载词，王德春教授称之为国俗词语，取廖七一教授的称谓称之为文化负载词）可分为七种：反映我国特有事物，外语中没有对应词的词语；具有特殊民族文化色彩的词语；具有特殊历史文化背景意义的词语；国俗俗语或成语；习惯性寒暄用语；具有修辞意义的人名；兼具两种以上国俗词义的词语。

此外，也有学者认为，文化负载词视其构成和意义特点可以分为三大类：A类：切分和归类不同的文化负载词，如亲属称谓词。B类：联想不同的文化负载词。C类：语用规范不同的文化负载词。

鉴于文化负载词的特殊性，文化负载词汇的翻译经常会遇到一些问题和困难。正如金惠康所指出的："文化不可译是指与源语相关的语境特征在译语文化中不存在。如作为一个民族的宝贵精神财富文化负载词，但在其他语言文化中很难找到对应词汇,这给翻译带来巨大的困难。”魏春梅(2015)也认为“由于蕴含着独特的民族文化内涵,文化负载词的处理往往成了跨文化翻译的难点,甚至成为文化信息传递的障碍”。

王克非、王颖冲(2016)两位作者总结了中国特色词汇翻译的难点,包括专有名词和一般名词的翻译和概括性的词语等,同时提出了特色文化词汇的翻译对策:1)完全空缺时,音译直译优先,初次出现辅以释义;2)部分空缺时,文本和超文本因素决定翻译策略多样化。

即便存在难点疑点,仍然有不少学者花费很大的心血,归纳总结出一些可行的翻译方法。如邱懋如(2000)提出的七种文化色彩词的译法。王东风(1997)归纳了五种文化缺省处理方法:(1)文外补偿(文内直译,文外作注);(2)文内补偿(文内意译,或直译与意译相结合);(3)归化(用蕴含目标文化身份的表达方式取代蕴含源语文化身份的表达方式);(4)删除;(5)硬译(后两种方法一般不提倡)。李华(2016)也提出了释义的翻译方法。

郭建中(1998)认为对于负载有丰富文化内涵的词汇,翻译时一般采取归化(domestication)和异化(alienation)的方法。归化是指“译文应以目的语为归宿”;异化则与归化相反,指“译文应以源语或原文作者为归宿”。但对于到底采用归化还是异化的策略,不同的学者有着不同的意见。例如美国学者韦努蒂(Venuti,1992)就主张采用阻抗式翻译(resistant translation)来揭发原文化和目标文化之间的差距,一反以往那种以读者为中心的归化式或者透明式的翻译方法。翻译家刘宓庆(2003)曾提出9项汉英互译可用的变通手段,具体说来有对应、阐释、引申、转换、淡化、融合、替代、音译和注释。

淡化法一般用于对形象比喻词的翻译。由于语言文化和心理特征的差异,形象比喻的使用有很强的约定性和民族色彩。许多比喻如果对应翻译成译语,译入语的读者虽然可以理解但在语言心理上会感到格格不入。还有更多的形象比喻如果照搬进译语则译入语的读者可能根本不能理解。

虚化与淡化略有不同,虚化一般指以比较虚泛的词译比较有色彩的词。淡化和虚化都是一种不得已而为之的权宜之计。淡化和虚化的结果,可能使语言中的色彩和情味尽失,使翻译成了一种“令人遗憾的艺术”(刘宓庆,1992)。

王银泉(2006)指出:“解释性翻译是我们在翻译文化负载词的时候一贯采用的翻译策略,旨在译出源语中感到理所当然而目标语观众却不甚了解甚至感到诧异的意义。”因此,纵观已有的翻译理论研究与翻译实践探索,采用解释性译文的翻译策略是可行的。

金惠康(2003)也认为在介绍传统中国文化的汉英翻译中应遵循物从主人和

名从主人和以我为主的翻译策略,凡具有中国特色的独一无二的事物大多宜采用汉语拼音拼写,以最大限度地保留中国传统文化的特色和民族语言的风格。翻译家许渊冲以汉译英特别是古诗英译的成就蜚声海内外。其翻译技法为其他译者提供了宝贵的经验。许渊冲对文化负载词汇的翻译主要有三种处理方法:意译为主、淡化为辅和音译补充。周方珠在翻译民族色彩词汇时则采取下面三种方法:一是保留原作的民族色彩;二是采取直译与意译并用、直译与释义结合和直译加注(附注脚注或尾注)等变通手法;三是舍去原作的民族色彩。

廖七一指出:"既然在文化差异悬殊的中英两种语言间寻找到完全对应的文化负载词汇几乎是不可能的,那么译者势必采用'直译(音译)+注释'、'直译+意译'或'意译'等方法来弥补或调整中英两种词汇在文化上的差别。"他认为这几种翻译方法的效果各有所长,但又相辅相成。译者应该在充分理解原作的前提下,根据具体词汇和相关的语境灵活地选择。

其他研究者也提出了类似的翻译策略及方法,例如王丽慧(2014)将文化负载词汇翻译的策略分为了两类:一是归化策略下的翻译技巧,包括意译法和套译法;二是异化策略下的翻译技巧,包括直译法、音译法和释译法。

正如文亮(2013)所指出的:"翻译不是在真空中发生的一个简单的语言文字的转换行为,而是一个受到译入语国家政治、意识形态、时代语境、民族审美情趣等许多因素制约的文化交际行为。"文化负载词汇的翻译注定要受太多的因素所制约和影响。

第2节 《彷徨》中的文化负载词汇翻译

一、《祝福》中的文化负载词汇翻译

《祝福》中的文化负载词和其他小说相比不是最多,但在翻译的时候蓝诗玲和杨宪益、戴乃迭两位译者所使用的方法却也都各具特色。下面从具体的词汇翻译中进行分析。

原 文	蓝 译	杨 译
灰白色的沉重的晚云中间时时发出闪光,接着一声钝响,是**送灶**的爆竹;(第4页第2行)	Flashes of lightning through heavy, grey evening clouds are answered by the dull explosions of firecrackers, **bidding farewell to the Kitchen God** as he departs for heaven to make his annual report on mankind.(第161页第3行)	Intermittent flashes from pallid, lowering evening clouds are followed by the rumble of crackers **bidding farewell to the Hearth God** and,(第5页第3行)
他是我的**本家**,比我长一辈,应该称之曰"四叔",是一个讲**理学**的老**监生**。(第4页第7行)	As he was **a distant relative of mine**, the generation above me, I addressed him as Uncle. A diehard **Neo – Confucian of the old Imperial College**,(第161页第12行)	Whom I am obliged to address as Fourth Uncle since he belongs to **the generation before mine in our clan**. A former **Imperial Academy licentiate who believes in Neo – Confucianism**,(第5页第8行)
说我"胖了"之后即大骂其**新党**。(第4页第10行)	After a little polite chit – chat and the observation that I had put on weight, he launched into a great tirade against **reformist politics**.(第161页第16行)	And having observed that I was fatter launched into a violent attack on **the reformists**.(第5页第12行)
煮熟之后,横七竖八的插些筷子在这类东西上,可就称为"**福礼**"了,五更天陈列起来,并且点上香烛,恭请福神们来享用。(第4页第20行)	When all the cooking is done, chopsticks are stuck into **the offerings** and, at dawn, the bowls of food are set out, the incense and candles lit, and the God of Fortune invited to come and enjoy the feast.(第162页第4行)	After the meat is cooked chopsticks are thrust into it at random, and when **this "offering"** is set out at dawn, incense and candles are lit and the God of Fortune is respectfully invited to come and partake of it.(第5页第21行)
"祥林嫂?怎么了?"我又赶紧的问。 "**老了**。"(第10页第6行)	'Why, what's wrong with her?' I quickly pressed on. '**She's gone**'.(第165页第11行)	"Why, Xianglin's Wife, of course," was the curt reply. "**She's gone.**"(第11页第6行)

续表

原　文	蓝　译	杨　译
你想,你将来到**阴司**去,那两个死鬼的男人还要争,你给了谁好呢?(第 26 页第 16 行)	When you go down to **hell**, your two dead husbands will fight over you. (第 175 页第 27 行)	Just think: when you go down to **the lower world**, the ghosts of both men will start fighting over you. Which ought to have you? (第 27 页第 18 行)
你到**土地庙**里去捐一条门槛,当作你的替身,给千人踏,万人跨,赎了这一世的罪名,免得死了去受苦。 (第 26 页第 21 行)	Go to **the Temple of the Earth God** and buy a threshold, to stand in for your body. Then tens of thousands of people will stamp over you, to punish you for your crime in this life, so you won't suffer for it after you die. (第 175 页第 33 行)	Go to **the Temple of the Tutelary God** and buy a threshold to be trampled on instead of you by thousands of people. If you atone for your sins in this life you'll escape torment after death. (第 27 页第 24 行)
庙祝起初执意不允许,直到她急得流泪,才勉强答应了。 (第 26 页第 26 行)	Though he wouldn't sell it to her at first, **the altar attendant** eventually relented when she burst into tears. (第 176 页第 4 行)	At first **the priest** refused, only giving a grudging consent after she was reduced to tears of desperation. (第 27 页第 30 行)

送灶　汉族节日民俗和民间宗教活动之一。腊月二十三这天俗称小年,传说这日是“灶王爷上天”之日。送灶寄托着汉族劳动人民对美满生活的向往,祈求神明保佑新年合家平安,吉祥如意,岁岁平安。在译文中蓝译 bidding farewell to the Kitchen God 和杨译 bidding farewell to the Hearth God 所用句式和词汇基本一致,都用了 bid farewell to 和 God。对于“灶神”的翻译,蓝译本和杨译本只是一字之差,蓝译直接用了 Kitchen 一词,对于外国读者来说更容易理解,杨译则用了 Hearth,突出“炉灶”的含义。

本家　旧指已嫁女的娘家、老家、原籍,指原来的家,与自己的家同姓、同宗者。蓝译译文 a distant relative of mine 和杨译译文 the generation before mine in our clan 都使用了解释的方法。这种方法虽然在用词上看不够简洁,但却最为明了,使读者容易理解。

理学　又称道学。理学承担了重建儒学价值体系的职能,通过对理论挑战和现实问题的创造性回应,古典儒学得以复兴。在这里理学就是儒学。所以,两位译者分别用了 Neo – Confucian 和 Neo – Confucianism 来表示原文理学的含义。

监生 国子监学生的简称。国子监是明清两代的最高学府。监生也可以用钱捐到的，这种监生，通称例监，亦称捐监。在蓝译 Neo – Confucian of the old Imperial College 和杨译 Imperial Academy licentiate who believes in Neo – Confucianism 中二者都是把翻译的重点放在"儒学"上，因此都使用了 Confucianism 一词，对"监生"一词，二者的处理方法略有不同，虽然都采用了解释的方法，但杨译译文的释义更加详细。邬忠、卢水林(2016)认为"正确理解和诠释文化负载词的文化内涵是准确翻译的重点"。两位译者对于原文文化含义的理解还是非常到位的。

新党 用来指称资产阶级民主革命党人。蓝译译文 reformist politics 和杨译译文 reformists 对于"新党" 的翻译用词几乎一致，直接按照该词所包含的意义来进行翻译，采用了直译的翻译方法。

福礼 祭祀所用的牲物礼品。《古今小说 · 任孝子烈性为神》："虔备三牲福礼。" 蓝译译文是 the offerings，杨译是 this "offering"，所以二者区别不大，都是采用的直译方法，在理解上不会对读者造成理解上的困难。

老了 在汉语中就是死了的意思，是一种委婉的说法。蓝译译文和杨译译文完全一致："She's gone. " 这也说明在处理汉语含义非常清晰的原文时，译者的译文会有一致的地方。

阴司 常被人们理解为阴间的权威组织，即地府，主导者为地藏王，主管人间生死。广义的理解，阴司为地府的官吏、工作者。蓝译译文是 hell，杨译译文是 the lower world。二者的翻译没有本质上的差别，都是采用了易于读者理解的方法和词汇。

土地庙 又称福德庙、伯公庙，汉族民间供奉土地神的庙宇，多为自发建立的小型建筑，属于分布最广的祭祀建筑，各地乡村均有分布，以至凡有汉族民众居住的地方就有供奉土地神的地方——土地庙。蓝译译文 the Temple of the Earth God 和杨译译文 the Temple of the Tutelary God 差别不大，最多的差别是对于"土地"的处理方法，蓝译用了"the Earth"，杨译是"the tutelary"，蓝译比较直接，杨译比较注重土地庙的文化含义，所以使用了"the Tutelary"，突出了土地庙包含的"守护神"的文化内涵。

庙祝 寺庙中管香火的人。蓝译译文 the altar attendant 和杨译译文 the priest 都是采用了归化的翻译方法，对于读者来说，二者都不会造成理解上的问题，但两个译法还是略有区别，杨译的 the priest 含义比较宽泛，蓝译更具体一些。

总之，在《祝福》中的文化负载词翻译上，蓝译译文和杨译译文相同之处大于不同点，体现了二者对于文化特色词汇翻译理解方式上的相同之处。

二、《在酒楼上》中的文化负载词汇翻译

原　文	蓝　译	杨　译
"一斤**绍酒**。——菜？十个油豆腐，辣酱要多！"（第 36 页第 22 行）	'A catty of **Shaoxing wine** ... and ten bean - curd fritters, with plenty of chilli sauce!'（第 179 页第 6 行）	"A catty of **yellow wine**. To go with it? Ten pieces of fried beancurd with plenty of paprika sauce."（第 37 页第 25 行）

绍酒　黄酒之一。世界上有三大古酒：啤酒、黄酒、葡萄酒。只有黄酒是国粹，绍酒又居黄酒之冠，色泽澄黄清亮，醇厚甘甜，被誉为酒中极品。绍兴人对饮酒很有讲究，将酒置于温水中烫热，细品慢酌。他们说只有这样饮酒，才能觉出酒中的滋味。蓝译译文采用的是直译方法，翻译为 Shaoxing wine，直接用音译的方法，杨译则是意译，翻译为 yellow wine，通过酒的特性来进行翻译，省去了读者对于"绍"的含义的猜测。

三、《肥皂》中的文化负载词汇翻译

原　文	蓝　译	杨　译
四铭太太正在斜日光中背着北窗和她八岁的女儿秀儿**糊纸锭**，（第 74 页第 1 行）	Siming's wife sat beneath the sun's slanting rays, her back to the north - facing window, her seven(原文误译) - year - old daughter, Xiu'er, next to her, **pasting paper funeral money**.（第 195 页第 1 行）	With her back to the north window in the slanting sunlight, Siming's wife was **pasting paper coins for the dead** with her eight - year - old daughter, Xiu'er.（第 75 页第 1 行）
我刚在练**八卦拳**……（第 76 页第 13 行）	I was just practising my Eight - Trigram Boxing.（第 196 页第 34 行）	I was practising Hexagram Boxing....（第 77 页第 13 行）

续表

原 文	蓝 译	杨 译
其实，在**光绪**年间，我就是最提倡开学堂的。（第78页第2行）	You know, before **the Revolution**, I was one of the most enthusiastic supporters of the new academies.（第197页第24行）	As a matter of fact, **in the time of Guang Xu**, I was all in favour of opening schools;（第79页第2行）
上首是四铭一人居中，也是学程一般肥胖的圆脸，但多两撇细胡子，在菜汤的热气里，独据一面，很像庙里的**财神**。（第82页第26行）	While Siming sat alone at the head, his plump, round face – the face Xuecheng had inherited – annotated by two fine, falling strokes of moustache, like that of **the God of Wealth** presiding over steaming bowls of offerings.（第200页第35行）	While Siming sat alone at the head. His plump, round face was like Xuecheng's, with the addition of two sparse whiskers. Seen through the hot vapour from the vegetable soup, he looked like **the God of Wealth** you find in temples.（第83页第29行）

纸锭　亦作"纸铤"。用锡箔糊制成的银锭状的冥钱。迷信认为焚化给死者，可供其当钱用。蓝译为 pasting paper funeral money，杨译为 pasting paper coins for the dead。二者的差别不大，都采用了解释的翻译方法，把纸锭的文化含义翻译了出来。

八卦拳　是武术拳种之一。张森、季蕊（2016）曾提出武术术语的翻译方法，包括直译、意译、音译和综合译法。蓝译为 Eight – Trigram Boxing，杨译为 Hexagram Boxing，蓝译把八卦拳进行了直译，杨译的译文则有些令人不解，因为 Hexagram 的意思为六线形，和八卦并没有直接关系。两位译者都采用了综合的翻译方法。

光绪年间　指的是清德宗爱新觉罗·载湉（1871年8月14日—1908年11月14日），清朝第十一位皇帝，定都北京后的第九位皇帝，在位年号光绪，史称光绪帝。蓝译为 before the Revolution，译者并没有把"光绪"翻译出来，因为"光绪"牵扯到许多文化背景的内容，所以译者直接翻译为"在革命之前"来替代，对于原文进行了虚化处理。杨译为 in the time of Guang Xu，"光绪"直接音译，但并不影响读者的阅读猜测，对于大写的"Guang Xu"会很自然地联想到这可能是在说某个朝代。

财神　俗称财神爷，在汉族民间传说中是主管财源的神明。财神主要分为两大类：一是道教赐封，二是汉族民间信仰。蓝译和杨译在"财神"的翻译上是一样的，都直译为 the God of Wealth。

四、《长明灯》中的文化负载词汇翻译

原　文	蓝　译	杨　译
这灯还是**梁武帝**点起的，一直传下来，没有熄过；连**长毛**造反的时候也没有熄过……（第 96 页第 27 行）	I've heard the old folks say **Emperor Wu of the Liang** lit it, and that it's burned ever since – it's never once gone out. Not even when the **Taipings** came ...（第 207 页第 11 行）	Don't all the old folk say this lamp was lit by **Emperor Wu of Liang**, and it's been burning ever since? Not even **the Long Hairs**...（第 97 页第 30 行）
有一天他的祖父带他进社庙去，教他拜社老爷，瘟将军，**王灵官老爷**，他就害怕了，硬不拜，跑了出来，从此便有些怪。（第 98 页第 15 行）	People say that one day his grandfather took him to the village temple and told him to kneel before the Earth God, the Plague General **and the Guardian of the Gate**, but for some reason he got scared and refused to kneel, then ran out. And he's never been the same since.（第 208 页第 2 行）	They say one day his grandfather took him to the temple and told him to bow to Old Man Earth, General Plague and **Guardian Angel Wang**, but instead he ran off in a fright and he's been odd ever since, just the way he is now.（第 99 页第 15 行）
他的祖父不是捏过**印靶子**的么？（第 98 页第 31 行）	Don't you remember his grandfather had **an official rank**?（第 208 页第 23 行）	Didn't his grandfather hold **an official rank**?（第 99 页第 32 行）
他自己在世的时候，不就是不相信**菩萨**么？（第 104 页第 28 行）	All his life, my brother refused to worship **the Buddha**.（第 212 页第 5 行）	My brother never believed in **Buddha**, did he?（第 105 页第 30 行）

梁武帝　就是萧衍（464 年—549 年），字叔达，小字练儿，南兰陵郡武进县东城里（今江苏省丹阳市访仙镇）人，南北朝时期梁朝政权的建立者。蓝译为 Emperor Wu of the Liang，杨译为 Emperor Wu of Liang，二者只有一个冠词的差异。

长毛　指的是太平天国的成员，因其皆披头散发，故称。蓝译没有按照字面意义进行翻译，而是根据历史翻译为 the Taipings，杨译则是直译为 the Long Hairs，但单词首字母大写赋予了词汇的特殊含义，有助于读者的理解。

王灵官老爷 属于道教的护法镇山神将。道教有五百灵官的说法。其中最有名的是“王灵官”，镇守道观山门的灵官一般都是这位王灵官。蓝译为 the Guardian of the Gate，把“王灵官老爷”的文化内涵通过意译方法来展现，但对原文也有一定的弱化；杨译则是直译和意译相结合，译文是 Guardian Angel Wang，其中的 Angel 为读者解释了这个词汇的深层含义。

印靶子 也做印把子，它指行政机关的印信的把儿，比喻政权。蓝译和杨译的译文一致，都是 an official rank，但译者并没有直译出原文，而是由原文引申为有官职的意思，所以用 official rank 来表示原文的深层含义。黄海翔（2015）提出了“文化翻译应采取自反的方法。所谓自反的方法，其本质就是把源语文化专有项之诠释方式以源语文化逻辑展示，用译语表达方式表达。”此例的译文正是自反方法的体现。

菩萨 是“菩提萨埵”之略称。蓝译为 the Buddha，杨译为 Buddha。二者都采用了简化的翻译方法，直接用 Buddha 来表达词汇的含义，但就汉语词汇本身，“菩萨”代表的含义要更为广泛。

五、《示众》中的文化负载词汇翻译

原文	蓝译	杨译
胖大汉后面就有一个**弥勒佛**似的更圆的胖脸这么说。（第 120 页第 11 行）	A face fatter even than the **Buddha** hissed from behind the first fat man.（第 219 页第 11 行）	An even rounder fat face, like that of **a Maitreya Buddha**, loomed behind Fat Fellow.（第 121 页第 11 行）

弥勒佛 即弥勒菩萨摩诃萨（梵文 Maitreya，巴利文 Metteyya），意译为慈氏，在大乘佛教经典中，常被称为阿逸多菩萨摩诃萨，是世尊释迦牟尼佛的继任者，将在娑婆世界降生修道，成为娑婆世界的下一尊佛，即贤劫千佛中第五尊佛，常被称为“当来下生弥勒尊佛”。蓝译为 Buddha，和上文的菩萨译文一样，杨译为 a Maitreya Buddha，多了一个 Maitreya，意思为“弥勒佛”，比蓝译方法更为具体。“菩萨”和“弥勒佛”在蓝译中都用 Buddha 来替代。李家军（2016）曾说过，“当英语言语者不了解这个词语背后的故事，不了解这个词语在汉语中所蕴含的微妙而特别的情感和人际关系时，他们便无法真正理解这个词语。”对于弥勒佛的理解，在国人的心中远比一个英文 Buddha 要复杂得多，但这样的译文却使读者没有阅读障碍，能够快速理解原文。

六、《高老夫子》中的文化负载词汇翻译

原　文	蓝　译	杨　译
毛家屯毛资甫的大儿子在这里了，来请**阳宅先生**看坟地去的，手头现带着**二百番**。(第 130 页第 30 行)	Mao Zifu's eldest has come up from Maojia Village to get a **fengshui expert** to check out grave plots for him. He's **two hundred big ones** – that's silver dollars to you intellectuals – on him. (第 225 页第 7 行)	Mao Zifu's eldest son from Mao Family Village is here. He's come to invite a **geomancer** to look them out a good grave site, and he's brought **two hundred silver dollars**. (第 131 页第 33 行)
那**乩仙**，就是蕊珠仙子，从她的语气上看来，似乎是一位谪降红尘的花神。(第 134 页第 5 行)	... is in daily contact with **our immortal muse, who goes by the name of Flower – Heart Pearl** – no doubt a flower fairy banished to the grimy world of mortals. (第 226 页第 26 行)	Our **oracle** is the immortal Ruizhu. Judging by her manner of speaking, she is a flower spirit who once descended to this dusty world. (第 135 页第 6 行)
她最爱和名人唱和，也很赞成新党，像础翁这样的学者，她一定大加**青眼**的。(第 134 页第 6 行)	She is excessively fond of exchanging poems with celebrities – and if they are progressives, too, all the better! Chu, old chap, I'm sure she'd **be captivated** by you. (第 226 页第 28 行)	She loves to exchange views with men of repute, and is all in favour of the new party. She would certainly **look with great favour** on a scholar like yourself. (第 135 页第 7 行)
蕊珠仙子也不很赞成女学，以为淆乱**两仪**，非天曹所喜。(第 134 页第 29 行)	our immortal muse isn't all that keen on the idea of female students: what's sauce for the gander isn't always sauce for the goose, and all that offends **the cosmic order of things**. (第 227 页第 30 行)	The immortal Ruizhu is not quite in favour of schools for girls, and considers that blurring distinctions **between the sexes** would not please the rulers of Heaven. (第 135 页第 32 行)

续表

原 文	蓝 译	杨 译
这时已经是“**淝水之战**”，**苻坚**快要骇得“草木皆兵”了。(第 138 页第 11 行)	He had now reached AD 383, **the Battle of Fei River**, and the paranoid hallucinations of **Fu Jian**. (第 229 页第 21 行)	He had now reached **the Battle of Feishui. Fu Jian** was about to panic, “taking plants and trees for troops.” (第 139 页第 11 行)
可是讲了一会，又到“**拓跋氏**之勃兴”了，接着就是“**六国兴亡表**”，他本以为今天未必讲到，没有豫备的。(第 138 页第 14 行)	After another while, he reached the ‘Dramatic Rise of **the Tuoba Wei**’, and then the chart comparing the ‘**Rise and Fall of the Six Kingdoms**’ – neither of which he had thought he'd get as far as today; neither of which topics, therefore, he had prepared. (第 229 页第 26 行)	But after a while he came to “The Sudden Rise of **the Tobas.**” After that came the “**Chart of the Rise and Fall of the Six Kingdoms,**” which he had not expected to reach today and had not prepared. (第 139 页第 15 行)
不过其时很晚，已经在打完第二圈，他快要凑成“**清一色**”的时候了。(第 142 页第 14 行)	Though not until the end of the second round, as he fast approached **a winning hand**. (第 231 页第 33 行)	It was very late, they had already finished the second round, and he was on the point of **completing a flush**. (第 143 页第 15 行)

阳宅先生　即堪舆家。俗称风水先生。蓝译为 a fengshui expert，杨译为 a geomancer，意思是“地卜者”，也就是“风水先生”。蓝译直接音译是可取的，因为“风水”一词已经被西方所接受，杨译则是在用词上有所不同，但和蓝译表达的意思是一样的。

二百番　其中的番是“番饼”的简称。旧时我国某些地区称从外国流入的银币为番饼(后来也泛指银元)。蓝译为 two hundred big ones – that's silver dollars，使用了解释的方法，说明“番”代表的含义；杨译则直接翻译为 two hundred silver dollars，表明“番”代表的含义。

乩仙　指扶乩时请托的神灵。蓝译译文为 our immortal muse，who goes by the name of Flower – Heart Pearl，使用了 muse 来表示这是女仙子，杨译译文为 Our oracle，用 oracle 来表示这是作为神示媒介的人。

青眼　指对人喜爱或器重。与“白眼”相对。蓝译的译文是根据上下文的意义翻译为 be captivated，“captivate”意为“迷住”的意思，表明了原文的含义；杨译则是用了更为通俗的解释,翻译为 look with great favour。

两仪 在《易经》中指阴阳。蓝译为 the cosmic order of things,表达了自己对两仪的理解,杨译则是把两仪直接翻译为“两性”之间 between the sexes。通过上下文可以得知,杨译的两性更符合原文的意义。蓝译的理解则显得过于宽泛了。

淝水之战 发生于公元 383 年,是东晋时期北方的统一政权前秦向南方东晋发起的侵略吞并的一系列战役中的决定性战役。前秦出兵伐晋,于淝水(现今安徽省寿县的东南方)交战,最终东晋仅以八万军力大胜八十余万前秦军。蓝译为 the Battle of Fei River, 杨译为 the Battle of Feishui,二者在翻译上各有特点,蓝译突出了“淝水”表达的“水”的含义,所以译文中用了“River”一词,杨译则注重地点含义的表达,故直接把“淝水”音译出来。

苻坚 前秦世祖宣昭皇帝(338 年—385 年),字永固,又字文玉,小名坚头,氐族,略阳临渭(今甘肃秦安)人,十六国时期前秦的君主,公元 357—385 年在位。对于这个古代人物,蓝译和杨译都采用了音译方法,直接翻译为 Fu Jian。

拓跋氏 拓跋姓出自鲜卑族拓跋(又称托跋)部,为黄帝后裔。蓝译为 the Tuoba Wei,杨译为 the Tobas,两位译者都是采取了虚化处理的方式,没有过多纠结于原文的历史背景。

六国 又称山东六国,指崤山以东的六个国家:齐、楚、燕、韩、赵、魏。当时天下战国七雄,西方的秦国与东方的六国对立,山东六国合纵以抗秦,后都被秦国所灭,因此经常合称六国。蓝译和杨译的表达一致,都是翻译为 the Six Kingdoms。原文包含的历史内容过于丰富,如果采用注释的方法恐怕花费的笔墨过于繁多,所以直接按照字面意义翻译,则免去了很多的麻烦,也就是采用虚化的处理。

清一色 麻将番种之一,指由一种花色的序数牌组成的和牌。在各类麻将变种中均计此番种,国标麻将计 24 番。蓝译为 a winning hand,杨译为 completing a flush。两位译者都是采取了意译的方法,把麻将的一种和牌方式翻译了出来,但目标语读者是否能够明白还有待于考证。

七、《孤独者》中的文化负载词汇翻译

原文	蓝译	杨译
族长，近房，他的祖母的母家的亲丁，闲人，聚集了一屋子，豫计连殳的到来，应该已是入殓的时候了。（第148页第28行）	**Every relative that could be rustled up** – together with a number of idle spectators – now assembled. When Lianshu arrived, they calculated, it would be time to place the deceased in her coffin.（第233页第18行）	**Elders of the clan**, close relatives, members of his grandmother's family and others crowded the room anticipating Wei's return, which would be in time for the funeral.（第149页第32行）
寿材寿衣早已做成，都无须筹画。（第148页第30行）	**Everything was ready – the objects to accompany her on her journey to the afterlife, her burial clothes**; no further preparation was required.（第233页第21行）	The **coffin and shroud** had long been ready，（第149页第34行）
他们的第一大问题是该怎样对付这"**承重孙**"。（第148页第31行）	The principal obstacle to be anticipated was **this chief mourner** of hers：（第233页第23行）	The immediate problem was how to cope with **this grandson**，（第149页第34行）
一是穿白，二是跪拜，三是请和尚道士**做法事**。（第150页第3行）	One, that he should wear white, the conventional colour of mourning; two, that he should kneel; and three, that Daoist and Buddhist monks should be called in to **perform the proper ceremonies**.（第233页第27行）	First, he must wear deep mourning; secondly, he must kowtow to the coffin; and, thirdly, he must let Buddhist monks and Taoist priests **say mass**.（第151页第2行）
我因为闲着无事，便也如大人先生们一下野，就要**吃素谈禅**一样，正在看佛经。（第156页第14行）	Perhaps I had had too little to do with myself for too long. I was beginning to sound like one of those government types forced out of office, **who take up Buddhism in the political wilderness**.（第238页第4行）	Since my unemployment, just like those great officials who resigned from office and **took up Buddhism**, I had been reading the Buddhist sutras.（第157页第16行）

续表

原 文	蓝 译	杨 译
你实在亲手造了**独头茧**,将自己裹在里面了。(第 164 页第 2 行)	You've spun a **cocoon** of loneliness around yourself. (第 242 页第 14 行)	You are really wrapping yourself up in a **cocoon** . (第 165 页第 3 行)
使人一见就觉得我是在挑剔**学潮**,连推荐连殳的事,也算是呼朋引类。(第 168 页第 23 行)	But they were ingeniously worded to give the direct impression I was plotting **revolution on campus**. Even my friendship with Lianshu got dragged into it – as if we were part of some insidious cabal. (第 245 页第 10 行)	But it cleverly insinuated that I was stirring up **trouble in the school**, even my recommendation of Wei being interpreted as a manoeuvre to clique about me. (第 169 页第 24 行)
但仰面一看,门旁却白白的,分明帖着一张**斜角纸**。(第 176 页第 3 行)	I then noticed a strip of white **mourning paper** pasted diagonally across the side of the gate. (第 249 页第 2 行)	When I looked up, I saw a strip of **white paper** stuck on the door. (第 177 页第 4 行)
我退开了,他的从堂兄弟却又来周旋,说"舍弟"正在年富力强,前程无限的时候,竟遽尔"**作古**"了。(第 178 页第 5 行)	As I retreated, the cousin approached once more to continue our exchange: his 'younger brother', he said, had suddenly **passed away** in the prime of life. (第 250 页第 11 行)	As I withdrew, his cousin accosted me to state that Wei's **untimely death**, just when he was in the prime of life and had a great future before him. (第 179 页第 5 行)
钉棺材钉时,"**子午卯酉**"四生肖是必须躲避的。(第 178 页第 13 行)	While it was being sealed up, anyone born **in the year of the rat, horse, rabbit or rooster** would have to make themselves scarce (for fear, presumably, of some cosmic clash). (第 250 页第 23 行)	And when the coffin was nailed down, people **born under certain stars** should not be near. She rattled on. (第 179 页第 13 行)
要是你早来一个月,还赶得上看这里的热闹,三日两头的**猜拳行令**,说的说,笑的笑,唱的唱,做诗的做诗,打牌的打牌……(第 178 页第 23 行)	If only you'd got here a month earlier, you'd have had yourself a time – **drinking**, chatting, laughing, singing, poetry, mahjong . . . (第 251 页第 1 行)	If you had come one month earlier, you could have seen all the fun here: **drinking games** practically every day, talking, laughing, singing, poetry writing and mahjong games. . . . (第 179 页第 24 行)

族长 指的是一个宗族中行辈、地位最尊的人。蓝译为 Every relative that could be rustled up,根据原文进行了意译,省略了对“族长”的翻译,以 relative 来统称;杨译则是比较具体一些,翻译为 Elders of the clan,但也没有特别突出“族长”的含义。

寿材寿衣 寿材指棺材(多指生前准备的);寿衣是装殓死者的衣服,是指为亡人穿戴的衣服,老年人生前就做好死后要穿的衣服,称寿衣,寓为健康长寿之意。蓝译为 Everything was ready - the objects to accompany her on her journey to the afterlife, her burial clothes,杨译为 coffin and shroud。蓝译把原文进行了分析概括,同时又解释了原文包含的意义,对原文进行了灵活处理,突出体现了蓝译的翻译风格:在译文中体现文化内涵。杨译比较简单,对原文进行了直译,表达更为简洁。

承重孙 按照中国古代宗法制度,如长房长子比父母先死,那么长房长孙在他祖父祖母死后举办丧礼时要代替长房长子(即自己的父亲)做丧主,叫承重孙。蓝译为 this chief mourner,突出了原文的文化内涵,杨译直接译为 this grandson,没有原文所包含的文化含义。两位译者都是虚化了原文。

做法事 法事指供佛、礼忏、打醮、修斋等宗教法会、仪式。蓝译为 perform the proper ceremonies,杨译为 say mass。在处理这个词汇的时候,蓝译比较注重通俗易懂,而杨译则更靠近异化的翻译方法。

吃素谈禅 吃素指不吃鱼肉等荤腥食物。佛教徒的吃素戒律还包括不吃“五荤”。谈禅,谈说佛教教义。蓝译为 who take up Buddhism in the political wilderness,杨译为 took up Buddhism。两位译者把翻译中心都放在“谈禅”上,都忽略了“吃素”。

独头茧 比喻将自己孤立起来的环境。两位译者都是采用了解释的翻译方法,用 cocoon 形象地反映了原文的含义。

学潮 指学生、教员因对当时政治或学校事物有所不满而掀起的风潮。蓝译为 revolution on campus,杨译为 trouble in the school。两位译者的表达虽然不一致,但都反映了该词与学校或学生有关的含义。

斜角纸 指的是旧时民间有丧事时在大门旁斜贴的白纸,又称“殃榜”。纸上写明死者性别、年龄,入殓时需要避开何种生肖的人,以及“殃”或“煞”的种类、日期,使别人知道避忌。蓝译为 mourning paper,杨译为 white paper。蓝译更为突出原文的文化含义,而杨译则是直译,忽略了原文的内在含义。

作古 一般来说是对某人死去的一种婉称,这种婉称一般不对关系亲密的人用，即一般不用于家人、亲密朋友身上。蓝译为 passed away，杨译为 untimely death。两位译者用词不同，但都表达了原文的含义。

子午卯酉　子午指夜半和正午。旧时计时法，以夜间十一时至一时为“子”时，以白昼十一时至一时为“午”时。卯酉指早晚。卯是卯时，指早晨；酉是酉时，指傍晚。亦用以代指岁月。蓝译为 in the year of the rat，horse，rabbit or rooster，杨译为 born under certain stars。从二者的译文中可以看出，蓝译更注重保留原文的文化内涵，更贴近原文的含义。而杨译则是注重读者的感受，迎合读者的心理喜好，采用读者更容易接受的表达方式来翻译原文。

猜拳行令　形容宴饮欢畅。猜拳指的是饮酒时两人同时伸出手指并说一数，如数与两人伸出手指的总数相符为胜，输者罚酒。蓝译为 drinking，杨译为 drinking games。原文在汉语中是一个非常普通的表达方法，但其所包含的文化内容并不简单，也不是简简单单的词汇就能表达清楚，在译文中又不能过多地解释，所以蓝译直接用 drinking 来表示，杨译则增加了一个 game，表示不单单是 drinking，而是伴随 drinking 而进行的活动，更符合原文的含义。两位译者都采用了虚化的手段，译文对于读者来说更容易理解。

八、《伤逝》中的文化负载词汇翻译

原　文	蓝　译	杨　译
会馆里的被遗忘在偏僻里的破屋是这样地寂静和空虚。（第 188 页第 3 行）	How quiet and empty this shabby old room is, in its forgotten corner of **the hostel**.（第 254 页第 3 行）	How silent and empty it is, this shabby room in a forgotten corner of **the hostel**.（第 189 页第 3 行）
我憎恶那不像子君鞋声的穿布底鞋的**长班**的儿子。（第 188 页第 27 行）	How I hated the son of **the local official**'s factotum, his cloth soles a world away from Zijun's high heels.（第 255 页第 6 行）	I hated **the steward**'s son who wore cloth – soled shoes which sounded quite different from those of Zijun.（第 289 页第 27 行）
还有一只花白的叭儿狗，从**庙会**买来，记得似乎原有名字，子君却给它另起了一个，叫作阿随。（第 194 页第 31 行）	Then there was the grey pug, again from **a temple bazaar**. I seem to remember it already had a name when we got it, but Zijun gave it another – Tag.（第 258 页第 30 行）	Then there was a spotted peke, bought at **the market**. I believe he had a name of his own to begin with, but Zijun gave him another one — Asui.（第 195 页第 34 行）

续表

原　文	蓝　译	杨　译
倘使插了**草标**到庙市去出卖，也许能得几文钱罢，然而我们都不能，也不愿这样做。（第 202 页第 25 行）	We might have got a few coppers for him at a temple bazaar, but we couldn't quite bring ourselves to do it.（第 263 页第 9 行）	If we had **tied a tag to** him and put him on sale in the market, we might have made a few coppers. But neither of us could bring ourselves to do this.（第 203 页第 27 行）

会馆　指的是旅居异地的同乡人共同设立的馆舍，主要以馆址的房屋供同乡、同业聚会或寄居。蓝译和杨译的译文一致，都翻译为 the hostel，没有突出“会馆”的真正含义。

长班　指的是官员身边随时听使唤的仆人，又称“长随”。蓝译为 the local official，译文与原文的含义不够对等，没有充分反映原文的含义；杨译 the steward 要好得多，至少突出了原文中“仆人”的含义。

庙会　又称“庙市”或“节场”。是汉族民间宗教及岁时风俗，一般在春节、元宵节等节日举行。也是我国集市贸易形式之一，其形成与发展和地庙的宗教活动有关，在寺庙的节日或规定的日期举行，多设在庙内及其附近，进行祭神、娱乐和购物等活动。庙会流行于全国广大地区。蓝译为 a temple bazaar，杨译为 the market。二者的译文中，蓝译突出了原文中与寺庙有关的含义，更为贴切。杨译则比较简单，但是 market 一词不能足够体现原文的含义。

草标　指插在物品上，作为待售标志的草束。语出《水浒传》第十二回：“当日将了宝刀，插了草标儿，上市去卖。”蓝译直接省略了这个词汇的翻译，杨译为字面直译，翻译为 tied a tag to。

九、《弟兄》中的文化负载词汇翻译

原　文	蓝　译	杨　译
对面的寓客还没有回来，照例是看戏，或是**打茶围**去了。（第 230 页第 23 行）	The occupant of the rooms opposite was still out – probably at the opera, as usual, or at one of those **teahouse – brothels**.（第 277 页第 21 行）	The tenant who lived opposite was, as usual, still out at an opera or **bawdy – house**.（第 231 页第 25 行）

续表

原 文	蓝 译	杨 译
连买棺木的款子也不够,怎么能够运回家,只好暂时寄顿在**义庄**里……(第 232 页第 1 行)	There wasn't even enough money to buy wood for the coffin. And even if they found the money, how would they get it back home? Best leave it in **the public cemetery** for the time being.(第 277 页第 37 行)	He couldn't even afford to buy a coffin, so how could he have it sent to their old home? He'd have to deposit it for the time being in **the public mortuary**.(第 233 页第 1 行)
先帝爷,在**白帝城**……(第 232 页第 5 行)	**Our late emperor** is in **the White City**....(第 278 页第 5 行)	**The First Emperor** in **Baidi City**....(第 233 页第 6 行)
——荷生满脸是血,哭着进来了。他跳在**神堂**上……(第 236 页第 21 行)	Hesheng runs in, crying, his face covered in blood, and jumps on to **the ancestral altar** to denounce his uncle.(第 280 页第 31 行)	Hesheng came in sobbing, his face streaming with blood. He jumped onto **the shrine**....(第 237 页第 22 行)

打茶围 是过去妓院的一种嫖妓形式:单人或几个人去妓院,由妓女陪着调笑、喝茶、聊天、吃饭、打牌,而不宿夜。蓝译为 teahouse - brothels,杨译为 bawdy - house,两位译者都是采用了直译的方法。

义庄 古代汉族社会风俗,指的是宗族所有之田产,始于北宋。仁宗时范仲淹在苏州用俸禄置田产,收地租,用以赡族人、固宗族,系取租佃制方式经营。蓝译为 the public cemetery,cemetery,意为"墓地",所以和小说中的"义庄" 略有差异;杨译为 the public mortuary,mortuary,意为"停尸房",与原文意义相近,原文也是说把尸体存放在义庄,所以 mortuary 更接近原文意义。

先帝爷 先帝也就是古代人所说的前皇帝,蓝译为 late emperor,杨译为 The First Emperor,二者没有太大的差别,但笔者更赞同蓝译。

白帝城 位于重庆奉节县瞿塘峡口的长江北岸,奉节东白帝山上,三峡的著名游览胜地。历代著名诗人李白、杜甫、白居易、刘禹锡、苏轼、黄庭坚、范成大、陆游等都曾登白帝,游夔门,留下大量诗篇,因此白帝城又有"诗城"之美誉。蓝译为 the White City。笔者认为,蓝译把"白帝城"翻译为"白城"是有待商榷,有违原文的意义;杨译为 Baidi City,直接采用音译的方法,易于读者接受和事后深入的探究。

神堂 指供神的处所。蓝译为 the ancestral altar,杨译为 the shrine,二者的翻译虽然略有差异,但都与原文相匹配,反映了原文的文化含义。

十、《离婚》中的文化负载词汇

原 文	蓝 译	杨 译
难道和知县大老爷**换帖**,就不说人话了么?(第 246 页第 30 行)	Now Mr Qi's become **bosom pals** with the magistrate – does that mean he's too high and mighty to talk to people like us?(第 285 页第 11 行)	Just because he **exchanges cards** with the magistrate, does that mean he can't talk our language?(第 247 页第 33 行)
这就是"**屁塞**",就是古人大殓的时候塞在屁股眼里的。(第 252 页第 9 行)	Now this – this is an "**anus – stopper**": used by the ancients in burials, to stop up the anus of the deceased.(第 288 页第 5 行)	This is an **anus – stop**, which the ancients used in burials.(第 253 页第 10 行)
倒也可以买得,至迟是汉。你看,这一点是"**水银浸**"……(第 252 页第 12 行)	Still quite a buy, though; no later than Han dynasty, 21 would say. Look, you can still see **the mercury stain** . . .'(第 288 页第 9 行)	It's worth having: it can't be later than Han. Look at this '**mercury stain**.'(第 253 页第 13 行)
他们就是专和我作对,一个个都像个"**气杀钟馗**"。(第 254 页第 14 行)	And still they did everything they could **to make my life difficult**, to find fault.(第 289 页第 20 行)	But they kept finding fault with me — each one was **a regular bully**.(第 255 页第 16 行)
我是**三茶六礼**定来的,花轿抬来的呵!(第 254 页第 22 行)	I'm his wife – carried in on a bridal chair, with all **the proper ceremonies**!(第 289 页第 29 行)	I married him with the proper ceremonies — **three lots of tea and six presents** — and was carried to his house in a bridal sedan!(第 255 页第 25 行)

换帖 指的是旧时汉族婚俗之一。男女双方说定亲事后,择定吉日换帖。帖用印有龙凤图案的红纸,写上姓名、门第和生辰八字等,换贴后,婚姻关系即确立,故俗称龙凤帖。但在本小说中与婚姻没有关系,指的是二人关系很亲密,所以蓝译翻译为 bosom pals,更为外国译者所接受;杨译则直译,翻译为 exchanges cards,

二者的译文与原文所表达的文化含义都有差异。

屁塞　就是古人死后,常用玉、石等物塞入肛门;当然也有将玉石塞入口、鼻、耳里的,相传可以防止尸体腐烂。蓝译为 anus - stopper,杨译为 anus - stop。蓝译中的 stopper 是"塞子"的意思,所以更接近原文。

水银浸　指的是殉葬的金玉等器物,被大殓时涂于尸体上的水银所浸染而形成的斑点。蓝译为 the mercury stain,杨译为 mercury stain,两位译者的翻译基本一致,都是直译,表示是水银浸泡后留下的印记。

气杀钟馗　出自清・樵玉山人《钟馗捉鬼传》:唐代人钟馗考取了状元,但由于相貌丑陋,皇帝打算另选。于是钟馗气愤之极,自刎而死。对于原文中的"钟馗",两位译者都没有翻译,只是把上下文的含义翻译出来,省略了"钟馗"。对于这个有文化背景含义的词汇,不论用什么翻译方法,都会花费译者大量的笔墨进行解释,省略也是一种解决办法,同时并不影响译文的完整性。

三茶六礼　是中国古代传统婚姻嫁娶过程中的一种习俗礼仪,现也用于代指生意、交易、合作等。三茶,指订婚时的"下茶",结婚时的"定茶"和同房时的"合茶"。六礼,指由求婚至完婚的整个结婚过程,即婚姻据以成立的纳采、问名、纳吉、纳征、请期、亲迎等六种仪式。三茶六礼的传统婚姻习俗礼仪使结婚的夫妇取得祖先神灵的认可和承担履行对父母及亲属的权利义务。在古代,男女若非完成三茶六礼的过程,婚姻便不被承认为明媒正娶。蓝译为 all the proper ceremonies,杨译为 the proper ceremonies — three lots of tea and six presents。蓝译又一次显示了译者的翻译风格,采用了高度概括的方法,既不失原文本身的含义,同时也省去了大段解释的烦恼。杨译在概括原文含义之后又补充翻译了"三茶六礼",但"three lots of teas and six presents"并没有具体说明究竟什么是"三茶",什么是"六礼",还是在理解上容易造成阅读障碍。

第3节　《呐喊》中的文化负载词汇翻译

上面一节讨论了《彷徨》中文化负载词汇的翻译,可以看出蓝译和杨译不同的翻译策略,正如刘岚(2016)指出的:"每一个译者的策略在当时的历史背景和特定的翻译动机下都是合理的选择。"译文就是译者个人认知的具体体现。下面讨论《呐喊》中文化负载词汇的翻译。

一、《狂人日记》中的文化负载词汇翻译

原 文	蓝 译	杨 译
某君**昆仲**，今隐其名，皆余昔日在中学时良友。（第 14 页第 1 行）	At school I had been close friends with **two brothers** whose names I will omit to mention here.（第 21 页第 1 行）	**Two brothers**, whose names I need not mention here, were both good friends of mine in high school;（第 15 页第 1 行）
只有廿年以前，把古久先生的**陈年流水簿子**，踹了一脚，古久先生很不高兴。（第 16 页第 3 行）	All I could think of was that twenty years ago, I stamped on **the Records of the Past**, and it has been my enemy since.（第 22 页第 22 行）	I can think of nothing except that twenty years ago I trod on Mr. Gu Jiu's **old ledgers**, and Mr. Gu was most displeased.（第 17 页第 6 行）
他们——也有给**知县**打枷过的，也有给绅士掌过嘴的，也有**衙役**占了他妻子的。（第 16 页第 11 行）	Those people. They have been pilloried by **their magistrate**, beaten by their squires, had their wives requisitioned by **bailiffs**.（第 23 页第 5 行）	Those people, some of whom have been pilloried by **the magistrate**, slapped in the face by the local gentry, had their wives taken away by **bailiffs**.（第 17 页第 14 行）

昆仲　称呼别人兄弟的敬词；昆的含义为哥哥或者胞兄；仲则是弟弟的意思。昆仲是兄和弟的意思，比喻亲密友好。蓝译和杨译的译文是一样的，都翻译为 two brothers，哥和弟的含义并没有明确的表达，只能靠读者自己理解了。余立霞（2016）曾应用翻译目的论来探讨文化负载词汇的翻译，认为“翻译过程是由译者根据不同的翻译目的使用不同的翻译策略对译文进行的调整和修改”。两位译者的翻译目的应该是使读者明白原文所包含的主要意义，因此用 two brothers 体现了译者的翻译目的。

陈年流水簿子　陈年的意思是积存多年的；流水指商店的销货金额；簿子指记载、登记事项的本子。语出清李渔的《凰求凤·假病》。蓝译为 the Records of the Past，杨译为 old ledgers。两位译者的用词不尽相同，但都采用了直译的方法对原词进行了翻译。

知县　官名。明、清以知县为一县的正式长官，正七品，俗称“七品芝麻官”。蓝译为 their magistrate，杨译为 the magistrate，两位译者的中心词都是一样的。根据科林斯词典，A magistrate is an official who acts as a judge in law courts which deal with minor crimes or disputes，所以 magistrate 就是治安法官的意思，与古代知县的含义是

有很大差异的。有研究者提出对等的翻译策略，但找到和汉语原词绝对对等的词汇几乎是不可能的，所以两位译者只能是依托该词来表达原词的主要含义。

衙役　指的是衙门里的差役。两位译者都用了 bailiffs 一词，这个词在英文中表示的是法庭中的法警，衙役是在衙门里做事，也算是在执法部门工作，因此这个词是基本传达了原词的含义。

二、《孔乙己》中的文化负载词汇翻译

原　文	蓝　译	杨　译
孔乙己长久没有来了。还欠**十九个钱**呢！（第 40 页第 15 行）	I haven't seen Kong Yiji for ages. He still owes me **nineteen coppers**!（第 35 页第 19 行）	"Kong Yiji hasn't shown up for a long time," "He still owes **nineteen coppers**."（第 41 页第 15 行）
这一回，是自己发昏，竟偷到丁**举人**家里去了。（第 40 页第 18 行）	But he must have been out of his mind to try it on with **Mr Ding, the magistrate**.（第 35 页第 26 行）	This time he was fool enough to steal from **Mr. Ding, the provincial - grade scholar**.（第 41 页第 21 行）
怎么样？先写**服辩**，后来是打，打了大半夜，再打折了腿。（第 40 页第 20 行）	First they got **a confession** out of him, then they beat the hell out of him and broke his legs. Past midnight it went on.（第 35 页第 28 行）	What happened? First he wrote **a confession**, then he was beaten. The beating lasted nearly all night, and they broke both his legs.（第 41 页第 24 行）

十九个钱　指的是孔乙己时代人们所使用的钱币的单位，就是铜钱，所以两位译者都用了 coppers，就是 19 个铜钱或铜板。

举人　在明、清时称乡试中试的人为举人，亦称为大会状、大春元。中了举人叫"发解""发达"。习惯上举人俗称为"老爷"，雅称则为孝廉。蓝译为 Mr Ding, the magistrate，杨译为 Mr. Ding, the provincial - grade scholar。蓝译译文中用了 magistrate，而上文的"知县"也用的是同样的词汇，所以按照蓝译的翻译，举人等于知县，这是不合适的。在表达原文文化含义上，还是杨译更符合原文含义。

服辩　亦作"服辨"、"伏辩"，指的是认罪供状、认罪文据。两位译者都用了 a confession来表示，清楚地表达了原词的含义。

三、《药》中的文化负载词汇翻译

原　文	蓝　译	杨　译
他的精神,现在只在一个包上,仿佛抱着一个**十世单传**的婴儿,别的事情,都已置之度外了。(第 50 页第 22 行)	His mind was now focused on one object alone, as if he held in his hands **the single heir to an ancient house**; all else was shut out. (第 39 页第 10 行)	His whole mind was on the package, which he carried as carefully as if it were **the sole heir to an ancient house**. Nothing else mattered now. (第 51 页第 24 行)
只有小栓坐在里排的桌前吃饭,大粒的汗,从额上滚下,夹袄也帖住了脊心,两块肩胛骨高高凸起,印成一个**阳文**的"八"字。(第 50 页第 28 行)	No customers, only his son, sitting eating at one of the inner tables, fat beads of sweat rolling off his forehead, thick jacket stuck to his spine, the hunched ridges of his shoulder blades almost joined in **an inverted V**. (第 39 页第 19 行)	Only his son was sitting at a table by the wall, eating. Beads of sweat stood out on his forehead, his lined jacket was sticking to his spine, and his shoulder blades stuck out so sharply, **an inverted V** seemed stamped there. (第 51 页第 31 行)
华大妈候他喘气平静,才轻轻的给他盖上了满幅补钉的**夹被**。(第 52 页第 31 行)	Once his breathing had steadied, Hua Dama lightly covered him with **a patched quilt**. (第 40 页第 26 行)	The woman waited till his breathing was regular, then covered him lightly with **a much patched quilt**. (第 53 页第 35 行)
路的左边,都埋着死刑和**瘐毙**的人。(第 58 页第 8 行)	To the left of this natural boundary line were buried the bodies of the executed and **those who had died in prison**. (第 43 页第 9 行)	Left of the path, executed criminals or **those who had died of neglect in prison** were buried. (第 59 页第 9 行)

十世单传　指连续十代都是一个儿子,形容极其宝贵。蓝译为 the single heir to an ancient house,杨译为 the sole heir to an ancient house。两位译者的译文基本没有太大区别,唯一的区别就是"单"字的翻译,用 single 或者用 sole 并无太大区别。

阳文　指的是表面凸起的文字或者图案。采用模印、刀刻、笔堆等方法,制出凹凸的器物、平面文字和图案等。在本文中,作者鲁迅使用比喻的写法,说明小栓比较瘦弱的样子。两位译者都用了同样的表达方法 an inverted V,使用了 invert 这个词和字母 V 象形地表达了原文的含义

夹被 指的是没有被胎，只有表里的被子。蓝译为 a patched quilt，杨译为 a much patched quilt。两位译者都没有表达出原词没有被胎的含义，只是说明这是一床打满了补丁的被子。

瘐毙 指的是关在牢狱里的人因受刑或饥寒、疾病而死亡，也作“瘐死”。蓝译为 those who had died in prison，译文比较清楚，虽然没有指明死因，但读者可以想象到监狱中的生活，进而联想到死亡的原因。杨译为 those who had died of neglect in prison，译文用了 neglect 一词来表达监狱中犯人饥寒交迫的生活。两位译者的翻译都非常清楚地表达了原词的含义。

四、《明天》中的文化负载词汇翻译

原　文	蓝　译	杨　译
单四嫂子心里计算：**神签**也求过了，**愿心**也许过了，**单方**也吃过了，要是还不见效，怎么好？（第 68 页第 19 行）	She **had drawn lots**, she had **beseeched the gods**, she was thinking to herself; she had even given him **medicine**. What else was there left for her to do?（第 46 页第 26 行）	“I've **drawn lots** before the shrine,” she was thinking. “I've **made a vow to the gods**, he's taken **the guaranteed cure**. If he still doesn't get better, what can I do ?”（第 69 页第 21 行）
他摸出**四角银元**，买了号签，第五个轮到宝儿。（第 70 页第 5 行）	**Four silver dollars** bought Bao' er fifth place in the queue.（第 47 页第 27 行）	She produced **forty silver cents** for a registration slip, and Bao'er was the fifth to be seen.（第 71 页第 6 行）
何小仙伸开两个指头**按脉**，指甲足有四寸多长。（第 70 页第 6 行）	Ho Xiaoxian uncurled two fingers – both nails a generous four inches long – and **felt his pulse**.（第 47 页第 28 行）	Dr. He stretched out two fingers **to feel the child's pulses**. His nails were a good four inches long,（第 71 页第 7 行）
“先生，——我家的宝儿什么病呀？” “他**中焦**塞着。”（第 70 页第 10 行）	What's wrong with Bao' er, doctor? she asked nervously. “His **stomach's** blocked.”（第 47 页第 31 行）	What's wrong with my Bao'er, doctor? “An obstruction of **the digestive tract**.”（第 71 页第 11 行）
王九妈便发命令，烧了**一串纸钱**。（第 72 页第 27 行）	Quickly assuming command, Mrs Wang gave orders for a chain of **paper money** to be burnt.（第 49 页第 29 行）	Ninth Aunt Wang decreed that a string of **paper coins** should be burnt.（第 73 页第 31 行）

续表

原 文	蓝 译	杨 译
收敛的时候,给他穿上顶新的衣裳,平日喜欢的玩意儿。(第 74 页第 27 行)	Bao'er **had been placed in the coffin** wearing his newest clothes, with his favourite toys laid on the pillow next to him.(第 50 页第 37 行)	Before **putting him in the coffin** she had dressed him in his newest clothes and set by his pillow all the toys he liked best.(第 75 页第 30 行)

神签 指的是旧时寺庙中写有诗句的编号竹片,供求神者占卜吉凶。蓝译为 had drawn lots,杨译为 drawn lots before the shrine。两位译者的翻译差别不大,说的都是人们抽签占卜吉凶的意思,都表达了原词的主要含义。

愿心 指发下的心愿。《清平山堂话本·花灯轿莲女成佛记》中提到过。蓝译为 she had beseeched the gods,杨译为 I've made a vow to the gods,都比较规范地翻译了原文。

单方 指单味药制剂,是与复方相对应的一个概念(复方是指两种或两种以上的药物混合制剂,可以是中药、西药或中西药混合)。根据汉语含义可得知原文指的就是一种药,所以蓝译把原文翻译为 medicine 比较简单清楚,杨译的 the guaranteed cure 则是进一步引申了原词的含义,意思是灵丹妙药,吃了必定药到病除。

四角银元 银元是近代的重要币种之一。1890 年(光绪十六年)官方开始正式铸造银元,民国时期建立银本位货币制度以后,也以银元作为主要流通币。蓝译为 Four silver dollars,杨译为 forty silver cents。根据民国初年的银价,1 块银元是 10 角,1 角可以换 100 个铜板,所以四角银元应该是 400 铜板。但不同时期不同的换算方法,具体的换算方法还有待进一步考证。

按脉 也叫诊脉,中医看病的一种方法。蓝译为 felt his pulse,杨译为 to feel the child's pulses。两位译者的主要动词都用了 feel,没有太大的差异。

中焦 指的是人体部位名,三焦之一。三焦的中部,指上腹部分。它的主要功用是助脾胃。蓝译为 stomach,杨译为 the digestive tract。中国的中医文化博大精深,尤其是穴位的知识,对于外国读者来说,要了解中国的中医知识恐怕会有相当大的难度,所以蓝译直接用了一个最普通的名词 stomach 来表示原词的隐含意义,杨译则是更为具体了一些,两位译者这种简化的翻译方法是有助于读者理解的。

纸钱 指的是民间祭祀时用以礼鬼神和葬礼及扫墓时用以供死者享用的冥币之一。这种烧纸钱的习俗起源于魏晋南北朝,盛于唐宋,流传至今。蓝译为 paper money,杨译为 paper coins。这个词汇在前文出现过,请参看前文。

收敛　指的是把人的尸体放入棺材之中。蓝译是 had been placed in the coffin,杨译是 putting him in the coffin。两位译者都是采用简洁的语言来直接翻译。

五、《一件小事》中的文化负载词汇翻译

原　文	蓝　译	杨　译
这是**民国六年**的冬天,大北风刮得正猛,我因为生计关系,不得不一早在路上走。(第 84 页第 7 行)	It was **the winter of** 1917 – the sixth year of our new Republic – the north wind scouring the city in great, fierce gusts. Early each morning, in the interests of making a living, I would take myself on to the almost deserted streets of Beijing. (第 53 页第 11 行)	It was **the winter of** 1917, a strong north wind was blustering, but the exigencies of earning my living forced me to be up and out early. (第 85 页第 8 行)

民国六年　1917 年,民国是 1912 年成立的,所以是民国六年。根据历史,原文翻译为 1917,两位译者的说法是一致的。

六、《头发的故事》中的文化负载词汇翻译

原　文	蓝　译	杨　译
阿,十月十日,——今天原来正是**双十节**。(第 92 页第 3 行)	October Tenth – **Double Tenth**,' I exclaimed, glancing at the new page. 'Revolution Day. It's not marked! (第 56 页第 3 行)	"Why, it's the tenth of October — so today is **the Double Tenth Festival**. But there's no mention of it here!" (第 93 页第 2 行)
据刑法看来,最要紧的自然是脑袋,所以**大辟**是上刑;次要便是生殖器了,所以**宫刑**和**幽闭**也是一件吓人的惩罚。(第 94 页第 1 行)	Look at their penal codes: **decapitation** saved for the most hideous crimes; **removal of sexual organs** next. Shaving the head was right at the bottom of the list of punishments. (第 57 页第 11 行)	Judging by the criminal code, what counted most was naturally the head, so **beheading** was the worst punishment. Next in importance was the sexual organ, so **castration and sterilization** was another fearful punishment. (第 93 页第 34 行)

续表

原 文	蓝 译	杨 译
我们讲革命的时候,大谈什么**扬州三日**,**嘉定屠城**,其实也不过一种手段;老实说:那时中国人的反抗,何尝因为亡国,只是因为**拖辫子**。(第94页第5行)	Before 1911, whenever we talked about revolution, we'd always go back over the **massacres** of the Manchu conquest in the middle of the seventeenth century, **at Yangzhou and Jiading**. But it was just rhetoric. Back then, the Chinese weren't really fighting for the nation. They were fighting for the right not **to scrape their hair back into queues and shave the fronts of their heads**. (第57页第17行)	When we talked about revolution, a lot was said about **the ten days in Yangzhou and the Jiading massacre**, but actually that was just a subterfuge. In fact, the Chinese people in those days revolted not because the country was on the verge of ruin, but because they had **to wear queues**. (第95页第5行)
顽民杀尽了,遗老都寿终了,辫子早留定了,**洪杨**又闹起来了。(第94页第8行)	But once resistance had been stamped out, and the old guard had died, the queue became a great immovable. Until the **Taiping Rebels** came along, letting their pigtails loose. (第57页第24行)	By the time all refractory subjects had been killed off and the survivors had died of old age, the queue was here to stay. But then **Hong and Yang** made trouble. (第95页第9行)
有一位**本家**,还预备去告官,但后来因为恐怕革命党的造反或者要成功,这才中止了。(第94页第26行)	**A relative** of mine would have informed on me, if he hadn't been more afraid the Revolution might actually succeed. (第58页第14行)	**One of my own family** planned to indict me, but he later refrained from doing this for fear the rebels of the revolutionary party might succeed. (第95页第31行)
有的还跟在后面骂:"这冒失鬼!""**假洋鬼子!**"(第94页第32行)	But I got insults wherever I went – idiot, **fake foreign devil**, etcetera, etcetera. (第58页第17行)	Some people even tagged after me cursing, 'Lunatic!' '**Fake foreign devil!**' (第95页第35行)
我于是不穿洋服了,改了**大衫**,他们骂得更利害。(第96页第1行)	I tried swapping my foreign clothes for **a long gown**, but it only made things worse. (第58页第18行)	Then I stopped wearing a suit and wore **a long gown**, but they cursed me harder than ever. (第97页第1行)

续表

原　文	蓝　译	杨　译
宣统初年,我在本地的中学校做**监学**,同事是避之惟恐不远,官僚是防之惟恐不严。(第 96 页第 11 行)	**The year the last emperor** came to the throne – 1909, that would be – I was **in charge of student affairs** at my local middle school. The other teachers treated me like a leper, while the local officials watched me like hawks. (第 58 页第 34 行)	**At the start of the Xuantong era**, when I was **dean of our local middle schoo**l, my colleagues kept at a distance from me, officialdom mounted a strict watch over me. (第 97 页第 12 行)

双十节　又称“辛亥革命纪念日”。两位译者的译法大致相同,蓝译为 Double Tenth,杨译为 the Double Tenth Festival,在阅读上没有造成障碍,但如果读者想进一步了解原文的历史含义,仅从字面上是无法得知的。

大辟　古代五刑之一,初谓五刑中的死刑,俗称砍头,隋后泛指所有死刑。语出《书·吕刑》:“大辟疑赦,其罚千锾。”蓝译为 decapitation,杨译为 beheading,两位译者选用的词汇虽然拼写不同,但都有一个共同的含义就是“砍头”,所以很贴切地表达了原词的含义。

宫刑　古代切除男子生殖器的一种刑罚。**幽闭**是对女犯施行的宫刑,始于中国奴隶社会时期,最早的记载见于《尚书·名刑》。蓝译为 removal of sexual organs, 杨译为 castration and sterilization,两位译者的处理方法基本一致,但蓝译只是对于两种刑罚进行了解释性的翻译,而杨译则是分别对两种刑罚做了具体的翻译。

扬州三日和嘉定屠城　指的是 1645 年(南明弘光元年,清朝顺治二年)清军攻破嘉定后,清军将领李成栋三次下令对城中平民进行大屠杀的事件。蓝译为 Massacres at Yangzhou and Jiading,杨译为 the ten days in Yangzhou and the Jiading massacre。两位译者基本上把原词的含义表达了出来。

拖辫子　指的是剃发蓄辫,这是 17 世纪中叶满洲人入主中原以后所形成的习俗,也是清朝统治者为了彻底从精神上征服汉人,把剃发作为一种表示归顺的标志。蓝译为 to scrape their hair back into queues and shave the fronts of their heads,杨译为 to wear queues。从两位译者的翻译看,蓝译给原词做了最全面的解释,杨译则是以简化为主,就是留辫子,没有详细解释。

洪杨　指的是洪秀全、杨秀清,咸丰元年(1815 年)开始的太平天国运动。蓝译为 the Taiping Rebels,杨译为 Hong and Yang。蓝译用一个大家都熟悉的历史名词来替代“洪杨”，而杨译则直接音译，虽然读者可以猜测到是历史人物，但是不如蓝译更明确。

本家 旧指已嫁女的娘家，蓝译为 A relative of mine，杨译为 One of my own family，二者区别不大，对于读者来说没有阅读上的障碍。

假洋鬼子 这种说法最早源于 1862 年，即同治元年，创始于上海。说中国话的华人兵勇穿洋人军服，于是当时的人就称这些华人兵勇为“假洋鬼子”。两位译者的翻译是一致的，都翻译为 fake foreign devil，表达了原词所包含的文化意义。

大衫 指身长过膝的中式单衣。两位译者对原词的翻译一致，都翻译为 a long gown，但中式大衫与 gown 所代表的含义还是有区别的。

宣统初年 宣统指的是清朝第十二位皇帝爱新觉罗·溥仪的年号，也是中国封建王朝历史上最后一个年号。自 1909 年启用至 1912 年 2 月 12 日废除，共 3 年有余。蓝译为 The year the last emperor，杨译为 At the start of the Xuantong era，两位译者虽然表达不一致，但意义是一样的。

监学 指的是清末在中等以上学堂设立的学官，也称学监。主管学生的学习、生活起居和日常行为。国子监是封建时代的教育管理机关和最高学府。蓝译为 in charge of student affairs，杨译为 dean of our local middle school。两位译者都是采取了解释的翻译方法，说明原词的文化含义是什么，比较清楚。

七、《风波》中的文化负载词汇翻译

原　文	蓝　译	杨　译
因此很知道些时事：例如什么地方，雷公劈死了蜈蚣精；什么地方，闺女生了一个**夜叉**之类。（第 106 页第 10 行）	No one knew better than he did where the god of thunder had struck a magic centipede dead, or where a virgin had given birth to **a demon** – etcetera, etcetera.（第 63 页第 6 行）	As a result he knew pretty well all that was going on; where, for instance, the thunder god had blasted a centipede spirit, or where a virgin had given birth to **a demon**.（第 107 页第 12 行）

续表

原 文	蓝 译	杨 译
七斤一手捏着象牙嘴白铜斗六尺多长的**湘妃竹**烟管，低着头，慢慢地走来，坐在矮凳上。（第 106 页第 14 行）	Head bowed, Seven - Pounds made his way slowly over to a stool and sat down, still holding his six - foot speckled **bamboo pipe** with its ivory mouth and pewter bowl.（第 63 页第 13 行）	In one hand Sevenpounder held a speckled **bamboo pipe** over six feet long with an ivory mouthpiece and a pewter bowl. He walked slowly over, his head bent, and sat on one of the low stools.（第 107 页第 17 行）
便是七斤嫂，那时不也说，没有辫子倒也没有什么丑么？况且**衙门**里的大老爷也还没有告示。（第 112 页第 4 行）	Calm down, Mrs Seven - Pounds,' she soothed. ' No one can read the future. I remember you saying you didn't think he looked too bad without a queue. Anyway, we haven't heard anything from **the magistrate** yet.（第 66 页第 15 行）	Never mind, Mrs. Sevenpounder. People aren't spirits — who can foretell the future? Didn't you yourself say at the time there was nothing to be ashamed of in having no queue? Besides, no order's come down yet from the big mandarin in **the yamen**....（第 113 页第 4 行）
伊虽然新近**裹脚**，却还能帮同七斤嫂做事。（第 116 页第 16 行）	And even though **her feet have now been bound**, she still helps Mrs Seven - Pounds with the chores.（第 69 页第 5 行）	Although recently they started **binding her feet**, she can still help Mrs. Sevenpounder with odd jobs.（第 117 页第 16 行）

夜叉 是梵文“Yaka”的译音，夜叉是鬼的名字，译为捷快，形容男的行动敏捷又迅速，又译苦活，形容他的生活是很痛苦的，同时十分丑陋，女的行动也十分敏捷又迅速，力量强大，不过很美。蓝译和杨译都采用了简化的方法，用 demon 来表示夜叉，但实际上 a demon 和国人头脑中的“夜叉”还有很大程度的不对等。

湘妃竹 又名斑竹，是禾本科竹亚科刚竹属植物桂竹的变种，产于湖南、河南、江西、浙江等地。竹竿布满褐色的云纹紫斑。蓝译和杨译的翻译方法一致，翻译为 bamboo pipe，但从原词的文化内涵看，译文属于欠额翻译。

衙门 旧时人们称官署为衙门，即政权机构的办事场所。衙门是由“牙门”转化而来的。衙门的别称是六扇门。蓝译为 the magistrate，杨译为 the yamen。蓝译译者比较爱用 magistrate 一词，虽然这个词可以替代很多意义，但从意义对等上看和原文含义有很大的差异。杨译为 yamen，更为贴切，况且 yamen 已经进入了英语词汇中。

裹脚 就是缠足,是中国古代乃至近代的一种习俗,即把女子的双脚用布帛缠裹起来,成为又小又尖的"三寸金莲"。"三寸金莲"也一度成为中国古代女子审美的一个重要条件。蓝译为 her feet have now been bound,杨译为 binding her feet,二者的翻译都比较到位。

八、《故乡》中的文化负载词汇翻译

原 文	蓝 译	杨 译
正月里供祖像,供品很多,祭器很讲究,拜的人也很多。(第 124 页第 12 行)	**In the first month of the lunar year**, the ancestral portraits were to be laid out on the altar, alongside piles of offerings in ornate sacrificial vessels. (第 71 页第 28 行)	**In the first month** the ancestral images were presented and offerings made. (第 125 页第 13 行)
阿呀呀,你放了**道台**了,还说不阔?你现在有三房姨太太;出门便是**八抬的大轿**,还说不阔?(第 130 页第 5 行)	What are you talking about? You **work for the government** – I bet you've three concubines, and travel everywhere in **a sedan car with eight carriers**. (第 75 页第 5 行)	Oh, come now, you have been made **the intendant of a circuit**, and do you still say you're not rich? You have three concubines now, and whenever you go out it is in **a big sedan – chair with eight bearers**, and do you still say you're not rich? (第 131 页第 5 行)
他回过头去说,"水生,给老爷**磕头**。(第 132 页第 4 行)	'Come and **kowtow**, Shuisheng.' He pulled the child hiding behind him forward. (第 76 页第 3 行)	He turned his head to call: Shuisheng, **bow to the master**." (第 133 页第 4 行)
杨二嫂发现了这件事,自己很以为功,便拿了那**狗气杀**。(第 134 页第 28 行)	Exceptionally pleased with this discovery of hers, she flew out of the door, scooping up en route **a wooden trough covered over by a grille that we'd once used to prevent dogs getting at chickenfeed**. (第 78 页第 2 行)	After making this discovery Mrs. Yang was very pleased with herself, and flew off taking **the dog – teaser** with her. (第 135 页第 32 行)

正月　指的是中国农历的第一个月,一般称为正月。蓝译为 In the first month of the lunar year,杨译为 In the first month。两位译者在翻译年代和时间上差异都不大,虽然表达不同,但原文的含义都得到了准确的传递。

道台　又称道员,是清代官名。根据清代的官阶制度:道员(道台)是省(巡抚、总督)与府(知府)之间的地方长官。蓝译为 work for the government,杨译为 the intendant of a circuit。官职翻译在汉译英中是比较难的一项,因为找到对应的英文很不容易,因此,蓝译采用了意译,翻译为某人为政府工作,很清楚。杨译令人费解。

八抬的大轿　轿子是我国古代的一种特殊的交通工具。蓝译为 a sedan car with eight carriers,杨译为 a big sedan – chair with eight bearers,两位译者基本一致,翻译中没有难点或疑点。

磕头　旧时礼节,跪在地上两手扶地,头挨地。蓝译为 Kowtow,杨译为 bow to the master。从汉语解释中可以看出来蓝译更为准确,杨译改变了原词的含义。

狗气杀　江南农村养鸡鸭家禽的人家常有的器具。"狗气杀"的大小没有一定,根据饲养多少而制作。蓝译为 a wooden trough covered over by a grille that we'd once used to prevent dogs getting at chickenfeed,杨译为 the dog – teaser。蓝译采用了解释的方法,杨译则给出了一个具体的名词,但读者不一定能够猜到是养鸡用的器具。

九、《阿 Q 正传》中的文化负载词汇翻译

原　文	蓝　译	杨　译
哪知道第二天,**地保**便叫阿 Q 到赵太爷家里去。(第 144 页第 3 行)	The following day, **the local constable** summoned Ah – Q to the Zhaos'. (第 81 页第 1 行)	But the next day **the bailiff** summoned him to Mr. Zhao's house. (第 145 页第 4 行)
阿 Q 没有家,住在未庄的**土谷祠**里。(第 146 页第 27 行)	Ah – Q had no home of his own: in Weizhuang, he lodged in **the Temple of the God of the Earth** and the God of the Five Grains. (第 83 页第 25 行)	Ah Q had no family but lived in **the Tutelary God's Temple** at Weizhuang. (第 147 页第 33 行)
状元不也是"第一个"么?"你算是什么东西"呢!?(第 150 页第 26 行)	you were left with 'top' – 'top' as in '**top in the civil service examinations**'. 'Ha! Scum!' (第 86 页第 22 行)	Was not **the highest successful candidate in the official examination** also "Number One"? "And who do you think you are?" (第 151 页第 29 行)

续表

原 文	蓝 译	杨 译
假使有钱,他便去**押牌宝**。(第150页第31行)	If he had money in his pocket, he would go off **to gamble**. (第86页第30行)	If he has money he would **gamble**. (第151页第34行)
"咳~开~啦!"**桩家**揭开盒子盖,也是汗流满面的唱。"**天门**啦~**角回**啦~**人和穿堂空**在那里啦~阿Q的铜钱拿过来~"(第152页第2行)	There ... we ... go!' **the banker** would sing out, lifting the lid on his box, his face also swimming in sweat. '**Heaven's Gate wins** ... **Evens on the Corner** ... **Nothing on the Passage** ... Over here with Ah – Q's stake!' (第86页第35行)	"**Hey—open there!**" **The stake – holder**, his face streaming with sweat too, would open the box and chant: "**Heavenly Gate!** — **Nothing for the Corner!** .... **No stakes on Popularity Passage!** Pass over Ah Q's coppers!"(第153页第2行)
"总该还有一点罢。" "现在,只剩了一张**门幕**了。"(第180页第29行)	There must be something left.' 'Only **a door curtain**.' (第106页第14行)	"There must be something left." "Only **a door curtain**."(第181页第33行)
这是"**咸与维新**"的时候了。(第190页第21行)	this was a time for pooling talents and energies in **the cause of Progress and Reform**. (第112页第14行)	Because this was a time for all **to work for reforms**. (第191页第24行)
他正不知怎样拿;那人却又指着一处地方教他**画花押**。(第202页第25行)	As he tried to work out how to hold it, the man pointed at a place on the paper and commanded him **to sign**. (第120页第20行)	He was just wondering how to hold it when the man pointed out a place on the paper and told him **to sign his name**. (第203页第26行)

地保 指的是清代及民国初年地方上替官府办差的人。大约相当于秦汉时的亭长、隋唐的里正、宋的保正。蓝译为 the local constable,杨译为 the bailiff。如前文所述,官职类的负载词汇很难找到对应的英文,所以二者的译文表达了原文的含义,但是都不够充分,文化内涵都有缺失。

土谷祠　位于绍兴城内塔子桥头，长庆寺斜对面，是鲁迅笔下阿 Q 经常出现的地方。坐东朝西，北临东咸欢河，南接穆神庙，规模不大，只有一间门面，里面供奉的也只有土地公公和土地婆婆这两尊菩萨。蓝译为 the Temple of the God of the Earth，杨译为 the Tutelary God's Temple。二者没有太大差别。

状元　指科举考试中殿试的第一名。蓝译为 top in the civil service examinations，杨译为 the highest successful candidate in the official examination。两位译者都采用了解释的翻译方法，让读者能够明了原文的含义。

押牌宝　指的是一种赌局名目。两位译者都使用了 gamble 这个词。在中国文化中，赌博有着悠久的历史，和赌博相关的名目很多，在汉译英中简化是最为省事的翻译方法，略去了大量的解释和说明。

桩家　即庄家。指某些牌戏或赌博中每一局的主持人。蓝译为 the banker，杨译为 The stake - holder，二者与原文都有不同程度的对等。

天门　就是庄家的对面。蓝译为 Heaven's Gate wins，杨译为 Heavenly Gate。从二者的翻译可以看出，对赌博中的某些名目采用的都是直译的方法，赌博中的说法对于读者来说在理解上是个障碍。

角回　赌博押牌宝用语。押赌注的位置在赌台角边，故称“角回”。蓝译为 Evens on the Corner，杨译为 Nothing for the Corner。二者的翻译与天门一样，如果读者不了解这些赌博规矩，难免会有阅读障碍。

穿堂空　一种赌博方式。蓝译为 Nothing on the Passage，杨译为 No stakes on Popularity Passage。两位译者的翻译都是采用直译的方法，读者的阅读障碍想必会很大。

门幕　即门帘。两位译者都翻译为 a door curtain，没有翻译难点。

咸与维新　指一切除旧更新。咸表示全、都的意思，与表示参与，维是语助词，新指的是革新。维新就是革新，反对旧的，提倡新的。原意是沾染恶习的人，都准许他们改过自新。后用来指都来参加更新旧制。蓝译为 the cause of Progress and Reform，杨译为 to work for reforms。二者都采取了意译的方法，把原文的隐含意义翻译出来。

画花押　指的是旧时在公文、契约或供状上画花押或写“押”字、“十”字，表示认可。蓝译为 to sign，杨译为 to sign his name。二者的翻译都比较直接，就是字面意义的翻译。

十、《端午节》中的文化负载词汇翻译

原文	蓝译	杨译
太太并无**学名**或**雅号**，所以也就没有什么称呼了，（第216页第15行）	his wife had not been privileged to receive **a serviceably dignified given name for public or private use**.（第126页第21行）	and as his wife had **no school name or poetic name**, he did not know what to call her.（第217页第18行）
所以使用的**小厮**和交易的店家不消说，（第220页第4行）	In time, everyone he had day - to - day dealings with - **his servant**,（第128页第30行）	But compared with the past he was in such desperate straits that, quite apart from **his servant** and the tradesmen with whom he dealt,（第221页第5行）
到了**阴历五月初四**的午前，（第220页第7行）	Just before noon, on the eve of **the Dragon Boat Festival** in early May,（第128页第35行）	When he arrived home before noon on **the fourth of the fifth lunar month**,（第221页第8行）

学名 过去人们入学时使用的正式的名字，区别于“小名”，以方便学习。**雅号**也作称呼，多用于对他人的尊称。蓝译为 a serviceably dignified given name for public or private use，杨译为 no school name or poetic name。两位译者都采用了解释的翻译方法。

小厮 官宦人家的仆人或者跟班。两位译者都翻译为 his servant，在语义上译文与原文基本对等。

阴历五月初四 蓝译为 the Dragon Boat Festival，杨译为 the fourth of the fifth lunar month。笔者认为蓝译翻译为 Dragon Boat Festival 更为直接，与小说标题相呼应。杨译比较中规中矩。

十一、《白光》中的文化负载词汇翻译

原 文	蓝 译	杨 译
略有些浮云,仿佛有谁将粉笔洗在**笔洗**里似的摇曳。(第234页第16行)	the occasional cloud drifting across its surface, like **pieces of chalk dipped into inky water**.(第135页第4行)	while a few drifting clouds looked as if someone had **dabbled a piece of chalk in a dish for washing brushes**.(第235页第18行)

笔洗 用来盛水洗笔的器皿,以形制乖巧、种类繁多、雅致精美而广受青睐,传世的笔洗中,有很多是艺术珍品。笔洗有很多种质地,包括瓷、玉、玛瑙、珐琅、象牙和犀角等。各种笔洗中,最常见的是瓷笔洗。蓝译为 pieces of chalk dipped into inky water,杨译为 dabbled a piece of chalk in a dish for washing brushes。“笔洗”这个物件是中国特有的,因此,两位译者都采用了解释的翻译方法,把原词的功能和作用翻译了出来,让读者明了词汇的具体意义。

十二、《鸭的喜剧》中的文化负载词汇翻译

原 文	蓝 译	杨 译
因为小鸡是容易积食,**发痧**,很难得长寿的;(第260页第11行)	Because chicks have delicate stomachs and easily **fall ill**, very few reached maturity;(第145页第33行)	because chicks are prone to forage for themselves and **fall ill** — they are seldom very long-lived.(第261页第12行)

发痧 又称痧病,俗称发痧,因暴露于高温环境过久而引起身体体温调节机制的障碍所致。两位译者都翻译为 fall ill,简化了原文的词义。

十三、《社戏》中的文化负载词汇翻译

原　文	蓝　译	杨　译
双喜说，那就是有名的**铁头老生**，能连翻八十四个筋斗，他日里亲自数过的。(第276页第27行)	This, Shuangxi told me, was the celebrated **acrobat Iron – Head**. He could turn eighty – four somersaults in a row – Shuangxi had counted them for himself earlier in the day.（第154页第25行）	Shuangxi told us this was **a famous acrobat** who could turn eighty – four somersaults one after the other. He had counted for himself earlier in the day.（第277页第32行）
然而老旦终于出台了。**老旦**本来是我所最怕的东西，尤其是怕他坐下了唱。(第278页第20行)	But then an actor dressed up as **an old woman** emerged – my least favourite of all the turns, particularly when they launched into one of those static, seated arias.（第155页第25行）	But then **the old woman** came out. This was the character I dreaded most, especially when she sat down to sing.（第279页第23行）

铁头老生　老生又称须生、正生，或胡子生。老生主要扮演中年以上的男性角色，唱和念白都用本嗓(真嗓)，老生基本上都是戴三绺的黑胡子。蓝译为 acrobat Iron – Head，杨译为 a famous acrobat。对于两位译者的翻译，笔者对于 acrobat 的使用并不赞同，因为这样的翻译不能突出“老生”的文化含义，还会给读者造成误解。

老旦　戏曲行当之一，主要扮演老年妇女的角色。老旦的表演特点是唱、念都用本嗓，但不能像老生那样平、直、刚劲，而应该像青衣那样婉转迂回。蓝译为 an old woman，杨译为 the old woman，二者几乎是一致的翻译，但译文没有表达出原词的文化内涵，属于翻译中的欠额翻译。

第4节 《故事新编》中的文化负载词汇翻译

一、《补天》中的文化负载词汇翻译

原文	蓝译	杨译
伊似乎是从梦中惊醒的。(第10页第2行)	As if from a dream – but a dream **she** instantly forgot on regaining consciousness. (第298页第2行)	**She** was frightened out of a dream, (第11页第2行)
金玉的粉末,又夹杂些嚼碎的松柏叶和鱼肉。(第14页第18行)	**gold and jade dust**, perhaps, intermingled with cypress leaves and fish. (第301页第14行)	resembling **gold dust and powdered jade** mixed with chewed pine needles and meat. (第15页第21行)
"**上真**救命……"一个脸的下半截长着白毛的昂了头。(第14页第26行)	'Save us, **Goddess**,' one of the hairier specimens begged brokenly. (第301页第24行)	"Save us, **Goddess**. . . . " One with a white beard on his chin had raised his head. (第15页第21行)
伊已经打定了"**修补起来再说**"的主意了。(第18页第19行)	she had resolved, was **to mend the sky**. (第303页第23行)	She had made up her mind **to mend the sky** before doing anything else. (第19页第19行)
顶上是一块乌黑的小小的**长方板**。(第20页第6行)	A small, black **rectangular board** sat on the crown of its head. (第304页第14行)	crowned by a small black **oblong board**. (第21页第7行)
很久很久,终于伸出无数火焰的舌头来,一伸一缩的向上舐,又很久,便合成火焰的**重台花**。(第20页第26行)	but after much crackling, countless tongues of flame began curling out, stretching up before falling back, eventually magnifying into **double – headed flowers**. (第305页第3行)	and after some time countless tongues of flame shot out, flickering up to lick all above. Some time later they formed a **double flower of flame**. (第21页第29行)

续表

原　文	蓝　译	杨　译
同时也就改换了大纛旗上的科斗字,写道"**女娲氏之肠**"。(第22页第21行)	they now revised the text on their banner – the ancient characters drooping like tadpole tails – to '**The Entrails of Nüwa**'.(第306页第6行)	and altered the tabpole – shaped characters on their standard to: "**The Entrails of Nü Wa.**"(第23页第22行)

伊　女性第三人称代名词。当时还未使用"她"字。本篇小说讲的是女娲补天的故事,所以"伊"是鲁迅年代用于称呼女性用词,故蓝译和杨译都翻译为 she。

金玉的粉末　指道士服食的丹砂金玉之类的东西,道士认为服食后可以长生不老。蓝译为 gold and jade dust,杨译为 gold dust and powdered jade。两位译者以不同的表达方法诠释了原文的意义,主要还是字面意义上的翻译。

上真　道教称修炼得道的人为真人。上真是一种尊称。蓝译和杨译的翻译用词是一致的,在原文中应该就是指女娲,所以两位译者都翻译为 Goddess。

修补起来再说　关于女娲炼石补天的神话,女娲炼五色石以补苍天,断鳌足以立四极,杀黑龙以济冀州,积芦灰以止洪水。两位译者把"补天"都翻译为 to mend the sky,虽然原文的文化含义丰富,但在字面上却看不到文化内涵在其中。

长方板　古代帝王、诸侯礼冠顶上的饰板,古名为"延",亦名"冕板"。蓝译为 rectangular board,杨译为 oblong board,两位译者发挥各自的译者主体性,用不同的词汇表达了原文的含义。

重台花　复瓣花。蓝译为 double – headed flowers,杨译为 a double flower of flame,对于这个原文词汇的翻译与上一个负载词汇的翻译方法一样,采用了直译的方法。

关于"**女娲氏之肠**"的神话,两位译者都把原文翻译为 The Entrails of Nüwa,采用了直译方法。

二、《奔月》中的文化负载词汇翻译

原　文	蓝　译	杨　译
“我没有小的。自从我射**封豕长蛇**……”（第 32 页第 8 行）	‘I don’t have any. Ever since I shot **the Great Boar** and **the Long Python**’.（第 308 页第 25 行）	“I haven’t any. When I shot **the giant boar** and **the huge python**. . . . ”（第 33 页第 8 行）
他吐出箭，笑着说，“难道连我的‘**啮镞法**’都没有知道么？这怎么行。”（第 40 页第 10 行）	he smiled, spitting out the arrow. ‘How could you have failed to learn my **art of arrow－biting**?（第 313 页第 19 行）	He spat out the arrow and laughed. “Don’t you know my skill in ‘**biting the arrow**’? That’s too bad!”（第 41 页第 11 行）
这一瞬息，使人仿佛想见他当年**射日**的雄姿。（第 44 页第 32 行）	at that moment he might have been the same Yi who, all those years ago, **shot the nine** suns out of the sky.（第 316 页第 18 行）	for one instant he looked again the hero who had long ago **shot the suns**.（第 45 页第 33 行）

羿射封豕长蛇　民间传说。封豕：大野猪；长蛇：指的是大蟒蛇。蓝译为 the Great Boar，杨译为 the giant boar，二者没有太大的区别，都用了 boar 这个中心词。对于长蛇这个词，二者都使用了 python，唯一区别是蓝译是 the Long Python，杨译是 the huge python，修饰蛇前面的形容词不同而已。

啮镞法　射箭的技艺之一。《太平御览》的《列子》中有记载。蓝译为 art of arrow－biting，比较符合原文的含义。杨译为 biting the arrow，显然是直译的方法，但前面的 skill 一词可以帮助读者理解译文。

射日　指的是后羿射日的传说故事。蓝译为 shot the nine suns，杨译为 shot the suns，两位译者对原文的文化含义都比较清楚，蓝译更为具体，后羿射下九个太阳。

三、《理水》中的文化负载词汇翻译

原文	蓝译	杨译
他们的食粮,是都从**奇肱国**用飞车运来的。(第 52 页第 11 行)	their food delivered by flying chariot from **the Land of Clever Tricks**. (第 318 页第 15 行)	Since food was brought to them by flying chariot from **the Kingdom of Marvellous Artisans**. (第 53 页第 12 行)
"不过您要想想咱们的**太上皇**,"别一个不拿拄杖的学者道。(第 54 页第 3 行)	'But what about **the revered father of our emperor**?' another scholar – again without walking stick – objected. (第 319 页第 22 行)	But think of **His Majesty's father** put in another scholar without a cane. (第 55 页第 3 行)
正是鲧的儿子,也确是**简放**了水利大臣。(第 58 页第 5 行)	that he was indeed the son of Gun and had been **appointed Imperial Minister of Irrigation**; (第 321 页第 25 行)	that he was indeed the son of Gun and the imperially **appointed Minister of Water Conservancy**. (第 59 页第 6 行)
"是之谓失其性灵,"坐在后一排,八字胡子的**伏羲朝小品文学家**笑道。(第 60 页第 16 行)	'I blame a general decline in public intelligence,' smirked a literary historian at the back with a long, pointed moustache – an expert in **the ancient essay form**. (第 323 页第 16 行)	"That's what's called the loss of spiritual values," chuckled an essayist in **the style of the time of Fu Xi**, a man with pointed moustaches who was seated in the back row. (第 61 页第 16 行)
份子分**福禄寿**三种,最少也得出五十枚大贝壳。(第 64 页第 25 行)	setting up **three funds** to cover the costs – Happiness, Prosperity and Longevity – to which the minimum acceptable contribution was fifty large cowrie shells. (第 326 页第 10 行)	Contributions towards the banquet were divided into **three categories**, Happiness, Honour, and Longevity, and the lowest charge was fifty big cowrie shells. (第 65 页第 30 行)
院子里却已经点起**庭燎**来。(第 64 页第 27 行)	**the torches** lit in the courtyard. (第 326 页第 14 行)	**Torches** were lit in the courtyard. (第 65 页第 33 行)

续表

原　文	蓝　译	杨　译
鼎中的牛肉香,一直透到门外**虎贲**的鼻子跟前。(第 64 页第 28 行)	the beef sitting fragrantly in cauldrons, the smell wafting out to the noses of **the guards** by the gate.(第 326 页第 14 行)	the appetizing smell of the beef in the tripods carried to the **sentries** outside.(第 65 页第 33 行)
盖上写着文字,有的是**伏羲八卦体**,有的是**仓颉鬼哭体**。(第 66 页第 4 行)	all of which were contained within **delicately worked wooden caskets, their lids inscribed with a miscellany of calligraphic styles**. Soon,(第 326 页第 22 行)	packed in neat wooden caskets on the cover of which were inscriptions **in the style of Fu Xi's trigrams and Cang Ji's "sobbing ghost" characters**.(第 67 页第 5 行)
有的咬一口松皮饼,极口叹赏它的清香,说自己明天就要**挂冠归隐**,去享这样的清福。(第 66 页第 11 行)	From one, a nibble of pine – bark cake drew the highest praise, causing him to threaten to resign the next day, **to abandon himself** to the simple pleasures of the hermit's life.(第 327 页第 4 行)	One took a bite of pine – bark cake and was loud in his praise of its fresh flavour, declaring that the next day he would **resign to live in retirement** and enjoy this pure happiness.(第 67 页第 15 行)
做官有什么好处,仔细像**你的老子**,做到充军。(第 68 页第 7 行)	What's so marvellous about working for the government? Just look at **your father**: worked all his life then ended up in exile.(第 327 页第 37 行)	What's the use of being an official? Remember how **your old man** was sent into exile.(第 69 页第 7 行)
禹便一径跨到席上,在上面坐下,大约是大模大样,或者生了**鹤膝风**罢。(第 68 页第 16 行)	Yu made straight for the head of the banquet table. Perhaps out of natural swagger, or perhaps because **his joints were inflamed**.(第 328 页第 11 行)	Yu walked straight to the feast and took the place of honour. Either because he was lacking in politeness or because he had **gout**.(第 69 页第 18 行)
准备开一个奇异食品展览会,另请**女隗**小姐来做时装表演。(第 68 页第 32 行)	We are preparing also to invite **an exotic barbarian mademoiselle** to give a fashion show.(第 328 页第 37 行)	We propose to hold an Exhibition of Curious Food, also inviting **Miss Nü Wei** to give a mannequin display.(第 69 页第 35 行)

续表

原 文	蓝 译	杨 译
借了上帝的**息壤**,来湮洪水,虽然触了上帝的恼怒,洪水的深度可也浅了一点了。(第70页第27行)	' Borrowing **the Never – Ending Earth** from the Emperor of Heaven. '(第330页第6行)	He borrowed **the Xirang** from the Heavenly Emperor to dam the flood. (第71页第31行)
"我看大人还不如'**干父之蛊**',"一位胖大官员看得禹不作声,以为他就要折服了,便带些轻薄地大声说。(第70页第32行)	' Your Eminence, I think, would be best **to finish what your father failed to accomplish**,' a corpulent individual, his face slick with sweat, boomed patronizingly, assuming from Yu's silence that the majority view would carry the day. (第330页第11行)	"You should finish the task which **your father failed to accomplish**, Your Honour," said a fat official sarcastically. But though he imagined from Yu's silence that he was on the verge of being convinced, the sweat stood out on his face. (第71页第36行)
双手捧着一片乌黑的尖顶的大石头——舜爷所赐的"**玄圭**"。(第74页第12行)	holding in his hands the large, black, pointed **jade tablet of imperial appointment**. (第332页第9行)	he was carrying in both hands **a great dark stone pointed at one end — the Xuan Gui bestowed on him by Emperor Shun**. (第75页第14行)
百姓们就在宫门外欢呼,议论,声音正好像**浙水**的涛声一样。(第74页第15行)	Outside, the people joined in choruses of acclamation, their voices swelling like the mighty billows of **the River Zhe**. (第332页第13行)	At the palace gates, the acclamations and comments of the people sounded like the roar of the waves of **the River Zhe**. (第75页第17行)

奇肱国 《山海经》中提到的一个十分怪异的国家。蓝译为 the Land of Clever Tricks,杨译为 the Kingdom of Marvellous Artisans,因为原文就是一个创作出来的国家,所以两位译者根据原文的含义进行了翻译。

太上皇 指舜的父亲瞽叟。蓝译为 the revered father of our emperor,杨译为 His Majesty's father,从字面上讲"太上皇"不难理解,就是现任皇帝的父亲,在这里则是指舜的父亲,两位译者直接采用字面上的翻译。

简放 是古代君主任命高级官员时所发的授官简册。在清代则称由特旨任命道府以上外官为简放。蓝译为 appointed Imperial Minister of Irrigation,杨译为 appointed Minister of Water Conservancy。如果了解了原文的含义,便不难解释其含义。

伏羲朝小品 文学家的这段话，是对当时林语堂一派人提倡的所谓“语录体”小品文的模拟；林语堂主张的所谓“语录体”，是一种变相的复古主义。蓝译为 the ancient essay form，杨译为 the style of the time of Fu Xi。如果了解了原文背后的背景内容，便不难对原文做出正确的理解和翻译。二者的译文蓝译更容易理解，因为译文中省略了原文中的伏羲二字。

福禄寿 分别指的是幸福、荣誉和长寿，如果一个人福禄寿齐全，那么人们就认为这个人的人生已经完美了。这里则是指份子钱，所以蓝译为 three funds 是正确的，杨译为 three categories, Happiness, Honour, and Longevity 说的是原文的字面意义，而原文的含义则是引申的意义。

庭燎 指的是庭院中照明的火酒。如果了解原文的含义，那么翻译便不难了，两位译者都使用了 torches 这个词。

虎贲 指的是下文提到的卫兵。蓝译为 the guards，杨译使用了 sentry 一词，表示哨兵的意思，符合原文含义。

伏羲八卦体 伏羲是中国古代传说中的帝王。相传他曾画八卦。蓝译为 delicately worked wooden caskets，杨译为 in the style of Fu Xi’s trigrams。两位译者各有千秋，蓝译省略了原文中的文化内涵，直接解释了原文的含义；杨译保留了原文的文化内涵，但毫无疑问会对读者造成一定的阅读障碍。

仓颉鬼哭体 仓颉，一作苍颉，相传他是黄帝的史官，是最初创造文字的人。蓝译为 their lids inscribed with a miscellany of calligraphic styles，杨译为 Cang Ji’s “sobbing ghost” characters。二者和上文的处理方式一致，蓝译对原文进行了解释，杨译保留了原文的专有名词。

挂冠归隐 据《后汉书·逄萌传》中记载：王莽时逄萌为了避祸，“即解冠挂东都城门”而去。后人因此称辞官为“挂冠”。蓝译为 to abandon himself，杨译为 resign to live in retirement，二者对原文的理解都很准确，所以译文虽然不尽相同，但都对原文进行了正确的翻译。

你的老子 老子在汉语中就是“父亲”的意思，所以蓝译为 your father，杨译为 your old man，更为口语化。

鹤膝风 中医里面提到的一种疾病，就是结核性关节炎。蓝译为 his joints were inflamed，杨译为 gout。蓝译没有选用中医所用的术语，而是对这个术语进行了解释，杨译则是用一个普通词汇表达中医术语的含义。

女隗 《左传》中狄人之女多姓隗，这里指姓隗的女子。蓝译为 to invite an exotic barbarian mademoiselle，杨译为 Miss Nü Wei。蓝译采用了解释的方法，杨译则是音译，但如果没有注释，读者很难理解其中的文化含义。

息壤 传说中是一种能够自己生长、永不耗减的土壤。蓝译为 the Never - Ending Earth，杨译为 the Xirang。蓝译的翻译读者更容易理解，杨译则需要进一步的解释。

干父之蛊 来源于《周易·蛊》，后称儿子能完成父亲所未竟的事业。两位译者都清楚原文的含义，所以二者的翻译是一致的 your father failed to accomplish。

玄圭 圭是古代诸侯大夫在朝会和祭祀时所执的一种长条尖顶的玉器。玄是黑色。蓝译为 the large, black, pointed jade tablet of imperial appointment，杨译为 a great dark stone pointed at one end — the Xuan Gui bestowed on him by Emperor Shun。二者都是采用解释的方法。

浙水 指的是钱塘江，这里指涨潮时涛声很大。蓝译为 the mighty billows of the River Zhe，杨译为 the roar of the waves of the River Zhe。原文的文化含义不复杂，所以二者的翻译无大差异。

四、《采薇》中的文化负载词汇翻译

原文	蓝译	杨译
我今天去拜访过了。一个是**太师疵**，一个是**少师强**，还带来许多乐器。（第 82 页第 16 行）	I called on them today. They're the court musicians – **Grand Master Ci** and **Junior Master Qiang**. They've brought an enormous number of instruments with them.（第 334 页第 21 行）	I called on them today. One is **Grand Master Ci**, the other **Junior Master Qiang**. They have brought a number of musical instruments with them.（第 83 页第 17 行）
您不早听到过**商王无道**，砍早上渡河不怕水冷的人的脚骨，看看他的骨髓，挖出**比干王爷**的心来，看它可有七窍吗？（第 82 页第 21 行）	you must have heard about **the King of Shang's** cruelty – how he cut off the feet of a man who crossed a freezing river at dawn, to see if there was something special about his marrow? Or how he ripped out **Prince Bigan's heart** to see whether it had seven orifices?（第 335 页第 2 行）	You must know of the improper conduct of **the king of Shang**. When a man forded the river at dawn with no fear of the icy water, the king cut off his feet to examine the marrow of his bones. He tore out **Prince Bigan's heart** to see if it had seven orifices or not.（第 83 页第 23 行）

续表

原 文	蓝 译	杨 译
这才见别有许多兵丁,肩着**九旒云罕旗**,仿佛五色云一样。(第 86 页第 15 行)	the brothers saw a long phalanx of soldiers pass by, hoisting **nine - streamered banners** that floated above their heads like multicoloured clouds. (第 337 页第 15 行)	there appeared more troops with **nine - pointed flags** over their shoulders like coloured clouds. (第 87 页第 20 行)
接着又是甲士,后面一大队骑着高头大马的文武官员,簇拥着一位王爷,紫糖色脸,络腮胡子,左捏黄斧头,右拿白牛尾,威风凛凛:这正是"**恭行天罚**"的周王发。(第 86 页第 16 行)	Yet more soldiers followed, with civil and military officials bringing up the rear, mounted on mighty stallions, and clustered around their formidable king - Wu of Zhou, setting off to carry out **the mandate of heaven**, his tanned cheeks bristling with beard, a bronze axe in his left hand, a white oxtail in his right. (第页 337 第 17 行)	After them, more men in armour. Then a great contingent of civil and military officials on fine big horses, escorting a prince with a brown face and whiskers who had a bronze axe in his left hand, a white ox - tail, used as a banner, in his right. He was a sight to impress all beholders! This was King Wu of Zhou going to "**carry out the mandate of Heaven.**" (第 87 页第 21 行)
两人只叫得一声"阿呀",跄跄踉踉的颠了**周尺一丈**路远近,这才扑通地倒在地面上。(第 88 页第 10 行)	Yelping with pain and surprise, the two men stumbled forward **several yards** then collapsed to the ground. (第 338 页第 11 行)	With a cry, the brothers staggered forward for **a few yards**, then fell flat on the ground. (第 89 页第 11 行)
周师到了**牧野**,**和纣王的兵大战**,杀得他们尸横遍野,血流成河,连木棍也浮起来,仿佛水上的草梗一样;(第 90 页第 26 行)	that **Zhou forces** had reached **Muye**, that they had joined battle with **the Shang army**, that the corpses of the latter had lain strewn over the plain, that blood had flowed in rivers, with sticks floating along the surface like grass. (第 340 页第 5 行)	Some said that when **the army of Zhou** reached **Muye** it engaged **the men of Shang** in a great battle till the plain was strewn with corpses and sticks floated like grass on rivers of blood. (第 91 页第 29 行)
此后又时时听到运来了**鹿台**的宝贝,**巨桥**的白米,就更加证明了得胜的确实。(第 90 页第 32 行)	Later stories were told of the contents of **the Stag Tower** treasury and of **the Great Bridge** imperial granary being transported back - further proof of conquest. (第 340 页第 15 行)	And the truth of this was later confirmed by the news that the treasures of **the Stag Tower** and the white rice of **the Great Bridge** were being carried back. (第 91 页第 36 行)

续表

原 文	蓝 译	杨 译
“小人就是华山大王**小穷奇**,”那拿刀的说,“带了兄弟们在这里,要请您老赏一点买路钱!”(第 98 页第 5 行)	Allow me to humbly present myself,' the one with the sword said. ‘My name is **Qiongqi the Younger**, King of Mount Hua. These are my brothers, and we were wondering if we might trouble you two esteemed gentlemen for a little toll.'(第 344 页第 3 行)	I am **Qiongqi the Younger**, Chief of Mount Hua," said the man with the sword. "I have brought my men here to trouble you gentlemen for a little toll."(第 99 页第 5 行)
“阿呀!”小穷奇吃了一惊,立刻肃然起敬,“那么,您两位一定是‘**天下之大老也**’了。”(第 98 页第 9 行)	‘Ah!' Qiongqi the Younger exclaimed, his manner newly reverent. ‘**Two revered elders**. Let me assure you that we, too.(第 344 页第 9 行)	"Ah!" cried Qiongqi the Younger, promptly assuming an air of great deference. "In that case you must be ‘**the two grand old men of the empire**.'(第 99 页第 5 行)
“老先生,请您不要怕。海派会‘**剥猪猡**’,我们是文明人,不干这玩意儿的。(第 98 页第 21 行)	‘You have nothing to fear from us, dear sirs. Shanghai bandits **would have flayed you like pigs**, but we – we are no barbarians. We would not stoop so low.(第 344 页第 25 行)	"Don't be afraid, sir," he cried. "Shanghai types would **have stripped you naked** but we are too civilized to stoop to such behaviour.(第 99 页第 22 行)
“三弟,有什么**捞儿**没有?我是肚子饿的咕噜咕噜响了好半天了。”伯夷一望见他,就问。(第 102 页第 5 行)	‘**Any luck**?' Boyi asked as soon as he saw him. ‘My stomach has been rumbling for hours.'(第 346 页第 17 行)	"Well, third brother, **did you find anything**? My belly has been rumbling for some hours."(第 103 页第 7 行)
他原是妲己的舅公的干女婿,做着**祭酒**。(第 106 页第 10 行)	The adopted son – in – law of the maternal uncle of the ill – fated concubine Da Ji, he had been **Master of Libations** under the Shang.(第 348 页第 35 行)	This lord, the son – in – law of the adopted daughter of Daji's maternal uncle, had **the post of Master of Libations**.(第 107 页第 12 行)

太师、少师 都是乐官名。据《周礼·春官》郑玄注,凡担任这种官职的都是盲人。蓝译为 the court musicians – Grand Master Ci and Junior Master Qiang,杨译为 Grand Master Ci, the other Junior Master Qiang. 原文的文化含义在译文中很难

体现,所以译者只能采取解释的方法进行翻译。

商王无道 指的是关于纣王砍脚、剖心的事。所以蓝译为 the King of Shang's cruelty,杨译为 the improper conduct of the king of Shang,还是采用了解释的方法。对于比干王爷,则是直接用汉语拼音表示人名,用 Prince 来表示王爷。

九旒云罕旗 云罕和九旒,都是旌旗的名称。蓝译为 nine - streamered banners,杨译为 nine - pointed flags,都把原文"旗帜"的含义翻译了出来。

恭行天罚 指的是周武王姬发替天行道。蓝译为 Wu of Zhou, setting off to carry out the mandate of heaven,杨译为 This was King Wu of Zhou going to carry out the mandate of Heaven。两位译者都是以解释的方法进行了翻译。

周尺一丈 约等于现在的七市尺。蓝译为 several yards,杨译为 a few yards。两位译者的处理方法比较相似,就是以几码来表示长度。

牧野大战 在《尚书·武成》中有记载。蓝译为 Zhou forces had reached Muye, that they had joined battle with the Shang army,杨译为 the army of Zhou reached Muye it engaged the men of Shang in a great battle。本小说中提到的历史记载很多,所以两位译者都是采用叙述的方法来翻译。

鹿台和巨桥 都是商纣的仓库。蓝译为 the Stag Tower treasury and the Great Bridge imperial granary,杨译为 the treasures of the Stag Tower and the white rice of the Great Bridge。根据原文的实际含义,两位译者都采用了直译加解释的方法。

小穷奇 穷奇指的是我国古代所谓"四凶"(浑沌、穷奇、梼杌、饕餮)之一。小穷奇是作者由此虚拟的人名。蓝译为 My name is Qiongqi the Younger, King of Mount Hua,杨译为 I am Qiongqi the Younger, Chief of Mount Hua。两位译者都是把原文作为一个专有名词来处理,读者能够根据上下文猜到是人名。

天下之大老也 指的是孟轲称赞伯夷和姜尚的话,见《孟子·离娄》。蓝译为 Two revered elders,杨译为 the two grand old men of the empire。了解到这句话的含义后便不难理解两位译者的译文了。

剥猪猡 方言,旧时上海盗匪抢劫行人,剥夺衣服,称为"剥猪猡"。猪猡是江浙一带方言,即猪。蓝译为 flayed you like pigs,杨译为 stripped you naked,两位译者可以说是非常忠实于原文,把方言表达的意思都翻译了出来。

捞儿 也作落儿,是北方方言,意为物质收益。这里指可吃的东西。蓝译为 Any luck? 杨译为 did you find anything? 因为是方言,所以表达出方言含义即可。

祭酒 指的是古代宴时,先由一个年长的人以酒沃地祭神,故尊称年高有德者为祭酒。汉魏以后为官名,如博士祭酒、国子祭酒等。蓝译为 Master of Libations under the Shang,杨译为 Master of Libations。官名应该是比较难翻译的,因为很难发现与中文意义对应的英文表达,所以两位译者都用了 master 一词。

五、《铸剑》中的文化负载词汇翻译

原文	蓝译	杨译
"一交**子时**,你就是十六岁了。"(第 120 页第 15 行)	' After **midnight**, you'll be fifteen. '(第 354 页第 38 行)	" After **midnight** you'll be sixteen, "(第 121 页第 16 行)
二十年前,**王妃生下了一块铁**,听说是抱了一回铁柱之后受孕的,是一块纯青透明的铁。(第 122 页第 2 行)	Twenty years ago, **the king's concubine gave birth to a piece of iron** – the rumour went she had fallen pregnant after embracing an iron pillar – a piece of pure – blue, transparent iron. Recognizing this for the rare treasure it was.(第 355 页第 24 行)	Twenty years ago, **the king's concubine gave birth to a piece of iron** which they said she conceived after embracing an iron pillar. It was pure, transparent iron. (第 123 页第 1 行)
你父亲用**井华水**慢慢地滴下去,那剑嘶嘶地吼着,慢慢转成青色了。(第 122 页第 11 行)	When your father sprinkled **well water** over them, they hissed and roared, slowly turning blue. (第 356 页第 1 行)	As your father, sprinkled them drop by drop with **clear well water**, the swords hissed and spat and little by little turned blue. (第 123 页第 12 行)
远望前面,便依稀看见灰黑色的城墙和**雉堞**。(第 126 页第 11 行)	In the distance, he could just make out the crenellated outlines of t**he grey city wall**. (第 358 页第 10 行)	Far ahead he could just see the outline of **the dark grey**, **crenellated city walls**. (第 127 页第 11 行)
又来了一辆四匹马拉的大车,上面坐着一队人,有的打钟击鼓,有的嘴上吹着不知道叫什么名目的**劳什子**。(第 126 页第 26 行)	A great four – horse carriage followed, carrying a team of musicians, striking bells and drums, or blowing on **instruments he could not name**. (第 358 页第 32 行)	After them came a large cart drawn by four horses, bearing musicians sounding gongs and drums and blowing **strange wind instruments**. (第 127 页第 29 行)

续表

原 文	蓝 译	杨 译
干瘪脸的少年却还扭住了眉间尺的衣领,不肯放手,说被他压坏了贵重的**丹田**。(第128页第13行)	The wizened young man still had Mei Jianchi firmly by the lapels. The latter had apparently crushed the former's **solar plexus – the very centre of his life – force**.(第359页第22行)	The young man with the wizened face had seized Mei Jian Chi by the collar and would not let go. He accused him of crushing **his solar plexus**.(第129页第16行)
哈哈爱兮爱乎爱乎! 爱青剑兮一个仇人自屠。 夥颐连翩兮多少一夫。 一夫爱青剑兮呜呼不孤。 头换头兮两个仇人自屠。 一夫则无兮爱乎呜呼! 爱乎呜呼兮呜呼阿呼, 阿呼呜呼兮呜呼呜呼!(第134页第3行)	'Ha! Sing hey for love, for love sing hey! Love the sword, with death you pay. In this world, we walk alone, No longer he who watched the throne. An eye for an eye, both choose death. A man has taken his last breath. Sing hey for love, for love sing hey! Love the sword, with death you pay.'(第362页第27行)	Sing hey, sing ho! The single one who loved the sword. Has taken death as his reward. Those who go single are galore, Who love the sword are alone no more! Foe for foe, ha! Head for head! Two men by their own hands are dead.(第135页第3行)
这把戏一个人玩不起来,必须在金龙之前,摆一个金鼎,注满清水,用**兽炭**煎熬。(第136页第26行)	But the performance requires more than its conjuror: it needs a golden cauldron filled with water, heated with **charcoal** and set before a king.(第364页第29行)	I can't do this alone, though. It must be in the presence of a golden dragon, and I must have a golden cauldron filled with clear water and heated with **charcoal**.(第137页第28行)
"我有法子。"第三个王妃得意地说,"咱们大王的**龙准**是很高的。"(第146页第17行)	'I know!' said the third concubine triumphantly. 'Our great king had **a very high – bridged nose**.'(第370页第9行)	"I know!" exclaimed the third concubine happily. "Our king had **a very high nose**."(第147页第18行)

子时 我国古代用十二地支(子、丑、寅、卯、辰、巳、午、未、申、酉、戌、亥)记时,从夜里十一点到次晨一点称为子时。两位译者都使用了相同的词来表达原文midnight。

王妃生下了一块铁 根据清代陈元龙撰《格致镜原》卷三十四引《列士传》佚

文:“楚王夫人于夏纳凉,抱铁柱,心有所感,遂怀孕,产一铁;王命莫邪铸为双剑。”原文属于传说,故而两位译者都是采用直译的解释方式翻译为 the king's concubine gave birth to a piece of iron。

井华水 清晨第一次汲取的井水。明代李时珍《本草纲目》卷五井泉水《集解》:“汪颖曰:平旦第一汲,为井华水。”蓝译为 well water,杨译为 clear well water,二者没有太大差别,就是字面翻译直译为“井水”。

雉堞 城上排列如齿状的矮墙,俗称城垛。蓝译为 the grey city wall,杨译为 the dark grey, crenellated city walls。两位译者的中心词是一致的,反映了原文的含义。

劳什子 北方方言,指物件,含有轻蔑、厌恶的意思。蓝译为 instruments he could not name,blowing strange wind instruments。两位译者实际上都是根据上下文对于原文进行了灵活处理。

丹田 指的是道家把人身脐下三寸的地方称为丹田,据说这个部位受伤可致命。蓝译为 solar plexus – the very centre of his life – force,杨译为 solar plexus。两位译者的用词基本一致,蓝译又解释了一下,意义更加明确。

这里和下文的歌 意思介于可解不可解之间。作者在一九三六年三月二十八日给日本增田善的信中曾说:“在《铸剑》里,我以为没有什么难懂的地方。但要注意的,是那里面的歌,意思都不明显,因为是奇怪的人和头颅唱出来的歌,我们这种普通人是难以理解的。”

兽炭 古时豪富之家将木炭屑做成各种兽形的一种燃料。东晋裴启《语林》有记载。对于原文两位译者非常一致,都翻译为 charcoal。

龙准 帝王的鼻子。准的意思是鼻子。蓝译为 a very high – bridged nose,杨译为 a very high nose。两位译者都是采用了省译的方法。

六、《出关》中的文化负载词汇翻译

原文	蓝译	杨译
孔子答应着“是,是”,上了车,拱着两只手极恭敬地靠在**横板**上。(第 154 页第 29 行)	Mumbling a refusal, Confucius got into his carriage and **cupped his hands deferentially in farewell.** (第 373 页第 8 行)	Thank you. Confucius mounted his carriage. **Leaning against the horizontal bar**, he raised his clasped hands respectfully in farewell. (第 155 页第 31 行)

续表

原　文	蓝　译	杨　译
"不，"老子摆一摆手，"我们还是道不同。譬如同是一双鞋子罢，我的是走**流沙**，他的是上朝廷的。"（第 158 页第 13 行）	'No,' Laozi waved his hands in disagreement. 'We are different. Imagine we have the same pair of shoes: I walk mine into **the desert of the north – west**; he wears his to court.'（第 374 页第 35 行）	"No." Lao Zi waved a dissenting hand. "Ours is not the same Way We may wear the same sandals, but mine are for **travelling the deserts**, his for going to the court."（第 159 页第 12 行）
"**来笃话啥西，俺实直头听弗懂！**"账房说。（第 164 页第 13 行）	'**Arr coodn't anderstind a worrrrd he soud,**' the accountant complained, in an accent that leaned now to the north, now to the south.（第 378 页第 15 行）	"**What was he talking about? I simply couldn't understand a word!**" cried the accountant, whose own accent was a heterogeneous one.（第 165 页第 14 行）
"**还是耐自家写子出来末哉。写子出来末，总算弗白嚼蛆一场哉。阿是？**"书记先生道。（第 164 页第 14 行）	**Whoo deen't ya gust writt it orl eet yoorsel?** tried the secretary, mangling his suggestion with thick south – eastern vowels and consonants. '**Sar ya wamt huf woosted ya broth.**'（第 378 页第 18 行）	"**You'd better write it all out,**" said the copyist, using the Suzhou dialect. "**Once it's written out, you'll not have spoken for nothing.**"（第 165 页第 16 行）

横板　古称为"轼"，即设置车厢前端供乘车者凭倚的横木。古人在车上用俯首凭轼表示敬礼。蓝译为 cupped his hands deferentially in farewell，杨译为 raised his clasped hands respectfully in farewell。两位译者的处理方式相同，都是采用释义的方法根据上下文来翻译。

流沙　古代指我国西北的沙漠地区。蓝译为 the desert of the north – west，杨译为 travelling the deserts。译者的处理方式就是翻译大概意思，传达原文的大致意思，而不是寻找完全对等的译语词汇。

来笃话啥西，俺实直头听弗懂！　这句话间杂着南北方言，意思是：你在说些什么，我简直听不懂！蓝译为'Arr coodn't anderstind a worrrrd he soud,' the accountant complained, in an accent that leaned now to the north, now to the south，杨译为 What was he talking about? I simply couldn't understand a word!。蓝译的译文比较生动，虽然前半句读者不一定看明白，但后面的句子把原因解释得很清楚，所以既保留了原文的特色，又照顾到了读者的阅读理解和流畅性。杨译则是译者替读者对原文进行了加工，直接把原文的意思翻译了过来。

还是耐自家写子出来末哉。写子出来末，总算弗白嚼蛆一场哉。阿是？这是苏州方言，意思是：还是你自己写出来吧。写了出来，总算不白白地瞎说一场。是吧？对于这句话的处理蓝译和上一个例子的处理方式是一样的。杨译则是直接解释。

七、《非攻》中的文化负载词汇翻译

原　文	蓝　译	杨　译
"走了，"耕柱子笑道。"他很生气，说我们**兼爱无父**，像禽兽一样。"（第176页第2行）	Yes，Geng Zhuzi smiled. 'In a proper fury. He said we were like animals – **preaching universal love instead of honouring our fathers.**'（第383页第16行）	"Yes，" Geng Zhu Zi laughed. "He was in a proper temper. He says **we love everyone indiscriminately，with no special respect for our fathers**，just like wild beasts."（第177页第2行）
造了**鉤拒**。（第176页第9行）	With his **grapnels and pikes.**（第383页第26行）	to invent **grapnels and pikes.**（第177页第10行）
墨子拍着红铜的**兽环**，当当的敲了几下，不料开门出来的却是一个横眉怒目的门丁。（第182页第9行）	After several raps of the red copper **door – knocker** – cast in the shape of an animal – an irascible – looking gatekeeper emerged.（第387页第16行）	Rap! Rap! Mo Zi banged the red **copper knocker in the form of a beast.** He was surprised by the appearance of a porter with knitted brows and angry eyes，who shouted：（第183页第10行）
他一看见，便大声的喝道"先生不见客！你们同乡来**告帮**的太多了！"（第182页第11行）	'No visitors!' he roared as soon as he saw Mozi. 'We've had enough **freeloaders** from Lu!'（第387页第19行）	"My master is not seeing anyone! Too many of your compatriots have come here **asking for money!**"（第183页第13行）

兼爱无父　这是儒家孟轲攻击墨家的话，见《孟子·滕文公》："杨氏（杨朱）为我，是无君也；墨氏兼爱，是无父也。无父无君，是禽兽也。"蓝译为 preaching universal love instead of honouring our fathers,杨译为 we love everyone indiscriminately, with no special respect for our fathers。原文是很有难度的,正确的理解才是正确翻译的基础,两位译者的理解应该说都是正确的。

钩拒 武器,用"钩"可以钩住敌人后退的船只;用"拒"可以挡住敌人前进的船只。蓝译和杨译都是 grapnels and pikes,只要理解原文,就很容易地找到对应的译文。

兽环 大门上的铜环。因为铜环衔在铜制兽头的嘴里,所以叫作兽环。蓝译为 several raps of the red copper door - knocker - cast in the shape of an animal,杨译为 the red copper knocker in the form of a beast。这个词和前文的词汇的处理方法类似,都是对具有中国特色的词汇进行解释性翻译,以求读者的快速理解。

告帮 在旧社会,向有关系的人乞求钱物帮助,叫告帮。蓝译为 freeloaders,杨译为 asking for money。就笔者个人而言,更倾向于蓝译。

八、《起死》中的文化负载词汇翻译

原 文	蓝 译	杨 译
庄子——(黑瘦面皮,花白的络腮胡子,**道冠**,布袍,拿着马鞭,上。)(第 198 页第 5 行)	ZHUANGZI: entering; gaunt, weather - beaten face, grey beard, dressed in **Daoist cap** and gown, carrying a horse - whip (第 393 页第 6 行)	Enter Zhuang Zi. He has a thin, dark face and a grizzled beard. He is wearing **a Taoist cap** and cloth gown and carries a whip. (第 199 页第 5 行)
还是请**司命大神**复他的形,生他的肉,和他谈谈闲天,再给他重回家乡,骨肉团聚罢。(第 198 页第 21 行)	I'm going to ask **the God of Fate** to restore this man's physical form, so I can ask him myself, before I send him back home. (第 393 页第 25 行)	I'll ask **the God of Fate** to restore this man's form and flesh so that I can have a chat with him before he goes home to his people. (第 199 页第 21 行)
至心朝礼,司命大天尊!……(第 206 页第 27 行)	Great God of Fate! **Heartfelt salutation**!(第 398 页第 23 行)	**With all my heart I salute you**, great God of Fate!(第 207 页第 27 行)
太上老君**急急如律令**!敕!敕!敕!(第 206 页第 32 行)	**This Daoist Master begs you show your face**! Come! Come! Come! Come! Come! Come! Come! (第 398 页第 30 行)	**By urgent order of the Taoist Patriarch**, come hither! Come!(第 207 页第 36 行)

续表

原文	蓝译	杨译
我不相信你的胡说，这里只有你，我当然问你要！我扭你见**保甲**去！（第206页第7行）	I don't believe a thing you've told me. I'm taking you off to see **the village headman**!（第397页第36行）	I don't believe a word you say. You are the only one here: You must give me back my things. I'll drag you to **the village head**!（第207页第7行）
……里面是五十二个**圜钱**，斤半白糖，二斤南枣……（第206页第20行）	including the fifty – two **coins**, pound and a half of white sugar and two pounds of dates inside.（第398页第16行）	In that bundle are fifty – two **coins**, a pound and a half of sugar and two pounds of dried dates....（第207页第21行）

道冠　道士帽。蓝译和杨译分别翻译为 Daoist cap, a Taoist cap, 把道冠就直译为道士帽。

司命大神　司命是中国古书中记载的星宿名称。旧时认为司命主管人的生死寿命。蓝译和杨译都翻译为 the God of Fate。

至心朝礼　是道教经书中常用的话。意思是诚心诚意地礼拜。蓝译为 Heartfelt salutation, 杨译为 With all my heart I salute you。两位译者的处理方式异曲同工，都是表达了诚心礼拜的意思。

急急如律令　意思是如法律命令，必须迅速执行。如律令，原为汉代公文常用语；道士仿效，用于符咒的末尾。敕指的是旧时上对下的命令词。蓝译为 This Daoist Master begs you show your face, 杨译为 By urgent order of the Taoist Patriarch。两位译者的处理方式都是解释，与上下文结合。

保甲　指保甲长。保甲制始于宋代。国民党政府也实行保甲制度，若干户为一甲，设甲长，若干甲为一保，设保长。蓝译为 the village headman, 杨译为 the village head, 二者没有太大差异，类似于翻译"村长"一词。

圜钱　指的是周代钱币。蓝译和杨译都翻译为 coins, 虽然和西方的钱币有区别，但在阅读上不会引起阅读障碍。

第5节　文化负载词汇翻译结语

《呐喊》《彷徨》和《故事新编》中的文化负载词汇是非常丰富的，两位译者的翻译方法有相同之处,也各有独特的处理方式。蓝译的侧重点放在如何能够让读者快速理解译文,了解译文所传递的文化信息。虽然这样做会部分影响原文含义的表达,但是正如勒夫维尔(Lefevere,2006)所指出的那样,"语言是文化的表达方式,一种语言的文字不可避免要和文化紧密结合在一起,所以很难把这些词汇所代表的意义全部转换为另外一种语言"。能够把原文的大部分信息传递给读者就已经很了不起了。福塞特(Fawcett,2007)也认为翻译过程中,一种语言转换为另外一种语言时,经常会发生一些"某种形式的缺失或改变"。这种缺失是不可避免的。贝尔(Bell,2001)认为:"译者就是交际者,从事的是书面交际,翻译就是个交际的过程。"所以蓝译译文中出现的"部分缺失"可以接受,因为译文达到了译者通过译文与读者沟通交际的目的。杨译更多地采用直译的方法,尽量地保持了原文的文化色彩,体现了其一贯的翻译风格。

通过对鲁迅小说中的文化负载词的研究,令人们更加关注对于文化负载词翻译的理论研究。根据目前所收集的资料来看,主要是从西方的一些翻译理论出发的,包括关联理论等。而文化翻译理论强调翻译的目的是传播各民族的文化,促进跨文化交流的繁荣。文化转向的倡导者苏珊・巴斯奈特(Susan Bassnett,2001)在《翻译・历史・文化》一书中提出了自己对文化翻译的建议,她认为对翻译的理解不应该局限于译者对源语的描述,翻译更应该体现出其在目标语文化中的功能对等。

文化转向同样促进了中国译学研究的繁荣发展。刘宓庆认为,文化翻译应遵循"文化传真"原则,"文化翻译的社会功能决定文化翻译应以丰富译语文化为原则"。王佐良认为,不了解语言中的社会文化,谁也无法真正掌握语言。文化负载词汇翻译应以文化为信息核心,促进源语文化在目标语文化中的建构。

此外,还有学者从释意理论视角、生态翻译视域和翻译补偿的角度分析文化负载词汇的翻译。比较突出的是从补偿角度出发的理论研究。20 世纪 80 年代初,威尔斯(Wilss)在《 翻译:问题与方法》(*The Science of? Translation: Problems and Methods*)一书中多次提到"补偿"这一概念,称其为解决语言内及语言外结构差异的手段。李正栓、叶红婷(2016)还提出了在翻译典籍中要做到"理解对等、风格对等、用韵对等、文化迁移对等"来处理文化负载词汇。

对于文化负载词的翻译原则,金惠康曾指出:译者的任务之一就是再现原文风貌,不必也不可如此汉化译文,损坏原文文字形象与内涵。而比较系统的翻译原则是廖七一(2000)在其《当代西方翻译理论探索》一书中所提的三个原则:一是源语词汇意义的再现优于形式的再现 ; 二是选词必须考虑源语词汇所处的语境;三是源语词汇关键的隐含意义,在译文中应转换为非隐含意义。其他学者也提出不同的翻译原则，例如杨成虎、陈文安(2015)认为应该“如何在‘信’与‘达’之间恰当处理，体现两者的辩证”。但现实中，如何做到这一点是相当困难的，就如严晓江(2016)所指出的那样：“在多大程度上进行深化，取决于译者的恰当感悟。也就是说，译者应善于将自然物象与人的心灵世界相联系，引导目标语读者与源语读者产生类似的情感反应和审美体验。”译者的感悟如何做到恰如其分，这是一个无法解决和衡量的问题。

近年来，人们对于文化负载词的研究很重视，研究范围包括了历史、外宣等各个方面。同时，研究者们应用不同的翻译理论来探讨文化负载词汇的翻译策略，这些理论包括关联理论、目的论、释意理论和补偿翻译等。例如牛百文、李依畅(2016)利用关联理论来研究中国文化负载词汇的翻译策略，认为“译者翻译的首要任务就是要协调原作的意图和目的读者的期待，在最佳关联性原则指导下，适当调整译文表达方式，综合采用如下翻译策略与方法，实现交际信息的最佳关联，获得最大的语境效果”。普昆(2015)从认知语言学的角度对文化负载词汇的翻译进行了研究。

在文化负载词汇的翻译中，还有一点需要研究者注意，那就是译文的接受性问题，翻译作品最后的读者是谁？读者是否能够接受译文？汪庆华(2015)曾经指出：“中国文化要真正走出去，必须有普通读者大众的广泛参与，尤其是需要以美国为主导的文化强势国家广大读者的参与。”所以，译文的接受性是衡量文化负载词汇翻译质量的最好的标准。蔡新乐(2015)曾指出：“我们研究学术究竟是为了发表个人意见，还是着眼于学术交流本身甚或历史进步的需要?”这个问题值得研究者们进行深刻的思考。或者说就如崔潇月(2016)曾指出的那样，译文应该“激发英语读者对文化探索的兴趣，或许会使其追根溯源找到典籍原本进行阅读，从而更深入地了解、学习中国宗教、哲学思想”。这或许是我们翻译作品的最终目的。

文化负载词汇究竟怎么来翻译，郑德虎(2016)提出了“文化负载词译文的统一问题”。这是目前文化负载词汇翻译的大问题。朱振武、唐春蕾(2015)对这个问题的看法是：“在中国文学、文化对外传播的过程中，当代汉学家各有其翻译特点。对于如何翻译，从古至今，遍观中外，学者和翻译家们见仁见智，但亦尚需完善。”所以，文化负载词汇翻译的统一及规范还需要一个长期的磨炼过程，还需要国内外的专家和汉学家们共同努力，来达成一个令译者和读者都满意的翻译水平。

参考文献

1. Baker, Mona. *In Other Words: A Course Book on Translation*[M]. Beijing:Foreign Languages Teaching and Researching Press,2000.

2. Bassnett, Susan & Lefevere, Andre. *Constructing Cultures*[M]. Shanghai: Shanghai Foreign Language Education Press. 2001.

3. Bell, Roger T. *Translation and Translating: Theory and Practice*[M]. Beijing: Foreign Language Teaching and Research Press. 2001.

4. Fawcett, Peter. *Translation and Language: Linguistic Theories Explained*[M]. Beijing: Foreign Language Teaching and Research Press. 2007.

5. Lefevere, Andre. *Translating Literature: Practice and Theory in a Comparative Literature Context*[M]. Beijing: Foreign Language Teaching and Research Press. 2006.

6. Venuti, L. (ed.). *Rethinking Translation: Discourse, Subjectivity, Ideology.* [M]. London & New York: Routledge, 1992.

7. 包惠南:《文化语境与语言翻译》,北京:中国对外翻译出版公司 2001 年版。

8. 蔡新乐:《想象可以休矣:论〈浮生六记·童趣〉文化关键词的英译》,载《中国翻译》,2015 年第 6 期。

9. 崔潇月:《论中国当代戏剧的儒释道文化翻译》,载《外国语文》,2016 年第 6 期。

10. 邓炎昌、刘润清:《语言与文化——英汉语言文化对比》,北京:外语教学与研究出版社 1989 年版。

11. 方梦之:《译学词典》,上海:上海外语教育出版社 2004 年版。

12. 黄海翔:《文化翻译中的文化逻辑:以〈孙子兵法〉文化专有项英译的经验分析为例》,载《西安外国语大学学报》,2015 年第 1 期。

13. 金惠康:《跨文化交际翻译》,北京:中国对外翻译出版公司 2003 年版。

14. 李华:《中国文化负载词的英译策略》,载《文化学刊》,2016 年第 9 期。

15. 李家军:《国家形象修辞与“习大大”的英译》,载《语文学刊(外语教育教学)》,2016 年第 7 期。

16. 李正栓、叶红婷:《典籍英译应追求忠实对等——以〈水树格言〉英译为例》,载《西安外国语大学学报》,2016 年第 1 期。

17. 廖七一:《当代西方翻译理论探索》,南京:译林出版社2000年版。

18. 刘岚:《〈三字经〉一本多译的策略路线》,载《华北理工大学学报(社会科学版)》,2016年第6期。

19. 刘宓庆:《当代翻译理论》,北京:中国对外翻译出版公司2003年版。

20. 刘宓庆:《汉英对比与翻译》,南昌:江西教育出版社1992年版。

21. 马会娟:《奈达翻译理论研究》,北京:外语教学与研究出版社2003年版。

22. 牛百文、李依畅:《关联理论视角下的中国文化负载词英译策略研究——以〈三国演义〉罗慕士译本为例》,载《现代语文(语言研究版)》,2016年第7期。

23. 普昆:《认知语言学视域下的忠实对等——兼析〈英汉对照乐府诗选〉英译》,载《解放军外国语学院学报》,2015年第6期。

24. 邱懋如:《文化及其翻译》,见郭建中:《文化与翻译》,北京:中国对外翻译出版公司2000年版。

25. 汪庆华:《传播学视域下中国文化走出去与翻译策略选择——以〈红楼梦〉英译为例》,载《外语教学》,2015年第3期。

26. 王秉钦:《文化翻译学》,天津:南开大学出版社1985年版,第19页。

27. 王德春:《汉语国俗词典》,南京:河海大学出版社1990年版。

28. 王东风:《文化缺省与翻译中的连贯重构》,载《外国语》,1997年第6期。

29. 王克非、王颖冲:《论中国特色文化词汇的翻译》,载《外语与外语教学》,2016年第6期。

30. 王丽慧:《文化等值视角下中国文化负载词的翻译》,载《河南科技大学学报(社会科学版)》,2014年第2期。

31. 王银泉:《"福娃"英译之争与文化负载词的汉英翻译策略》,载《中国翻译》,2006年第3期。

32. 魏春梅:《汉语文化负载词翻译研究——以苏童小说〈米〉英译本为例》,载《语文学刊(外语教育教学)》,2015年第6期。

33. 文亮:《从文学"非主流"到文化走出去——"非主流"英语文学暨中国文化走出去的翻译视角专题研讨会侧记》,载《当代外语研究》,2013年第11期。

34. 邬忠、卢水林:《文学典籍英译中的文化负载词问题思考——以〈西游记〉中的"相应"为例》,载《社会科学家》,2016年第10期。

35. 严晓江:《国内四种〈楚辞〉英译本析评》,载《语言与翻译》,2016年第4期。

36. 杨成虎、陈文安:《得体译文的"信""达"辩证》,载《中国翻译》,2015年第6期。

37. 佘立霞:《毛泽东诗词英译本中文化负载词翻译的对比研究》,载《外语学刊》,2016 年第 6 期。

38. 张森、季蕊:《中国传统武术术语英译的问题与对策探究》,载《当代外语研究》,2016 年第 4 期。

39. 郑德虎:《中国文化走出去与文化负载词的翻译》,载《上海翻译》,2016 年第 2 期。

40. 朱振武、唐春蕾:《走出国门的鲁迅与中国文学走出国门——蓝诗玲翻译策略的当下启示》,载《外国语文》,2015 年第 5 期。

第4章

鲁迅小说中的重叠词汇处理方法探讨

第1节　重叠词汇的翻译及其概述

在鲁迅小说中有很多重叠词汇,包括两两重叠和单一重叠的词汇。对于重叠词汇的翻译方法,有许多相关的研究。蓝诗玲和杨宪益、戴乃迭几位译者在翻译重叠词汇过程中,充分发挥了译者主体性,对小说中的重叠词汇进行了各自的创造性的翻译。下面就《彷徨》《呐喊》和《故事新编》中的重叠词汇翻译进行探讨。

汉语中有许多词汇重叠的现象。“叠词(Reduplication)又称叠字、迭字、重叠词、叠音词或称叠音,是指相同的词、词素或音节重叠使用。叠词是语言常见的修辞手段,是体现语言韵律美、形象美、表达美的典型艺术手法,汉语大多数词类都会有重叠形式”(曾宪华,2010)。雷蕾(2008)这样来定义叠词:“叠词,古时叫作‘重言’或‘复字’,是汉语对声音的一种锤炼手法,也是一种特殊的词汇现象。”那么汉语的叠词本身具有什么特点呢? 乔一平(2015)指出:“汉语重叠现象,大到宏观的形态分析、语音变化与句法功能,小到微观具体的特定语言事实,各种分析细致深入,包罗万象,不一而足。”于连江(2004)将叠词的作用进行了归类:第一个功能是叠词的衔接功能。如胡壮麟教授(1994)指出的最直接的词汇衔接手段就是意义和形式相同的词或词组的重复出现,其中包括词素的重复使用。第二个功能是叠词的修辞功能。叠词能起到传达语气、感情、拟声、强调和创造意象的作用。叠词在汉语的文学作品中十分常见,尤其是在诗词中,叠词的美学价值很高。叠词的使用可以创造非常形象生动的意象,从而达到韵律美、意象美和表达美的效果。第三个功能是叠词的文体功能。汉语叠词可以用在任何体裁的文章中。它集音、形、意于一体,绘声绘色、朗朗上口,使人如闻其声,若见其形,似尝其味,很容易在读者心目中引起共鸣,达到音韵和意义的完美统一。

汉语叠词的作用也比较明显,正如陆璐(2014)等指出的那样:“叠词的使用主要有两重作用:一为描述性,它能传神地摹声绘形,表情达意;二为音乐性,它的音调和谐,节奏鲜明。叠字最主要的作用就是强调,即它能突出诗歌的精神和诗人的情感,增强诗歌的韵律感。”

汉语叠词的分类有多种方法,汪维懋(1998,P3 –5)将严格意义上的汉语叠词分为 AA、AABB、AAB、ABB 四类,同时他认为虽然叠词还有两种扩展形式 ABAB 和 A 里 AB,但是在格式上与以上形式有明显区别,所以没有予以收录和探讨。也有专家将叠词分成了叠词与重叠部分意义相同和叠词与重叠部分意义不同两种类别,这使得选择翻译策略变得一目了然,在尽量符合叠词发音特点的基础上,前者应主要从功能和效果入手,后者则要首先考虑意义的准确传达(战晓峰,2013)。“现代汉语的 AABB 式具有极强的能产性,无论是动词性成分、名词性成分还是形容词性成分都在不断地形成新的 AABB 式词语。”(胡孝斌,2007)

在本章鲁迅小说中探讨的重叠词汇,主要是 AABB 和 ABB 两种。那么如何将这些重叠词翻译成对应的英语呢?“汉语的重叠字或词其形式之繁多,数量之庞大非英语所能企及。”(陈文涛,张金玉,2014)但是也不能说叠词不能翻译。“汉、英两种语言都有一定数量的叠词,在许多情况下,汉英叠词可以互相对译,这种采用直译的方法不仅简便省力,文从字顺,而且译文在语言表层形式和深层语义内容方面都与原文吻合、对等。”(赵明,1997)例如:孩子们乱糟糟地跑下沙滩,跳入浪中,译文为 The children dashed pell – mell down the beach and into the waves. 也就是说“译者要把握好科学与艺术、形式与内容、反映与表现之间的辩证统一的关系,要求译文既要反映原作的修辞技巧、语言形式、审美构成,又要行文流畅、斐然成章,为译语读者所接受、所喜爱”(俞真,2000)。虽然说叠词的数量众多,在翻译中会有各种问题,但是通过适当的方法和策略还是可以解决。在以往的研究中,译者通常有下面几种方法。

于连江(2004)在汉语叠词的英译中提出了四种方法:(1)将汉语叠词译成英语的平行结构;(2)将汉语叠词译成英语的“ – ing”形式;(3)将汉语叠词译成英语的头韵、尾韵、中韵、谐音;(4)将汉语叠词译成英语的叠词。李月明(2016)也提出了三种方法,并提出叠词英译修辞上的变通方法。其他研究者如杨志红(2007)归纳了三种方法:(1)利用目的语中现有的对应叠词,做到翻译时形音义的自然结合;(2)在对应叠词缺失的情况下,尽可能采取其他方法做到形音义的尽量结合;(3)在上述两种均不能满足的情况下,应舍形取义。

下面我们就上面提到的几种翻译方法,来分析鲁迅小说中的重叠词汇的翻译。

第 2 节 《彷徨》中的重叠词汇翻译

在《彷徨》中，鲁迅塑造了一系列的人物形象，而重叠词汇在其中起到了重要的作用。蓝诗玲和杨宪益对于重叠词汇的翻译突出体现了各自的翻译特点。

一、《祝福》中的重叠词汇翻译

原 文	蓝 译	杨 译
新正将尽，卫老婆子来拜年了，已经喝得**醉醺醺**的。（第 16 页第 16 行）	As the month drew to a close, **a rather tipsy** Mrs Wei called to wish the family a happy New Year.（第 169 页第 21 行）	The first month was nearing its end when Old Mrs. Wei called on my aunt to wish her a happy New Year. **Already tipsy**.（第 17 页第 18 行）
只觉得天地圣众歆享了牲醴和香烟，都**醉醺醺**的在空中蹒跚，豫备给鲁镇的人们以无限的幸福。（第 30 页第 7 行）	Having sated themselves on offerings and incense, the spirits of heaven and earth were lurching **drunkenly** about the sky, preparing to bestow joy everlasting on the good burghers of Luzhen.（第 177 页第 25 行）	and I felt only that the saints of heaven and earth had accepted the sacrifice and incense and were reeling **with intoxication** in the sky, preparing to give Luzhen's people boundless good fortune.（第 31 页第 7 行）

在《祝福》中“醉醺醺”出现了两次，属于 ABB 类型的重叠词汇。第一次出现在描写卫老婆子来拜年时的情景。蓝译使用了 tipsy 来表达人物喝醉的状态。杨译也使用了 tipsy，但是作为状语修饰主语卫老婆子。蓝译是把词汇直接用于修饰名词，做名词的定语。而原文的“醉醺醺”是状语，所以蓝译使用了转译的翻译手段。杨译则仍旧保持了原文的语法作用，在译文中也是状语。泰德勒（Tytler）（2012：9）认为“译者必须再现原作者的写作风格和特点”。两位译者的译文就非常形象地表达了原文，再现了原文描写的人物形象。

在第二次出现的时候，是作者描写过年的场景。蓝译把“醉醺醺”用了一个副词 drunkenly 来表达，杨译则是用名词 intoxication 放置于介词 with 之后来表达原文的意思，对原文进行了转译。

二、《在酒楼上》中的重叠词汇翻译

原　文	蓝　译	杨　译
上面是铅色的天，**白皑皑**的绝无精采，而且微雪又飞舞起来了。（第36页第12行）	Above, fine snowflakes had begun to whirl down again from **a pale, leaden sky**.（第178页第20行）	Above was the leaden sky, a **colourless dead white**; moreover a flurry of snow had begun to fall.（第37页第13行）
细看他相貌，也还是**乱蓬蓬**的须发；苍白的长方脸，然而衰瘦了。（第38页第26行）	beneath his characteristically **untidy** hair and beard, I noted, lay a long, pale, exhausted – looking face.（第180页第17行）	A closer look revealed that Lü had still the same **unkempt** hair and beard, but his pale lantern – jawed face was thin and wasted.（第39页第27行）
但我现在就是这样子，**敷敷衍衍，模模胡胡**。（第44页第8行）	Now look at me: **blundering along, one compromise after another**.（第183页第8行）	But this is how I am now, willing to **let things slide and to compromise**.（第45页第9行）
树枝笔挺的伸直，更显出**乌油油**的肥叶和血红的花来。（第46页第29行）	the tree stood upright once more, flaunting **its broad, dark, glossy leaves** and blood – red flowers even more proudly.（第185页第8行）	then the branches of the tree straightened themselves. Flaunting **their thick dark foliage** and blood – red flowers even more clearly.（第47页第32行）
这些无聊的事算什么？只要**随随便便**。（第50页第24行）	What a waste of time it all is. **But I get by**.（第187页第14行）	Who cares about such futile affairs anyway? **There's no need to take them seriously**....（第51页第26行）

小说《在酒楼上》中的重叠词汇要比《祝福》中的重叠词汇翻译更具特点，有AABB类型的重叠词，也有ABB类型的。蓝译把原文“白皑皑”翻译为pale，用

pale 来表达原文的意思。蓝译的处理方式是把补充说明“铅色的天”的后置修饰语“白皑皑的绝无精采”合并到一个句子中,两个定语共同来修饰中心词“天”,这样的处理方法使得译文简练、流畅。杨译的翻译方法则是遵照原文的结构,把“白皑皑”翻译为 white,修饰 sky,作为 sky 的后置修饰语,与原文句式一致。

对 ABB 类型的重叠词“乱蓬蓬”的处理方式,蓝译和杨译没有太大的差别,都是用形容词来做名词的修饰语,区别只是二人用了不同的词,蓝译用了 untidy,杨译使用了 unkempt。

在对“敷敷衍衍,模模胡胡”的处理上,蓝译使用了分词结构和复杂的名词结构,blunder 是个多义词,这里译者采用了这个词“跌跌撞撞”地行走的词义。但笔者的个人理解是小说主人公自己每天都是无所事事、得过且过的意思,所以蓝译用 blunder 在理解上与笔者不尽相同。用 blunder 来表示主人公在迷茫困惑中的探索,也有一定的道理。就“敷敷衍衍”的翻译,笔者更倾向于杨译,杨译用了两个并列的动词不定式,to let things slide,使事情陷入某种状态,所以这个译文更符合原意。

对于“乌油油”的翻译,蓝译为 dark, gloss leaves,杨译为 dark foliage。从二者的译文中可以看出,杨译更倾向于使用一些比较书面的词语,例如前面的 unkempt, intoxication, foliage,反观蓝译 untidy,drunkenly,leaves,都是比较常用的词汇。

最后的一个重叠词汇“随随便便”,从上下文可以看出原文的意思是说过得去就行,不必太较真。因此,蓝译使用了 But I get by 来表达主人公对自己当前状态的看法。杨译则是花费了不少的词汇,用一个完整的句子 There's no need to take them seriously 来表达上下文的含义。

三、《幸福的家庭》中的重叠词汇翻译

原　文	蓝　译	杨　译
主妇是前头的头发始终烫得**蓬蓬松松**像一个麻雀窠,牙齿是始终雪白的露着,但衣服却是中国装。(第 60 页第 5 行)	The wife's hair is **perfectly permed and set**, her perfect white teeth permanently arranged into a perfect smile. But she dresses in the Chinese style. (第 189 页第 16 行)	His wife's hair is always **curled up like a sparrow's nest** in front, her pearly white teeth are always peeping out, but she wears Chinese dress. . . . (第 61 页第 7 行)

续表

原　文	蓝　译	杨　译
便立着他自己家里的主妇，两只**阴凄凄**的眼睛恰恰钉住他的脸。(第 60 页第 27 行)	he found the mistress of his own household standing behind his left shoulder, **her sullen eyes** fixed on his face.(第 190 页第 9 行)	to see standing on his left the mistress of his own family, **her two gloomy eyes** fastened on his face. (第 61 页第 31 行)
他觉得头里面很胀满，似乎**桠桠叉叉**的全被木柴填满了。(第 62 页第 14 行)	His head now felt swollen, **stuffed full of firewood.**(第 190 页第 34 行)	His head seemed to be bursting as if filled to the brim **with sharp faggots**. (第 63 页第 14 行)
果然，吁气之后，心地也就轻松不少了，于是仍复**恍恍忽忽**的想——(第 62 页第 18 行)	Feeling more relaxed, he resumed **his vague thought – processes**.(第 190 页第 37 行)	Sure enough, after breathing out his heart seemed much lighter, whereupon he started **thinking vaguely** again:(第 63 页第 18 行)
孩子是生得迟的，生得迟。或者不如没有，两个人**干干净净**。(第 66 页第 15 行)	put off having children. Or maybe don't have any. **Life is so much tidier** when it's just the two of you ... (第 193 页第 10 行)	Children are born late, yes, born late. Or perhaps it would be better to have none at all, **just two people without any ties**. . . . (第 67 页第 15 行)

在《幸福的家庭》中，主人公想象着人们幸福的生活是什么样的，同时又不得不面对现实的困窘生活，重叠词汇主要以 AABB 类型为主。对“蓬蓬松松”的翻译，蓝译采用了意译的方法，用一个 perfectly 来表达原文的含义。杨译则对原文进行了省略，由读者自行从译文中去理解 。两位译者的处理方式异曲同工，都对原文进行了适当的省略，但从译文上看并没有影响原文的主要意义。

对于“阴凄凄”的翻译两位译者的译法比较一致，分别使用了 sullen 和 gloomy 来做眼睛的修饰语。

对于“桠桠叉叉”的翻译，蓝译没有翻译，直接省略了这个重叠词。杨译的译文使用了 sharp 一词，来表示木材的枝杈，作为对原文的解释。

重叠词“恍恍惚惚”的翻译从两位译者的翻译来看比较简单，都用了一个形容词 vague 来表示主人公的意识模糊不清。

对重叠词"干干净净"两位译者都采用了意译，分别用句子和名词词组来表达。蓝译为 Life is so much tidier，杨译为 just two people without any ties。在这里，原文的意思与通常的"干干净净"是不一样的，不是表示事物很干净，没有杂乱等，而是说没有孩子则会很轻松，没有拖累，两位译者的译文可以说是舍形取义了。

四、《肥皂》中的重叠词汇翻译

原　文	蓝　译	杨　译
他好容易**曲曲折折**的汇出手来，手里就有一个小小的长方包，葵绿色的，一径递给四太太。（第 74 页第 7 行）	This **tortuous search** produced a small, rectangular, palm – green package, which he immediately handed to his wife.（第 195 页第 10 行）	By **dint of twisting and turning** he extracted his hand at last with a small oblong package in it, which he handed to his wife.（第 75 页第 8 行）
说这鬼话的人至多不过十四五岁，比你还小些呢，已经**叽叽咕咕**的能说了。（第 76 页第 27 行）	I heard this from a boy who couldn't have been fourteen, younger than you – **prattling away** in foreign gobbledegook.（第 197 页第 16 行）	The ones speaking this devils' language couldn't have been more than fourteen or fifteen, actually a little younger than you, yet they were **chattering away** in it.（第 77 页第 29 行）
学程在喉咙底里答应了一声"是"，**恭恭敬敬**的退出去了。（第 76 页第 31 行）	Xuecheng **respectfully withdrew**, mangling a 'yes' in his throat.（第 197 页第 21 行）	"Yes," answered Xuecheng deep down in his throat, then **respectfully withdrew**.（第 77 页第 34 行）
你只要去买两块肥皂来，**咯支咯支**遍身洗一洗，好得很哩！（第 82 页第 7 行）	"Reckon she'd **scrub up lovely** with a couple of bars of soap." Now what kind of talk is that?（第 200 页第 6 行）	If you buy two cakes of soap and give her **a good scrubbing**, the result won't be bad at all!（第 83 页第 6 行）
他来回的踱，一不小心，母鸡和小鸡又**唧唧足足**的叫起来了。（第 90 页第 15 行）	As he paced up and down, the hen and chicks kept on waking up **to protest about the noise**.（第 205 页第 5 行）	because he forgot to be quiet, the mother hen and her chicks **started cheeping** again.（第 91 页第 16 行）

《肥皂》中的重叠词汇都是 AABB 类型的重叠词。蓝译在处理“曲曲折折”这个重叠词汇时用了形容词 tortuous 修饰后面的名词 search，来表明主人公摸索着掏东西的动作。杨译的处理方式与蓝译不同，采用由 by 引导的介词短语 by dint of twisting and turning 来描写在衣兜里摸索东西的动作。杨译的翻译很生动，但用词较多，所以杨译的总体译文字数多于蓝译，原因就在于此。

重叠词“叽叽咕咕”的处理方式与上面的例子不同，蓝译和杨译分别用了一个动词词组，通过所选择的词汇来表达原文的含义，蓝译选择了 prattle away，prattle 的英文释义为 speak（about unimportant matters）rapidly and incessantly，所以这个词汇的本身就已经把“叽叽咕咕”的意思表达出来了。杨译选择了 chatter away，chatter 的英文释义是说 you talk quickly and continuously，usually about things which are not important. Prattle 和 chatter 是同义词，都表达了“喋喋不休地谈论琐事”的意思。

两位译者对重叠词“恭恭敬敬”的处理方式一致，用词完全一致，原文的语法作用与译文的语法功能也一致，都用来修饰动词，唯一的区别是蓝译把 respectfully withdrew 放在句中，杨译置于句尾。

原文“咯吱咯吱”的处理方式，两位译者不同，蓝译用 scrub up lovely 中的 lovely，来表示原文的意思，表明用肥皂洗澡是件很享受的事情。杨译则是把原文修饰动词的副词形式转译为形容词，用 a good scrubbing 中的 good 来表示原文含义，属于舍形取义的处理方法。

对于重叠词“唧唧足足”，两位译者的处理方式和“叽叽咕咕”一样，采用的方法都是利用所选择的词汇来表达原文的含义。蓝译选择了不定式 to protest about the noise，但 protest 并没有体现出对鸡叫声音的描写。杨译选择了 cheep 一词，这个词的英文释义为 to utter characteristic shrill sounds，所以杨译的译文更贴近于原文。

五、《长明灯》中的重叠词汇翻译

原　文	蓝　译	杨　译
你看，啧，那火光不是**绿莹莹**的么？（第 96 页第 29 行）	**Bright green**, it is.（第 207 页第 14 行）	Just look, ha! At that splendid **green light** it sheds!（第 97 页第 32 行）

续表

原 文	蓝 译	杨 译
将长明灯用厚棉被一围，**漆漆黑黑**地，领他去看，说是已经吹熄了。（第 98 页第 24 行）	Cover up the lamp with a thick cotton quilt, so everything **looks dark**, then take him into the temple and tell him it's been put out.（第 208 页第 16 行）	He **blacked out the lamp** with a cotton quilt, then took him to see it and told him it had been put out!（第 99 页第 25 行）
“庙里就没有闲房？……”四爷**慢腾腾**地问道。（第 108 页第 17 行）	'Isn't there a spare room in the temple?' the uncle now **ponderously asked**.（第 214 页第 6 行）	"Aren't there spare rooms in the temple?" asked Fourth Master **slowly**.（第 109 页第 18 行）

重叠词的翻译需要译者根据上下文进行适当的处理，如何选择合适的词汇来表达原文的含义便是对译者的考验，成为翻译中的难点。对于原文 ABB 类型重叠词“绿莹莹”的翻译，蓝译的处理沿袭了自己一贯的翻译风格，简单明了，用了 bright green 来表达原文，中心词放在“绿”上。杨译为 green light，中心词放在“莹莹”上，表示“绿色的光芒”。

在处理“漆漆黑黑”上，蓝译根据上下文翻译为 looks dark，一个 dark 表示出长明灯被蒙上后出现的漆黑一片的情景。杨译则选择了一个动词词组 black out 来表达原文，令读者根据 black out 来自己感受译文体现的场景。Black out 就是 darken completely，漆黑一片的意思，所以杨译用 black out 翻译原文，让读者从这个词语中体验“漆黑一片”的感觉。

处理重叠词的方式很多，两位译者经常使用的翻译方法就是使用一个词来表达原文，与原文对应，例如原文“慢腾腾”这个词，是副词，用来修饰动作，蓝译为 ponderously asked，ponderously，意为 in a heavy ponderous manner，就是以缓慢的方式做某事的意思，所以对应了“慢腾腾”的意思。杨译选择了 slowly 来修饰 ask，忠实于原文。

六、《示众》中的重叠词汇翻译

原　文	蓝　译	杨　译
火焰焰的太阳虽然还未直照,但路上的沙土仿佛已是闪烁地生光。(第 116 页第 2 行)	Although the sun was not yet **at its zenith**, already the grit on the road seemed to scintillate beneath its glare. (第 216 页第 2 行)	Although **the blazing sun** was not yet directly overhead, the dust on the road already seemed to be glinting. (第 117 页第 1 行)
他也便跟着去研究,就只见满头**光油油**的,耳朵左近还有一片灰白色的头发。(第 116 页第 32 行)	the fat boy decided to join him in his researches, though discovered nothing of particular note – **a burnished expanse of skin**, with a tuft of greying hair behind each ear. (第 217 页第 19 行)	so he followed suit, but saw nothing remarkable apart from **an oily scalp** with a tuft of grey – white hair to the left of his ear. (第 117 页第 32 行)
圆阵立刻散开,都**错错落落**地走过去。(第 122 页第 17 行)	The circular ranks immediately dispersed **in the direction of the incident**. (第 220 页第 22 行)	At once the circular formation scattered. **Higgledy – piggledy** all made their way over. (第 123 页第 18 行)

在《示众》这篇小说中,有 ABB 类型的重叠词,也有 AABB 类型的。两位译者对重叠词的处理方法各不相同。原文“火焰焰”在蓝译中被省略,没有翻译出来,但并不影响理解。杨译则是用 blazing 一词来表达重叠词,blazing 意为 shining intensely,意为“炽热的”,较为符合原文,很生动。

对于“光油油”的处理,从两位译者的译文中令读者更深地体会到译者主体性的存在,不同的译者对于相同文本的理解和处理。蓝译为 a burnished expense of skin,译者着重突出了原文整体给人的印象,杨译的用词 scalp 重点放在了对头皮的描写,与原文对等。

在“错错落落”的翻译中,蓝译的译文来自于对原文的上下文的理解,所以用了 in the direction of 来表示朝着某个方向走过去的意思。杨译则选择 Higgledy – piggledy,意为 in a disordered manner 来形容当时的混乱场景。两位译者的重心不一样,蓝译侧重于人们行动的方向,而杨译侧重于描写现场人们的混乱状态。

七、《高老夫子》中的重叠词汇翻译

原 文	蓝 译	杨 译
他心头跳着，笔挺地站在讲台旁边，只看见半屋子都是**蓬蓬松松**的头发。（第136页第12行）	Gao stood, heart pounding, to one side of the lectern, the room **a blur of bobbed hair**.（第228页第16行）	His heart thumping, he stood stiffly by the platform. Half the room seemed to be nothing but **tousled hair**.（第137页第14行）
他便**惘惘然**，跨进植物园，向着对面的教员豫备室大踏步走。（第138页第22行）	He **blundered through** the botanical garden, heading in the direction of the staffroom.（第229页第36行）	**In a daze**, he stepped into the botanical garden, and strode towards the staff – room opposite.（第139页第25行）
他还听到**隐隐约约**的笑声。这使他更加愤怒，也使他辞职的决心更加坚固了。（第140页第13行）	He was still persecuted by **the sound of ghostly laughter**. His anger redoubled, strengthening in him his resolve to resign.（第230页第21行）	He could still hear that **smothered laughter**. This made him even more furious, strengthening his determination to resign.（第141页第14行）

原文“蓬蓬松松”的翻译，两位译者的处理方式大致相同，都是以 hair 为中心词，蓝译用了名词加介词的结构来形容一团蓬松的头发，bobbed 意为 a short haircut all around，用于形容人的发型。杨译选择了一个词 tousled，意为 extremely disordered，乱糟糟的，用来形容头发的杂乱，但就本段来讲，原句是描写高老夫子看到满屋学生时的不安心理，所以“蓬蓬松松”不是形容头发杂乱，而是来突出高老夫子的胆怯，由于害怕而出现的幻觉，故蓝译更为贴切。

对于“惘惘然”的翻译，蓝译采用了以动词来体现原文中用于修饰动作的副词作用，译者选择了 blunder，意为 make one’s way clumsily or blindly，也就是跌跌撞撞地走，蓝译把“跨进”与“惘惘然”合并在一起翻译，通过 blunder 这个词来表达主人公走路时的状态。杨译把“惘惘然”单独翻译出来，in a daze，忠实于原文是杨译最大的特点，对于这个重叠词的处理依旧延续了杨译的特点。

重叠词“隐隐约约”的翻译，两位译者的处理方式相同但理解与选词却不同，蓝译选择了非常正式的书面语 the sound of ghostly laughter，但其中的 ghostly 的使用有些令人费解，ghostly 译文 resembling or characteristic of a phantom，但原文与 ghost 等有令人恐惧的含义并不相干，原文没有表达恐惧等意思，所以蓝译用 ghost 笔者并不赞同。杨译使用了 smothered 一词，表示听不清楚的声音，smothered 意为 held in check with difficulty，就是压抑而使之不发出声音。与原文含义相近，但原文是“隐隐约约”，表明声音不是太大，时而听见，时而听不见，所以两位译者的译文与原文有一定的差异。

八、《孤独者》中的重叠词汇翻译

原　文	蓝　译	杨　译
这是我当日一口承当的答话，后来常常自己听见，眼前也同时浮出连殳的相貌，而且**吞吞吐吐**地说道“我还得活几天”。（第 168 页第 16 行）	Lianshu's hopeless request, and my glib response to it, often returned to haunt me, pushing me to make all sorts of approaches on his behalf, but nothing came of it. （第 245 页第 2 行）	This was what I had promised at the time, and the words often rang in my ears later, as if Wei were before me, **stuttering**, "I have to live a little longer."（第 169 页第 18 行）

重叠词“吞吞吐吐”在蓝译中并没有翻译，译者省略了这句话的细节，尤其是后半部分，只是根据上下文说明自己为了给连殳找工作未果的事情。对于原文的处理有译者个人的理解，也是译者主体性的反映。杨译则是忠实于原文，把所有细节进行了翻译，对于“吞吞吐吐”选择了 stutter 一词。stutter 按照柯林斯词典的解释 If someone stutters, they have difficulty speaking because they find it hard to say the first sound of a word，就是结结巴巴地说话，所以杨译的选词很准确。

九、《伤逝》中的重叠词汇翻译

原　文	蓝　译	杨　译
到外院，照例又是明晃晃的玻璃窗里的那小东西的脸，加厚的雪花膏。 （第 190 页第 23 行）	Then there'd be the face of the young dandy in the next courtyard, plastered with cold cream as usual, against **the gleaming window**. （第 256 页第 8 行）	And each time we reached the outer courtyard, against **the bright glass window** there was the little wretch's face, plastered with face cream. （第 191 页第 26 行）

《伤逝》中的重叠词汇不多,只有一个 ABB 类型的重叠词。两位译者的处理方式非常一致,都选择了一个形容词来表达原文,蓝译选择了 gleaming,按照柯林斯词典的解释 gleaming 的含义是 If an object or a surface gleams, it reflects light because it is shiny and clean. 也就是闪光、发光的意思,所以蓝译的处理是很得当的。杨译选择了 bright,把理解的重心放在"明亮"的词义上,也忠实地反映了原文的含义。

十、《弟兄》中的重叠词汇翻译

原　文	蓝　译	杨　译
邻家的一株古槐,便投影地上,**森森然**更来加浓了他阴郁的心地。(第 230 页第 3 行)	A neighbour's ancient locust tree cast its shadow along the ground, **darkening his own melancholy**. (第 276 页第 32 行)	His neighbour's old locust tree was casting a shadow on the ground, **so murky** that it added to his gloom. (第 231 页第 3 行)
靖甫也醒着了,**眼睁睁**地躺在床上。(第 236 页第 1 行)	Jingfu, too, was awake, lying on the bed **with his eyes wide open**. (第 280 页第 9 行)	Jingfu had woken too, and was lying in bed **open - eyed**. (第 237 页第 1 行)
但自己的头却还觉得昏昏的,梦的断片,也同时**闪闪烁烁**地浮出:(第 236 页第 7 行)	His mind felt foggy still, assaulted by **fragmentary dream sequences**: (第 280 页第 17 行)	But his own head still felt muddled, and fragments of his dream **kept flashing** before him: (第 237 页第 7 行)

在《弟兄》中的重叠词不是很多,两位译者处理的方式各有特色。对于"森森然"的翻译,蓝译的处理方式是通过用动词的分词形式来表达原词的修饰作用,通过动作让读者自己去想象原文所要表达的意境,所以译者选择了 darken 来处理"森森然"的意思,就是说一个 darkening 就会产生"森森然"的效果。杨译则是选择了形容词 murkey 来加重语气,使用了从句,蓝译是用了分词结构。

重叠词"眼睁睁"的处理方式在两位译者的翻译方法中是最简单直接的,翻译过程中牵扯到的问题就是选词,例如蓝译选择了最为直接的表达方式 with his eyes wide open。杨译为 open – eyed,置于句尾补充说明主人公躺下时的状态。

重叠词"闪闪烁烁"在蓝译中几乎找不到对应的译文,译者综合考虑了整个句子的句意,重点突出了原文的中心,即主人公脑海中出现的梦一样的记忆片段,所以选择了 fragmentary dream sequences 中的 sequences 来做中心词,片段似的在梦中出现的事件,对于重叠词译者基本上给予了忽略。虽然译者忽略了这个重叠词,但并不影响句意的完整表达。杨译的译文为 kept flashing,flash 的英文释义为 If a light flashes or if you flash a light, it shines with a sudden bright light, especially as quick, regular flashes of light. 也就是闪光的意思。所以采用 flash 是符合句意的。原文重叠词所指是主人公头脑中出现的情景,所以如何表现出主人公头脑中所想,用 flash 来展现原文所要表达的意思是贴切的。

十一、《离婚》中的重叠词汇翻译

原　文	蓝　译	杨　译
"**的的确确**。"尖下巴少爷赶忙挺直了身子,必恭必敬地低声说。(第 256 页第 5 行)	'**Right as rain**,' the young man reverently muttered, quickly sitting up. (第 290 页第 13 行)	"**Ab – so – lutely**," Sharp – chin hastily straightened up to answer in low, respectful tones. (第 257 页第 7 行)
叫我爹是"老畜生",叫我是**口口声声**"小畜生","逃生子"。 (第 256 页第 18 行)	not even the animals. "**Pig**" **this**, "**pig**" **that**, "bastard" the other. (第 290 页第 29 行)	She calls my father Old Beast and **me Young Beast** or Bastard. (第 257 页第 21 行)
庄木三,"老畜生"和"小畜生",都说着,**恭恭敬敬**地退出去。(第 260 页第 11 行)	Zhuang Musan and his ex – in – laws echoed, **backing politely out**. (第 292 页第 21 行)	Zhuang Musan, Old Beast and Young Beast withdrew **most respectfully**. (第 261 页第 10 行)

重叠词"的的确确"的翻译两位译者的处理方法(有所)不同,蓝译使用了一个英文成语 right as rain,意思是"非常正确",所以蓝译的译文与原文非常贴切。

杨译使用了一个副词 absolutely 来表达原文意思，比较忠实原文。

对于重叠词“口口声声”两位译者的处理方式是一致的，都省略了重叠词的翻译。通读原文，把重叠词“口口声声”忽略不计的话，原文的意思仍然很清楚，因此两位译者都省略了对这个重叠词的处理。

重叠词“恭恭敬敬”相对于上面的两个重叠词来说更容易处理，蓝译选择了 politely 这个副词，杨译选择了 respectfully。相比两个单词的含义，respectfully 的恭敬意味更为明显，但蓝译的用词也并不影响读者对原文的理解。

第 3 节 《呐喊》中的重叠词汇翻译

在上节中，《彷徨》中的重叠词出现了两种类型：AABB 和 ABB。在汉语重叠词汇中，ABB 类型的数量也不在少数。这类重叠词的主要作用很明显，“汉语单音节形容词重叠形式是一种修辞手段，因此在文学作品中的使用率较高。其中充当状语的例子最多，其次是充当定语的，最后是充当补语和谓语的例子。这也符合形容词重叠的语法意义。”（杨氏秋贤，2008）在以往的研究中，研究者们提出了两类具体的重叠词的翻译方法，一个是“黑 BB”类词的英译，一个是“红 BB”式重叠词汇的翻译。徐雼（2007）提出“黑 BB”类词的英译的四种方式：

①状语 + 形容词：黑沉沉、黑洞洞、黑漆漆、黑黢黢（very dark）、黑糊糊、黑乎乎、黑忽忽（rather dark）；

②名词/形容词 + 形容词（实物颜色词 + 基本颜色词）：黑洞洞、黑漆漆（pitch dark）、黑黝黝（shiny black）、黑油油（jet black）；

③单个形容词：黑糊糊、黑乎乎、黑忽忽（black/blackened/dusky）、黑黝黝（dim/dark）；

④量词短语：黑糊糊、黑乎乎、黑忽忽（a dark mass of）、黑压压（a dense or dark mass of）。

当然，徐雼也指出“在翻译篇章中的‘黑 BB’式形容词时，也不宜硬套上述的翻译方法，而应着眼于词在句中的整体效果，对其词性、结构等做适当的调整。”

胡瑶瑶等（2013）提出了“红 BB”式重叠形容词的四种译法：

（1）状语 + 形容词：形容颜色很红，即意义增强：红赤赤（very red）；（2）形容词 + 形容词：红彤彤、红通通、红嫣嫣、红艳艳、红殷殷、红喷喷（bright red）、红灿灿（shiny red）、红澄澄（glistening red）；（3）单个形容词表示意义附加：红喷喷、红彤彤、红通通（glowing）、红扑扑、红润润（ruddy、rosy）；（4）多个形容词表示意义附加:红润润(smooth、tender and rosy)。

《彷徨》中的 ABB 类型的重叠词汇更多的是充当了状语。下面就《呐喊》中的重叠词汇进行讨论。

十二、《狂人日记》中的重叠词汇翻译

原　文	蓝　译	杨　译
他们的牙齿,全是**白厉厉**的排着,这就是吃人的家伙。(第 18 页第 2 行)	their teeth **fearfully white** – teeth that eat people.(第 23 页第 33 行)	Their teeth are **white and glistening**: they use these teeth to eat men. (第 19 页第 2 行)
佃户说了这许多话,却都**笑吟吟**的睁着怪眼看我。(第 18 页第 15 行)	spoken by the farmer – stare strangely, **smirkingly** at me.(第 24 页第 18 行)	all the words spoken by our tenant, eye me quizzically with an **enigmatic smile**.(第 19 页第 17 行)
吃了几筷,**滑溜溜**的不知是鱼是人。(第 18 页第 20 行)	After a few **slippery mouthfuls**, I could no longer tell whether I was eating fish or human.(第 24 页第 24 行)	After a few mouthfuls I could not tell whether **the slippery morsels** were fish or human flesh.(第 19 页第 22 行)
他们这群人,又想吃人,又是**鬼鬼祟祟**,想法子遮掩,不敢直捷下手,真要令我笑死。(第 20 页第 8 行)	but they couldn't be open about it – they had to pursue their prey **with secret plans** and clever tricks; I could have died laughing. (第 25 页第 14 行)	The whole lot of them wanting to eat people yet **stealthily** trying to keep up appearances, not daring to do it outright, was really enough to make me die of laughter.(第 21 页第 11 行)
黑漆漆的,不知是日是夜。(第 22 页第 3 行)	There is **darkness** all around me. I cannot tell day from night.(第 26 页第 13 行)	**Pitch dark**. I don't know whether it is day or night.(第 23 页第 6 行)
他们没有杀人的罪名,又偿了心愿,自然都欢天喜地的发出一种**呜呜咽咽**的笑声。(第 22 页第 9 行)	that they will achieve their heart's desire without staining their hands with my blood – I hear their **gasps** of jubilant laughter already. (第 26 页第 22 行)	for then they can enjoy their hearts' desire without being blamed for murder. Naturally that delights them and sets them **roaring** with laughter.(第 23 页第 13 行)

续表

原 文	蓝 译	杨 译
他不以为然了。**含含胡胡**的答道,"不……"(第24页第11行)	'No ... ' he mumbled, beginning **to sound vexed**.(第27页第26行)	He looked disconcerted and **muttered**, "No. . . "(第25页第13行)
所以连小孩子,也都**恶狠狠**的看我。(第24页第21行)	even the children stare at me **like wild beasts**.(第28页第5行)	that is why even the children look at me **so fiercely**.(第25页第25行)

在《狂人日记》中的重叠词汇相对来讲比较多,在处理这些重叠词汇上两位译者沿用的方式和《彷徨》中小说的处理方式比较接近。原文"白厉厉"属于"ABB"类型的重叠词,蓝译采用直译的方法,一个词 white 来修饰 teeth,但前面增加了一个副词 fearfully 来体现原文所要表现得令人恐怖的白色牙齿带给人的恐惧心理。杨译也采用直译的方法,但除了 white 还增加了一个词 glistening,英文释义为 reflecting light,意味着反射着光芒,这里用白色牙齿泛着瘆人的光芒,形象地刻画出狂人眼中要吃人的那些家伙,突出了恐惧感。

重叠词"笑吟吟"表示微笑、欢笑的样子。但在这里却是描写狂人看到的佃户们不怀好意的笑容。所以蓝译选择了 smirkingly,smirk 释义为 smile in an unpleasant way,就是假笑或不怀好意的笑。这个释义比较符合原文的含义,译者采用了副词形式来修饰中心动词表达的动作,更加生动。杨译选择了 enigmatic 一词来表示原文佃户们的坏笑,enigmatic 意为 Someone or something is mysterious and difficult to understand. 就是神秘难解的意思。总之两位译者都表达出原文隐含的意义。

对于重叠词"滑溜溜"的翻译,两位译者选择的形容词都一样,都是 slippery 来修饰所吃东西的特性。Mouthful 的英文释义为 A mouthful of drink or food is the amount that you put or have in your mouth. 一口(食物或饮料),符合原文含义。杨译选择了 morsel,这个词的英文释义是 A morsel is a very small amount of something, especially a very small piece of food. 表示(尤指食物)极少的量,从细节描写上这个词要比 mouthful 更具体。

重叠词"鬼鬼祟祟"的意思为人的行为偷偷摸摸,不光明正大。原文的意思是那些吃人的人想吃人,又不敢明目张胆地去吃人,需要遮遮掩掩。所以蓝译的译文为 secret plan,表明这些人要悄悄地秘密地去吃人。杨译则用了一个副词 stealthily 来表现吃人的人如何遮掩吃人的行为。Stealthily 意为 dong something in a stealthy manner,符合原文。

重叠词“黑漆漆”是形容黑暗,所以对这个重叠词的处理比较简单,蓝译选择了名词 darkness,杨译选择了 pitch dark,都表达出了小说中作者所渲染的漆黑的背景。

重叠词“呜呜咽咽”是个象声词,表示悲泣声。在本文中用来形容人开心的笑声,但却用了表示哭声的词汇,描述人们又像哭又像笑的状态。蓝译用了 gasp,英文释义为 a short labored intake of breath with the mouth open,就是喘气的意思,译文表达了人们喘着气开心大笑的状态。杨译选择了 roaring,英文释义为 a very loud utterance (like the sound of an animal),意为吼声,或者 very lively,意为喧闹的,所以杨译的译文表达的意思应该是“人们都开心地大声地笑着”,与“呜呜咽咽”的原意相距较远。

重叠词“含含胡胡”等同“含含糊糊”,意思是说话含混不清的样子。蓝译选用 vexed 来说明说话的方式,vexed 作为形容词意为 causing difficulty in finding an answer or solution; much disputed 表明了人物说话吞吞吐吐的样子。杨译选择了 mutter 来表示说话不清,mutter 的本意为 talk indistinctly; usually in a low voice,就是含混不清地说话,符合原文。

重叠词“恶狠狠”表示极端凶恶的样子,所以蓝译进行了转译,选用了 like wild beasts,像野兽一样的肯定是凶恶的人,所以没有按照原文说明小孩子如何看我,而是说小孩子们像野兽一样看着我,把修饰的重心放在小孩子身上。杨译则是忠实于原文,翻译为孩子们恶狠狠地看着我,用 fiercely 来表达原文含义。

十三、《孔乙己》中的重叠词汇翻译

原　文	蓝　译	杨　译
外面的短衣主顾,虽然容易说话,但**唠唠叨叨**缠夹不清的也很不少。(第 36 页第 12 行)	Though 1 found the regulars easy enough to talk to, they were also **quite capable of making life difficult** for me. (第 32 页第 20 行)	The short - coated customers there were easier to deal with, it is true, but among them were quite **a few pernickety ones**. (第 37 页第 12 行)

重叠词“唠唠叨叨”的意思是说话啰唆,一说起来就没个完。在小说中的意思是说有些主顾特别挑剔,会对酒馆的酒和菜不满而抱怨唠叨。蓝译译文的重心放在了主顾上,说明这些主顾不容易伺候,让主人公觉得很难让他们满意,但对于重叠词并没有翻译,而是让读者从译文中自己体会原文所要表达的意思,所以蓝译

为 they were also quite capable of making life difficult for me，看不到重叠词的痕迹，但原文的主要信息并没有丢弃。杨译为 among them were a few pernickety ones，pernickety 的英文释义为 If you describe someone as pernickety，you think that they pay too much attention to small，unimportant details，意思是爱挑剔的，所以从两位译者的译文中可以看出，都省略了对于重叠词的翻译，但都表达了原文的中心意思。

十四、《药》中的重叠词汇翻译

原　文	蓝　译	杨　译
街上**黑沉沉的**一无所有，只有一条灰白的路，看得分明。（第 48 页第 16 行）	the street was sunk in **a heavy darkness** that obscured everything except the ashen road before him.（第 36 页第 19 行）	**In the darkness** nothing could be seen but the grey roadway.（第 49 页第 17 行）
那**三三两两**的人，也忽然合作一堆，潮一般向前进。（第 50 页第 6 行）	its units of **twos and threes** suddenly coalescing into a tremendous mass that pulled up.（第 38 页第 25 行）	Thereupon **the small groups** which had arrived earlier suddenly converged and surged forward.（第 51 页第 4 行）
一面整顿了灶火，老栓便把一个碧绿的包，一个**红红白白**的破灯笼，一同塞在灶里。（第 52 页第 11 行）	After firing up the stove，Shuan stuffed the jade green parcel and the torn **red – and – white** lantern paper inside.（第 40 页第 1 行）	Mending the fire in the stove，Old Shuan put the green package and **the red and white** lantern paper into the stove together.（第 53 页第 13 行）
"没有？——我想**笑嘻嘻的**，原也不像……"花白胡子便取消了自己的话。（第 54 页第 6 行）	I'm fine.' 'Really？' his interlocutor murmured. '**You look cheerful** enough，I suppose.'（第 41 页第 1 行）	"Nothing？... No，I suppose **from your smile**，there couldn't be，" the old man corrected himself.（第 55 页第 6 行）

续表

原 文	蓝 译	杨 译
两面都已埋到**层层叠叠**,宛然阔人家里祝寿时候的馒头。(第 58 页第 9 行)	Both sides **bulged with** grave mounds, like the tiered crowns of steamed bread with which wealthy families celebrated their birthdays.(第 43 页第 12 行)	The **serried ranks** of grave mounds on both sides looked like the rolls laid out for a rich man's birthday.(第 59 页第 10 行)
那老女人徘徊观望了一回,忽然手脚有些发抖,**跄跄踉踉**退下几步,瞪着眼只是发怔。(第 58 页第 23 行)	she thought to herself. After she had paced aimlessly back and forth, a tremble suddenly took hold of the second woman's hands and feet. She took **a few unsteady steps back**, her glazed eyes staring ahead.(第 44 页第 1 行)	The older woman took a few aimless steps and stared vacantly around, then suddenly she began to tremble and **stagger backward**: she felt giddy.(第页 59 第 29 行)

小说《药》的背景是阴暗的,充满了压抑、悲伤的气氛,所以,译文也体现了这些忧伤的味道。重叠词“黑沉沉”的翻译两位译者的译文比较接近,蓝译为 a heavy darkness,杨译为 the darkness,对于原文采用了词类转换的方法,用名词 darkness 表达原文的形容词。

重叠词“三三两两”的意思是三个两个地在一起,形容人数不多。所以,蓝译选择了用一个名词词组来表达原文:units of twos and threes,而杨译则是翻译出了原词的含义,使用了一个名词词组:用 the small groups 来形容人少,几个人凑在一起的样子。

对于重叠词“红红白白”的翻译,两位译者的译文也比较接近,蓝译为 red – and – white,杨译为 the red and white,译者都忠实于原文,用直译的方法来表达原文。

重叠词“笑嘻嘻”用来形容人微笑的样子。原文使用这个重叠词的场景是花白胡子问华老栓是不是生病了,华老栓说自己没有生病,花白胡子便说看华老栓笑嘻嘻的样子不像是生病的样子。蓝译的处理方式是在行文中体现“笑嘻嘻”的含义,用 You look cheerful enough 来表示华老栓确实没生病,并没有和原文一一对应。杨译和原文有相近的地方,使用了 smile 一词,表明通过华老栓脸上的笑容来说明他并没有生病。

重叠词“层层叠叠”是形容层次繁多、错综复杂,在《药》中用来形容坟地中的坟头一个挨着一个,就像是富人家祝寿时候的馒头一样多。蓝译选择了 bulge 一词,bulge 的英文释义为 If you say that something is bulging with things, you are emphasizing that it is full of them. 表示数目多,塞满了东西,忠实地表达了原文的含义。杨译选择了 serried 一词来形容坟头的数量,serried 的英文释义 Serried things or people are closely crowded together in rows,说明(人或事物)密集的,排紧在一起。两位译者虽然用词不一样,但译文都忠实地表达了原文

重叠词"跄跄踉踉"同"踉踉跄跄",指走路不稳、跌跌撞撞的样子。原文描写的场景是革命者夏瑜的母亲夏四奶奶在墓地的情景,她和华大妈看到夏瑜的坟上有一圈黄白的花,二人都很吃惊。对于重叠词,蓝译选择了一个形容词 unsteady 来修饰中心词,把原文重叠词的副词功能用一个形容词来表达。杨译选择了动词 stagger 来表达原文副词的功能,stagger 的英文释义为 If you stagger, you walk very unsteadily, for example because you are ill or drunk.(因生病、醉酒等)摇晃地走;蹒跚。在这里指的是夏瑜的母亲在震惊之下后退了几步,所以 stagger 比较忠实于原文。

十五、《明天》中的重叠词汇翻译

原　文	蓝　译	杨　译
蓝皮阿五便放下酒碗,在他脊梁上用死劲的打了一掌,**含含糊糊**嚷道。(第 68 页第 3 行)	Blue – Skinned Ah – wu **muttered**, putting down his own bowl to punch him hard on the back.(第 46 页第 4 行)	Blue – skinned Awu set down his own bowl and punched the other hard in the back. "Bah …" he **growled** thickly.(第 69 页第 3 行)
单四嫂子终于**朦朦胧胧**的走入睡乡,全屋子都很静。(第 76 页第 28 行)	But at last she **drifted off to sleep**; and the silence claimed the room.(第 52 页第 7 行)	At last Fourth Sha's Wife **dozed off**, and the whole room was very still.(第 77 页第 32 行)

小说《明天》描写了单四嫂子的悲惨经历,蓝皮阿五是其中的一个小人物。"含含糊糊"的意思是说话不清楚,含混不清。对于这个重叠词的翻译,原词在小说中是用来修饰动词"嚷道",做副词用,表示说话的方式。蓝译的翻译策略是通过动词来表达说话及说话的动作与方式,没有实际的副词出现,但读者却能从所用词汇的本身体会到动词中所表达的动作方式。蓝译使用了 mutter 一词,mutter 意思为 talk indistinctly; usually in a low voice,小声说话,符合原文。杨译处理方式

与蓝译不同，选择了 growled thickly 来表达原文，使用了动词加副词的形式，growl 的意思为 to utter or emit low dull rumbling sounds，低吼出声，与后面的 thickly 共同来表达原文。

重叠词“朦朦胧胧”的意思是指人意识不清或事物界限不清，原文描写的是单四嫂子在宝儿死掉之后孤苦悲凉的心境。蓝译的处理方式是使用了动词词组 drift off to sleep，drift off 的意思是 change from a waking to a sleeping state，从清醒转变为睡眠状态，杨译的处理方式与蓝译相同，也是采用了用动词词组来表达动作发生的方式，译者选用了 doze off，change from a waking to a sleeping state，两位译者选用的词汇都表示一种睡眠状态，符合原文的意思。

十六、《头发的故事》中的重叠词汇翻译

原　文	蓝　译	杨　译
各家大半**懒洋洋**的踱出一个国民来，撅起一块斑驳陆离的洋布。（第 92 页第 15 行）	Yes, yes, officer, mumbles your model citizen, **sleep-walking out** to stick a faded old rag up.（第 56 页第 17 行）	Most families **lackadaisically** bring out a national flag, and that cloth of many colours is hung up till the evening,（第 93 页第 11 行）

重叠词“懒洋洋”是指人无精打采的样子，原文描写的是人们无精打采不情愿地走出来的状态。蓝译选择了 sleepwalking out，根据柯林斯词典的释义 If someone is sleepwalking, they are walking around while they are asleep，表示梦游的意思，蓝译选择这个词比较贴切，用像睡不醒梦游一样的走路方式表达出人们的懒散和不情愿的样子。杨译选择的词汇是 lackadaisically，意思为 in an idle and lackadaisical manner，懒散的、无精打采的样子，所以，杨译的选词更为贴切，用该副词修饰动词。

十七、《风波》中的重叠词汇翻译

原　文	蓝　译	杨　译
大家见了，都**笑嘻嘻**的招呼。（第 116 页第 14 行）	graciously acknowledging their neighbours' **smiles** and greetings.（第 68 页第 35 行）	and everyone greets them with **smiles**.（第 117 页第 14 行）

重叠词“笑嘻嘻”形容人微笑的样子，属于 ABB 类重叠词汇。蓝译和杨译的处理方式相同，都选择了 smile 来表达原文，把原文的副词功能用名词来表达。

十八、《故乡》中的重叠词汇翻译

原 文	蓝 译	杨 译
这是第五个孩子，没有见过世面，**躲躲闪闪**……（第 132 页第 6 行）	‘This is my fifth. He’s not seen much of the world, so he’s **shy with company**.’（第 76 页第 5 行）	“This is my fifth,” he said, “He has not seen any society, so he is **shy and awkward**.”（第 133 页第 8 行）
宏儿听得这话，便来招水生，水生却**松松爽爽**同他一路出去了。（第 132 页第 18 行）	The moment Hong’er approached him, Shuisheng **relaxed and happily** followed him out of the room.（第 76 页第 20 行）	When Hong’er heard this he went over to Shuisheng, and Shuisheng went out with him, **entirely at his ease**.（第 133 页第 19 行）

重叠词“躲躲闪闪”意为躲避闪开，以免遇到某些情况。亦形容遮遮盖盖、支支吾吾，不坦率、不直爽。原文讲的是成年的闰土与作者见面，闰土带着自己的第五个孩子，说孩子比较害羞，害怕见生人的场景。蓝译使用了形容词 shy 来表达闰土儿子害羞的表现，杨译也选择了 shy 这个词。与蓝译的不同的是，蓝译是形容词带 with 引导的介词词组，杨译是两个并列的形容词。

重叠词“松松爽爽”表示轻松愉快的样子。原文是讲成年的闰土带着儿子水生与作者见面，宏儿与水生一起出去玩耍的情景。蓝译把原词处理为一个形容词和一个副词来表达水生快快乐乐地出去玩耍的样子，符合原文的含义。杨译是采用了后置状语的形式，用 entirely 来修饰介词短语 at his ease，表示水生很放松也很开心地与宏儿玩耍，准确地表达了原文的含义。

十九、《阿 Q 正传》中的重叠词汇翻译

原 文	蓝 译	杨 译
他擎起右手,用力的在自己脸上连打了两个嘴巴,**热剌剌**的有些痛。(第 152 页第 27 行)	His right hand soared upwards, to deliver one – two forceful slaps to the face. He then got up, his cheeks **burning with pain**.(第 87 页第 35 行)	Raising his right hand he slapped his own face hard, twice, so that it **tingled with pain**.(第 153 页第 31 行)
有一年的春天,他**醉醺醺**的在街上走。(第 154 页第 21 行)	Ambling **drunkenly** along one spring day, he came upon an individual.(第 89 页第 5 行)	One spring, when he was walking along in **a state of happy intoxication**, (第 155 页第 25 行)
他看那王胡,却是一个又一个,两个又三个,只放在嘴里**毕毕剥剥**的响。(第 156 页第 1 行)	He glanced across at Wang, catching one after another and **popping them between his teeth**.(第 89 页第 25 行)	He saw that Whiskers Wang, on the other hand, was catching first on and then another in swift succession, **cracking them between his teeth with a popping sound**.(第 157 页第 1 行)
阿 Q **跄跄踉踉**的跌进去,立刻又被王胡扭住了辫子,要拉到墙上照例去碰头。 (第 156 页第 18 行)	Ah – Q now **staggered forward**, permitting his opponent to drag him by the queue over to the wall, to give his head its customary bashing. (第 90 页第 15 行)	gave him a tug which **sent him staggering**. Then Whiskers Wang seized his queue and started dragging him towards the wall to knock his head in the time – honoured manner.(第 157 页第 20 行)
看哪,他**飘飘然**的似乎要飞去了!(第 160 页第 26 行)	See him now: **walking on air** after a busy day of moral victory!(第 93 页第 10 行)	Look at Ah Q, elated **as if he were walking on air**! (第 161 页第 25 行)
穿的是新夹袄,看去腰间还挂着一个大搭连,**沉钿钿**的将裤带坠成了很弯很弯的弧线。(第 176 页第 12 行)	He had on a new cotton jacket, his belt drooping visibly from **the weight of the purse** at his waist.(第 103 页第 9 行)	He was wearing a new lined jacket and at his waist hung a large purse, **the great weight of which** caused his belt to sharp in a sharp curve. (第 177 页第 12 行)

续表

原 文	蓝 译	杨 译
于是伊们都**眼巴巴**的想见阿Q,缺绸裙的想问他买绸裙,要洋纱衫的想问他买洋纱衫。(第178页第31行)	Ah – Q was **the man of the moment**: those deficient in silk skirts wanted silk skirts; those deprived of muslin shirts wanted muslin shirts.(第105页第9行)	Then those who had no silk skirt or needed foreign calico were **most anxious to see** Ah Q in order to buy from him.(第181页第2行)
阿Q虽然答应着,却**懒洋洋**的出去了,也不知道他是否放在心上。(第182页第6行)	After signalling his assent, Ah – Q **slouched out** so indifferently that no one could tell whether he really meant it.(第106页第22行)	Although Ah Q agreed, he **slouched out** so carelessly that they did not know whether he had taken their instructions to heart or not.(第183页第5行)

《阿Q正传》中的重叠词比较多,特别是ABB类型的词汇。重叠词"热刺刺"的意思是发热,同时伴随着痛感。蓝译选择了burning一词,这个词的英文释义为producing or having a painfully hot sensation,就是热辣辣的痛感,符合原文含义。杨译选择了tingle,根据柯林斯词典的释义When a part of your body tingles, you have a slight stinging feeling there,意思为略感刺痛,符合原文。

重叠词"醉醺醺"形容人喝醉酒,醉得一塌糊涂的样子。原文描述的是阿Q喝醉后在街上走的场景。蓝译的翻译方法比较简单,直接用drunkenly来表达原文,在译文中也是作为副词修饰动词,符合原文。杨译使用了一个复杂的介词结构in a state of happy intoxication,尤其是使用了intoxication一词,表示阿Q的醉态,与《彷徨》中出现的重叠词处理方法基本一致。

重叠词"毕毕剥剥"表示噼啪作响,原文描述的是阿Q看到王胡捉虱子的场景。两位译者的处理方式虽然不同,但都选择了相同的表示噼啪作响的词汇pop,该词汇意为If something pops, it makes a short sharp sound. 就是发出爆裂声,此处则是形容王胡用牙齿咬虱子发出的响声。蓝译的popping them between his teeth,用词贴切,很生动。杨译为cracking them between his teeth with a popping sound,译文风格属于杨译的一贯作风,忠实于原文,但表达上没有蓝译简洁。

重叠词"跄跄踉踉"在鲁迅小说中出现了多次,在《药》中出现过,蓝译的译法为a few unsteady steps,杨译为stagger backward。在本文中,蓝译选择了stagger forward,杨译为sent him staggering,都使用了stagger一词,都符合原文的表达。

重叠词"飘飘然"表示自大而得意的神情。原文描述的是阿Q自认为自己是个胜利者,沉浸在自己的洋洋自得的心理状态。蓝译译文为 walking on air,杨译是完整的句子 as if he were walking on air,蓝译则是分词形式,表达简洁。

重叠词“沉钿钿”同“沉甸甸”,表示东西很沉,通常做定语,修饰名词。在译文中,蓝译使用了名词 the weight of the purse,把重心放在重量上,而不是褡裢。杨译的处理和蓝译比较接近,但杨译使用了定语从句,说明是褡裢的重量造成了原文提到的裤带弧线。

重叠词“眼巴巴”的意思是说人比较急切地想做某事。原文讲的是阿Q发财回到未庄,妇女们都急于想从他那里买东西。蓝译的处理方式比较独特,没有特意翻译出“眼巴巴”,而是选择了表达法 the man of the moment,意思为大红人、炙手可热的人物,委婉地表达出阿Q成为人们急于结交的人物。杨译则是忠实于原文,用 most anxious to see 来表达人们的急切心情。

重叠词“懒洋洋”在《头发的故事》中出现过,蓝译根据上下文译为 sleepwalking out,杨译为 lackadaisically。在本文中,两位译者的选词一致,都使用了 slouch out。柯林斯词典的解释为 If someone slouches, they sit or stand with their shoulders and head bent so they look lazy and unattractive. 意思为无精打采地坐着、无精打采地站着,在本文中表示阿Q的懒散状态,所以比较贴近原文。

二十、《端午节》中的重叠词汇翻译

原　文	蓝　译	杨　译
方玄绰也没有说完话,将腰一伸,**咿咿呜呜**的就念《尝试集》。(第226页第8行)	Fang Xuanchuo decided to leave his response equally unfinished, and went back to **mumbling his experimental poetry**. (第132页第11行)	Fang Xuanchuo, not having had his say out either, stretched and **started intoning the poems** in An Experimental Collection. (第227页第8行)

重叠词“咿咿呜呜”是个象声词,表示含混地低声咿语。蓝译的处理方式是采用动词来表达原文的副词修饰作用,所以译者选用了 mumble。柯林斯词典的解释是 If you mumble, you speak very quietly and not at all clearly with the result that the words are difficult to understand. 意思为咕咕哝哝,因此符合原文。杨译选用了 intone 一词,柯林斯词典释义为 If you intone something, you say it in a slow and serious way. 意思为吟咏,译者用 intone 来表达主人公摇头晃脑地吟诗的样子,与原文非常贴切。但两位译者还是有共同之处,就是没有死板地把原文的象声词在译文

中按部就班地也用象声词来翻译，而是采用一个动词来表达动作和行为方式，突出了英语词汇的达意功能。

二十一、《白光》中的重叠词汇翻译

原 文	蓝 译	杨 译
蹲身一看，照例是**黄澄澄**的细沙，揎了袖爬开细沙，便露出下面的黑土来。（第236页第21行）	The first layer was of **fine yellow sand**. Pushing up his sleeves, he scraped away at the sand, until he revealed black soil below.（第136页第15行）	Kneeling, he saw **the usual fine yellow sand**, and rolling up his sleeves he removed this sand to reveal black earth beneath.（第237页第21行）
就灯光下仔细看时，那东西**斑斑剥剥**的像是烂骨头，上面还带着一排零落不全的牙齿。（第238页第4行）	The lamplight exposed an ancient – looking bone, **mottled with rot** and crowned with an incomplete row of teeth.（第136页第34行）	Studied it intently by the lamp. **Blotched and discoloured** like a mouldering bone, it bore an incomplete row of teeth on the upper side.（第239页第4行）
他栗然的发了大冷，同时也放了手，下巴骨**轻飘飘**的回到坑底里不多久，他也就逃到院子里了。（第238页第10行）	A chill ran down him. **Releasing the bone** back into its hole, he fled out into the courtyard.（第137页第2行）	An icy shudder went through him. He let it go. The jawbone had barely **dropped lightly** back into the pit before he bounded out into the yard.（第239页第9行）
月亮已向西高峰这方面隐去，远想离城三十五里的西高峰正在眼前，朝笏一般**黑魆魆**的挺立着，周围便放出浩大闪烁的白光来。（第238页第17行）	He saw the moon was now slanting towards the west. The western hill, some dozen miles from the town, now **loomed darkly** before his eyes, bathed in a glittering white light.（第137页第12行）	The moon was hiding itself behind West Peak, so that the peak a dozen miles from the town seemed immediately before him, **upright**, **black**, and awesome as the tablet carried by ministers to court, while from it pulsed great flickering beams of white light.（第239页第18行）

重叠词“黄澄澄”意思为金黄色。原文描述的是主人公陈士成相信祖宅下面有金银财宝,于是在晚间悄悄地去挖地基。蓝译对于重叠词的处理和杨译几乎一致,都选用了 yellow 一词,忠实表达了原文。

重叠词“斑斑剥剥”意思为物品表面斑斑点点并且有剥落、破败的样子。小说中主人公陈士成幻想着金银财宝,但实际上却挖出了恐怖的尸骨。蓝译的译文为 mottled with rot, mottle 的英文释义为 to colour with streaks or blotches of different shades 就是使有斑点的意思。杨译译文为 blotched and discoloured, blotched 意思为 mark with spots or blotches of different color or shades of color as if stained,就是色斑的意思。可以说两位译者对于原文的理解都非常到位,所选用的词汇也与原文非常贴切。

重叠词“轻飘飘”形容物体飘落的样子。原文是讲主人公陈士成没有找到金银财宝,却挖出了尸骨,感到恐惧万分,于是骨头落到坑底。蓝译在处理原文的时候,直接省略了重叠词,没有使用任何词汇来修饰骨头落下去的状态。杨译则是选用了 lightly 来描写骨头飘落的状态,符合原文。

重叠词“黑魆魆”表示黑暗无光,一般用来形容天色。在处理这个重叠词时,蓝译选择了 darkly 来修饰动词 loom。杨译选用了 black,简单明了。

二十二、《兔和猫》中的重叠词汇翻译

原　文	蓝　译	杨　译
可恶的是一匹大黑猫,常在矮墙上**恶狠狠**的看。(第 246 页第 20 行)	No, the real danger was a large black cat, often to be found perched on the low courtyard wall, **glaring ferociously down**. (第 140 页第 2 行)	the real menace was a big black cat, which often **watched malevolently** from the top of the low wall — they must be on their guard against it. (第 247 页第 23 行)
此外是**冷清清**的,全没有什么雪白的小兔的踪迹,以及他那只一探头未出洞外的弟弟了。(第 248 页第 32 行)	All she discovered was a pile of rotten straw mixed with rabbit fur, laid out – she imagined – during the period of confinement. But **not a trace** of the two babies. (第 141 页第 29 行)	Apart from that the place **was bare**, with not a trace of the snow – white little rabbit, or of his baby brother who had peeped out not emerged from the burrow. (第 249 页第 36 行)

重叠词“恶狠狠”表示极端凶恶的样子,原文描写的是黑猫凶恶地看着小白兔

的情景。蓝译选用了副词 ferociously,其英文释义 in a physically fierce manner,表示很凶狠的样子,符合原文的含义。杨译也是选择了一个副词 malevolently,它的英文释义是 in a malevolent manner,表示充满了恶意,非常贴近原文。

重叠词"冷清清"形容寂寞、幽静或者凄凉。原文描写的是小白兔都不见了,什么痕迹都没有留下。蓝译没有翻译这个重叠词,直接略过,把重心放在了原文"没有踪迹"上,所以译文为 not a trace of the two babies。杨译则是把重叠词翻译过来,选用了 bare,表示光秃秃的,符合原文。但蓝译的省略并不影响读者对小说的理解。

二十三、《鸭的喜剧》中的重叠词汇翻译

原　文	蓝　译	杨　译
他们便**欣欣然**,游水,钻水,拍翅子,"鸭鸭"的叫。(第 262 页第 6 行)	There they spent the summer – splashing, bobbing, flapping, quacking – **as happy as could be**. (第 146 页第 35 行)	Then they swam, dabbled in the water, flapped their wings and quacked **joyfully**. (第 263 页第 6 行)

重叠词"欣欣然"表示高兴的样子,形容心情好,欢欢喜喜的样子。蓝译使用了一个比喻的说法 as happy as could be 来表达小鸭子们玩耍的状态,突出鸭子们快乐的样子。杨译的译文是一个副词 joyfully,用来修饰鸭子们叫得开心,符合原文。

二十四、《社戏》中的重叠词汇翻译

原　文	蓝　译	杨　译
这时船走得更快,不多时,在台上显出人物来,**红红绿绿**的动,(第 276 页第 19 行)	The boat picked up speed, and soon we could make out the **gaudy movements** of figures on the stage. (第 154 页第 10 行)	The boat was moving faster now, and presently we could make out figures on the stage and **a blaze of gaudy colours**. (第 277 页第 22 行)
接着走出一个小旦来,**咿咿呀呀**的唱。(第 276 页第 31 行)	Succeeded by a woman who began **shrilling an aria**. (第 154 页第 32 行)	Then a girl came out and sang in **a shrill falsetto**. (第 277 页第 36 行)

续表

原 文	蓝 译	杨 译
乡下人为了明天的工作,熬不得夜,早都睡觉去了,**疏疏朗朗**的站着的不过是几十个本村和邻村的闲汉。(第278页第2行)	Because they'd be up at dawn the next day, the villagers couldn't stay up all night. Most of them had gone to bed, leaving only **a scattering of loafers** from Zhaozhuang and other villages roundabout.(第154页第36行)	The country folk, having work to do the next day, could not stay up all night and had gone home to bed. Standing there still were just **a scattering of a few dozen idlers** from Zhaozhuang and the villages around. (第279页第3行)
岸上的田里,**乌油油**的便都是结实的罗汉豆。(第280页第12行)	Everyone agreed, and the boat pulled up next to **a dark field** bristling with healthy bean plants. (第156页第28行)	The **pitch - black fields** were filled with plump broad beans.(第281页第15行)

重叠词"红红绿绿"表示色彩鲜艳,用来形容衣服的颜色。原文描写的是孩子们划船去看戏的情景。蓝译在翻译原词的时候,选用了一个表示整体概念的词gaudy,意思为(used especially of clothes) marked by conspicuous display,衣服颜色比较鲜艳突出,所以译者并没有用具体的"红"或者"绿"来直译,而是用gaudy movements来表示舞台上人物走来走去的场景。

重叠词"咿咿呀呀"作为拟声词使用,可作句子的定语或状语,形容声音或发出声音的过程。原文描述的是小旦出来唱,重叠词做状语,因为离得远所以只能听到演唱的人在含糊不清地唱戏。蓝译的译文是shrilling an aria,thrill意思为to have or emit a high - pitched and sharp tone or tones,aria的意思为a song for one of the leading singers in an opera or choral work. 就是咏叹调或者唱腔的意思。国外并没有京剧这种艺术形式,没有生旦净末丑的划分,所以蓝译选择aria来表示小旦的唱腔,这样的处理方法有助于读者对小说的理解。杨译的处理方式是选用了介词词组,使用了falsetto一词,其英文释义为If a man sings or speaks in a falsetto, his voice is high - pitched, and higher than a man's normal voice,就是使用假声来唱歌,旦角的唱腔都比较高,所以杨译的译文很贴切。

重叠词"疏疏朗朗"形容人或物很少。原文描写的是孩子们在看戏,但由于天太晚了,所以看戏的人不是很多,这个词用来形容看戏的人很少。蓝译译文是a scattering of loafers,英文解释是A scattering of things or people is a small number of them spread over an area. 表示分散零落的不多的人。杨译的译文是 a scattering of a few dozen idler。两位译者的译文比较接近,也忠实于原文。

重叠词“乌油油”形容颜色黑而润泽。原文描写的是田地中长势茂盛的罗汉豆。蓝译为 a dark field,杨译为 pitch – black fields,两位译者都选择了表示“黑色”的词,忠实于原文。

第 4 节 《故事新编》中的重叠词汇翻译

一、《补天》中的重叠词汇翻译

原 文	蓝 译	杨 译
粉红的天空中,**曲曲折折**的漂着许多条石绿色的浮云,星便在那后面忽明忽灭的**映眼**。(第 10 页第 6 行)	A mass of green **serpentine clouds** wove their way through a powder – pink sky, a backdrop of stars blinking away at them. (第 298 页第 8 行)	**This way and that** through the pink sky floated wisps of rock – green clouds, behind which winked stars. (第 11 页第 6 行)
伊从此**日日夜夜**堆芦柴,柴堆高多少,伊也就瘦多少。(第 18 页第 21 行)	**Day and night** she piled up reeds, growing thin with the work.(第 303 页第 25 行)	**Day after day, night after night**, she piled up reeds. But as the pile grew in height, Nü Wa lost weight. (第 19 页第 21 行)
伊顺下眼去看,照例是先前所做的小东西,然而更异样了,**累累坠坠**的用什么布似的东西挂了一身。(第 20 页第 4 行)	Looking down, she discovered another of those creatures of hers, even more bizarre – looking than the others. It was copiously draped in cloth . (第 304 页第 10 行)	She looked down at one of the small creatures she had made, even stranger than the others. From head to foot he was hung with thick folds of drapery. (第 21 页第 5 行)
忽而听到**呜呜咽咽**的声音了,可也是闻所未闻的玩艺。 (第 20 页第 20 行)	She heard a strange new noise – **a sobbing sound.** (第 304 页第 34 行)	Suddenly she heard **sobs**, a strange new sound to her. (第 21 页第 23 行)

续表

原　文	蓝　译	杨　译
他们左边一柄黄斧头，右边一柄黑斧头，后面一柄极大极古的大纛，**躲躲闪闪**的攻到女娲死尸的旁边，却并不见有什么动静。（第 22 页第 17 行）	A yellow axe proceeded to the left of their phalanx, black to the right. A vast, ancient banner unfurled behind them as they **dodged and feinted** their way towards Nüwa's corpse. Their caution was unnecessary: there was no trace of life.（第 305 页第 33 行）	To the left, a yellow axe. To the right, a black axe. Behind, a huge, ancient standard. Warily, **ready to turn and flee**, they advanced to where the corpse of Nü Wa lay, but observed no sign of life.（第 23 页第 17 行）
模模胡胡的背了一程之后，大家便走散去睡觉，仙山也就跟着沉下了。（第 24 页第 2 行）	After swimming **in aimless formation** for a while, the shoal doubtless dispersed to sleep, leaving the magic mountains to sink.（第 306 页第 21 行）	After **carelessly** carrying the mountains for a while they submerged to sleep, and the mountains sank after them.（第 25 页第 2 行）

重叠词"曲曲折折"经常用来形容道路弯曲，不容易行走。原文描写的是女娲从睡梦中醒来，看到了变化中的天空，"曲曲折折"在这里形容的是漂浮的云彩有着弯曲多变的形态。蓝译选择了 serpentine 来形容云彩的状态，根据柯林斯词典 Something that is serpentine is curving and winding in shape, like a snake when it moves，所有 serpentine 就是像蛇一样弯弯曲曲的或者蜿蜒的形状，所以蓝译的选词很贴切。杨译则是在译文中体现云彩的曲折多变的形态，this way and that 表示这样或那样的，说明云彩的形状飘忽不定。

重叠词"日日夜夜"意思是每天每夜，形容延续的时间很长。原文描写的是女娲决定补天，于是开始堆积芦柴。蓝译的译文比较简单，用 day and night 来表示女娲的补天行为。杨译的译文显得复杂一些，用 day after day, night after night 来重点突出女娲补天的持久和坚持。

重叠词"累累坠坠"表示东西由于沉重而下坠的样子。在原文中，描写的是女娲自己创造出来的说不出名字的一种生物。在蓝译中，译者没有翻译这个重叠词，杨译中也没有体现，两位译者达到了空前一致，都省略了这个词。

重叠词"呜呜咽咽"指人伤心哽泣的声音，原文说的是方板底下的生物发出的声音，像哭一样，却又和普通的哭泣不太一样。蓝译用 sobbing 来修饰 sound 声音，简洁明了。杨译使用了名词 sobs 表示重叠词的含义，然后进一步解释什么样的 sobs，也就是令人感觉奇怪的声音。

重叠词"躲躲闪闪"在这里形容为躲避攻击而小心翼翼的样子。原文说的是女娲补天死后,禁军来到的情景。蓝译用两个动词来表达原文作副词的重叠词,dodged and feinted, dodge 是躲闪的意思,feint 是佯攻的意思,所以两个动词便把原文很充分地表达了出来。杨译则是用一个插入语 ready to turn and flee 表示禁军到来时胆小怕死的样子。

重叠词"模模胡胡"同"模模糊糊"表示思想上不是很清楚,糊涂的样子。原文描写的是巨鳌背着仙山在海上的情景。蓝译没有翻译出巨鳌背仙山的细节,而是说巨鳌在海里漫无目的地游泳,所以用了 swimming 一词。杨译则是遵照原文把细节翻译了出来,对于重叠词使用了 carelessly 来修饰背山的状态。杨译的译文更接近于原文。

二、《奔月》中的重叠词汇翻译

原　文	蓝　译	杨　译
家将们听得马蹄声,早已迎了出来,都在宅门外垂着手**直挺挺**地站着。(第 30 页第 5 行)	**Straight - backed**, arms hanging down at their sides, eyes cast to the ground, Yi's retainers stood outside ready to greet him, alerted by the approach of hooves. (第 307 页第 7 行)	At the sound of hoofs, retainers had come out and were **standing erect** with their arms at their sides before the entrance.(第 31 页第 5 行)
他仍旧走近去,坐在对面的铺着脱毛的旧豹皮的木榻上,搔着头皮,**支支梧梧**地说——"今天的运气仍旧不见佳,还是只有乌鸦……"(第 30 页第 18 行)	He approached, as he always did, and sat down on the ancient, threadbare leopard skin over the wooden divan opposite her. 'No luck today, either,' he **prevaricated**, scratching his head. 'Except for the odd crow.'(第 308 页第 2 行)	But as usual he went on in and sat down on the old, worn leopard skin over the wooden couch opposite. Scratching his head, he **muttered**: "I was out of luck again today. Nothing but crows..." "Pah!" (第 31 页第 21 行)

重叠词"直挺挺"形容身体挺直的样子。原文描写的是家将站在门外的样子。蓝译使用了 straight - backed,做副词用,表示 in a straight - backed manner,就是直立的样子,符合原文。杨译使用了 stand erect 来表示家将们挺立的样子,两位译者用词不同但都符合原文的含义。

重叠词"支支梧梧"同"支支吾吾",指说话时言语遮遮掩掩,吞吞吐吐,含混躲闪。蓝译选择了动词 prevaricate 一词，根据柯林斯词典，If you prevaricate, you avoid giving a direct answer or making a firm decision. 就是支吾、搪塞、推诿，或者闪烁其词的意思，所以符合原文。杨译选择了 mutter，柯林斯词典的解释是 If you mutter, you speak very quietly so that you cannot easily be heard, often because you are complaining about something. 表示轻声说话的意思，所以杨译的用词没有蓝译贴切。

三、《理水》中的重叠词汇翻译

原　文	蓝　译	杨　译
托大人的鸿福，还好……他又想了一想，低低的说道，“**敷敷衍衍**……混混……”（第 62 页第 24 行）	Not too badly,‘ he muttered, giving the question some further thought. ’thanks to Your Eminences. We're getting by ... **muddling through** ...（第 325 页第 4 行）	“Yes, thanks to Your Honours' goodness...” After a moment's thought, he added softly: “We make do... We're **muddling through**...”（第 63 页第 27 行）

重叠词“敷敷衍衍”表示做事不负责任或待人不恳切，只做表面上的应付。两位译者的用词完全一致，都使用了 muddle through，柯林斯词典的释义为 If you muddle through, you manage to do something even though you do not have the proper equipment or do not really know how to do it. 表示应付过去的意思。虽然两位译者的用词是一致的，但具体的应用是不同的，蓝译把 muddle through 的分词形式置于介词后面，表示方式或手段。杨译则是把 muddle through 作为动词用，选择的是动词的现在进行时。

四、《采薇》中的重叠词汇翻译

原　文	蓝　译	杨　译
况且还**切切实实**地证明了商王的变乱旧章。变乱旧章，原是应该征伐的。（第 82 页第 24 行）	The king is **desecrating** the old laws – and tradition holds that he should be punished for it.（第 335 页第 7 行）	They also bear out **quite conclusively** that the king of Shang has subverted the ancient laws. Whoever subverts the ancient laws should be attacked.（第 83 页第 27 行）

续表

原 文	蓝 译	杨 译
野草里开着些**红红白白**的小花，真是连看看也赏心悦目。（第 100 页第 6 行）	At the tiny **red and white** flowers blooming among the wild grasses. Up they went.（第 345 页第 11 行）	Wild grass starred with tiny **red and white** flowers. The mere sight was enough to gladden the eyes and heart.（第 101 页第 8 行）
这时候，太阳已经西沉，倦鸟归林，**啾啾唧唧**的叫着。（第 100 页第 11 行）	By this point in the day, the sun was slanting down to the west. Now the weary birds were **twittering away** in their wood – land roosts.（第 345 页第 17 行）	The sun was sinking in the west. **Twittering and cheeping**, birds were flying back to nest in the woods.（第 101 页第 12 行）
即使有时还会想起伯夷叔齐来，但**恍恍忽忽**，好像看见他们蹲在石壁下，正在张开白胡子的大口，拚命的吃鹿肉。（第 112 页第 11 行）	Now, if ever they thought of the brothers, they were **hazy figures**, squatted at the foot of a cliff, their white – bearded mouths gaping open to devour the deer.（第 352 页第 15 行）	Whenever they recalled Boyi and Shuqi afterwards, they saw them as **indistinct figures** squatting at the foot of a cliff, opening wide their white – bearded mouths to devour the doe.（第 113 页第 10 行）

重叠词"切切实实"表示切合实际、实实在在的意思。原文描写的是叔齐和伯夷二人在谈论商朝的殷纣王。蓝译对原文的处理是采用从简的原则，没有提到商朝，也不提殷纣王，只是用 king 一词来表示他们讨论的是国王，所以对于表示动作状态与方式的重叠词"切切实实"译文中没有出现，读者只能从字里行间去领会译文传达的含义。杨译比较忠实于原文，把"切切实实"翻译过来，选用了 quite conclusively 来表达原文的含义，也提到了国王是商朝时代的王。

重叠词"红红白白"是形容颜色有红有白，色彩分明。原文描写的是主人公来到首阳山看到的山下的景色。蓝译和杨译比较一致，都选用了 red and white 来修饰 flowers，唯一的区别是译者对这个形容词词组的用法不同，蓝译的词组接在介词 at 的后面，杨译接在 with 的后面，两位译者的译文与原文都比较贴切，生动地描述了首阳山的景色。

重叠词"啾啾唧唧"多指小鸟叽叽喳喳鸣叫的声音。原文描写的是傍晚来临，小鸟归林的情景。蓝译采用一贯的处理方式，用所选择的动词来表达原文动词的状态和方式，所以选择了 twitter away 这个词组，根据柯林斯词典：When birds twitter, they make a lot of short high – pitched sounds. 就是指鸟儿叽叽喳喳地叫，符合原文含义。杨译和蓝译不同，蓝译是把 twitter 做动词用，用动词本身的意义来体现原文的副词作用，杨译选择用分词形式表示动作的状态，除了 twitter，译者还选用了 cheep，柯林斯词典的释义是（of young birds）to utter characteristic shrill sounds，多指雏鸟叽叽喳喳地叫，所以 twitter 和 cheep 两个词把鸟儿的叽叽喳喳的叫声都包括在内了，更加具体生动。

重叠词“恍恍忽忽”在这里的意思是模糊不清。蓝译在译文中使用了形容词 hazy 来修饰名词，根据柯林斯词典释义：If things seem hazy, you cannot see things clearly, for example because you are feeling ill. 主要指物体的外形或者人形等模糊不清，综合上下文的含义，一个名词结构 hazy figures 便把“恍恍惚惚”与“好像”的含义都包括在内了。杨译的译文与蓝译相似，都采用了形容词修饰名词的方式，但选用的是 indistinct 来修饰 figures，其作用与 hazy 一样，都表示好像看到模糊的人像，译文贴切。

五、《铸剑》中的重叠词汇翻译

原　文	蓝　译	杨　译
待到他看见全身，——**湿淋淋**的黑毛，大的肚子，蚯蚓随的尾巴，——便又觉得可恨可憎得很。（第 118 页第 24 行）	But when it emerged fully into view – with its **slick black fur**, oversized stomach, wormlike tail – he felt another rush of hatred.（第 354 页第 8 行）	But the sight of its whole body — **sopping black fur**, bloated belly, worm – like tail — struck him again as so revolting.（第 119 页第 25 行）
不幸你的父亲那时偏偏入了选，便将铁捧回家里来，**日日夜夜**地锻炼，费了整三年的精神，炼成两把剑。（第 122 页第 5 行）	It was your father's misfortune to be selected for the task. After he brought the iron back home, he tempered it **day and night** for three whole years until it was forged into two swords.（第 355 页第 30 行）	As ill luck would have it, your father was chosen for the task, and in both hands he brought the iron home. He tempered it **day and night** for three whole years, until he had forged two swords.（第 123 页第 5 行）

重叠词“湿淋淋”表示全部湿透、往下滴水的样子。原文描写的是眉间尺晚上捉老鼠、戏弄老鼠最后淹死老鼠的场景。蓝译是 slick black fur，译者选用了 slick 来修饰名词 fur，slick 的英文含义是 having a smooth, gleaming surface，就是表面光滑的意思。但原文是说“全身湿透”的意思，大概译者认为老鼠浑身湿透了，身上

的毛看起来顺滑有光亮，所以选择了 slick，把理解重心放在了老鼠湿透了的后果上。杨译为 sopping black fur，sopping 根据柯林斯词典：Something that is sopping or sopping wet is extremely wet. 就是湿透的意思，所以杨译的译文重心在“湿透”上，比较贴近原文。

重叠词“日日夜夜”表示每天每夜的意思，在前文中出现过。原文描写的是眉间尺的父亲如何炼剑。蓝译与前文出现的译文一致，用词等都一致，day and night，杨译的译法也是 day and night，两位译者的译文一致。

六、《出关》中的重叠词汇翻译

原　文	蓝　译	杨　译
老子也赶紧爬下牛背来，细着眼睛，看了那人一看，**含含糊糊**的说，“我记性坏……”（第 160 页第 18 行）	Laozi, too, scrambled off his ox. ‘I have the most terrible memory...’ he **mumbled**, squinting at his interlocutor.（第 376 页第 6 行）	Lao Zi made haste to clamber off his ox. He peered at the warden through narrowed eyes, saying **uncertainly**: “My memory is failing....”（第 161 页第 19 行）

重叠词“含含糊糊”在这里指说话含混不清的样子，用做副词，修饰动词“说”。蓝译的译文选择了 mumble 这个动词，用动词本身的含义把原文的动词及副词的修饰作用一并包含在内，mumble 的英文含义是 talk indistinctly; usually in a low voice，也就是含混不清地小声说话，符合原文含义。杨译的译文是 saying uncertainly，uncertainly 很显然是副词，修饰前面的 saying，表示说的方式。这样的处理方式体现了杨译的一贯风格，即忠实于原文。

七、《非攻》中的重叠词汇翻译

原　文	蓝　译	杨　译
阿廉也已经看见，正在跑过来，一到面前，就**规规矩矩**的站定，垂着手。（第 174 页第 19 行）	Already trotting over in his teacher's direction, Ah – lian drew to a halt in front of him, his arms **respectfully** at his sides.（第 382 页第 25 行）	A Lian, who had seen him first, came running over to stand **respectfully**, arms by his side.（第 175 页第 19 行）
管黔敖点点头，看墨子上了路，目送了一会，便推着小车，**吱吱嘎嘎**的进城去了。（第 180 页第 11 行）	Nodding, Guan Qian’ao watched Mozi set off again, then pushed his **creaking cart** on towards the city.（第 386 页第 11 行）	Guan Qianao nodded and as Mo Zi set off again he followed him with his eyes before trundling his **creaking barrow** back to the city.（第 181 页第 12 行）

重叠词“规规矩矩”指人的品行方正，谨守礼法、有素质，在这里描写的是阿廉看到自己的老师马上老老实实地站好，对老师表现出恭敬的态度。“规规矩矩”在原文中做副词，修饰动词“站定”。蓝译的译文是 respectfully，表示有礼貌的、恭敬的意思。杨译也选择了副词 respectfully，但与蓝译相比，杨译的副词修饰的是动词 stand，蓝译修饰的是介词短语 at his side，说明阿廉的站立的方式。

重叠词“吱吱嘎嘎”是象声词，用来形容物体受压或摩擦时发出的声音。在这里是指小车发出的吱嘎声，用做副词。蓝译的译文是选择了形容词 creaking 来修饰名词 cart，说明小车发出吱嘎的声音。杨译也选择了 creaking 一词，修饰名词 barrow，所以两位译者都选择了用形容词 creaking 来修饰名词，只是小车的翻译二人的选词不同，cart 的词义与 barrow 略有不同，a barrow is a cart from which fruit or other goods are sold in the street. 多指（街头摊贩使用的）手推车。A cart is an old - fashioned wooden vehicle that is used for transporting goods or people. Some carts are pulled by animals. 更多的指老式板车，虽然现在的超市中所用的购物车也叫 shopping cart，但显然与本文所提到的小车不是一回事儿，所以还是杨译的选词 barrow 更符合原文。

八、《起死》中的重叠词汇翻译

原　文	蓝　译	杨　译
我庄周曾经做梦变了蝴蝶，是一只**飘飘荡荡**的蝴蝶，醒来成了庄周。（第200页第23行）	I once dreamt that I had turned into a butterfly, **floating on the breeze**. Then, when I woke up again, I was Zhuangzi. （第395页第10行）	I once dreamed that I turned into a butterfly, a butterfly **flitting to and fro**; but upon waking I was Zhuang Zhou. （第201页第27行）

重叠词“飘飘荡荡”的意思是在空中飘浮、飘摆或飞升、飘来飘去。在这里描写的是主人公做梦成为一只蝴蝶，在空中飘荡的样子。蓝译选择了 floating，根据柯林斯词典 something that floats in or through the air hangs in it or moves slowly and gently through it. 就是（在空中）飘浮的意思，所以符合原文。杨译选择了 flit，根据柯林斯词典的释义：if something such as a bird or a bat flits about, it flies quickly from one place to another. 所以这个词表示轻快地飞过，用来形容蝴蝶的飞来飞去的样子，很生动形象。Samuelsson - Brown（2006：5）认为一个译者的目标是传递原

作的意义,而不是仅仅给出一个精确的词汇译文。所以译者的目标就是努力地为读者传递原文的信息。

“文学翻译的真正价值必须经过译文读者的阅读和鉴赏,以实现译者和译文读者的交流。如果译文读者在阅读译文过程中能够鉴赏并最终接受译文,则说明译者与译文读者的交流是成功的,并实现了联合和相互作用,文学翻译的价值也便得以体现”(徐慧,周方珠,2012)。如何准确翻译重叠词也直接影响着原文的含义是否得到了忠实的传达。“重叠词的翻译研究已经越来越走向认知语言学的研究途径”(陈吉荣,2010)。也有研究者提出了补偿理论,认为“翻译补偿理论的一个理论核心是损失。一种语言转化为另一种语言,有些损失是不可避免的、难以补偿的,有些损失却是可以,而且必须补偿的”(朱娉娉,2010)。但无论是哪种理论的运用,译者的主体性都要发挥重大的作用。

第 5 节　重叠词汇翻译结语

鲁迅小说中的重叠词汇翻译与概述中提到的翻译方法和策略有着相同的做法,但也有各自的发挥和独创,这个现象令人不得不把译者的主体性再一次提出来,用以解释译者对不同翻译策略使用的原因。诺德(Nord,2006:180)认为:“翻译不仅仅是语言转码的操作过程,翻译批评也不是源语与译语结构上的简单对比。”因此,探讨译者在翻译过程中的主体性有着重要意义。

对于译者主体性含义的深刻探讨十分多。在以“译者主体性”为题的专著中,学者通常会在其作品开头两章中从哲学的角度,对“主体”“客体”“主体性”和“翻译”等关键词进行分析,再谈及译者主体性,比如,葛校琴的《后现代语境下的译者主体性研究》和段峰的《文化视野下文学翻译主体性研究》。

译者主体性的含义究竟是什么呢?人们常常在各种学术论文、期刊文献中见到以“译者主体性”为中心的相关分析,但对于译者主体性的含义至今学术界也没有一个统一的教科书式标准,许多学者从不同的角度对译者主体性进行了阐述。

译论家杨武能先生认为翻译的主体是人,原著和译本都不过是他们之间进行思想和感情交流的工具或载体,都是他们创造的客体。而在这个创造性活动中,翻译家无疑处于中心的枢纽地位,发挥着最积极的作用。

方梦之(2004)认为译者主体性是指译者在翻译活动中表现出来的本质特性,即翻译主体能动地操纵原本(客体),转换原本,使其本质力量在翻译行为中外化的特性。

诸多学者对于译者主体性的解释和定义或站在译者本身的主观意识，或站在译者翻译所受到限制的角度来阐释。因此，用哲学的理论来解释，译者的主体性就是主观能动与客观限制的有机统一。具体来说，译者的主体性是在翻译过程中，译者在扮演不同角色时所体现出来的一定的自由和主观能动性。而研究译者主体性的目的就是要在翻译中充分调动译者主观能动性。正如奈达（Nida，2001：78）指出的那样："语言某种程度上会反映人们的思维方式，但是不能决定人们想什么和如何去想。语言的开放性和创造性决定了人们的思维不会受语言的句法规则或其他特点所限制。"所以译者的主体性便得到了体现。

译者主体性的体现表现在什么地方呢？葛校琴（2006）在其著作中写道，译者的主体性不仅体现在促成文学文本的再生上，而且在文本等级化的生成或颠覆传统文本分类等方面也多有体现。

湖南科技大学的刘迎姣（2012）认为译者主体性应包含译者的接受主体性和译者的创作主体性。译者的接受主体性体现在译者对原作的理解和阐释过程中。译者需调动自己的情感、意志、审美、想象等文学能力以及知识结构与原文本对话，与原作的文本意识达至融合，进入一种庄周梦蝶般的虚无状态，还需发挥其文学鉴赏和文学批评的能力，挖掘原作的思想内涵和美学意蕴，分析原作的文学价值和社会意义。译者的创作主体性体现在译本的生成过程中。译者需调动其在对所选文本的接受过程及理解 - 阐释过程中所获得的理解和审美感悟以及其译语语言文化素养，根据译本的潜在读者的期待视野采取相应翻译策略，以实现其翻译目的。人作为一种客观存在，受制于一定的自然关系和社会关系。刘迎姣将这些因素分为两类：一类为译者个体性主体因素，指译者自身的能力素质与态度；一类为译者社会性主体因素，指意识形态、诗学形态、话语权力等控制译者的因素。

译者主体性的研究现状也为研究者提供了大量的实用信息。过去译者身份的隐身、地位的低下使得翻译学界将翻译研究聚集于语言本身，现今的翻译研究开始不断涉及语言外部的社会历史文化因素。梁满玲、祁亚平（2014）合著的《后殖民视域下〈翻译〉的译者主体性透析》从译者文化身份 、翻译选材及翻译策略三个方面探讨了后殖民翻译所体现的译者主体性。

现今相关译者主体性的研究，多将"译者主体性"作为文本分析的一方面，从不同视角、借由不同的译者主体性制约因素对文本进行分析比较。例如，王晓为、宋倩（2011）介绍了影响译者主体性的内部制约因素和外部制约因素这两大方面，前者包含译者的翻译动机、双语水平及个性素养内部因素的影响；后者包含文化因素、时代背景及教学媒体各外部因素的影响。胡波（2012）则从文化因素的影响、译者的价值观、目的语的驾驭能力三个制约因素方面分析了译者主体性在译文文本中的体现。覃芳芳(2011)在其文章中详细介绍了译者对于原文的理解、翻译策略的选择及译文中的个人创造,解释了文学翻译中译者的主体性是一种客观的存在,它贯穿着整个翻译过程,主要体现在译者对原文的充分理解、译者对相应翻译策略的选择和译者再现原文时发挥的创造性等方面。

还有一些学者倾向于将译者主体性与其他翻译理论或视角结合探讨翻译活动,例如,李广荣(2012)检视出存在于严复翻译实践中"视域融合"的两个向度逻辑关联,即:解释性关联与批判性关联,凸显文本意义普遍性与译者主体历史性之间的现实价值考量。南京大学的刘云虹(2012)认为翻译批评的对象也不能局限于静态的翻译结果,而应涉及从翻译选择到翻译接受的整个翻译动态过程,涵盖文本内部与外部的诸多要素,而将翻译活动视为动态活动,译者或者说译者主体性在其中的作用就凸显出来了。

总之,鲁迅小说中的重叠词汇翻译再一次证明了译者主体性的存在与重要性,为两位译者的翻译动机提供了有力的阐释理论。

参考文献

1. Nida, Eugene A. *Language and Culture: Contexts in Translating* [M]. Shanghai: Shanghai Foreign Language Education Press. 2001.

2. Nord, Christiane. *Text Analysis in Translation: Theory, methodology, and didactic application of a model for translation – oriented text analysis* [M] (2nded). Beijing: Foreign Language Teaching and Research Press. 2006.

3. Samuelsson – Brown, Geoffrey. *A Practical Guide for Translators*[M]. Beijing: Foreign Language Teaching and Research Press. 2006.

4. Tytler, Alexander Fraser. *Essay on the Principles of Translation* [M]. Beijing: Foreign Language Teaching and Research Press. 2012.

5. 曾宪华:《汉英叠词比较初探》,载《新西部》,2010 年第 9 期。

6. 查明建、田雨:《论译者主体性——从译者文化地位的边缘化谈起》,载《中国翻译》,2003 年第 1 期。

7. 陈吉荣:《汉语重叠词的突显意义及其在翻译中的识解型式——〈干校六记〉重叠词英汉语料的比较分析》,载《上海翻译》,2010 年第 4 期。

8. 陈文涛、张金玉:《英汉叠词的构建形式与修辞手段》,载《广东外语外贸大学学报》,2014年第5期。

9. 段峰:《文化视野下文学翻译主体性研究》,成都:四川大学出版社2008年版。

10. 方梦之:《译学辞典》,上海:上海外语教育出版社2004年版。

11. 葛校琴:《后现代语境下的译者主体性研究》,上海:上海译文出版社2006年版。

12. 胡波:《儿童文学翻译与译者主体性——以赵元任译〈阿丽思漫游奇境记〉为例》,载《重庆理工大学学报(社会科学)》, 2012年第3期。

13. 胡孝斌:《现代汉语双叠四字格AABB式研究》,北京语言大学博士论文,2007年。

14. 胡瑶瑶、董银燕、郭泉江:《接受美学视角下汉语"红BB"式重叠形容词的英译研究》,载《现代语文(语言研究版)》,2013年第12期。

15. 雷蕾:《汉英叠词比较与翻译探究》,载《湖南工业职业技术学院学报》,2008年第4期。

16. 李广荣:《视域融合:文本意义的译者主体性》,载《山东外语教学》,2012年第4期。

17. 李月明:《论〈荷塘月色〉中叠词英译》,载《牡丹》,2016年第6期。

18. 梁满玲、祁亚平:《后殖民视域下'翻译'的译者主体性透析》,载《西安工业大学学报》,2014年第3期。

19. 刘迎姣:《〈红楼梦〉英全译本译者主体性对比研究》,载《外国语文(双月刊)》, 2012年第1期。

20. 刘云虹:《选择、适应、影响——译者主体性与翻译批评》,载《外语教学理论与实践》,2012年第4期。

21. 陆璐、姚剑鹏:《从"三美论"角度浅析许渊冲对叠词的翻译——以〈元曲三百首〉为例》,载《宁波工程学院学报》,2014年第3期。

22. 米海燕:《发挥译者主体性——译者的自由和受限》,载《语文学刊》, 2012年第2期。

23. 乔一平:《〈红高粱家族〉中重叠形式英译研究》,四川外国语大学硕士论文,2015年。

24. 覃芳芳:《文学翻译中译者主体性的体现——以〈骆驼祥子〉的两个英译本为例》,载《长沙大学学报》,2011年第4期。

25. 万莉:《译者主体性论析——从奈达的"功能对等"理论到勒费弗尔的改写理论》,载《东北师大学报(哲学社会科学版)》,2011年第3期。

26. 汪维懋:《汉语重言词词典》,北京:军事谊文出版社1999年版。

27. 王晓为、宋倩:《关于译者主体性制约因素的研究》,载《牡丹江师范学院学报(哲社版)》,2011年第5期。

28. 徐慧、周方珠:《汉语诗词中的叠字及其翻译》,载《淮北师范大学学报(哲学社会科学版)》,2012年第5期。

29. 徐弢:《汉语"黑BB"式重叠形容词汉英翻译问题初探》,载《贵州大学学报(社会科学版)》,2007年第3期。

30. 徐艳:《浅析译者主体性的发展》,载《语文学刊·外语教育教学》,2013年第9期。

31. 许钧:《翻译思考录》,武汉:湖北教育出版社1998年版。

32. 杨氏秋贤:《单章节形容词重叠式的汉——越对比研究》,华东师范大学硕士论文,2008年。

33. 杨志红:《英汉重叠词的比较与翻译》,载《读与写(教育教学刊)》,2007年第11期。

34. 于连江:《汉英叠词对比及翻译研究》,载《齐齐哈尔大学学报(哲学社会科学版)》,2004年第6期。

35. 俞真:《中国古典诗词中的叠词及其英译》,载《外语研究》,2000年第3期。

36. 战晓峰:《汉英叠词的语言类型学研究初探》,载《考试周刊》,2013年第36期。

37. 赵明:《略论汉语叠词英译的修辞效果问题》,载《英语自学》,1997年第1期。

38. 朱娉娉:《从翻译补偿视角看许译〈西厢记〉中叠词的英译》,载《沈阳教育学院学报》,2010年第2期。

第5章

鲁迅小说中的习语翻译

第1节　鲁迅小说中的习语翻译概述

在鲁迅小说中有一定数量的汉语成语或习语。什么是成语呢？成语（idiom）“是语言中经过长期使用、锤炼而成的固定短语。本文中所指的成语是指广义的成语，包括人们所使用的谚语、成语、短语、格言在内。”（张丽娟，庞云青，2016）“语言是文化的载体，成语更是一国民族文化特色的精华浓缩，体现着该国的文化特色。”（李丹，2015）汉语成语的特点是“言简意赅、生动形象，有着极强的语言表现力，是广泛使用的一种精炼的语言材料”（冯庆华，1997）。

如何进行成语翻译呢？“习语有着丰富的联想和形象比喻，以及蕴含其民族、文化的特色等，不能单纯进行字面直译，要忠实传达出对民族文化的理解。”（王琰，2008）翻译成语对译者的要求很高。“就译者而言，不仅要掌握两种语言，还要熟悉两种文化；还需在尊重翻译对象的前提下，充分发挥自身的主体性和创造性，展示原语思想内涵和艺术风格。”（赵晓燕，2016）对于成语翻译，研究者们进行了大量的研究，总结出来了大量的成语翻译方法，例如袁颖、肖水来（2011）在其文章《骆驼祥子》两个英译文本的习语翻译研究中总结了直译、直译加注释、意译、套译等各种方法，具体说来就是：（1）保留喻体形象，进行直译；（2）保留喻体形象，进行删译；（3）借用英语成语，改变喻体形象直译；（4）舍弃形象，进行意译。李露（2000）提出了等效对译法、完全直译法、部分直译法和意译法。张威（2008）提出了直译、直译加解释（直译+意译）、同义习语套用、意译、省略法、修辞法和加注法共七种方法。任宇宁（2015）提出直译法、意译法、直译意译结合法和套译法。李维珊（2015）提出了直译法、意译法和套译法。张震久、袁宪军（2004）提出了对应法、直译、意译、直译加注和节译法。

当然，许多研究者还有其他不同的看法，“对于历史典故、神话传说演化而来的成语由于承载大量的文化信息，单纯采用直译、意译或套译的方法都不能准确、全面的表达出其意义。此时可采用加注的方法，在译文中或译文下边增补理解译文所需的文化和背景信息。”（李潭，2016）李潭总结了直译法、意译法和加注及释义法等翻译方法。

还有研究者采用不同的翻译理论对成语英译提出了各自的观点。“在整理、注解和翻译古典文献时，一定要在思维上回归到有关典籍成书的那个时代，根据古人的思想观念和认识问题的方式来解读古人的著作，不能一味地按照今人的认识来解析古人的思想。不然，就会犯指鹿为马、张冠李戴的错误”（李照国，2012）。“有一部分汉语成语带着一定的中国文化背景，有的成语在字面上就含有中国古代的人名、地名，有的出自寓言或历史的典故。对这部分成语，字面翻译是无法为外国读者所接受的”（冯庆华，1997）。

舒晓杨（2014）运用“三维”原则从单个词、整个句子以及篇章三个层次来指导汉语习语翻译，从生态翻译学视角对汉语习语的翻译进行了语用等效研究。王庆梅（2016）则是用韦努蒂异化翻译理论分析了汉语习语翻译策略。雷素霞（2010）从修辞同构的角度看汉语习语翻译。刘庚、卢卫中（2016）从概念转喻的层面分析了《生死疲劳》中汉语熟语的转喻迁移过程以及葛浩文对此类熟语的英译策略，考察了汉语熟语英译背后的认知机制，特别是转喻思维方式，这是将转喻理论与文学翻译批评相结合的一次有益的尝试。金晓宏（2016）提出了汉语成语英译的优化之美，包括汉语成语英译的“音美”表达———韵律、节奏之美；汉语成语英译的“形美”表达———简洁、形象、工整之美；汉语成语英译的“意美”表达——意境、意蕴、创意之美。邹馨、贾德江（2009）认为“关联翻译理论正是从语用学角度出发，把翻译看作一种特殊的交际行为，认为成功的翻译需要考虑原文作者意图、读者期待，以及语境等问题，以期达到最佳关联”。

汉英语言的差异使得汉语成语英译过程中出现了很多问题。李敏（2016）认为“正是文化差异导致了英语和汉语在成语表达方面的差异”。韩志方、梁虹（2013）认为“由于各个民族风俗习惯、语言心理、文化传统、价值观念等不同，因而在对习语翻译，从源语转换为目的语的过程中，译者应该考虑原作者所处的语境和文化环境，正确表达其中所蕴含的深刻含义”。王金岳、冯新平（2015）指出：“译者往往不是简单采用或直译或意译，或归化或异化这样极端的翻译策略，也并非笃信完全的对等。通过对翻译产品即译文的研究，人们可以间接地窥探译者对原文语义的理解与把握。译者并未被原文成语束缚，而是发挥译语优势创造性地改写原文，使译文可读、耐读，既传递原文基本信息，又保留原文的艺术性和趣味性。但无法回避的现实是，汉语成语背后隐藏的文化信息在译文中踪迹皆无。”肖士钦(2016)认为“成语翻译应在保持原文信息的背景下,尽可能使译文与原文在形式结构、形象比喻及美学特征等方面保持一致,以求产生同样的表达效果”。何勇斌(2016)认为“文化传播与翻译之间有着非常密切的关系,翻译的过程其实就是文化传播的过程,并且翻译中的文化传播还具有社会性、互动性、目的性和创造性”。

下面就小说中具体的成语或习语翻译来进行讨论。

第 2 节 《彷徨》中的习语翻译

一、《祝福》中的成语及习语翻译

原 文	蓝 译	杨 译
你自己荐她来,又合伙劫她去,闹得**沸反盈天**的,大家看了成个什么样子?(第 16 页第 2 行)	First you bring her to us, then you help kidnap her back! **Causing all this trouble** – making us look like idiots!(第 169 页第 1 行)	First you recommended her, then help them carry her off, **causing such a shocking commotion**. What will people think?(第 17 页第 3 行)
这实在是叫作“**天有不测风云**”,她的男人是坚实人,谁知道年纪轻轻,就会断送在伤寒上?(第 18 页第 31 行)	**Heaven truly moves in mysterious ways.** We all thought her husband looked strong enough for anything, but there he was – carried off by typhoid.(第 171 页第 15 行)	**It was really a bolt from the blue**, she explained compassionately. Her husband was a strong young fellow; who'd have thought that typhoid fever would carry him off.(第 19 页第 35 行)

沸反盈天 形容像水开锅一样沸腾翻滚的声音,用来比喻人声喧闹、乱成一片的样子。原文场景是鲁四奶奶在祥林嫂被抓走后指责卫老婆子时候说的话,表示自己的不满。蓝译为 causing all this trouble,杨译为 causing such a shocking commotion。两位译者都是采用直译的方法,都忠实于原文,在理解原文的基础上表达出原文的含义。二者的区别仅在于杨译中的用词,杨译使用了 commotion,根据柯林斯词典定义 A commotion is a lot of noise, confusion, and excitement,就是骚动的意思。该词在使用上属于低频词汇,比蓝译的 trouble 一词更加书面化,没有蓝译的译文通俗。

天有不测风云 用来比喻灾祸的发生事先是无法预料的，也形容人的一生变化无常，通常指不好的事情发生。原文讲述了祥林嫂被抓卖到山里，最初生活还很好，后来发生了不幸的事情，丈夫死了，孩子被狼吃了。蓝译为 Heaven truly moves in mysterious ways。杨译为 It was really a bolt from the blue。蓝译使用了比喻的方法来形容人生的各种悲欢离合。杨译则是采用了英文中的成语表达形式来形容祥林嫂的飞来横祸。“要使译文通顺，就必须掩盖差异。要保留差异，译文必然会不那么通顺。”（周志培，2003）两位译者的译文虽然与原文有差异，但忠实地表达了原文含义，译文流畅。

二、《在酒楼上》中的成语及习语翻译

原　文	蓝　译	杨　译
因为我已经深知道自己之讨厌，连自己也讨厌，又何必**明知故犯**的去使人暗暗地不快呢？（第 48 页第 15 行）	I know what a burden I am, even to myself; **why should I force my unhappiness on others**. （第 285 页第 36 行）	Because I know what a nuisance I am, I am even sick of myself; **so, knowing this, why inflict myself on others**. （第 49 页第 17 行）

明知故犯 意思是明明知道不能做，却故意违反规定或原则。原文描写的是主人公在讲述自己的遭遇。蓝译是 why should I force my unhappiness on others，译者根据上下文表达了原文含义，用 force 一词表达成语的含义，体现了蓝译一贯的简单明了的翻译风格。杨译为 so, knowing this, why inflict myself on others? 杨译突出了汉语成语中的“明知”的含义，用 knowing this 表达了这部分的意思，与后面的译文相呼应。杨译特点也比较明确，即中规中矩，不夸大，但也绝不删减。两位译者都采用了直译的方法。

三、《幸福的家庭》中的成语及习语翻译

原　文	蓝　译	杨　译
他一面想，这既无闭关自守之操切，也没有开放门户之不安：是很合于“**中庸之道**”的。（第 64 页第 30 行）	he thought to himself, congratulating himself on his fluent application of **the celebrated Confucian Doctrine of the Mean**: neither the hasty isolationism of shutting the door, nor the insecurity of leaving it open. （第 192 页第 22 行）	he thought, This method avoids the severity of shutting oneself in, as well as the discomfort of keeping the door open; it is quite in keeping with **the Doctrine of the Mean**. （第 65 页第 34 行）

中庸之道 指不偏不倚、折中调和的处世态度。原文描写的是主人公在写文章时的内心活动。蓝译是 the celebrated Confucian Doctrine of the Mean,原文中是没有"孔子"等字眼出现,但人们都知道这个词与孔孟之道有关联,译者把 Confucian 这个词放入译文中帮助读者理解原文,不至于对 the Mean 产生疑惑。杨译为 the Doctrine of the Mean,比较简单。蓝译的译文能够较好地消除原文中出现的文化内涵带来的理解上的障碍。

四、《肥皂》中的成语及习语翻译

原文	蓝译	杨译
亏煞你的学堂还夸什么"**口耳并重**",倒教得什么也没有。(第76页第27行)	Aren't I glad I took all that trouble to send you to a school that makes **all that hoo – ha about teaching spoken English**. They haven't taught you a thing. (第197页第14行)	Your school boasts that it lays equal stress on **speech and comprehension**, yet it hasn't taught you anything. (第77页第28行)
可恨那学生这坏小子又都**挤眉弄眼**的说着鬼话笑。(第80页第12行)	Then those damned students got in on the joke, **winking at each other** and talking to each other in foreign – devil talk. (第199页第7行)	At that those impudent students started **winking at each other** and talking devils' language. (第81页第14行)
还有两个光棍,竟**肆无忌惮**的说:"阿发,你不要看得这货色脏"。(第82页第6行)	"Hey, Ah – fa," I heard **one lowlife say to another**, "Don't worry about all that dirt." (第200页第4行)	There were two low types as well, one of whom **had the impertinence to** say: "Afa! Don't be put off by the dirt on this piece of goods." (第83页第5行)

口耳并重 指对说和听的训练同等重视。原文描写的是主人公四铭在教训

儿子学程时说的话，责怪学程没有在学堂学会表达思想的技能。蓝译为 all that hoo – ha about teaching spoken English，直接把原文"口耳并重"理解为 teaching spoken English，对原文的理解给予了极大的变通，没有说 spoken Chinese，译者对原文的理解和处理不可谓不大胆。杨译为 speech and comprehension，对原文的理解就是口语表达和理解，并没有像蓝译一样，说明是汉语还是英文，比较忠实于原文。从这个例子来看，译者的认知决定了最终的译文。

挤眉弄眼 用眉眼传情与示意，用于描写神态。原文描写的是四铭对四铭太太讲述自己买肥皂时的情节，并一直在教训学程。蓝译和杨译都是 winking at each other，都是采用了最简单直白的直译方法，译文在语气上并没有完全传达出原文的情境，没有表达出四铭当时的那种气急败坏和愤愤不平的语气来。

肆无忌惮 表示人的行为或言语非常放肆，一点没有顾忌。常用作贬义，也用来形容坏人明目张胆地干坏事。原文描写的还是四铭对四铭太太讲述买肥皂时的情景。蓝译的译文中没有体现这个成语，没有翻译，但这个漏译并不影响上下文的意义，译文读起来仍然通顺流畅。杨译为 have the impertinence to，来表达这个四字成语，译文仍旧体现了忠实原文的翻译风格。

五、《高老夫子》中的成语及习语翻译

原　文	蓝　译	杨　译
但自从他在《大中日报》上发表了《论中华国民皆有整理国史之义务》这一篇**脍炙人口**的名文。（第 128 页第 30 行）	Since publishing in the Great China Daily his **hugely influential polemic** ('On the Duty of Every Chinese Citizen to Keep Our National History in Order').（第 223 页第 22 行）	Ever since the Dazhong Daily had published his **much acclaimed article** "On the Duty of All Chinese to Revise the National History."（第 129 页第 35 行）
那傻小子是"**初出茅庐**"，我们准可以扫光他！（第 132 页第 7 行）	The idiot's hardly **out of nappies** – he'll be a lamb to the slaughter.（第页 225 第 15 行）	That young fool's a **real country bumpkin**, so we can be sure of cleaning him out!（第 133 页第 7 行）
但一不得当，即易流于偏，所以天曹不喜，也许不过是**防微杜渐**的意思。（第 136 页第 4 行）	But you have to stop things getting out of hand. Perhaps our muse's displeasure is heaven's way of telling us to **nip things in the bud**.（第 228 页第 2 行）	It may easily go off the track, which would not please the rules of Heaven; so we should **nip any trouble in the bud**.（第 137 页第 4 行）

续表

原　文	蓝　译	杨　译
这时已经是"淝水之战"，苻坚快要骇得"**草木皆兵**"了。（第 138 页第 11 行）	He had now reached AD 383, the Battle of Fei River, and **the paranoid hallucinations** of Fu Jian.（第 229 页第 21 行）	He had now reached the Battle of Feishui. Fu Jian was about to panic, "**taking plants and trees for troops.**"（第 139 页第 11 行）
真所谓"**人生识字忧患始**"，顿觉得对于世事很有些不平之意了。（第 128 页第 2 行）	He began to feel that **books truly were the root of all evil**, and that life was most unfair. （第 222 页第 3 行）	How true it is that "**literacy is the start of men's grief.**" He was suddenly struck by the injustice of life.（第 129 页第 2 行）

脍炙人口　脍是切细的肉；炙是烤熟的肉。脍和炙都是人们爱吃的食物。指美味人人爱吃，也比喻好的诗文受到人们的称赞和传颂。原文描写的是高老夫子在暗自揣摩自己的老朋友黄三时的心理活动。蓝译为 hugely influential polemic，杨译为 much acclaimed article。从译文上看，两位译者都使用了形容词来表达原文含义，蓝译在形容词 influential 之前又增加一个副词 hugely 来修饰形容词，突出原文的含义。杨译的用词结构与蓝译相同，都使用了副词修饰形容词、形容词修饰名词的形式，但从整体上看，译文的表达比照原文还是在语气上有些不足。

初出茅庐　指初次出来做事，现比喻刚离开家庭或刚到工作岗位上，缺乏经验。原文描写的是黄三邀请高老夫子打麻将的情景。蓝译为 out of nappies，这个词组表示乳臭未干的意思，很好地表达了原文含义。杨译为 a real country bumpkin，根据柯林斯词典 If you refer to someone as a bumpkin, you think they are uneducated and stupid because they come from the countryside，bumpkin 就是乡巴佬的意思。从用词上看，两位译者对原文的理解是有差别的，但也都在很大程度上表达出了原文没有经验、没有见识的含义。

防微杜渐　指在坏思想、坏事或错误刚冒头时，就加以防止、杜绝，不让其发展下去。原文描写的是高老夫子与教务长之间的对话。蓝译为 to nip things in the bud，杨译为 nip any trouble in the bud，二位译者的译文异曲同工，都极好地表达了原文。

草木皆兵　指把山上的草木都当作敌兵，形容人在惊慌时疑神疑鬼。原文描写的是高老夫子在学堂上课时的心理活动。蓝译为 the paranoid hallucinations,译者是根据上下文的理解,对原文进行了分析,最后给出了自己的理解,采取了意译的方法。杨译为 taking plants and trees for troops,则是根据原文进行了直译,但杨译是用了引号,对读者提示,表示这句话是有文化含义的,以解读者的困惑。

人生识字忧患始 意思是形容人的一生忧愁苦难是从识字开始的。指一个人识字以后,从书中增长了见识,对周围事物就不会无动于衷。出自于宋·苏轼《石苍舒醉墨堂》诗:"人生识字忧患始,姓名粗记可以休。"蓝译为 books truly were the root of all evil,蓝译译者对原文进行了进一步的阐释,认为书本是一切罪恶的根源,译者采用意译加解释的方法,对于熟语进行意译"应主要抓住熟语的内容及喻义,结合上下文灵活、清晰地表达原意"(蔡荣寿,朱要霞,2009)。在这点上蓝译做得很到位;杨译为 literacy is the start of men's grief,译者采用了直译的方法,也就是说读书便是忧虑的开始,没有做更进一步的引申,忠实于原文。

六、《孤独者》中的成语及习语翻译

原　文	蓝　译	杨　译
我便推开门走进他的客厅去。真是"**一日不见,如隔三秋**",满眼是凄凉和空空洞洞。 (第 160 页第 27 行)	I opened the door and walked into his sitting room. I felt **as if I hadn't been there for years**. (第 240 页第 35 行)	So I pushed open the door and went into his sitting – room. **It was greatly changed**. (第 161 页第 29 行)
仗着逐渐打熬成功的铜筋铁骨,**面黄肌瘦**地从早办公一直到夜。(第 168 页第行)	**their thin, pale, long – suffering faces** bent constantly over their work. (第 244 页第 21 行)	They all had iron constitutions steeled by hardship, and, **although lean and haggard**, would work from morning till night.(第 169 页第 4 行)
其间看见名位较高的人物,还得恭恭敬敬地站起,实在都是不必"**衣食足而知礼节**"的人民。(第 168 页第 5 行)	The sight of an individual of even middling rank would yank them respectfully to their feet – proving that **the maintenance of social niceties is not tied to material sufficiency**. (第 244 页第 22 行)	while if interrupted at work by their superiors, they would stand up respectfully. Thus they all practised **plain living and high thinking**. (第 169 页第 5 行)

一日不见，如隔三秋　比喻度日如年的心情，常用来形容情人之间思慕殷切，也可用于形容良师益友之间的思念之情。原文描写的是作者去拜访魏连殳时的场景，就这个成语来说，使用得不是特别恰当，与当代人们对此词汇的理解不尽相同。蓝译为 as if I hadn't been there for years，译者的理解很到位，译文贴切地表达了作者对魏连殳的同情与怀念。杨译为 It was greatly changed，译者大概是意识到原小说作者所用成语的不当之处，所以对于原文没有直译，而是根据上下文进行了翻译。

面黄肌瘦　形容人营养不良或有病的样子。原文描写的是作者在山阳的学校教学的情景，描述了学校教职工的惨淡状况。蓝译为 their thin, pale, long - suffering faces，也就是说译者是把原文理解的重心放在 face 上，通过 thin 和 pale 两个词形容人们的面色，进而说明这些人营养不良的状态。杨译为 although lean and haggard，是用两个形容词说明人看起来不是很健康，因为 haggard 本身就是 a tired expression and shadows under their eyes 的意思，所以读起来更简洁。

衣食足而知礼节　意思是百姓的粮仓充足，丰衣足食，才能顾及礼仪，重视荣誉和耻辱。原文描写的是作者教书所在的山阳学校教职员的生活状况，暗含着作者对当时现状的讽刺。蓝译为 the maintenance of social niceties is not tied to material sufficiency，译者翻译这句话的时候是和上下文紧密连接的，所以在译文中有个 not 一词，就单纯讲成语的翻译是不应该有 not 在里面的，也是与上下文连接在一起，就是把“不必”也包括在内，所以才有了现在的译文，表达了原文的“衣食不足也知礼节”的意思。杨译为 plain living and high thinking，译者对成语进行了高度概括，用肯定的表达方式传达了原文的否定含义。

七、《伤逝》中的成语及习语翻译

原　文	蓝　译	杨　译
在**百无聊赖**中，顺手抓过一本书来，科学也好，文学也好，横竖什么都一样。（第 188 页第 21 行）	Dazed by **the unending tedium** of her absence. Nothing I tried to read - science, literature, anything - stuck.（第 254 页第 26 行）	Out of **sheer boredom** I would pick up a book — science or literature, it was all the same to me —（第 189 页第 21 行）

续表

原　文	蓝　译	杨　译
大家**不约而同**地伸直了腰肢，在无言中，似乎又都感到彼此的坚忍倔强的精神，还看见从新萌芽起来的将来的希望。（第 200 页第 7 行）	We **both** stretched wearily and, without speaking, sensed the other's strength and determination; the possibility of new hope for the future.（第 261 页第 16 行）	Then **with one accord** we straightened up silently, as if conscious of each other's fortitude and strength, able to see new hope growing from this fresh beginning. （第 201 页第 7 行）

百无聊赖　表示思想情感没有依托，精神极度空虚无聊。原文描写的是作者在房间里怀念子君的心理活动，表达了自己对子君的怀念。蓝译为 the unending tedium，译者的译文没有特别的变动，属于那种很容易在译入语中找到对应意思的原文。杨译为 sheer boredom，译者用名词词组来解释成语的意思，其中 sheer 传递出原文非常无聊的意思，很好地传达了原文含义。

不约而同　事先没有经过商量而彼此的看法或行动却完全一致。原文描写了主人公涓生面对生活中的困难不断进行抗争，试图找到一条出路。蓝译为 both，用词很简单，只用了一个词来表达原文。杨译为 with one accord，译者使用了一个介词词组来表达原文，中规中矩，忠实地表达了原文的含义。

八、《弟兄》中的成语及习语翻译

原　文	蓝　译	杨　译
"昨天局长到局了没有？" "还是'**杳如黄鹤**'。" （第 240 页第 3 行）	'Did the bureau chief come by yesterday?' 'Ha! **Does he ever**?' （第 282 页第 24 行）	"Did the commissioner show up yesterday?" "No, still not a sign — '**gone like the yellow stork**.'" （第 241 页第 3 行）
所以看见你们弟兄，沛君，我真是"**五体投地**"。是的，我敢说，这决不是当面恭维的话。（第 240 页第 11 行）	'That's why you and your brother **are so special**, Peijun. I really mean that – I'm not just saying it.'（第 282 页第 33 行）	"So when I look at you and your brother, Peijun, I '**fall prostrate in admiration.**' Believe me, that's the truth, I'm not flattering you to your face — no, indeed."（第 241 页第 11 行）

续表

原 文	蓝 译	杨 译
你还是早点回去罢,你一定惦记着令弟的病。你们真是“**鹡鸰在原**”……(第 240 页第 18 行)	You go home early – check on your brother. **It's just wonderful how you look out for each other**. (第 283 页第 5 行)	You'd better go home early, you must be worried about your brother's illness. You two are really '**pied wagtails in the wasteland**.' ... (第 241 页第 18 行)

杳如黄鹤 杳是形容无影无声;黄鹤是传说中仙人所乘的鹤。原指传说中仙人骑着黄鹤飞去,从此不再回来。现比喻无影无踪或下落不明。原文描写的是主人公张沛君在办公室听着同事聊天的场景。蓝译为 Does he ever? 译者根据上下文的含义把成语用一句话表达出来,简单明了,但是消除了原文成语的痕迹。杨译为 gone like the yellow stork,采取了直译,用比喻的说法来描述某人像鸟儿一样离开了,这样的表达很生动,但在阅读的时候需要读者的主动阅读意识才会有此理解。

五体投地 指两手、两膝和头一起着地。现比喻佩服某人到了极点。原文描写的是小说中的人物之一汪月生和张沛君之间的谈话,汪月生对张沛君的兄弟间的情谊进行了赞美。蓝译为 are so special,或者说译者是基于对上下文的理解,把成语的含义在译文中进行了释译,简单易懂,但削弱了原文人物的语气。杨译是 fall prostrate in admiration,译者把成语通过词组 fall prostrate 表达出来,体现了原文人物的话语含义,与原文更贴近。

鹡鸰在原 出自《诗 · 小雅 · 常棣》中的“鹡鸰在原,兄弟急难”。后来人们用这个词语比喻兄弟之间的友爱之情。原文描写的和五体投地的场景一样,是汪月生与张沛君之间的对话,汪月生对张沛君对自己弟弟的关心表示钦佩,故用了这个成语。蓝译为 It's just wonderful how you look out for each other,译者用完整的一个句子来表达原文的含义,说明兄弟之间的情谊。杨译为 You two are really 'pied wagtails in the wasteland',译者把原成语直译出来,采用比喻的方式来表达原文中体现的兄弟情谊,读者需要根据上下文的含义来理解译文。

九、《离婚》中的成语及习语翻译

原　文	蓝　译	杨　译
那时候是"**公事公办**",那是,……你简直……(第254页第28行)	Anyway. **Then everyone'll have their dirty linen hung out to dry, no feelings spared**, you'll be –(第290页第1行)	But then **the case will be dealt with publicly, and nobody's feelings will be spared**. . . . That being so. . . .(第255页第32行)
年纪青青。一个人总要和气些:"**和气生财**"。对不对?(第254页第32行)	You're still young. Let's be calm and reasonable. **Peace brings prosperity** – does it not?(第290页第4行)	You're still young. We should all keep the peace. '**Peace breeds wealth.**' Isn't that true?(第255页第36行)
全客厅里是"**鸦雀无声**"。七大人将嘴一动,但谁也听不清说什么。(第258页第1行)	You could have heard **a pin drop in the hall**. Though Mr Qi's lips were moving once more, no one could make out what he was saying.(第291页第9行)	There was **not a cheep in the room**. Seventh Master moved his lips, but nobody could hear what he was saying.(第259页第1行)

公事公办　办事情要按照原则办,不讲私人情面。原文描写的是爱姑等人在七老爷那里关于离婚的争论,揭示了七老爷的无耻嘴脸。蓝译为 Then everyone'll have their dirty linen hung out to dry, no feelings spared,译者用了比喻的说法,忠实体现了原文的含义。杨译也是句子,the case will be dealt with publicly, and nobody's feelings will be spared,两位译者的处理方式比较相近,都是在理解原文的基础上,采取叙述的方式进行阐释。

和气生财　指待人和善才能招财进宝。原文描写的是七大人劝解爱姑时的场景,七大人劝说爱姑对离婚这件事情要心平气和,不要吵闹。蓝译为 Peace brings prosperity,杨译为 Peace breeds wealth,两位译者的译文大同小异,非常接近。

鸦雀无声　意思是连乌鸦和麻雀的叫声都没有,形容自然环境很静或人们默不作声。原文描写的是七大人如何处理爱姑离婚的事情。蓝译为 a pin drop in the hall,译者用 pin drop 来形容安静的意思;杨译为 not a cheep in the room,cheep 的意思是很微弱的鸟叫,两位译者都是用了比喻的方法来说明房间里的悄然无声,体现了原文的含义。

两位译者在《彷徨》中的成语或者习语的翻译中采用了综合的方法，更多的是使用了直译、意译或者解释，用名词或者介词词组来表达原文，但期待原文与译文的完全对等则还是不可能的。

第 3 节　《呐喊》中的习语翻译

一、《狂人日记》中的成语及习语翻译

原　文	蓝　译	杨　译
那**青面獠牙**的一伙人，便都哄笑起来。（第 16 页第 16 行）	The crowd – their faces bleached **greenish – white** – roared with laughter, **exposing their fang**s.（第 23 页第 13 行）	Then all those **long – toothed** people with **livid faces** began to hoot with laughter.（第 17 页第 19 行）
他对我讲书的时候，亲口说过可以“**易子而食**”；又一回偶然议论起一个不好的人，他便说不但该杀，还当“**食肉寝皮**”。（第 20 页第 23 行）	When he was teaching me history as a boy, he once told me people could ‘**exchange sons to eat**’ in times of scarcity; or then again, while discussing a notorious villain, he told me death alone was too good for him; that ‘**his flesh should be devoured, his skin flayed into a rug**’.（第 26 页第 1 行）	When he was teaching me, he told me himself, “**People exchange their sons to eat.**” And once in discussing a bad man he said that not only did the fellow deserve to be killed, he should “**have his flesh eaten and his hide slept on.**”（第 21 页第 28 行）
自己想吃人，又怕被别人吃了，都用着疑心极深的眼光，**面面相觑**。（第 24 页第 23 行）	Craving flesh, dreading the teeth of others, **eyeing each other with fear.**（第 28 页第 7 行）	Wanting to eat men, at the same time afraid of being eaten themselves, they all **eye each other with the deepest suspicion.**（第 25 页第行 27）

续表

原　文	蓝　译	杨　译
大门外立着一伙人,赵贵翁和他的狗,也在里面,都**探头探脑**的挨进来。(第26页第25行)	A crowd gathered outside the gate, Mr Zhao and his dog among them, **craning forward to listen in**.(第29页第17行)	Outside the gate quite a crowd had gathered, among them Mr. Zhao and his dog, **all craning their necks to peer in**.(第27页第29行)

青面獠牙　青面是指靛青色的脸,獠牙指的是露在嘴外面的长牙,也就是铁青的面孔上长着很长的牙齿,用来形容妖魔鬼怪狰狞可怖的面孔。原文描写的是作者借狂人这个角色来反映当时吃人社会的现状,狂人所看到的都是些令人可怕可憎的形象。蓝译为 greenish - white - roared with laughter, exposing their fangs,译者把青面獠牙分开进行了翻译,把成语与原文的其他部分的意义糅合起来,共同表达原文的含义。杨译为 long - toothed people with livid faces,译者的处理方式和蓝译相近,用形容词来修饰名词,同时借用介词短语来丰富译文,使得译文流畅自然。

易子而食　子指儿女,原指春秋时宋国被围,城内粮尽,百姓交换子女当食物。后形容灾民极其悲惨的生活。原文描写的是狂人记着自己的大哥讲书的时候提到过换子而食的典故,内心感到恐惧,从而发出过去的历史就是吃人历史的感慨。蓝译为简单的 exchange sons to eat,采用直译方法,突出了原文的含义。杨译为 People exchange their sons to eat,译者的处理方式和蓝译相同,也采用了直译的方法。

食肉寝皮　意思是吃他们的肉,剥下他们的皮当褥子垫,用来形容对敌人的深仇大恨。原文描述的场景和易子而食一样,都是狂人对吃人社会的看法。蓝译为 his flesh should be devoured, his skin flayed into a rug,译者的处理方式和上词一样,都是采用了平铺直叙的方法。杨译为 have his flesh eaten and his hide slept on,译者的译文更为直接。两位译者总体的处理方式是一致的,都采用了直译的方法忠实地反映了原文含义。

面面相觑　面面为脸对着脸;相是互相;觑则是看,该词用来形容大家因惊惧或无可奈何而互相望着说不出话来。原文描写的是狂人害怕自己被人吃掉,而自己又想吃人的矛盾心理,突出反映了人们在吃人社会扭曲的心理状态。蓝译为 eyeing each other with fear,其中的 with fear 精练地表达了原文含义。杨译为 eye with each other with the deepest suspicion,就是互相看着的意思,译文基本传达了原文的含义。

探头探脑　探指的是头或上体向前伸出,伸着头向左右张望,用来形容鬼鬼祟祟地探望。原文描写的是狂人害怕被吃掉的心理状态,看到自己的大哥便认为大哥想吃掉自己,赵贵翁和他的狗也要吃人。该词用来形容赵贵翁和他的狗鬼鬼祟祟的样子。蓝译为 craning forward to listen in,其中的 crane 形象地传达了原文的"探"的含义。杨译为 all craning their necks to peer in,两位译者的译文都非常生动形象地反映了原文要表达的含义。

二、《孔乙己》中的成语及习语翻译

原　文	蓝　译	杨　译
他对人说话,总是满口**之乎者也**,叫人半懂不懂的。(第 36 页第 25 行)	His speech was so dusty with **classical constructions** you could barely understand him. (第 33 页第 15 行)	He used so many **archaisms in his speech** that half of it was barely intelligible. (第 37 页第 28 行)

之乎者也　古代汉语中常用的四个助词,原指浅近的字眼或文章。现多指用文言字眼作文说话,也借指文言文。原文描写的是人们在酒馆里评论孔乙己的场景。蓝译为 classical constructions,而杨译为 archaisms in his speech。从两个译文中可以看到两位译者在选词上略有差异,总体的翻译策略则是相近的,都是把原文进行了解释性的翻译。

三、《明天》中的成语及习语翻译

原　文	蓝　译	杨　译
因为单四嫂子哭一回,看一回,总不肯**死心塌地**的盖上。(第 74 页第 22 行)	Because Mrs Shan wouldn't stop crying and wanting to take one last look at her son, because she **refused to give up hope**, the lid didn't get nailed down. (第 50 页第 29 行)	Because Fourth Shan's Wife would keep crying, then taking a look, and **could not bear to have the lid closed down**. (第 75 页第 24 行)

死心塌地 死心指的是不变心;塌地原指心里塌实,不再有别的打算,现在用来形容主意已定,决不改变或心甘情愿。在本文中,单四嫂子的孩子没有了,心里悲痛,不忍盖上棺盖,所以在这个场景之下,该词的含义是放弃了希望,不再抱有念想。蓝译是 refused to give up hope,传达了单四嫂子对孩子的不舍情感。杨译为 could not bear to have the lid closed down。译者用了 not bear 来表达人物当时的情感,对原文进行了直译,从用词的角度看,表达了人物应有的反应,符合上下文的要求。

四、《一件小事》中的成语及习语翻译

原 文	蓝 译	杨 译
其间**耳闻目睹**的所谓国家大事,算起来也很不少。(第 84 页第 1 行)	In that time, I' ve come **to see and hear** a good deal of what might be termed matters of national importance. (第 51 页第 2 行)	During that time the number of so – called affairs of state I have **witnessed or heard** about is far from small. (第 85 页第 1 行)
我想,我眼见你慢慢倒地,怎么会摔坏呢,**装腔作势**罢了,这真可憎恶。(第 84 页第 25 行)	**You phoney**, I thought. I saw you fall, no one ever came to any harm going down as slowly as that. (第 54 页第 11 行)	I thought: I saw how slowly you fell, how could you be hurt? **Putting on an act like this** is simply disgusting. (第 85 页第 27 行)
几年来的文治武力,在我早如幼小时候所读过的"**子曰诗云**"一般,背不上半句了。(第 86 页第 13 行)	None of our country's recent political or military achievements has any more meaning for me than **the Confucian primers** that tormented my boyhood. (第 55 页第 1 行)	The politics and the fighting of those years have slipped my mind as completely as **the classics** I read as a child. (第 87 页第 15 行)

耳闻目睹　意思是亲耳听见，亲眼看到。原文描写的是作者开篇叙述自己多年来经历了许多事情，但是只有一件小事不能忘记，接着回忆了自己所经历过的一件小事。蓝译为 to see and hear，杨译为 witnessed or heard，两位译者的用词比较接近，就这个成语本身来说，属于相对容易翻译的词语，对于译者来说很容易找到在词义上接近的汉英对照词语。

装腔作势　意思是故意装出一种腔调，或者做出一种姿态，想引人注意或吓唬别人的样子。原文描写的是作者所坐的黄包车刮倒了一位老妇人，车夫坚持要送妇人而不再拉车，作者认为妇人是故意装出来的。蓝译为 You phoney，其实在蓝译中没有与原文对应的译文，译者采用了意译的方法，我们只能从 You phoney 中体会出作者对于妇人的厌恶之感，这也是蓝译的一种翻译风格。杨译为 Putting on an act like this，译者采用了 - ing 形式的表达方法，整个词组做主语，把原文装腔作势的含义用直译的方法来表达，体现了杨译的翻译风格。

子曰诗云　子指孔子，而诗指的是《诗经》。曰、云的意思是说，后来泛指儒家言论。原文描写的是作者自我反省，认为自己读了很多的圣贤书籍，最后却还不如车夫的形象高大。蓝译为 the Confucian primers，译者还是把 Confucian 添加进译文，为读者扫清了阅读障碍，属于灵活的意译翻译手法，不拘泥于原文。杨译为 the classics，译者用 classics 一词替代了原文的复杂内涵，属于意译的翻译方法。

五、《头发的故事》中的成语及习语翻译

原　文	蓝　译	杨　译
各家大半懒洋洋的踱出一个国民来，撅起一块**斑驳陆离**的洋布。（第 92 页第 14 行）	Officer, mumbles your model citizen, sleepwalking out to stick **a faded old rag** up.（第 56 页第 17 行）	Most families lackadaisically bring out a national flag, and that **cloth of many colours** is hung up till the evening,（第 93 页第 11 行）

斑驳陆离　斑驳是指一种颜色中混有其他颜色；陆离指参差不一的样子，用来形容颜色杂乱不一。原文描写的是小说中的一个人物 N 先生在形容北京双十节的情景。蓝译的理解是一块褪色的旧布，所以译文为 a faded old rag；杨译的理解是五颜六色的洋布，所以翻译为 cloth of many colours。就笔者个人来说比较赞同杨译，对蓝译的理解为褪色的旧布不是很认同，因为双十节属于节日，五颜六色

更符合原文的意思。

六、《风波》中的成语及习语翻译

原　文	蓝　译	杨　译
七斤虽然住在农村，却早有些**飞黄腾达**的意思。（第106页第7行）	Although Seven – Pounds still lived in the old family village, he was **a man going places**. （第63页第1行）	Although a villager, Seven-pounder had always wanted **to better himself**. （第107页第9行）
张大帅就是燕人张翼德的后代，他一支丈八蛇矛，就有**万夫不当之勇**，谁能抵挡他。 （第112页第24行）	Zhang Fei's own descendant, at their head, **taking on ten thousand men at a time** with his eighteen – foot lance. No one can stop him!（第67页第4行）	I'd have you know the new Protector is General Zhang, who's descended from Zhang Fei of the former state of Yan. With his huge lance eighteen feet long, he dares **take on ten thousand men**. Who can stand against him?（第113页第27行）

飞黄腾达　飞黄是传说中的神马名，腾达本作“腾踏”，形容神马腾空飞驰，像飞黄神马似地腾空飞驰，后比喻升迁很快。原文在小说中用来形容七斤是个有抱负的人，不甘做默默无闻的人。蓝译的理解是有见识的人，所以译文为 a man going places；杨译理解则是有抱负，想要有所造就的意思，所以译文为 to better himself。就两位译者的译文来看，都是使用了意译的翻译方法。

万夫不当之勇　当是抵挡的意思，就是一万个人也抵挡不住，后用来形容一个人非常勇敢。原文描述的是七斤被剪去了辫子而引起的风波，小说中的另一个人物赵七爷与村民争论如何处理这件事情。蓝译为 taking on ten thousand men at a time，杨译为 take on ten thousand men，两位译者都使用了 take on 一词，只是词语在句子中的成分不一样，采用的方法就是尽量与原文对等。

七、《阿Q正传》中的成语及习语翻译

原文	蓝译	杨译
对面挺直的站着赵白眼和三个闲人，正在**必恭必敬**的听说话。（第194页第28行）	Opposite, **standing to rapt attention**, were Zhao Baiyan and three other loafers.（第115页第26行）	Standing respectfully before him were Zhao Baiyan and three others, all of them listening **with the utmost deference** to what the Bogus Foreign Devil was saying.（第195页第33行）

必恭必敬 必是一定；恭是有礼貌；敬则是尊敬，有礼貌地对待某人，用来形容态度神情十分恭敬谦逊，也作"必恭必敬"。原文描写的是阿Q也想要革命，于是找到假洋鬼子，看到假洋鬼子正在对赵白眼和三个闲人训话的场景。蓝译是standing to rapt attention，译文中并没有和"必恭必敬"对应的译文，但读者可以从上下文中体会出来，赵白眼等人对假洋鬼子的态度是"必恭必敬"的。杨译为with the utmost deference，其中deference的意思是a courteous expression by word or deed of esteem or regard，也就是恭敬，所以杨译在用词上也是很到位的，两位译者都采用了意译解释的方法。

八、《端午节》中的成语及习语翻译

原文	蓝译	杨译
他自己虽然不知道是因为懒，还是因为无用，总之觉得是一个不肯运动，十分**安分守己**的人。（第214页第31行）	Whether it was because he was lazy, or just utterly inert – even he didn't know – Fang Xuanchuo had always considered himself **a stoically law – abiding sort of person, the kind that refuses to take part in any kind of public protest.**（第125页第251行）	Although not knowing himself whether owing to indolence, or because it was useless, at all events **he refused to take part in movements and regarded himself as thoroughly law – abiding.**（第215页第35行）

续表

原 文	蓝 译	杨 译
方玄绰不费**举手之劳**的领了钱,酌还些旧债。(第216页第31行)	**With the help of this wholly unearned windfall**, Fang Xuanchuo succeeded in paying off a few old debts.(第127页第4行)	**Without having lifted a finger**, Fang Xuanchuo took his money, and with it settled some debts. (第217页第35行)
学校里又不发薪水,实在"**爱莫能助**",将他空手送走了。(第222页第25行)	By the college – **the spirit was willing, the bank account was weak**. Then he' d sent him packing. (第130页第27行)	The school had not paid his salary, **so much as he would like to help he could not**. He sent him away empty – handed.(第223页第27行)
然而不多久,他忽而**恍然大悟**似的发命令了:叫小厮即刻上街去赊一瓶莲花白。(第222页第29行)	But **a new inspiration swiftly came to him**. Tell the servant, he ordered, to go and buy a bottle of White Lotus liquor on credit. (第130页第32行)	Before long, however, **as if suddenly seeing the light**, he ordered the servant to go out at once and get him a bottle of Lotus – Flower White on credit.(第223页第31行)
收版权税又半年六月没消息,"**远水救不得近火**",谁耐烦。(第224页第20行)	I haven't heard anything from them for six months now. **Distant water won't put out nearby fire**. I can't wait for ever. (第131页第26行)	And for half a year I've had no word about royalties. **'Distant water can't put out a nearby fire.'** Just have to lump it.(第225页第23行)
但似乎因为舍不得皮夹里仅存的六角钱,所以竟也**毅然决然**的走远了。(第226页第5行)	A reluctance to part with the last sixty cents in his wallet **hurried him resolutely on**.(第132页第8行)	But as if unwilling to part with the last sixty cents in his wallet, he had in the end gone **resolutely** on his way.(第227页第5行)

安分守己 分是本分;守是保持的意思;己是指自己活动的范围或指自身所具有的品节。这个词用来指行为谨慎老实,遵守合乎自己身份的规矩,亦指安于现状。原文描写的是端午节来临,教工索薪,主人公方玄绰认为自己是个安分守己的人,所以没参加,当最后自己也生活拮据时便也赞同去索薪,凸显了他的自私和虚伪。蓝译是 a stoically law – abiding sort of person, the kind that refuses to take part in any kind of public protest，杨译为 he refused to take part in movements and regarded himself as thoroughly law - abiding，两位译者都是采用了解释的方法，把原词翻译为定语来修饰名词，忠实于原文。

举手之劳　举是抬起的意思，一动手就能办到的一点劳动，比喻事情轻而易举，毫不费力。原文描写的是方玄绰没参加索薪，却因为别人索薪而得到了政府发给的薪水，所以对方玄绰来说，他的这个钱来得非常容易。蓝译为 With the help of this wholly unearned windfall，其中的 windfall 就是指额外得来的钱财，贴近原文的含义。杨译为 Without having lifted a finger，译者的理解和蓝译略有差异，蓝译更是注重于句子整体的翻译，侧重于意译，而不是仅仅关注于某个词或词组；杨译更侧重于直译。

爱莫能助　意思是虽然很同情，愿意帮助，但由于力量或条件有限而无法办到。原文描写的是方玄绰回想起在去年的年关有人来借钱，他以没发薪水为由拒绝借钱给别人。蓝译译文为 the spirit was willing, the bank account was weak，译者采用了解释的翻译方法。杨译为 so much as he would like to help he could not，译者的翻译是直译加解释，较好地表达了原文想帮忙却又帮不了的含义。

恍然大悟　恍然是指猛然醒悟的样子；悟是理解、明白的意思，指忽然一下子明白觉悟过来。原文描写的是方玄绰经济拮据，但忽然想到了能暂时解决困难的好办法，让小厮去赊账。蓝译为 a new inspiration swiftly came to him，译者用 inspiration 来形容方玄绰突然想到的好办法，同时用副词 swiftly 来表示原文"恍然"的含义。杨译为 as if suddenly seeing the light，译者采用修辞手段，突出了"恍然"的含义，表示突然开窍的意思，忠实于原文，译文比较生动。

远水救不得近火　用来比喻缓慢的救助不能解决眼前的急难。原文讲述的是方玄绰与方太太谈论如何能赚钱来解决眼前的经济困难，但却没有什么好办法。蓝译和杨译分别是 Distant water won't put out nearby fire 和 Distant water can't put out a nearby fire，从译文上看，二者的区别不是很大，整体的句子结构基本一致，只是部分语法结构不一样，都采用直译的方法表达了原文的含义，在理解上没有对读者造成阅读障碍。

毅然决然　毅然表示顽强地；决然表示坚决地，用来形容意志坚强果断。原文描写的是方玄绰为了解决经济上的拮据状况，对街上卖彩票的广告动了心，但是又因为兜里仅有角钱就放弃了，果断地离开了。蓝译为 hurried him resolutely on，其中的 resolutely 表达了原文坚决果断的意思，杨译的 gone resolutely on his way 中也使用了 resolutely，两位译者都采用了直译方法，只是二者译文中的句法结构不同。

九、《白光》中的成语及习语翻译

原　文	蓝　译	杨　译
含着大希望的恐怖的悲声，游丝似的在西关门前的黎明中，**战战兢兢**的叫喊。(第238页第27行)	Over by the town's western wall, **a fearful wail** of hope pierced the dawn light.（第137页第21行）	In the dawn this cry, **fearful and despairing** yet fraught with infinite hope, throbbed and trembled like a floating thread before the West Gate of the town.（第239页第29行）

战战兢兢　战战是恐惧得发抖的样子；兢兢是小心谨慎的样子，用来形容十分害怕或小心谨慎的样子。原文描写的是小说主人公陈士成落榜后，悲伤落魄，被一束神秘的白光召唤着来到城门前叫喊，所以这个词语就是胆小害怕的意思。蓝译为a fearful wail，译者用了fearful来表达害怕这个含义。杨译为fearful and despairing，和蓝译一样用了形容词来传达原文含义，在用词上较好地再现了原文要表达的意境。

十、《兔和猫》中的成语及习语翻译

原　文	蓝　译	杨　译
况且黑猫害了小兔，我更是"**师出有名**"的了。(第252页第10行)	After the black cat killed the little rabbits, **I felt more justified than ever in my hatred**.（第143页第14行）	Since the black cat had killed the little rabbits, **I had a more righteous cause for which to fight**.（第253页第10行）
那黑猫是不能久在矮墙上**高视阔步**的了，我决定的想。(第252页第15行)	That black cat won't **be stalking up and down that wall** for ever, I resolved to myself.（第143页第19行）	That black cat must not be allowed **to lord it much longer on the low wall**, I resolved.（第253页第14行）

师出有名　师为军队；名是名义，引申为理由，表明出兵有正当的理由。后来比喻做事有充足的理由。原文描写的是文中的我打了猫，原因是猫太吵，而且还害过小兔子，所以打猫是有足够理由的。蓝译为I felt more justified than ever in my hatred,其中的justify意义为show to be reasonable or provide adequate ground for,所以译文忠实体现了原文的含义。杨译为I had a more righteous cause for which to fight,和蓝译相近,两位译者都采用了直译和解释的方法,忠实于原文。

高视阔步　意思是眼睛向上看,迈大步走路,形容气概不凡,也形容傲慢看不起人的神情。在此处是形容黑猫的走路姿态,就是那种很自傲的姿态。蓝译为be stalking up and down that wall,译文比较简单,选择了stalk来表达原文,stalk的意思是to walk stiffly,所以词义与原文对应。杨译为to lord it much longer on the low wall,翻译策略与蓝译相同,两位译者都没有拘泥于原文,没有把“高视”和“阔步”分开翻译,而是根据上下文用直译的方法来表达原文含义。

十一、《鸭的喜剧》中的成语及习语翻译

原　文	蓝　译	杨　译
我住得久了,“**入芝兰之室,久而不闻其香**”,只以为很是嚷嚷罢了。(第258页第4行)	I'd lived here too many years. Spend too long **in an orchid - house, and you lose your sense of smell.** (第144页第5行)	I was an old resident. “Stay long in **a room filled with iris and epidendrum, and you become oblivious of their scent.**”(第259页第4行)

入芝兰之室,久而不闻其香　意思是和道德高尚的人生活在一起,就像进入充满兰花香气的屋子,时间一长,自己本身也会充满香气,于是就闻不到兰花的香气了。说明环境可以改变一个人。原文记叙的是俄国盲诗人爱罗先珂抱怨自己太寂寞了,而作者认为诗人并不是真的寂寞,只是一直处于热闹的生活而不自知了。蓝译为in an orchid - house, and you lose your sense of smell,译者用了一个长句进行翻译,原文比较长,所包含的信息比较多,所以在翻译的时候如果仅用一个词或词组恐怕很难表达原文的意思。杨译是a room filled with iris and epidendrum, and you become oblivious of their scent,和蓝译的翻译策略相同,都是采用了长句子。

十二、《社戏》中的成语及习语翻译

原　文	蓝　译	杨　译
然而夜气很清爽，真所谓“**沁人心脾**”，我在北京遇着这样的好空气，仿佛这是第一遭了。（第 270 页第 20 行）	I **felt refreshed**, as never before, by the sharp cold air of the Beijing night.（第 150 页第 21 行）	But the night air was so crisp, it really “**seeped into my heart.**” This seemed to be the first time I had known such good air in Beijing.（第 271 页第 23 行）

沁人心脾　沁为渗入；心脾指人的心脏，喻指内心。芳香凉爽的空气或饮料使人感到舒畅，多用于比喻文艺作品或乐曲清新、爽朗给人以美好的感受。原文描写的是作者与孩子们去看戏，在外游玩的场景。蓝译是 felt refreshed，对于这个成语的翻译，译者处理方式是意译加省略。从原文“夜气很清爽”就可以推断出空气很清新，所以下文的“真所谓沁人心脾”便得知原文的含义。杨译是 seeped into my heart，译者把成语直译了出来，再次体现了杨译风格，即忠实于原文。

第 4 节　《故事新编》中的习语翻译

一、《补天》中的成语及习语翻译

原　文	蓝　译	杨　译
人心不古，康回实有豕心，觑天位，我后躬行天讨。（第 16 页第 29 行）	**The perfidious swine Kang Hui** coveted the throne of heaven. Our king fought back, as heaven willed it.（第 302 页第 31 行）	**The human heart harbours evil.** Kang Hui with the heart of a swine actually aspired to the imperial throne.（第 17 页第 32 行）

人心不古　古的意思是指古代的社会风尚。现今指人的心地失掉了淳朴而流于虚伪，没有古人厚道，慨叹社会风气变坏。蓝译为 the perfidious swine Kang

Hui,译者用了 perfidious 一词来表达习语的意思,根据词典定义 If you describe someone as perfidious, you mean that they have betrayed someone or cannot be trusted,即不忠的、不可信的意思,很简洁。杨译为 The human heart harbous evil。译者采用修辞手段,使用完整的一个句子来表达习语,这样的处理方法符合杨译的翻译风格,中规中矩,不夸大也不缩小。

二、《奔月》中的成语及习语翻译

原 文	蓝 译	杨 译
"**即以其人之道,反诸其人之身**……"胜者低声说。(第 40 页第 13 行)	I thought **you might enjoy a taste of your own medicine**... the deflated victor mumbled. (第 313 页第 24 行)	I was trying **to 'pay you out in your own coin'** .... mumbled the victor. (第 41 页第 15 行)

即以其人之道,反诸其人之身 用别人的办法来惩治别人。蓝译为 you might enjoy a taste of your own medicine,杨译为 to pay you out in your own coin,两位译者都使用了比喻的方法来进行翻译,这样的习语在汉英翻译中是比较难翻译的,译者想要把原文的韵味找到对应的英语表达是很困难的,此处译者的解释法是解决这类翻译的好办法。

三、《理水》中的成语及习语翻译

原 文	蓝 译	杨 译
大家就先来赏鉴这些字,争论得几乎打架之后,才决定以写着"**国泰民安**"的一块为第一。(第 66 页第 5 行)	A heated debate began over the artistic merits of each inscription until, just short of blows, it was decided that one reading '**Country and People, Blissful in Peace and Prosperity**' should be the winner. (第 326 页第 19 行)	First everyone admired the calligraphy and, after disputing till they nearly came to blows, decided that the first place should be given to the inscription: "**The state is prosperous, the people at peace.**" (第 67 页第 6 行)

国泰民安 意思是国家康泰安宁,人民安居乐业,用来形容太平盛世。蓝译为 Country and People, Blissful in Peace and Prosperity,译者的处理方法不是句子,

而是类似于标题,突出了原文的中心,杨译为 The state is prosperous, the people at peace,译者把原文处理为一个完整的句子,不同于蓝译。笔者认为蓝译更好,因为原文描写的是大家对食盒盖子上的字进行评论,哪种字体最好,那么写在食盒盖子上的字应该是简洁明了的表达,所以蓝译更真实反映了原文描写的场景。

四、《采薇》中的成语及习语翻译

原 文	蓝 译	杨 译
将近郊外,太阳已经高升,走路的也多起来了,虽然大抵昂着头,**得意洋洋**的,但一看见他们,却还是照例的让路。(第 96 页第 3 行)	By the time they reached the outskirts of the city, the sun was high in the sky, and the way became busier. Though most of the people they encountered seemed **to swagger along, with a robust of their own worth**, they would give way as soon as they saw the aged brothers, as etiquette demanded. (第 342 页第 27 行)	The sun was high by the time they reached the suburbs, and the streets became more frequented. Most of the passers – by were **carrying themselves proudly, heads high**; but they made way, as was customary, for the old men. (第 97 页第 3 行)
“**归马于华山之阳**”和华山大王小穷奇,都使两位义士对华山害怕。(第 100 页第 1 行)	**The news about pasturing horses at the foot of Mount Hua**, and their encounter with its self – appointed king, seeded grave reservations about the area in our two righteous brothers. (第 345 页第 1 行)	**The sending of horses to the southern slope of Mount Hua** and the presence there of Qiongqi the Younger, chief of the mountain, made these two just men afraid to enter that region. (第 101 页第 1 行)
“‘普天之下,莫非王土’,你们在吃的薇,难道不是我们圣上的吗!”(第 108 页第 15 行)	‘**Every inch of land under heaven belongs to our king**,’ she recited. ‘And that includes the ferns!’(第 350 页第 10 行)	“‘**All under the sky is our sovereign’s territory**.’ Doesn’t the vetch you’re eating belong to our king’s too?” (第 109 页第 15 行)

得意洋洋 洋洋意思是得意的样子,形容称心如意、沾沾自喜的样子。蓝译为 to swagger along, with a robust of their own worth,杨译为 carrying themselves proudly, heads high,两位译者的处理方式都是采用直译解释的方法来表达原文成语的意义。

归马于华山之阳 意思是把作战用的牛马放归山下,比喻战争结束,不再用兵。蓝译为 The news about pasturing horses at the foot of Mount Hua, 杨译为 The sending of horses to the southern slope of Mount Hua，两位译者的译文都是采用直译解释的方法，但在用词上有差异，蓝译使用了 pasture 这个词表示放马的意思。华山之阳，蓝译翻译过来是“华山脚下”的意思；杨译则是直译，选择了 send 来表示放马归山，译文翻译过来是华山的南坡，虽然与原文意义不完全对等，但原文的主要含义都体现在了译文中。

普天之下，莫非王土　意思是凡是天下的土地没有不是属于帝王的。语见《诗经·小雅·北山》。蓝译译文为 Every inch of land under heaven belongs to our king，杨译译文为 All under the sky is our sovereign's territory，两位译者的译文与前面的方法一致，都是采用了直译的方法，最大的不同是用词上的一些差异，但并不影响译文的流畅性和可读性。

五、《铸剑》中的成语及习语翻译

原　文	蓝　译	杨　译
眉间尺早已焦躁得浑身发火，看的人却仍不见减，还是**津津有味**似的。（第 128 页第 19 行）	Mei Jianchi's body burned with impatience, while his audience **showed no interest in abandoning the spectacle**.（第 359 页第 33 行）	He was afire with impatience. Still the onlookers, watching as avidly as ever, **refused to disperse**.（第 129 页第 22 行）
上自王后，下至弄臣，也都**恍然大悟**，仓皇散开，急得手足无措，各自转了四五个圈子。（第 144 页第 12 行）	Everyone – from the queen down to the court jester – scattered, rushing uselessly about in panicked circles.（第 368 页第 33 行）	From the queen down to the court jester, **all were seized by consternation**. They scattered in panic, at a loss, running round in circles.（第 145 页第 14 行）
几个义民很忠愤，咽着泪，怕那两个**大逆不道**的逆贼的魂灵，此时也和王一同享受祭礼，然而也无法可施。（第 148 页第 14 行）	A few of the empire's more zealously loyal subjects wept with rage that the souls of **two regicides** would enjoy the same memorial sacrifices as their king; but it was not to be helped.（第 371 页第 13 行）	Some loyal subjects gulped back tears of rage to think that the spirits of **the two regicides** were enjoying the sacrifice now together with the king. But there was nothing they could do about it.（第 149 页第 13 行）

津津有味　津津的意思是兴趣浓厚的样子，形容趣味很浓或很有滋味。蓝译

为 showed no interest in abandoning the spectacle，译者用了一个 no 和后面的 abandon 形成一个双重否定的句子结构，来表示人们的浓厚兴趣，充满了文采。杨译为 refused to disperse，译者直接采用了直译的方法，所选择的词汇 refuse 表示否定，而 disperse 表示散开，译文用一个否定的意思来突出原文的肯定意义，描绘出人们兴致勃勃不愿意离开的场景。

恍然大悟 恍然是猛然醒悟的意思；悟表示理解、明白，这个词汇指忽然一下子明白、觉悟过来。蓝译中看不到恍然大悟的译文，只能从上下文中去体会译者对原文的理解和表达，这是蓝译的翻译特色，采取省略的方法，通过对原文的整体理解来翻译原文，增强读者对译文的理解。杨译是 all were seized by consternation，译者实践着自己一贯的翻译策略，就是直译，忠实于原文。

大逆不道 逆的意思是背叛；不道的意思是违背当时的道德标准。旧指不符合封建统治者的道德标准和宗法观念的极端叛逆行为。现用来指不合某种观念和道德标准的行为。对于大逆不道的翻译，两位译者的译文中都看不到对原文的对等翻译，都是把两个逆贼翻译了出来，two regicides，大逆不道却都被省略了，大概译者们都认为既然是逆贼，肯定是大逆不道的人了，所以省略不译也是有道理的。

六、《出关》中的成语及习语翻译

原　文	蓝　译	杨　译
道可道，非常道；名可名，非常名。无名，天地之始；有名，万物之母。…… （第 162 页第 14 行）	**The Way that can be spoken, is not the eternal Way; the name that can be named, is not the eternal name**. Heaven and earth began from namelessness; that which is named is the mother of all creatures ...（第 377 页第 9 行）	**The way that can be told of is not an Unvarying Way; The names that can be named are not unvarying names**. It was from the Nameless that Heaven and Earth sprang; The named is but the mother that rears the ten thousand creatures, each after its kind. ... （第 163 页第 15 行）

道可道，非常道；名可名，非常名 意思很复杂，最初老子的原文是“道可道，非恒道。名可名，非恒名。”在汉代为避文帝刘恒的讳，才改为“常”。第一个“道”表示万事万物的真理，“可道”，可以勉强命名为道。“恒”，永恒不变，“非恒道”，这个“道”并非永远不变的。这句话有下面几种理解：(1) 圣人之道是可以行走的，但并非是唯一不变的道路；真正的名声是可以去求得的，但并非一般人一直追

求的名声。(2)道是可以被说出来的,说出来的却不是永恒的道,万物是可以去命名的,但却不是万物永恒的名。(3)道本身也是遵循着一定的“道”,但这个“道”并不是平时可以观测到的最基本的道,虽然对这个“道”也确实存在着,但不是以现有的道的维度所能解释的。在汉译英中,该词语可以说是最难翻译的一个习语,首先是它自身的语言属于古汉语,表达方式与现代汉语不同;另外它所蕴含的哲学思想非常深奥,所以翻译起来可以说是译者的噩梦。蓝译为 The Way that can be spoken, is not the eternal Way; the name that can be named, is not the eternal name,杨译为 The way that can be told of is not an Unvarying Way; The names that can be named are not unvarying names。两位译者都采用了解释的翻译方法,译文都较好地反映了原文的含义,凸显了两位译者深厚的语言功底。

七、《起死》中的成语及习语翻译

原 文	蓝 译	杨 译
您是**贪生怕死,倒行逆施**,成了这样的呢?(第 198 页第 13 行)	Did **greed**, **cowardice or general malfeasance** reduce you to this?(第 392 页第 16 行)	Did **greed**, **cowardice and disregard for the right** reduce you to this?(第 199 页第 12 行)

贪生怕死 意思是贪恋生存,畏惧死亡,指对敌作战畏缩不前,形容人为求活命,害怕死亡,丧失人格;而苟且偷生指得过且过将就活着。蓝译用 greed 和 cowardice 来表达贪生怕死。两位译者的用词一致。杨译的出现早于蓝译,蓝译是否参考了杨译不得而知,但不同译者翻译同样的作品,译文有用词重复的现象也属正常,毕竟有些词汇的使用频率本身就高,出现一致的现象也是可能的。

倒行逆施 原指做事违反常理,不择手段,现多指所作所为违背时代潮流或人民意愿。蓝译用了名词 malfeasance,其意思为 the doing of a wrongful or illegal act, esp by a public official,就是做违法不正当的事情,符合原文含义。杨译为 disregard for the right,是指做违法的事情,两位译者都使用了直译解释的方法,忠实于原文。

第 5 节 鲁迅小说中的习语翻译结语

鲁迅小说中的成语或习语相比文化负载词汇并不是太多,蓝译和杨译中体现了两位译者的翻译方法和风格,直译和意译及解释等翻译方法都有出现在译文中。但如何翻译好成语确实是一件非常不容易的事情。译者最主要的作用是要实现读者与原作者之间的沟通,而沟通的媒介就是译文。斯坦纳(Steiner)(2001)曾指出:“任何一个交际模式同时也是翻译模式。”而译者在这个交际模式中将起到极大的作用。正如哈提姆(Hatim)(2001)的观点:译者是处于原作者和目标语接受者之间的中介,并使得二者之间能够得以沟通。

在翻译过程中,译者“要尽可能地熟悉和了解原语和目的语各自的语言以及所处的文化背景,运用文化差异的视角根据实际情况采用灵活恰当的翻译方法,深刻理解成语本身的意义,而不能在不了解文化背景和内涵的情况下生翻硬译”(张丽娟、庞云青,2016)。“正确理解原文是英译汉的灵魂,也是汉译英的灵魂”(毛荣贵,2002)。“翻译转换中的损失在所难免,译者需要考虑是否补偿、何时补偿及如何补偿等问题”(高宇征、陈洪丽、黄睿,2016)。主要包括语言层面的补偿、文化层面的补偿和审美层面的补偿。但是“……定不能因为害怕麻烦、害怕冗长而一笔带过,否则……一方面留给译者无尽困难,另一方面,也达不到典籍翻译的对外文化推介的目的和效果”(陈甜,2015)。

在鲁迅小说成语的翻译中,蓝译和杨译从语言的流畅性等方面看还是相当成功的,值得人们学习和借鉴。图尔里(Toury)(2001)指出:“对于一个源文本的不同译本的比较越来越普遍,但这种比较比人们想象的要更复杂。”目前,人们对于译者的翻译评价基本上(是)研究者个人的主观看法。根茨勒(Gentzler)(1993)认为“学者无法得知译者头脑中在翻译的过程中究竟做出了怎样的决定,所以只能通过主观的猜测来解释译者的翻译过程,这显然是不够科学和完整的”。如果译者通过自己的译文向读者传递了原作者的信息,我们就可以说译者实现了自己与读者之间的沟通和交流。希望以后会有更直观和更科学的方法来检验译文的有效性和接受度。

参考文献

1. Gentzler, Edwin. *Contemporary Translation Theories* [M]. London and New York: Rutledge. 1993.

2. Hatim, Basil & Mason, Ian. *Discourse and the Translator* [M]. Shanghai: Shanghai Foreign Language Education Press. 2001.

3. Steiner, George. After Babel: *Aspects of Language and Translation* [M]. Shanghai: Shanghai Foreign Language Education Press. 2001.

4. Toury, Gideon. *Descriptive Translation Studies and Beyond* [M]. Shanghai: Shanghai Foreign Language Education Press. 2001.

5. 蔡荣寿、朱要霞:《翻译理论与实践教程》,北京:中国广播电视出版社2009年版。

6. 柴祯祯:《奈达翻译理论在汉语成语翻译中的应用》,载《科教文汇(下旬刊)》,2015年第3期。

7. 陈甜:《〈三国演义〉中文化专有项英译研究》,湖南师范大学博士论文,2015年。

8. 冯庆华:《实用翻译教程》,上海:上海外语教育出版社1997年版。

9. 高宇征、陈洪丽、黄睿:《成语典故英译中补偿手段的应用》,载《河北工程大学学报(社会科学版)》,2016年第4期。

10. 韩志方、梁虹:《归化和异化策略在汉语习语翻译中的运用——以〈丰乳肥臀〉英译本为例》,载《现代语文(语言研究版)》,2013年第12期。

11. 何勇斌:《从文化传播视角探析汉语成语翻译》,载《语文建设》,2016年第18期。

12. 金晓宏:《汉语成语英译的优化之美——以〈汉英词典〉第三版为例》,载《辞书研究》,2016年第2期。

13. 雷素霞:《从修辞同构的角度看汉语习语翻译——〈红楼梦〉习语英译个案研究》,载《华西语文学刊》,2010年第2期。

14. 李丹:《成语汉译英时的文化"传真"》,载《教育教学论坛》,2015年第16期。

15. 李露:《传情达意巧夺天工——试论杨宪益〈红楼梦〉译作中汉语习语翻译的原则和方法》,载《西安外国语学院学报》,2000年第2期。

16. 李敏:《汉英成语比较及翻译策略》,载《时代金融》,2016年第29期。

17. 李潭:《〈庄子〉英译中成语的翻译研究》,载《安徽文学(下半月)》,2016年第7期。

18. 李维珊:《汉译英口译中的典故翻译策略——以成语翻译为例》,载《鸭绿江(下半月版)》,2015年第11期。

19. 李照国:《门外译谈》,苏州:苏州大学出版社2012年版。

20. 刘庚、卢卫中:《汉语熟语的转喻迁移及其英译策略——以〈生死疲劳〉的葛浩文英译为例》,载《外语教学》,2016年第5期。

21. 刘泽权:《基于语料库的〈红楼梦汉英文化大辞典〉编纂研究》,载《红楼梦学刊》,2016年第5期。

22. 毛荣贵:《新世纪大学汉英翻译教程》,上海:上海交通大学出版社 2002 年版。

23. 任宇宁:《关联翻译理论视角下的汉语成语翻译》,载《开封教育学院学报》,2015 年第 3 期。

24. 舒晓杨:《生态翻译学视角下汉语习语翻译的语用等效研究》,载《哈尔滨学院学报》,2014 年第 5 期。

25. 王金岳、冯新平:《葛译〈浮躁〉四字成语翻译策略探析》,载《海外英语》,2015 年第 19 期。

26. 王庆梅:《韦努蒂异化翻译理论观照下的汉语习语翻译策略研究——以〈骆驼祥子〉葛浩文译本为例》,载《鲁东大学学报(哲学社会科学版)》,2016 年第 6 期。

27. 王琰:《英语习语在汉语中的对等翻译探究》,载《青海师范大学学报(哲学社会科学版)》,2008 年第 6 期。

28. 肖士钦:《泛语境下汉语成语英译模式研究》,载《读天下》,2016 年第 19 期。

29. 袁颖、肖水来:《〈骆驼祥子〉两个英译文本的习语翻译研究》,载《咸宁学院学报》,2011 年第 1 期。

30. 张景华、靳涵身:《从关联理论解读汉语习语的可译性》,载《国外外语教学》,2003 年第 1 期。

31. 张丽娟、庞云青:《汉英成语中的文化承载及其翻译》,载《时代教育》,2016 年第 3 期。

32. 张威:《从〈红楼梦〉英译本看汉语习语的翻译》,载《柳州师专学报》,2008 年第 4 期。

33. 张震久、袁宪军:《汉英互译基础》,北京:北京大学出版社 2004 年版。

34. 赵晓燕:《功能主义翻译目的论视角下的汉语习语英译》,载《忻州师范学院学报》,2016 年第 4 期。

35. 周志培:《汉英对比与翻译的转换》,上海:华东理工大学出版社 2003 年版。

36. 邹馨、贾德江:《从关联翻译理论角度看汉语习语的翻译》,载《南华大学学报(社会科学版)》,2009 年第 4 期。

第6章

鲁迅小说中的描写段落翻译与译者主体性

第1节 描写翻译概述

在鲁迅小说中不乏精彩的描写段落，其中有人物形象描写，有背景描写，还有心理描写等等。对于这些段落的翻译蓝诗玲和杨宪益两位译者各自采用了不同的策略，凸显了译者的主体性。纽马克(Newmark)(2006)曾指出："翻译会有各种新的形式出现，但翻译的本质是不变的。"那么在具体的翻译过程中，译者如何进行定位呢？在中外翻译研究史上相当长的时期，"翻译研究的重点一般都集中于对翻译的性质、翻译的标准和翻译的技巧，即'怎么译'方面的探讨，而对翻译的主体——翻译家本身，则缺乏系统的、有深度的研究"(穆雷、诗怡，2003)。传统的翻译理论认为译者的主要任务是如何能够给出完美的译文，译者要刻意隐藏自己的语言及文化方面的翻译痕迹。传统译学对译者的实际地位重视不够。在翻译的过程中，译者难免会加入自己的主观意识，在译文中展现出自己的语言风格和特征。实际上，译者的主体行为在很大程度上会影响到译文的质量和读者的接受程度。

下面就段落描写的具体翻译来探讨在鲁迅小说中译者主体性的发挥。在进行段落分析时，本章借助了Word2003软件的阅读可读性分析功能，统计了段落中的字数、句子数、阅读难易度及阅读等级等数值，通过这些具体的数字对所选段落进行了分析。其中，阅读难易度即弗莱士易读度(Flesch Reading Ease)，它是根据美国鲁道夫·弗莱士(Rudolf Flesch)博士的统计方法计算的，计算根据是句子的字数和句子中含的音节数等，数值在0和100之间，数值越大，说明文本更加容易。阅读等级指的是弗莱士—金凯德年级水平(Flesch－Kincaid Grade Level)。这个等级是按美国中小学年级水平评定文本的得分。一共分12级，一般的英文文档的分数大约可达6.0级至8.0级。文档的分数为8.0时表示一个八年级水平的人能够理解该文档的内容。分值越高，等级越高，说明文本也越难。

第2节 《彷徨》中的描写翻译

例1. 原文：况且，一想到昨天遇见祥林嫂的事，也就使我不能安住。那是下午，我到镇的东头访过一个朋友，走出来，就在河边遇见她；而且见她瞪着的眼睛的视线，就知道明明是向我走来的。我这回在鲁镇所见的人们中，改变之大，可以说无过于她的了：五年前的花白的头发，即今已经全白，会不像四十上下的人；脸上瘦削不堪，黄中带黑，而且消尽了先前悲哀的神色，仿佛是木刻似的；只有那眼珠间或一轮，还可以表示她是一个活物。她一手提着竹篮。内中一个破碗，空的；一手拄着一支比她更长的竹竿，下端开了裂：她分明已经纯乎是一个乞丐了。《祝福》（第6页第2行）

蓝译：In truth, it was recalling an encounter of the previous day with Xianglin's wife that confirmed me in my anxiety to be off. That afternoon, I'd been visiting a friend in the east of the town and, as I left, I spotted her by the river. As she was staring straight at me, I knew she was heading in my direction. Of all the people I met on this visit to Luzhen, she was the most changed. Hair that five years ago had been grey was now completely white. Her ashen face gaunt with deprivation, she looked years, decades beyond her true age – around forty. The expression of haunting sadness she had once worn was gone, replaced by a kind of facial paralysis; only the occasional movement of her eyeballs indicated she remained a functioning organism. A bamboo basket in one hand contained a cracked, empty bowl; the other hand grasped a tall bamboo staff, split at the bottom. She had obviously become a beggar.（第162页第29行）

杨译：Besides, the thought of my meeting with Xianglin's Wife the previous day was preying on my mind. It had happened in the afternoon. On my way back from calling on a friend in the eastern part of the town, I had met her by the river and knew from the fixed look in her eyes that she was going to accost me. Of all the people I had seen during this visit to Luzhen, none had changed so much as she had. Her hair, streaked with grey five years before, was now completely white, making her appear much older than one around forty. Her sallow, dark – tinged face that looked as if it had been carved out of wood was fearfully wasted and had lost the grief – stricken expression it had borne before. The only sign of life about her was the occasional flicker of her eyes. In one hand she had a bamboo basket containing a chipped, empty bowl; in the other, a bamboo pole, taller than herself, that was split at the bottom. She had clearly become a beggar pure and simple.（第 7 页第 4 行）

《祝福》是鲁迅创作的最有代表性的作品之一，小说在 1978 年被拍成了电影。祥林嫂是旧中国农村劳动妇女的典型形象。

鲁迅在小说中用细节描写突出了对人物的性格刻画。细节是构成文学作品中艺术形象的最小细胞，是文学作品中细腻的描绘人物性格、事件发展和环境的最小的组成单位。几乎可以这样说：没有细节和细节描写，就没有小说。在这段描写中，根据 Word 2003 可读性统计结果可知，汉语原文的字数是 242 个字，用了 11 个句子。蓝译使用了 9 个句子 166 个单词，杨译也是使用了 9 个句子，有 182 个单词。从段落的长短来看，蓝译比杨译更为简短，意译的倾向更明显。从阅读难易度看蓝译是 65.9，杨译是 73，蓝译明显低于杨译，说明蓝译的难易程度要高于杨译；从阅读等级看，蓝译是 7.7，杨译是 7.5，二者差异虽然不是很大，但蓝译也是高于杨译，这和阅读难易度的数值相对应，难易度的数值越低，说明文字越难，从而要求的阅读等级越高。

从译文句子的开头语看，蓝译使用了介词、代词和名词来展开句子。杨译使用了副词、介词、名词和代词来展开句子，两位译者的译文都体现了句子多样性的特点，使得译文极具可读性。

蓝译中对原文的描写句子采用了很灵活的处理方法，例如“脸上瘦削不堪，黄中带黑”，直接用 Her ashen face gaunt with deprivation 来表达，描述了祥林嫂的凄惨的外貌；杨译则是忠实于原文，用 Her sallow, dark - tinged face 来表达“黄中带黑”。但两位译者的译文从语言上都体现了用词精准的特点。

例 2. 原文：我所住的旅馆是租房不卖饭的，饭菜必须另外叫来，但又无味，入口如嚼泥土。窗外只有渍痕斑驳的墙壁，贴着枯死的莓苔；上面是铅色的天，白皑皑的绝无精彩，而且微雪又飞舞起来了。《在酒楼上》（第 36 页第 10 行）

蓝译：My hotel offered room but no board, so food had to be ordered in from outside. It was tasteless when it came – I might as well have been eating mud. My window faced on to a wall, piebald with stains, to which a withered moss was clinging. Above, fine snowflakes had begun to whirl down again from a pale, leaden sky.（第 178 页第 16 行）

杨译：The hotel I was in let rooms but did not serve meals, which had to be ordered from outside, but these were about as unpalatable as mud. Outside the window was only a stained and spotted wall, covered with withered moss. Above was the leaden sky, a colorless dead white; moreover a flurry of snow had begun to fall.（第37页第11行）

《在酒楼上》的开篇作者描绘了一幅灰色格调的旅馆环境：渍痕斑驳的墙壁、枯死的莓苔、白皑皑的绝无精彩的铅色天空和飞舞的微雪，让读者隐隐感到社会的肮脏和让人窒息的环境。

这些景致与人物懒散怀旧的心绪、消沉落寞的情怀正相吻合，情与景交融，营造了一个略带感伤色彩的抒情氛围，作品中的环境整体有些阴暗压抑。这就是死气沉沉、毫无生气的社会环境。整句烘托出人物落寞、烦闷的内心感受。总之，原文作者的叙述和描写相互配合，并且以景物烘托气氛和主题。

根据Word 2003可读性统计结果可知，原文只有3句，用了83个字。蓝译为4句，61个单词；杨译为3句，59个单词。蓝译的阅读难易度为79，杨译为68.5；阅读等级蓝译为6，而杨译为7.3。杨译的阅读难易度低于蓝译，所以阅读等级也就高于蓝译，这从句子的总数中就可以得知，杨译有3句，少于蓝译的4句，因而使得阅读难易度降低。

在用词上，蓝译和杨译对于描写的词语"枯死的莓苔"都使用了withered moss，而"微雪又飞舞起来了"中，蓝译用了whirl，杨译用了fall，二者比较，还是蓝译更形象生动些。

例3. 原文："是的是的，花儿。"他又连画上几个圆圈，这才歇了手，只见她还是笑眯眯地挂着眼泪对他看。他忽而觉得，她那可爱的天真的脸，正像五年前的她的母亲，通红的嘴唇尤其像，不过缩小了轮廓。那时也是晴朗的冬天，她听得他说决计反抗一切阻碍，为她牺牲的时候，也就这样笑眯眯的挂着眼泪对他看。他惘然地坐着，仿佛有些醉了。《幸福的家庭》（第68页第2行）

蓝译："Yes, just like Patch". After making a few more circles with his palms, he let them drop. But then he saw she was still looking at him: tears still hanging in her eyes, above her smile. He was suddenly reminded, in miniature, of his wife, five years ago: that innocent face, those bright red lips. It was on another crisp winter's day, all those years ago, that he'd declared himself – told her he'd do anything for her, put up with any difficulty or sacrifice. She'd had the same smile on her face, the same tears clinging to her eyes. He sat, staring blankly, as if drunk.（第194页第2行）

杨译:“That's right, that's right. Pussy.” He traced several more circles, and then stopped, seeing her smiling at him with tears still in her eyes. It struck him suddenly that her sweet, innocent face was just like her mother's five years ago, especially her bright red lips, although the general outline was smaller. That had been another bright winter's day when she heard his decision to overcome all obstacles and sacrifice everything for her; when she too looked at him in the same way, smiling, with tears in her eyes. He sat down disconsolately, as if a little drunk.(第 69 页第 2 行)

《幸福的家庭》主要讲的是旧社会的一个知识分子,千方百计地为养家糊口赚稿费,打算投稿写一篇迎合大众口味的文章。文章的主要内容是要描写知识分子想象中的幸福家庭的模样及生活方式。知识分子虚构了一对接受了民主思想的恩爱夫妻,过着浪漫、幸福的婚姻生活。然而与虚构小说情节鲜明对比的是该知识分子生活极为拮据,三餐温饱难以为继,整天为柴米油盐而烦恼。鲁迅对于这部小说的创作目的,无外乎是想反映旧生活之下的知识分子理想与现实的巨大反差,他们是接受了民主、科学的新青年,虽然充满理想与抱负,但现实生活却无法满足,只能寄希望于虚拟之中。同时在另一方面,当时的报纸、杂志为了取悦读者,发表的文章却是与实际生活有着极大的差别。

根据 Word 2003 可读性统计结果可知,本段落一共 4 个句子,149 个汉字;蓝译为 7 句,107 个单词;杨译为 6 句,98 个单词。蓝译的阅读难易度为 73.3,杨译为 66.5;阅读等级蓝译为 6.7,杨译为 7.4。

在句式上,两位译者更多地使用了代词来展开句子。在语言的表达上,蓝译的译文更具语言美,例如“只见她还是笑眯眯地挂着眼泪对他看”,tears still hanging in her eyes, above her smile,这句译文极具句子的韵律美,eyes 和 smile 读起来朗朗上口。杨译采用的是 seeing her smiling at him with tears still in her eyes,用一个分词结构来表达,中规中矩。

例 4. 原文:但到第二天的早晨,肥皂就被录用了。这日他比平日起得迟,看见她已经伏在洗脸台上擦脖子,肥皂的泡沫就如大螃蟹嘴上的水泡一般,高高的堆在两个耳朵后,比起先前用皂荚时候的只有一层极薄的白沫来,那高低真有霄壤之别了。从此之后,四太太的身上便总带着些似橄榄非橄榄的说不清的香味;几乎小半年,这才忽而换了样,凡有闻到的都说那可似乎是檀香。《肥皂》(第 90 页第 22 行)

蓝译:But next morning, the soap was officially deployed. He woke rather later than usual to find his wife bent over the washstand rubbing at her neck, lather massed luxuriantly up behind her ears, like the bubbles in a crab's mouth – nothing like the scanty layer of foam generated by her old acacia pods. For little less than half a year, his wife's skin took on a scent that might or might not have been olive, after which (according to everyone who smelt it) the fragrance changed to sandalwood. (第 205 页第 13 行)

杨译:By the next morning, however, the soap was being honoured by being used. Getting up latter than usual, he saw his wife leaning over the wash – stand rubbing her neck, with bubbles like those emitted by great crabs heaped up over both her ears. The difference between these and the small white bubbles produced by honey locust pods was like that between heaven and earth. After this, an indefinable fragrance rather reminiscent of olive always emanated from Mrs. Siming. Not for nearly half a year did this suddenly give place to another scent, which all who smelt it averred was like sandalwood. (第 91 页第 23 行)

《肥皂》是鲁迅利用喜剧的手法来表现主人公身上的讽刺性和虚伪性的一部小说。鲁迅利用诙谐且极具特色的语言把主人公四铭的丑陋和邪念完全揭示给读者。

根据 Word 2003 可读性统计结果可知,原文共有 162 个字,4 个句子;蓝译 3 个句子,89 个单词;杨译为 5 个句子,101 个单词。蓝译的阅读难易度为 54.9,杨译为 56.5;阅读等级蓝译为 12,杨译为 10.3。从数据上看,蓝译要难于杨译。

在句子的多样性方面,两位译者都分别用了介词、连词等来展开句子。在描写上,在对“肥皂的泡沫就如大螃蟹嘴上的水泡一般,高高的堆在两个耳朵后”的翻译上,蓝译是采用直译的方法,翻译为 lather massed luxuriantly up behind her ears, like the bubbles in a crab's mouth,杨译的处理方法和蓝译一样,翻译为 with bubbles like those emitted by great crabs heaped up over both her ears,但更与原文的逻辑贴近,这也是汉语译者在翻译过程中不可避免的现象。

例 5. 原文:他也还如平常一样,黄的方脸和蓝布破大衫,只在浓眉底下的大而且长的眼睛中,略带些异样的光闪,看人就许多工夫不眨眼,并且总含着悲愤疑惧的神情。短的头发上粘着两片稻草叶,那该是孩子暗暗地从背后给他放上去的,因为他们向他头上一看之后,就都缩了颈子,笑着将舌头很快地一伸。《长明灯》(第 100 页第 22 行)

蓝译:He looked much the same as ever: square, sallow face above the usual tattered blue gown. Only his eyes – large and elongated beneath heavy eyebrows – indicated that some kind of a situation was brewing: there was a curious glitter to his melancholic, distrustfully unblinking stare. Two stalks of rice straw had attached themselves to his short hair – probably helped up by the children behind his back; whenever they looked at his head, they shrank back, giggling and sticking their tongues out. (第 209 页第 17 行)

杨译:He seemed the same as usual with his sallow, square face and shabby blue cotton gown, except that his large, almond eyes shone under their shaggy brows with a strange light and he stared at them unwinking for some moments, grief, suspicion and fear in his gaze. Two straws were sticking to his short hair, no doubt thrown by the children behind his back, for each time they looked at his head they hunched their shoulders and grinned, sticking out their tongues. (第 101 页第 23 行)

根据 Word 2003 可读性统计结果可知,原文 131 个汉字,2 个完整句子;蓝译为 3 个句子,84 个单词;杨译为 2 个句子,82 个单词。阅读难易度蓝译为 55.7,杨译为 59.9;阅读等级蓝译为 10.5,杨译为 12。在句子开头词语的使用上,因为句子数量很少,而句子很长,所以整体译文看起来比较复杂。蓝译在处理原文的时候,把"只在浓眉底下的大而且长的眼睛中,略带些异样的光闪,看人就许多工夫不眨眼,并且总含着悲愤疑惧的神情。"与前文分割开来,使得原文的 2 句,变成 3 句,使原文对"疯子"的描写更为突出。杨译没有变化,按照原文的语序进行了翻译。

例 6. 原文:首善之区的西城的一条马路上,这时候什么扰攘也没有。火焰焰的太阳虽然还未直照,但路上的沙土仿佛已是闪烁地生光;酷热满和在空气里面,到处发挥着盛夏的威力。许多狗都拖出舌头来,连树上的乌老鸦也张着嘴喘气,——但是,自然也有例外的。远处隐隐有两个铜盏相击的声音,使人忆起酸梅汤,依稀感到凉意,可是那懒懒的单调的金属音的间作,却使那寂静更其深远了。《示众》(第 116 页第 1 行)

蓝译:All was quiet on a street in the western district of the Realm of Supreme Virtue . Although the sun was not yet at its zenith, already the grit on the road seemed to scintillate beneath its glare, the air burning with high summer. Dogs lolled their tongues – even crows in their treetops let their beaks hang open, panting from the heat. But not all was still. Someone, somewhere was striking together two copper cups, their clear chime somehow reminiscent of the brisk coolness of sour plum juice; and yet the lazily intermittent clang of metal upon metal only intensified the torpid silence that intervened.（第216页第1行）

杨译：In a street in the west city of the model region, nothing was stirring. Although the blazing sun was not yet directly overhead, the dust on the road already seemed to be glinting and fierce heat pervaded the air, making the might of high summer felt everywhere. The dogs' tongues were lolling out, even the crows on the trees were panting for breath — but naturally there were exceptions. From far away came the faint clash of two copper blows, turning people's thoughts to wild – plum juice and giving them a faint sensation of cool. However, the intervals between those lazy, monotonous clinks seemed to deepen the silence.（第117页第1行）

根据Word 2003可读性统计结果可知，本段落原文167字，共5个句子。蓝译是5个句子，106个单词；杨译是4个句子，106个单词。阅读难易度蓝译为60.7，杨译为54.8；阅读等级蓝译为9，杨译为10.8。从数据中可以看出，在本段的翻译中杨译要比蓝译难。

两位译者的句子多样性表现都比较突出，都使用了介词、连词、代词等作为句子的起首。在用词上，二者也比较相近。例如"许多狗都拖出舌头来"，两位译者都使用了loll这个词，唯一区别在于蓝译使用的是过去时，杨译则是过去进行时。

例7. 原文：首先就想到往常的父母实在太不将儿女放在心里。他还在孩子的时候，最喜欢爬上桑树去偷桑葚吃，但他们全不管，有一回竟跌下树来磕破了头，又不给好好地医治，至今左边的眉棱上还带着一个永不消灭的尖劈形的瘢痕。他虽然格外留长头发，左右分开，又斜梳下来，可以勉强遮住了，但究竟还看见尖劈的尖，也算得一个缺点，万一给女学生发现，大概是免不了要看不起的。他放下镜子，怨愤地吁一口气。《高老夫子》(第128页第5行)

蓝译：He started by directing this new sense of universal grievance at the category of parents, who, it now occurred to him, were pretty derelict in caring for their offspring. When he'd been a boy, for example, he'd always been scrambling up mulberry trees to steal mulberries. Did his parents care? Not a jot. Of course, it ended badly, with him falling off and cracking his head open. Did they get him to a proper doctor? Not a bit of it. And to this very day, a wedge – shaped scar disgraced the top of his left eyebrow. Even though he'd grown his hair, then parted and combed it to cover the scar, it remained visible at the tip: a blot on his otherwise flawless countenance that a female student (should she – perish the thought! – happen to glimpse it) would inevitably hold against him. Heaving a sigh of complaint, he set the mirror down.（第222页第5行）

杨译：First he reflected how very little thought his father and mother had given to their children. As a small boy, what he liked best was climbing mulberry trees to steal mulberries to eat; but they paid no attention at all. Once, when he fell off a tree and cracked open his head, they hadn't given him the right medical treatment, so that to this day above his left eyebrow remained an indelible wedge - shaped scar. Though he now wore his hair extra long, parted in the middle and combed down in front to more or less cover the scar, its tip was still visible, and that was a blemish. If schoolgirls saw it, most likely they would despise him. He laid down the mirror and huffed with exasperation.（第129页第5行）

本段落正是对高老夫子的一段细节描写。根据Word 2003可读性统计结果可知，原文4个句子，181个字；蓝译11个句子，153个单词；杨译6个句子，127个单词。阅读难易度蓝译为66.8，杨译为70.5；蓝译的阅读等级为7.3，杨译为7.9。从数据上看，蓝译的阅读难易度低于杨译，阅读等级却略低于杨译，这大概是蓝译的句子数量多于杨译，而使得阅读等级也随之降低。

两位译者在本段翻译中使用了许多复杂句来表达原作者的写作意图。对于原句的处理策略，蓝译的翻译几乎不会拘泥于原文，例如"一个永不消灭的尖劈形的瘢痕"，蓝译为a wedge - shaped scar，杨译则为an indelible wedge - shaped scar，把"永不消失的"翻译了过来，再次体现了杨译的忠实于原文的翻译风格。

例8. 原文：我也是去看的一个，先送了一份香烛；待到走到他家，已见连殳在给死者穿衣服了。原来他是一个短小瘦削的人，长方脸，蓬松的头发和浓黑的须眉占了一脸的小半，只见两眼在黑气里发光。那穿衣也穿得真好，井井有条，仿佛是一个大殓的专家，使旁观者不觉叹服。寒石山老例，当这些时候，无论如何，母家的亲丁是总要挑剔的；他却只是默默地，遇见怎么挑剔便怎么改，神色也不动。站在我前面的一个花白头发的老太太，便发出羡慕感叹的声音。《孤独者》（第150页第22行）

蓝译：I, too, went after first sending incense and candles as a funeral gift. Lianshu was dressing the corpse when I arrived. I observed a short, slight man, with a long face. Almost half his face seemed to be obscured by an untidy head of hair, a thick black moustache and eyebrows, with his eyes gleaming in between. There was a methodical deftness to his dressing of the corpse - you might have thought he was a professional undertaker - and he was surrounded by admiring observers. However well a thing was managed, it was always the way – around Hanshi Mountain – that relatives on the mother's side would find something to snipe at. And yet he accepted every criticism in silence, correcting the fault, no flicker of irritation registering in his face. A grey – haired old lady in front of me sighed admiringly.（第 234 页第 21 行）

杨译：I was one of those who went, having first sent along my gift of incense and candles. As I arrived he was already putting the shroud on the dead. He was a thin man with an angular face, hidden to a certain extent by his dishevelled hair, dark eyebrows and moustache. His eyes gleamed darkly. He laid out the body very well, as deftly as an expert, so that the spectators were impressed. According to the local custom, at a married woman's funeral members of the dead woman's family found fault even if all was well done; however he remained silent, complying with their wishes with a face devoid of all expression. A grey – haired old woman standing before me gave a sigh of envy and respect.（第 151 页第 24 行）

本段落描述的正是魏连殳回家奔丧的场景，根据 Word 2003 可读性统计数据结果可知，汉语原文 200 字，8 个句子。蓝译 143 个单词，也是 8 个句子；杨译 126 个单词，7 个句子。阅读难易度蓝译为 54，杨译为 63.9，杨译高于蓝译，这说明杨译的语言难度低于蓝译。阅读等级蓝译是 10，杨译为 8.2，又从另外一个侧面说明蓝译的语言难易程度要高于杨译。

在翻译描写句子的时候，例如“一个短小瘦削的人，长方脸”两位译者的处理方式各有特点，蓝译翻译为 a short, slight man, with a long face，省略了“长方脸”中的“方”，只是翻译出了“长”；而杨译翻译为 a thin man with an angular face，“长方脸”翻译为 an angular face，同时省略了原文中的“短小”，只说明这是个瘦人，但瘦人不一定短小，所以就这一句两位译者都有不同程度的省略，但从理解的角度来看，不会造成理解障碍，也没有破坏语言的流畅。

例 9. 原文：不但如此。在一年之前，这寂静和空虚是并不这样的，常常含着期待；期待子君的到来。在久待的焦躁中，一听到皮鞋的高底尖触着砖路的清响，是怎样地使我骤然生动起来呵！于是就看见带着笑涡的苍白的圆脸，苍白的瘦的臂膊，布的有条纹的衫子，玄色的裙。她又带了窗外的半枯的槐树的新叶来，使我看见，还有挂在铁似的老干上的一房一房的紫白的藤花。《伤逝》（第 188 页第 12 行）

蓝译：Another thing I now notice. A year before, the stillness and emptiness about the place was different, full of expectation: the impatient expectation of Zijun's arrival.

I would spring to life the instant I heard the crisp clip of high – heeled shoes along the paved road. Her round, pale, dimpled face, thin white arms, striped blouse and black skirt would swing into view, bringing me fresh leaves from the locust tree, lilac flowers hanging in clusters off the gnarled wisteria trunk.（第254页第15行）

杨译：Nor is that all. A year ago there was a difference in this silence and emptiness for it held expectancy, the expectancy of Zijun's arrival. The tapping of high heels on the brick pavement, cutting into my long, restless waiting, would galvanize me into life. Then I would see her pale round face dimpling in a smile, her thin white arms, striped cotton blouse and black skirt. And she would bring in to show me a new leaf from the half – withered locust tree outside the window, or clusters of the mauve wistaria flowers that hung from a vine which looked as if made of iron.（第189页第12行）

《伤逝》是鲁迅唯一以青年的恋爱和婚姻为题材的小说，小说的男主人公绢生是以第一人称来叙述的。

本段落描写了涓生期待子君到来的情景，根据 Word 2003 可读性统计数据结果可知，汉语原文160字，6个句子；蓝译只有80个单词，4个句子；杨译是105个单词，5个句子。阅读难易度蓝译为61.7，杨译为67，还是杨译的语言程度低于蓝译；阅读等级蓝译为9.6，杨译为9.1，蓝译的阅读要求要高于杨译，这也说明汉语本土的译者在语言上和英语译者还是有一定的差异的。

在对原文“带着笑涡的苍白的圆脸，苍白的瘦的臂膊，布的有条纹的衫子，玄色的裙”翻译的时候，蓝译为 her round, pale, dimpled face, thin white arms, striped blouse and black skirt，杨译为 her pale round face dimpling in a smile, her thin white arms, striped cotton blouse and black skirt。两位译者的译文没有太大的差别，基本上都是忠实于原文，在句子的词汇顺序上也没有大的变动，保持了原文的句式，译文保持了语言上的流畅性，使得语言的美在不经意中得以传达。

例10. 原文：他走进房去点起灯来看，靖甫的脸更觉得通红了，的确还现出更红的点子，眼睑也浮肿起来。他坐着，却似乎所坐的是针毡；在夜的渐就寂静中，在他的翘望中，每一辆汽车的汽笛的呼啸声更使他听得分明，有时竟无端疑为普大夫的汽车，跳起来去迎接。但是他还未走到门口，那汽车却早驶过去了；惘然地回身，经过院落时，见皓月已经西升，邻家的一株古槐，便投影地上，森森然更来加浓了他阴郁的心地。《弟兄》(第228页第29行)

蓝译：Returning to the sickroom, he lit a lamp. Jingfu's face, he now felt, was redder than ever and speckled with angry scarlet spots; even his eyelids were swollen with fever. When Peijun sat down, he felt as if he was being prickled by a carpet of needles. As the night grew quieter, each car horn seemed to sing out to him – in his state of tensed expectation – more clearly than the last. Sometimes, he was so convinced that this, at last, was Dr Bodinus's car that he would jump up to greet him, but long before Peijun reached the gate the car would speed past. Making his way disappointedly back through the courtyard, he saw a bright moon had risen to the west. A neighbour's ancient locust tree cast its shadow along the ground, darkening his own melancholy.（第 276 页第 22 行）

杨译：When he went in and lit the lamp, he found Jingfu's face a still more hectic red, and more red spots had certainly appeared. His face and eyes were puffy too. He sat down, but felt as if sitting on needles. In the growing silence of the night, in his desperation he distinctly heard the honking of each car; and once, thinking this must be Dr. Pu's car, he leapt up to go and meet him. But before he reached the gate, the car had already driven past. Turning back, disappointed, as he crossed the yard he saw that the bright moon had risen in the west, and his neighbour's old locust tree was casting a shadow on the ground, so murky that it added to his gloom.（第 229 页第 31 行）

本段落描写的是张沛君因兄弟靖浦害疹子而引起的一系列反应之一。鲁迅的描写十分精彩，例如花钱请最贵的医生，不计较车价上车就赶回公寓等一系列的心理描写，尤其是在描写汽车的汽笛而反衬出人物的紧张心情，将沛君心中的焦急心情渲染得淋漓尽致。

根据 Word 2003 可读性统计结果可知，汉语原文字数为 184，使用了 5 个句子。蓝译有 140 个单词，用了 7 个句子；杨译则为 128 个单词，使用了 6 个句子。阅读难易度蓝译为 69.7，杨译为 77.8，蓝译的语言难度高于杨译。阅读等级蓝译为 7.8，杨译为 6.9，蓝译高于杨译，说明由于语言的难度大于杨译，因此对阅读等级也要高，再一次说明蓝译的译文语言表达更为复杂。

在译文中可以看出，两位译者都使用了分词结构来开展句子，同时分别使用了连词、介词词组和名词词组等。在这段翻译中，两位译者都使用了一系列的动词来描写主人公的心理活动，例如“跳起来去迎接”，蓝译翻译为 he would jump up to greet him，其中的 jump up 生动反映了张沛君的心理活动，杨译翻译为 he leapt up to go and meet him，杨译的 leap up 相比 jump up 更为夸张，更形象地突出了人物的形象。

例11. 原文:客厅里有许多东西,她不及细看;还有许多客,只见红青缎子马褂发闪。在这些中间第一眼就看见一个人,这一定是七大人了。虽然也是团头团脑,却比慰老爷们魁梧得多;大的圆脸上长着两条细眼和漆黑的细胡须;头顶是秃的,可是那脑壳和脸都很红润,油光光地发亮。爱姑很觉得稀奇,但也立刻自己解释明白了:那一定是擦着猪油的。《离婚》(第252页第2行)

蓝译:The room was full of objects and guests – a shimmering blur of red and blue satin mandarin jackets. But she picked out Mr Qi straightaway. Though his face had the same moonlike roundness as Mr Wei's, he towered majestically over his host and the other guests. Two narrow eyes and a scanty black beard punctuated the circular landscape of his face. Aigu was particularly struck by the ruddy shine to his bald crown and face – he must have polished them with lard, she quickly deduced. (第287页第35行)

杨译:The room was so crammed with things she could not take in all it contained. There were many guests as well, whose short jackets of red and blue satin were shimmering all around her. And in the midst of them was a man who she knew at once must be Seventh Master. Though he had a round head and a round face too, he was a great deal bigger than Mr. Wei and the others. He had narrow slits of eyes in his great round face, and a wispy black moustache; and though he was bald his head and face were ruddy and glistening. Aigu was quite puzzled for a moment, then concluded he must have rubbed his skin with lard. (第253页第2行)

小说中塑造了"七大人"这样一个腐朽乡绅的形象,通过一段肖像描写把他因长期过着奢侈、淫逸的生活而形成的痴肥、油亮的典型外表刻画得栩栩如生,文中他的腐朽、陈旧侧面体现在他摆弄"屁塞"的一幕——"古人大殓时塞在屁股眼里的"东西他竟然一再把玩,还放在鼻子下面摩擦。作者通过描述"七大人"的言行,从正面将他腐朽的封建思想展露无遗。

本段落对"七大人"的描写非常生动,根据Word 2003可读性统计结果可知,原文共150字,8个句子。蓝译是87个单词,5个句子,杨译为121个单词,6个句子。阅读难易度蓝译为65.1,杨译为83.7,杨译远远高于蓝译,说明蓝译的语言表达程度很高。阅读等级蓝译为8.3,杨译为5.8,说明因为阅读难易度差异大,进而影响到阅读等级的差异也随之增大。

在句子开头用语上,两位译者遵从以往的翻译原则,使得句子多样性得以持续。在语言表达上,例如对"大的圆脸上长着两条细眼和漆黑的细胡须"的翻译上,蓝译为 Two narrow eyes and a scanty black beard punctuated the circular landscape of his face。杨译为 He had narrow slits of eyes in his great round face, and a wispy black moustache。从二者的译文中可以看出,蓝译在语言表达上更胜一筹,例如蓝译的 punctuated the circular landscape of his face,其中的 circular landscape 生动形象地描绘了"七大人"的面部形象,一个令人生厌的形象。杨译的译文规范,但没有蓝译生动。

在《彷徨》的段落翻译中,两位译者都有各自的翻译特色。蓝诗玲作为外国译者,对鲁迅小说有着自己独特的理解。杨宪益作为母语译者对于作品的理解相对于蓝诗玲更为深刻,但涉及英语表达,蓝诗玲却又毫无疑问地占有极大的优势。如何处理原文来适应译语读者是翻译者考虑的首要问题,同时也牵扯到了谁是翻译的主体的问题。

那么谁是翻译的主体呢? 翻译界长期探讨的"谁是翻译的主体?"这一问题,其答案一直存在争议。许钧教授指出,对该问题的答案至少有以下四种:"一是认为译者是翻译主体,二是认为原作者与译者是翻译主体,三是认为译者与读者是翻译主体,四是认为原作者、译者与读者均为翻译主体。"(许钧,2003)。另外许钧教授还区分了"狭义主体"和"广义主体"的概念,认为"可以把译者视为狭义的翻译主体,而把作者、译者与读者当作广义的翻译主体"(许钧,2003)。同样,屠国元、朱献珑认为"原作者、译者、读者、接受环境(包括原语和译语的语言文化规范)等因素之间相互指涉相互制约从而促成翻译活动的整体性,而译者主体性在其中无疑是处于中心地位的,它贯穿于翻译的全过程,其他因素的主体性都只是体现在整个翻译中的特定环节",并据此把译者视为"中心主体",把原作者和读者当作"影响制约中心主体的边缘主体"(屠国元、朱献珑,2003)。而查明建、田雨虽然赞同将"翻译主体性"理解为"译者、原作者和读者的主体性及他们的主体间性",但随即明确指出"译者的主体性体现于翻译的全过程,而原作者和读者的主体性只是体现于翻译过程中的某些相关环节",并声明在谈论主体性时采用"译者主体性"概念(查明建、田雨,2003)。袁莉(2002)从阐释学的角度出发,认为译者是翻译中的"唯一的主体性要素",并指出:"翻译的实质不是对原作品意义的追索或还原,而是译者能动的理解诠释过程,是译者主体自身存在方式的呈现,同时也是译者在理解他人的基点上对自我本性的一次深化理解"。陈大亮(2004)进一步分析了翻译主体的内涵,"否定原作者是翻译主体"并"认为译者是唯一的翻译主体"。通过上述几个有代表性的观点,可以看出,尽管对于"翻译主体"的界定仍然存在争议,但译者在翻译活动中的中心地位与积极作用无论在哪一种理论背景和话语范围内都是毋庸置疑的。

第 3 节　《呐喊》中的描写翻译

例 1. 原文：今天全没月光，我知道不妙。早上小心出门，赵贵翁的眼色便怪：似乎怕我，似乎想害我。还有七八个人，交头接耳的议论我，张着嘴，对我笑了一笑；我便从头直冷到脚跟，晓得他们布置，都已妥当了。

我可不怕，仍旧走我的路。前面一伙小孩子，也在那里议论我；眼色也同赵贵翁一样，脸色也铁青。我想我同小孩子有什么仇，他也这样。忍不住大声说，“你告诉我！”他们可就跑了。《狂人日记》（第 14 页第 17 行）

蓝译：No moon tonight; a bad sign. I went out this morning – cautiously. Mr Zhao had a strange look in his eyes: as if he feared me, or as if he wished me harm. I saw a group of them, seven or eight, huddled around, whispering about me, afraid I would catch them at it. Everywhere I went – the same thing. One of them – the most vicious of the bunch – pulled his lips back into a grin. I prickled with cold fear; their traps, I realized, were already in place.

Refusing to be intimidated, I carried on my way. A gang of children blocked my path ahead – they, too, were discussing me, their eyes as strange as Mr Zhao's, their faces a ghastly white. What quarrel could these children have with me, I wondered. 'Tell me!' I shouted, unable to stop myself. But they just ran away.（第 22 页第 7 行）

杨译：Tonight there is no moon at all, I know that this is a bad omen. This morning when I went out cautiously, Mr. Zhao had a strange look in his eyes, as if he were afraid of me, as if he wanted to murder me. There were seven or eight others who discussed me in a whisper. And they were afraid of my seeing them. So, indeed, were all the people I passed. The fiercest among them grinned at me; whereupon I shivered from head to foot, knowing that their preparations were complete.

I was not afraid, however, but continued on my way. A group of children in front were also discussing me, and the look in their eyes was just like that in Mr. Zhao's while their faces too were ghastly pale. I wondered what grudge these children could have against me to make them behave like this. I could not help calling out, "Tell me!" But then they ran away.（第 15 页第 25 行）

《狂人日记》是鲁迅的第一部短篇小说，也是中国第一部白话小说。1918 年 5

月15日发表于《新青年》杂志，收录在鲁迅的短篇小说集《呐喊》中。小说中有独特的心理描写，全篇充斥着对变态的心理、混乱的逻辑和虚妄的幻觉等方面的描写。尤其突出了对狂人心理的描写和刻画。

根据Word 2003可读性统计结果可知，本段落原文172字，共10句话。蓝译为151个单词，13个句子；杨译为162个单词，11个句子。阅读难易度蓝译为79.3，杨译为79.8，略高于蓝译。阅读等级蓝译为4.6，杨译为5.4，其原因是蓝译的句子数量多于杨译，故阅读的等级便低于杨译。

在对段落句首的处理上，蓝译的灵活度高于杨译。例如：对于“我可不怕，仍旧走我的路”一句来说，蓝译是 Refusing to be intimidated, I carried on my way。杨译为 I was not afraid, however, but continued on my way。蓝译以一个分词作为句首，避免了以I开始造成的句子形式单一的问题。

例2. 原文：孔乙己是站着喝酒而穿长衫的唯一的人。他身材很高大；青白脸色，皱纹间时常夹些伤痕；一部乱蓬蓬的花白的胡子。穿的虽然是长衫，可是又脏又破，似乎十多年没有补，也没有洗。他对人说话，总是满口之乎者也，教人半懂不懂的。《孔乙己》(第36页第22行)

蓝译：Kong Yiji was the only long - gowned drinker who took his wine standing up. He was a great lanky fellow, his peaky white face pitted with scars and wrinkles and fringed by an untidy grey beard. His gown was filthy and torn, as if it hadn't been mended or washed for over a decade. His speech was so dusty with classical constructions you could barely understand him. (第33页第11行)

杨译：Kong Yiji was the only long - gowned customer who used to drink his wine standing. A big, pallid man whose wrinkled face often bore scars, he had a large, unkempt and grizzled beard. And although he wore a long grown it was dirty and tattered. It had not by the look of it been washed or mended for ten years or more. He used so many archaisms in his speech that half of it was barely intelligible. (第37页第25行)

《孔乙己》有许多具体的细节描写，作者用精炼俭省的笔墨描写了人物的特质气韵，揭示出人物的性格特征。小说中的细节描写非常传神。小说中的人物形象之间的差异，往往就在那些细枝末节之上，小说的生动之处，也常常就是那些最富特征的典型的细节描写。例如在描写孔乙己的时候，作者用了两句话：“孔乙己是站着喝酒而穿长衫的唯一的人”，“穿的虽然是长衫，可是又脏又破，似乎十多年没有补，也没有洗”。这两个细节描绘了孔乙己迂腐穷酸但又好喝懒做，还特别要面子，不肯放下读书人架子的人物形象。鲁迅对于孔乙己的描写可以说是入木三分，这使得孔乙己成为深深刻在读者头脑中的一个小说人物形象。

根据 Word 2003 可读性统计数据结果可知，原文 104 个汉字，6 个句子。蓝译为 66 个单词，4 个句子；杨译为 75 个单词，5 个句子。阅读难易度蓝译为 68. 3，杨译为 74. 2，杨译高于蓝译，说明杨译的句子更容易理解。阅读等级蓝译为 7. 8，杨译为 6. 6，与阅读难易度相对应。

在句式处理上，蓝译比较简洁，例如“穿的虽然是长衫，可是又脏又破”。蓝译为 His gown was filthy and torn。杨译是 he wore a long grown it was dirty and tattered。对“又脏又破”蓝译直接用了一个简单句进行叙述，而杨译则是用了两个句子，与原文对应。又一次显示出杨译中规中矩的翻译特点，忠实于原文，但在语言的表达上还是蓝译更显简洁明了。

例 3. 原文：微风早停息了；枯草支支直立，有如铜丝。一丝发抖的声音，在空气中愈颤愈细，细到没有，周围便都是死一般静。两人站在枯草丛里，仰面看那乌鸦；那乌鸦也在笔直的树枝间，缩着头，铁铸一般站着。《药》（第 60 页第 22 行）

蓝译：With the ebbing of the breeze, the stems of withered grass now stood erect, rigid as copper wire. Her thin, tremulous voice faded away, leaving only the silence of the grave. The two women stood among the clumps of grass, staring up at the crow perched, as if cast in iron, amid the rod – like branches, its head drawn in.（第 44 页第 36 行）

杨译：The breeze had long since dropped, and the dry grass stood stiff and straight as copper wires. A faint, tremulous sound vibrated in the air, then faded and died away. All around was deathly still. They stood in the dry grass, looking up at the crow; and the crow, on the rigid bough of the tree, its head drawn in, stood immobile as iron.（第 61 页第 24 行）

鲁迅在小说《药》中灵活地运用了色彩词，其中有色彩词 30 多处，用来描写场景，渲染气氛，显示小说沉郁幽深的风格。

根据 Word 2003 可读性统计数据结果可知，汉语原文的字数是 91，5 个句子。蓝译为 59 个单词，3 个句子。杨译为 64 个单词，4 个句子。阅读难易度蓝译为 72. 1，杨译为 84. 1，杨译的难易度明显低于蓝译。阅读等级蓝译为 8，杨译为 4. 7，蓝译的阅读等级远远高于杨译，说明蓝译的语言程度要高于杨译。

在句式处理上，蓝译用了几个分词结构来反映原文所表达的森然气氛。杨译则按部就班，平铺直叙，在句子的语序上相对于原文没有大的变动。

例4. 原文:他站起身,点上灯火,屋子越显得静。他昏昏的走去关上门,回来坐在床沿上,纺车静静的立在地上。他定一定神,四面一看,更觉得坐立不得,屋子不但太静,而且也太大了,东西也太空了。太大的屋子四面包围着他,太空的东西四面压着他,叫他喘气不得。《明天》(第76页第9行)

蓝译:Getting up, she turned on the lamp. Now the room seemed even quieter. She closed the door and returned to the edge of the bed, as if in a trance, the spinning wheel standing silently by. She looked around her, unwilling either to sit or stand: the room was too quiet, too big, too empty – an enormous void enveloping her, bearing down on her, stifling the breath out of her. (第51页第20行)

杨译:She stood up and lit the lamp, and the room seemed even more silent. She groped her way over to close the door, came back and sat on the bed, while the loom stood silent on the floor. She pulled herself together and looked around, feeling unable either to sit or stand. The room was not only too silent, it was far too big as well, and the things in it were far too empty. This over – large room hemmed her in, and the emptiness all around her bore hard on her, till she could hardly breathe. (第77页第11行)

单四嫂子是鲁迅在小说中塑造的第一个女性悲剧形象。

原文是115个汉字,4句话。蓝译为71个单词,4个句子;杨译为96个单词,5个句子。阅读难易度蓝译为76.6,杨译为78.9。阅读等级蓝译为6.9,杨译为7。从字数上看,蓝译要比杨译用词少,表达更为简练,例如原文“屋子不但太静,而且也太大了,东西也太空了。”蓝译为 the room was too quiet, too big, too empty,杨译为 The room was not only too silent, it was far too big as well, and the things in it were far too empty. 蓝译用了三个形容词,用一个简单句来表达原文,而杨译则是用了三个句子来表达,虽然语言很通顺流畅,但不如蓝译简练。

例5. 原文:跌倒的是一个女人,花白头发,衣服都很破烂。伊从马路上突然向车前横截过来;车夫已经让开道,但伊的破棉背心没有上扣,微风吹着,向外展开,所以终于兜着车把。幸而车夫早有点停步,否则伊定要栽一个大斤斗,跌到头破血出了。《一件小事》(第84页第12行)

蓝译:A grey – haired old woman, in ragged clothes, had suddenly cut across our path from the side of the road. Though my man had swerved to avoid her, the tattered, unbuttoned waistcoat she was wearing had flapped open in the breeze, hooking itself around the rickshaw. It was lucky the puller began slowing down the moment he saw her, or she would have somersaulted over the bar and cracked her head open.（第53页第21行）

杨译：It was a grey – haired woman in ragged clothes. She had stepped out abruptly from the roadside in front of us, and although the rickshaw man had swerved, her tattered padded waistcoat, unbuttoned and billowing in the wind, had caught on the shaft. Luckily the rickshaw man had slowed down, otherwise she would certainly have had a bad fall and it might have been a serious accident.（第85页第14行）

《一件小事》发表于1919年底，它让读者深刻地感受到一个贫苦百姓的高尚人格。小说的写作特点是短小精悍，意义深远。

根据Word 2003可读性统计数据结果可知，原文共105个汉字，3句话。蓝译为71个单词，3个句子；杨译为66个单词，也是3个句子。阅读难易度蓝译为64.8，杨译为60.1。阅读等级蓝译为10，杨译为10.3。两位译者在难易度和等级方面的差异不大，原文的句子不长，所以在译文的句式多样性上区别也不大，译者都是用了简单句、从句等。在用词上蓝译更愿意使用并列的形容词来修饰句中的关键词，用分词来完成句子的翻译，例如原文"但伊的破棉背心没有上扣，微风吹着，向外展开，所以终于兜着车把。"蓝译为 the tattered, unbuttoned waistcoat she was wearing had flapped open in the breeze, hooking itself around the rickshaw。译者用了 tattered, unbuttoned 来修饰 waistcoat，用 hooking 替代原文的动词"兜着"。杨译为 her tattered padded waistcoat, unbuttoned and billowing in the wind, had caught on the shaft，译者同样用了形容词来修饰 waistcoat，但把 unbuttoned and billowing 单独列出，最后重点放在 had caught 上，强调了原句的句意。

例6. 原文：过了几年，我的家景大不如前了，非谋点事做便要受饿，只得也回到中国来。我一到上海，便买定一条假辫子，那时是二元的市价，带着回家。我的母亲倒也不说什么，然而旁人一见面，便都首先研究这辫子，待到知道是假，就一声冷笑，将我拟为杀头的罪名；有一位本家，还预备去告官，但后来因为恐怕革命党的造反或者要成功，这才中止了。《头发的故事》（第94页第22行）

蓝译：Within a few years, though, the family fortunes had gone to the wall. If I didn't find myself a job, I was going to starve, so I came back. First thing I did when I got to Shanghai was buy myself a false queue – two dollars was the going rate at the time – then went on home. My mother somehow managed to keep her mouth shut about it, but the first thing anyone else I met did was to examine this new appendage of mine. And the minute they worked out it was false, they'd smirk and start plotting to turn me in to the authorities for immediate decapitation. A relative of mine would have informed on me, if he hadn't been more afraid the Revolution might actually succeed. (第58页第5行)

杨译:A few years later, my family had become so badly off that unless I found a job I would have starved, so I had to go back to China too. As soon as I reached Shanghai I bought an artificial queue, which then cost two yuan, and took it home with me. My mother said nothing about it, but it was the first thing scrutinized by all the other people I met; and once they found out it was false, with a scornful laugh they adjudged me guilty of a capital offence. One of my own family planned to indict me, but he later refrained from doing this for fear the rebels of the revolutionary party might succeed. (第95页第26行)

在小说《头发的故事》中,N先生一直在对中国人"头发"的历史进行讲述与评论。他好像是一直在谈论头发,但实际上却不尽然。看似简单、平淡无奇的"头发的故事"实际上却是揭示了一个作者意图表达的思想,那就是辛亥革命并不成功而且不彻底。《头发的故事》通过N先生的口,表达着作者激动而略带愤怒的情绪。小说通过N先生的追忆和评论,向读者们提出了问题:人们面对今天的现实应该采取什么样的行动。

根据Word 2003可读性统计结果可知,原文155个汉字,3个句子。蓝译为131个单词,6个句子;杨译为118个单词,4个句子。阅读难易度蓝译为68.2,杨译为68.8,两位译者的差距不大,说明读者可接受的语言程度大致相同。阅读等级蓝译为9,杨译为9.5,从数字上看,杨译略高于蓝译,但总体差别不大。在对句式的处理上,两位译者各有千秋,例如原文"过了几年,我的家景大不如前了,非谋点事做便要受饿,只得也回到中国来",在这句翻译上,蓝译为Within a few years, though, the family fortunes had gone to the wall. If I didn't find myself a job, I was going to starve, so I came back,译者把原文拆分为两句,这样做的好处是逻辑性比较强,句子结构之间的关系比较明了。杨译为A few years later, my family had become so badly off that unless I found a job I would have starved, so I had to go back to China too,译者没有拆分原文,直接翻译为一句话,因为使用了unless,在语气上更为加强了,突出了原文的语气。

例7. 原文:太阳收尽了他最末的光线了,水面暗暗地回复过凉气来;土场上一片碗筷声响,人人的脊梁上又都吐出汗粒。七斤嫂吃完三碗饭,偶然抬起头,心坎里便禁不住突突地发跳。伊透过乌桕叶,看见又矮又胖的赵七爷正从独木桥上

走来，而且穿着宝蓝色竹布的长衫。《风波》（第108页第1行）

蓝译：The sun gathered up the last of its rays, the surface of the river stealthily greeting their departure with fresh, cool air. All along the mudbank, spines beaded with sweat as chopsticks clattered on bowls. Looking up after her third bowl of rice, Mrs Seven – Pounds's heart began to pound violently. Through a screen of tallow leaves, she spotted the squat form of Mr Zhao, draped in a long gown of sapphire – blue glazed cotton, picking his way across a single – log bridge and towards them. （第63页第35行）

杨译：The sun had withdrawn its last rays, the darkling water was cooling off again. From the mud flat rose a clatter of bowls and chopsticks, and the backs of all the diners were beaded with sweat. Mrs. Seven pounder had finished three bowls of rice when she happened to look up. At once her heart started pounding. Through the tallow leaves she could see the short plump figure of Seventh Master Zhao approaching from the one – plank bridge. And he was wearing his long sapphire – blue glazed cotton gown. （第109页第1行）

小说主要描写1917年张勋复辟事件在江南某水乡所引起的一场关于辫子的风波，通过对几个人物的细致描写，揭示了辛亥革命后中国农村依然存在的封闭、愚昧和保守落后的压抑氛围。

根据Word 2003可读性统计结果可知，原文116个汉字，4个句子。蓝译为83个单词，4个句子；杨译为86个单词，6个句子。阅读难易度蓝译为63.4，杨译为71.2。阅读等级蓝译为9.5，杨译为6.8。从数字上看，杨译的句子相对来讲简单，易于读者的阅读理解，蓝译在语言表达的层次上要高于杨译。

在句子处理上，蓝译的句子多样性一直都保持得很好，使用了介词、名词短语和分词等各种形式，使得句子表达丰富多彩，用了不同的句子类型，突出了对人物形象的塑造。杨译遵从汉语原文的表达，也使用了多种句首的表达方法，丰富了译文的句子形式。但在用词上没有蓝译简洁。例如“又矮又胖的赵七爷”，蓝译为the squat form of Mr Zhao，杨译为the short plump figure of Seventh Master Zhao。蓝译存在着欠额翻译的现象，例如“赵七爷”，蓝译没有把“七”翻译出来，仅以Mr. Zhao来替代，这样做的结果是丢失了“赵七爷”所包含的意义。杨译把“赵七爷”翻译了过来，所用词汇相对简单。

例8. 原文：这时候，我的脑里忽然闪出一幅神异的图画来：深蓝的天空中挂着一轮金黄的圆月，下面是海边的沙地，都种着一望无际的碧绿的西瓜，其间有一个十一二岁的少年,项带银圈,手捏一柄钢叉,向一匹猹尽力的刺去,那猹却将身一扭,反从他的胯下逃走了。《故乡》(第124页第3行)

蓝译:Suddenly, I saw in my mind's eye a marvellous golden moon hanging in a midnight – blue sky over a seashore planted endlessly with dark green watermelons. A boy, around ten or eleven years old, a silver chain around his neck and a pitchfork in his hand, was stabbing at a fierce – looking dog darting between his legs.(第71页第17行)

杨译:At this point a strange picture suddenly flashed into my mind: a golden moon suspended in a deep blue sky and beneath it the seashore, planted as far as the eye could see with jade – green watermelons, while in their midst a boy of eleven or twelve, wearing a silver necklet and grasping a steel pitchfork in his hand, was thrusting with all his might at a zha which dodged the blow and escaped through his legs.(第125页第4行)

根据Word 2003可读性统计结果可知,本段共113个汉字,2个句子。蓝译为55个单词,2个句子;杨译为76个单词,1个句子。阅读难易度蓝译为46.6,杨译为16.1,杨译的数据达到了最低,其原因是杨译只是用了一个完整而又复杂的句子对原文进行了翻译,故而阅读难度达到了最低。阅读等级蓝译和杨译都为12。虽然二者的阅读难易度差别很大,但阅读等级相同,说明蓝译的语言程度还是要高于杨译。

蓝译在对原文句子和词汇的处理上,坚持一贯的简洁原则,同时也不忘在文中对有着文化内涵的词汇进行解释性的翻译。例如"向一匹猹尽力的刺去",这个"猹"字,蓝译为a fierce – looking dog ,杨译为a zha,没有做过多的解释,对比二人的译法,蓝译的译法更多地考虑到了读者的需求。

例9. 原文:庵周围也是水田,粉墙突出在新绿里,后面的低土墙里是菜园。阿Q迟疑了一会,四面一看,并没有人。他便爬上这矮墙去,扯着何首乌藤,但泥土仍然簌簌地掉,阿Q的脚也索索地抖;终于攀着桑树枝,跳到里面了。里面真是郁郁葱葱,但似乎并没有黄酒馒头,以及此外可吃的之类。靠西墙是竹丛,下面许多笋,只可惜都是并未煮熟的,还有油菜早经结子,芥菜已将开花,小白菜也很老了。《阿Q正传》(第174页第1行)

蓝译:The convent's whitewashed walls emerged unexpectedly out of the fresh green fields that surrounded them. A vegetable garden was tucked inside the low earthen wall to the back. Ah – Q hesitated, glancing around him: there was nobody about.

He then set about scaling the garden wall, hauling himself up on a bunch of knotweed. As the surface of the wall crumbled, Ah – Q's feet began to tremble beneath him, before he managed to scramble over via an incidental mulberry tree. Though the garden within was lush with vegetation, there seemed to be no wine or steamed rolls or indeed anything else edible in sight. A copse of bamboo lined the western wall, its shoots visible at the base, but they unfortunately needed cooking first. Elsewhere, there were bolting oilseed rape, flowering mustard greens and pak – choi that was past its first flush of youth.（第 101 页第 11 行）

杨译:The convent too was surrounded by paddy fields, its white walls standing out sharply in the fresh green, and inside the low earthen wall at the back was a vegetable garden. Ah Q hesitated for a time, looking around him. Since there was no one in sight he scrambled on to the low wall, holding on to some milkwort. The mud wall started crumbling, and Ah Q shook with fear; however, by clutching at the branch of a mulberry tree he managed to jump over it. Within was a wild profusion of vegetation, but no sign of yellow wine, steamed bread, or anything edible. A clump of bamboos by the west wall had put forth many young shoots, but unfortunately these were not cooked. There was also rape which had long since gone to seed, mustard already about to flower, and some tough old cabbages.（第 175 页第 1 行）

小说中的阿 Q 非常贫困,也没有个正式的名字,单身住在未庄的土谷祠里,靠给人家做短工来维持生活,但也经常在填饱肚子的情况下,拿几个小钱去喝酒赌博,与人调笑打闹,对此生活却很满足。阿 Q 具有多样性的性格,例如欺软怕硬。本段描写的是阿 Q 又去尼姑庵找尼姑们的麻烦的场景,这段描写细致入微,把尼姑庵周围的环境和阿 Q 的动作非常生动地描绘出来。

根据 Word 2003 可读性统计结果可知,本段原文共 174 个汉字,6 个句子。蓝译为 141 个单词,8 个句子;杨译为 145 个单词,7 个句子。阅读理解度蓝译为 53. 3,杨译为 69. 4,杨译还是高于蓝译,在语言程度上低于蓝译。阅读等级蓝译为 10. 1,杨译为 8,再次说明了蓝译的语言表达要比杨译复杂。

在对句子的处理上,两位译者在用词上各有千秋,例如对于原文“但泥土仍然簌簌地掉,阿 Q 的脚也索索地抖”这句话的翻译上,蓝译为 As the surface of the wall crumbled, Ah – Q's feet began to tremble beneath him,杨译为 The mud wall started crumbling, and Ah Q shook with fear。蓝译忠实于原文,采取了直译的方法。这句话实际上是描写阿 Q 要翻墙而过却爬不上去的场景,杨译的 with fear 是译者对原文的理解,阿 Q 爬墙的时候,一边爬墙,一边又感到恐惧,怕被人发现。从两位译者的译文中再次可以看到不同译者便有不同的认知翻译。

例10. 原文：大家左索右索，总自一节一节的挨过去了，但比起先前来，方玄绰究竟是万分的拮据，所以使用的小厮和交易的店家不消说，便是方太太对于他也渐渐的缺了敬意，只要看伊近来不很附和，而且常常提出独创的意见，有些唐突的举动，也就可以了然了。到了阴历五月初四的午前，他一回来，伊便将一叠账单塞在他的鼻子跟前，这也是往常所没有的。《端午节》(第220页第3行)

蓝译：Everyone scraped by, from week to week, borrowing here and borrowing there. But life for Fang Xuanchuo was infinitely harder than it had once been. In time, everyone he had day-to-day dealings with – his servant, the local shopkeepers, even Mrs Fang – became increasingly lacking in deference. His wife had been finding less and less to agree with him about of late; often enough, she even expressed her own opinions, and was decidedly off-hand in manner. Just before noon, on the eve of the Dragon Boat Festival in early May, she took the unprecedented course of thrusting a pile of receipts in his face as soon as he arrived home.（第128页第28行）

杨译：With all these demands for payment right and left, they managed to get by somehow. But compared with the past he was in such desperate straits that, quite apart from his servant and the tradesmen with whom he dealt, even Mrs. Fang gradually lost her respect for him. You could tell this just from her recent lack of compliance, the way she often put forward her own views, and her rather brash behaviour. When he arrived home before noon on the fourth of the fifth lunar month, she thrust a pile of bills under his nose — something quite unprecedented.（第221页第4行）

《端午节》最初发表于1922年9月上海《小说月报》第十三卷第九号。在小说中作者对“方玄绰”进行了轻松幽默的描写，细致入微地塑造了一个表面上进步，但是骨子里却落后的旧知识分子的形象，这个人物思想上因循守旧，看不惯新事物出现，因此总是喜欢在过去的世界里思考问题，作者对于这类人物进行了辛辣的讽刺。本段描写的是方玄绰生活拮据的状况。

根据Word 2003可读性统计数据结果可知，原文154个汉字，2个句子。蓝译为111个单词，5个完整句子；杨译为99个单词，4个句子。阅读难易度蓝译为58，杨译为64.6，二者差异不大，但依旧是杨译的难易度低于蓝译，在语言接受度上杨译更为简单，易于读者理解。阅读等级蓝译为9.6，杨译为10.3，按照难易度的数据，杨译阅读等级应该低于蓝译，但由于杨译的句子数少于蓝译，故而阅读等级便高于了蓝译。

在对句子的处理上，蓝译采用了意译的方法，例如对原文“大家左索右索，总自一节一节的挨过去了”，蓝译为 Everyone scraped by, from week to week, borrowing here and borrowing there，较好地阐释了原文，用 scrape by 等词汇，把小说人物拮据的状态描写了出来。杨译为 With all these demands for payment right and left, they managed to get by somehow，基本上也是采用了意译的方法，表达了人物东挪西借的拮据状态。

例 11. 原文：凉风虽然拂拂地吹动他斑白的短发，初冬的太阳却还是很温和的来晒他 。但他似乎被太阳晒得头晕了，脸色越加变成灰白，从劳乏的红肿的两眼里，发出古怪的闪光。这时他其实早已不看到什么墙上的榜文了，只见有许多乌黑的圆圈，在眼前泛泛的游走。《白光》(第 232 页第 7 行)

蓝译：A cold wind was ruffling his short, greying hair, as he soaked up the warmth of the early winter sun. Dazzled by its brightness, his exhausted, puffy eyes glinted strangely within his ashen face. The list now swam before him, a shoal of black circles. (第 132 页第 11 行)

杨译：A cool wind was ruffling his short greying hair and the early winter sun shone warmly on him, yet he felt dizzy as if from a touch of the sun. His pale face grew even paler; his tired eyes, puffy and red, glittering strangely. In fact, he had long stopped seeing the results on the wall, for countless black circles were swimming past his eyes. (第 233 页第 7 行)

本段描述了陈士成在看榜文时候的心理反应。在文艺创作中，作者常采用幻觉描写以表现人物复杂的心理活动。如果这种描写运用得当，往往能收到特殊的艺术效果，可以描绘出特定情境中的人物的某种精神状态，借以刻画个性。本段中通过对陈士成出现的幻觉描写，“揭示出一个深受科举制度毒害的旧知识分子陈士成的内心世界，把他那颗被功名欲、财利欲熏焦的心灵，解剖在读者面前，从而控诉了科举制的罪恶。”(张舟萍、徐智明，1984)

根据 Word 2003 可读性统计数据结果可知，原文 112 个汉字，3 句话。蓝译为 45 个单词，3 个句子；杨译为 65 个单词，3 个句子。杨译大部分句子比蓝译略长，非常忠实于原文，故译文字数较长。阅读难易度蓝译为 71.2，杨译为 78.4。阅读等级蓝译为 7，杨译为 6.3。这两组数据，表明蓝译的语言程度要高于杨译。

在对句子的处理上，例如对于原文“这时他其实早已不看到什么墙上的榜文了，只见有许多乌黑的圆圈，在眼前泛泛的游走”，蓝译为 The list now swam before him, a shoal of black circles，蓝译省略了前面的“这时他其实早已不看到什么墙上的榜文了”，重点翻译了“乌黑的圆圈，在眼前泛泛的游走”，突出陈士成看到榜文后的如雷轰顶的反应，简洁明了。杨译为 In fact, he had long stopped seeing the results on the wall, for countless black circles were swimming past his eyes。杨译把原文一字不差地翻译过来，没有做省略，忠实于原文，只是在语气上略显不足，不容易让读者感受到陈士成的心理反应。

例 12. 原文：这一对白兔，似乎离娘并不久，虽然是异类，也可以看出他们的天真烂漫来。但也竖直了小小的通红的长耳朵，动着鼻子，眼睛里颇现些惊疑的神色，大约究竟觉得人地生疏，没有在老家时候的安心了。这种东西，倘到庙会日期自己出去买，每个至多不过两吊钱，而三太太却花了一元，因为是叫小使上店买来的。《兔和猫》（第 246 页第 3 行）

蓝译：They seemed barely weaned – both had this look of vulnerable, animal innocence about them . All the same, the moment they arrived, they pricked up their long, delicate, pink ears, noses twitching, eyes apprehensively alert. They could probably sense they were in a strange place, with strange people; that they were away from the comforting security of home. You'd have got them for no more than twenty coppers each at a temple bazaar, but as she'd sent her servant out to a shop for them, they'd cost my sister – in – law two whole dollars. （第 139 页第 4 行）

杨译：Apparently these two white rabbits had not left their mother long. Although a different species, their carefree innocence was evident. But they also raised their long, small crimson ears and wrinkled their noses, a very apprehensive look in their eyes. Probably, after all, they felt this place and the people here strange, and were less at ease here than in their old home. If you went to a temple fair yourself to buy creatures like these, they cost no more than two strings of cash apiece; but Third Mistress had spent a dollar, because she sent a servant to a shop to buy them. （第 247 页第 3 行）

《兔和猫》这篇小说带有寓言的色彩，作者以小动物兔和猫为对象，抒发了自己的爱憎之情。作者同情新生弱小的兔子，憎恶大黑猫的凶恶，并用此讽喻社会现象，从而更加反衬出代表黑暗势力的大黑猫的凶残和作者对其强烈的憎恶之情。作者以极强的观察力和传神的笔致把白兔的外形、动作、神态描绘得栩栩如生，语言生动准确，从而增强了作品的艺术魅力。

根据 Word 2003 可读性统计结果可知，原文有 139 个汉字，3 个句子。蓝译为 77 个单词，3 个句子。杨译为 104 个单词，5 个句子。阅读难易度蓝译为 67.5，杨译为69.6。阅读等级蓝译为8.6,杨译为7.8。数据结果还是一如既往地显示出蓝译的语言程度高于杨译。

在对句子的处理上,两位译者的译文都很生动,例如对原文"但也竖直了小小的通红的长耳朵,动着鼻子,眼睛里颇现些惊疑的神色"的翻译,蓝译为 they pricked up their long, delicate, pink ears, noses twitching, eyes apprehensively alert,蓝译用了 twitching 来修饰 noses,阅读起来通顺、流畅,把兔子的形象生动地表达了出来。杨译为 But they also raised their long, small crimson ears and wrinkled their noses, a very apprehensive look in their eyes。杨译用了动词 wrinkle,以小兔子做主语,用了两个动词:raise 和 wrinkle,译者还是更倾向于用动词来表达句意,受汉语思维的影响,但并不影响译文的可读性。

例13. 原文:待到四处蛙鸣的时候,小鸭也已经长成,两个白的,两个花的,而且不复咻咻地叫,都是"鸭鸭"地叫了。荷花池也早已容不下他们盘桓了,幸而仲密的住家的地势是很低的,夏雨一降,院子里满积了水,他们便欣欣然,游水,钻水,拍翅子,"鸭鸭"的叫。《鸭的喜剧》(第262页第3行)

蓝译:By the time the frogs began their summer chorus, the ducklings were fully grown up – two white, two piebald – and their chirps had deepened into quacks. Though the lotus pond was now far too small for them, luckily my brother's house was built on low-lying ground, and the courtyard flooded the moment the rains fell. And there they spent the summer – splashing, bobbing, flapping, quacking – as happy as could be.(第146页第30行)

杨译:By the time frogs were croaking all around, the ducklings had grown into ducks, two white, two speckled, and they no longer cheeped but had started quacking. The lotus pool was too small for them to sport in; but luckily Zhong Mi's compound is so low-lying that each time it rained in summer it filled with water. Then they swam, dabbled in the water, flapped their wings and quacked joyfully.(第263页第3行)

《鸭的喜剧》是一篇带有纪实性色彩的小说。小说最初发表于1922年12月上海《妇女杂志》第八卷第十二期,讲述了一个俄国盲人诗人作家在北京城里一段客居生活经历的小故事。小说的基本描写过程是按照一个俄国人叫爱罗先珂的出现——寂寞——减轻寂寞的方式——消失的过程展开的。本段描述了小鸭子的成长和其活泼可爱的样子。

根据 Word 2003 可读性统计结果可知,原文114个汉字,2个完整句子。蓝译为74个单词,3个句子;杨译为70个单词,3个句子。阅读难易度蓝译为69.3,杨译为79。阅读等级蓝译为9.3,杨译为6.5。蓝译的语言程度高于杨译。

在句子处理上,两位译者的译法并不一致,例如对原文“他们便欣欣然,游水,钻水,拍翅子,‘鸭鸭’的叫”的翻译上,蓝译为 And there they spent the summer - splashing, bobbing, flapping, quacking - as happy as could be,杨译为 Then they swam, dabbled in the water, flapped their wings and quacked joyfully。蓝译用了四个分词来表现小鸭子欢乐游玩的状态,杨译则是用了四个动词来更为细致地描写小鸭子的动作。

例14. 原文:不多久,松柏林早在船后了,船行也并不慢,但周围的黑暗只是浓,可知已经到了深夜。他们一面议论着戏子,或骂,或笑,一面加紧的摇船。这一次船头的激水声更其响亮了,那航船,就像一条大白鱼背着一群孩子在浪花里蹿,连夜渔的几个老渔父,也停了艇子看着喝采起来。《社戏》(第280页第4行)

蓝译:Soon we had left the wood behind us, and were moving forward at a fair clip, through the dense, midnight darkness. Our rowers redoubled their efforts, even as they debated the opera - now complaining, now laughing. This time, the water lapped more vigorously against the prow, as the boat leapt through the spray, like a huge white fish carrying a crowd of children on its back. As we powered past them, a handful of old fishermen working the night stopped their skiffs to watch and cheer. (第156页第14行)

杨译:Soon the pine - wood was behind us. Our boat was moving fairly fast, but there was such thick darkness all around you could tell it was very late. As they discussed the players, laughing and swearing, the rowers pulled harder on the oars. Now the plash of water against our bow was even more distinct. The ferry - boat seemed like a great white fish carrying a freight of children through the foam. Some old fishermen who fished all night stopped their punts to cheer at the sight. (第281页第5行)

《社戏》创作于1922年,作者描写了自己少年时代的看戏经历,并刻画了一群农家少年的形象,表现了孩子们淳朴、善良、友爱、无私的品德,表达了作者对少年时代生活的怀念,特别是对农家少年之间情谊的眷恋。本段的景物描写非常精彩,例如作者描写小船在水面上的行走:“那航船,就像一条大白鱼背着一群孩子在浪花里蹿”,化静为动,增强了景物描写的效果。

根据 Word 2003 可读性统计结果可知,原文有123个汉字,3个句子。蓝译为87个单词,4个句子,杨译为85个单词,6个句子。阅读难易度蓝译为68.9,杨译为78.9。阅读等级蓝译为8.9,杨译为5.7。数据显示蓝译的语言程度高于杨译。

在句子的处理上,例如对于原文"他们一面议论着戏子,或骂,或笑,一面加紧的摇船"的翻译上,蓝译为 Our rowers redoubled their efforts, even as they debated the opera – now complaining, now laughing,杨译为 As they discussed the players, laughing and swearing, the rowers pulled harder on the oars。蓝译把"或骂,或笑"突出放在了句尾,展现了孩子们对看戏热烈讨论的场景;杨译则是中规中矩按照汉语原文翻译过来。虽然译者对于原文的处理方式不同,但译文都具有通顺、流畅的特点。

在《呐喊》中可以看出,蓝诗玲在处理原文中更多地发挥了译者的主体性,没有拘泥于原文,而是在理解的基础上用更加通顺、流畅的译文来表达原作的精髓。她的翻译使得人们对于译者主体性内涵有了进一步的理解。

关于译者主体性的具体内涵,许钧(2003) 曾指出:"所谓译者主体意识,指的是译者在翻译过程中体现的一种自觉的人格意识及其在翻译过程中的一种创造意识。这种主体意识的存在与否,强与弱, 直接影响着整个翻译过程,并影响着翻译的最终结果,即译文的价值。……所谓'翻译主体性'……是指翻译的主体及其体现在译作中的艺术人格自觉, 其核心是翻译主体的审美要求和审美创造力。"查明建(2003)也提出"译者主体性是指作为翻译主体的译者在尊重翻译对象的前提下,为实现翻译目的而在翻译活动中表现出来的主观能动性,其基本特征是翻译主体自觉的文化意识、人文品格和文化、审美创造性"。屠国元(2003)把译者的主体性解释为:"译者在受到边缘主体或外部环境及自身视域的影响制约下,为满足译入语文化需要在翻译活动中表现出的一种主观能动性,它具有自主性、能动性、目的性、创造性等特点。从中体现出一种艺术人格自觉和文化、审美创造力。"陈大亮(2004)也引用陈先达的分析,从哲学角度进一步说明:"主体性最根本的内容是作为主体的人所特有的主观能动性。主观能动性主体的综合特征是主体所表现出来的最突出、最集中的品质。"多年以来,许多学者对译者主体性的内涵作了许多的研究。

综合以上的定义,所谓的译者主体性主要是指译者在语言操作、文化特质、艺术创造、美学标准及人文品格等方面的自觉意识,在翻译过程中对翻译文本具有自主性、能动性、目的性、创造性、受动性等特点。

第4节 《故事新编》中的描写翻译

例1. 原文:终于,腰腿的酸痛逼得伊站立起来,倚在一座较为光滑的高山上,仰面一看，满天是鱼鳞样的白云，下面则是黑压压的浓绿。伊自己也不知道怎样，总觉得左右不如意了，便焦躁地伸出手去，信手一拉，拔起一株从山上长到天边的紫藤，一房一房的刚开着大不可言的紫花，伊一挥，那藤便横搭在地面上，遍地散满了半紫半白的花瓣。《补天》(第12页第14行)

蓝译：Eventually, a cramp in her legs forced her to stand up. Leaning against a bare mountain, she looked up: the sky was dappled with clouds, like white fish - scales against the brooding dark green below. Registering an unaccountable twinge of dissatisfaction, she reached out to pluck a wisteria vine - heavy with clusters of wondrously plump purple flowers - that stretched to the horizon from the mountainside. When she shook it, the vine collapsed over the ground, scattering lilac petals. (第299页第35行)

杨译：At last the pain in her back and legs forced her to stand. Leaning against a smooth, high mountain, she raised her head to look round. The sky was full of white clouds like the scales of a fish, while below was a deep, dark green. For no apparent reason the sight displeased her. Moodily she put out one hand to pluck a wistaria which reached from the mountain to the sky. On it were clusters of huge purple flowers. She threw it down on the ground and the earth was covered with petals, half purple, half white. (第13页第15行)

根据Word 2003可读性统计数据结果可知，原文汉字147个字，但却只有两个句子。蓝译为79个单词，4个句子；杨译为98个单词，7个句子。阅读难易度蓝译为49.9，杨译为82.9。阅读等级蓝译为11，杨译为5.1。蓝译和杨译的语言程度从数据的角度看非常明显，二者差异很大。

在句式的处理上，蓝译句子比较长，多用复杂句。杨译的句子数量远远多于蓝译，采用简单句来降低语言的难度。例如对原文“仰面一看，满天是鱼鳞样的白云，下面则是黑压压的浓绿”的翻译上，蓝译为 she looked up: the sky was dappled with clouds, like white fish - scales against the brooding dark green below. 译者用了一句话表达原文的描写，而杨译为 she raised her head to look round. The sky was full of white clouds like the scales of a fish, while below was a deep, dark green。译者使用了两句话，单独把“仰面一看”和“满天……”分开作为两句进行翻译，忠实于原文。

例2. 原文：他一手拈弓，一手捏着三枝箭，都搭上去，拉了一个满弓，正对着月亮。身子是岩石一般挺立着，眼光直射，闪闪如岩下电，须发开张飘动，像黑色火,这一瞬息,使人仿佛想见他当年射日的雄姿。

飕的一声,——只一声,已经连发了三枝箭,刚发便搭,一搭又发,眼睛不及看清那手法,耳朵也不及分别那声音。本来对面是虽然受了三枝箭,应该都聚在一处的,因为箭箭相衔,不差丝发。但他为必中起见,这时却将手微微一动,使箭到时分成三点,有三个伤。

使女们发一声喊,大家都看见月亮只一抖,以为要掉下来了,——但却还是安然地悬着,发出和悦的更大的光辉,似乎毫无伤损。《奔月》(第44页第30行)

蓝译:Taking the bow in one hand, the three arrows in the other, he placed the arrows against the string, drew it fully taut and aimed at the moon. Straight - backed, eyes flashing, hair and beard blowing about him like tongues of black fire, at that moment he might have been the same Yi who, all those years ago, shot the nine suns out of the sky.

As at one instant, the arrows whipped away from the bow, the action blurred with speed, their separate trajectories coalescing into a single hum. To be sure of hitting his target, Yi quivered his hand a fraction as he released the string, to disperse his simultaneous missiles - to make three separate wounds.

The maids squealed in alarm. Seeing the moon shudder, they thought it on the point of falling, but it kept its place, glowing more intensely, more beneficently than ever, as if uninjured. (第316页第15行)

杨译:Holding the bow in one hand, with the other he fitted the three arrows to the string. He drew the bow to the full, aiming straight at the moon. Standing there firm as a rock, his eyes darting lightning, his beard and hair flying in the wind like black tongues of flame, for one instant he looked again the hero who had long ago shot the suns.

A whistling was heard, one only. The three shafts left the string, one after the other, too fast for eye to see or ear to hear. They should have struck the moon in the same place, for they followed each other without a hair's breadth between them. But to be sure of reaching his mark he had given each a slightly different direction, so that the arrows struck three different points, inflicting three wounds.

The maids gave a cry. They saw the moon quiver and thought it must surely fall — but still it hung there peacefully, shedding a calm, even brighter light, as if completely unscathed. (第45页第29行)

本段描写的是后羿射日的故事。

根据 Word 2003 可读性统计数据结果可知,原文为 257 个汉字,6 个句子。蓝译为 150 个单词,6 个句子;杨译为 173 个单词,9 个句子。英语译文字数远远少于汉语原文。阅读难易度蓝译为 64,杨译为 77.7;阅读等级蓝译为 10.4,杨译为 7.1。二者的差异从数据上还是比较明显的,蓝译的语言程度高于杨译。

在句式处理上,蓝译更多地使用分词展开句子,增加了译文的文采,但也不可避免地增加了阅读难度。杨译也使用了分词作起始句子,但人称代词作为句子开头也很多,这明显是受汉语思维的影响。例如对原文"身子是岩石一般挺立着,眼光直射,闪闪如岩下电,须发开张飘动,像黑色火"的翻译上,蓝译为 Straight - backed, eyes flashing, hair and beard blowing about him like tongues of black fire,杨译为 Standing there firm as a rock, his eyes darting lightning, his beard and hair flying in the wind like black tongues of flame,两位译者的译文都很优美,读起来朗朗上口,把后羿射日的英姿栩栩如生地描绘了出来,极具画面感和美感。

例 3. 原文:禹爷走后,时光也过得真快,不知不觉间,京师的景况日见其繁盛了。首先是阔人们有些穿了茧绸袍,后来就看见大水果铺里卖着橘子和柚子,大绸缎店里挂着华丝葛;富翁的筵席上有了好酱油,清炖鱼翅,凉拌海参;再后来他们竟有熊皮褥子狐皮褂,那太太也戴上赤金耳环银手镯了。

只要站在大门口,也总有什么新鲜的物事看:今天来一车竹箭,明天来一批松板,有时抬过了做假山的怪石,有时提过了做鱼生的鲜鱼;有时是一大群一尺二寸长的大乌龟,都缩了头装着竹笼,载在车子上,拉向皇城那面去。《理水》(第 72 页第 16 行)

蓝译:Time passed quickly indeed after Yu's departure, and life in the capital grew steadily more prosperous. First, the rich started to wear pongee; next, oranges and pomelos began to appear in the larger fruit shops. After that, the better silk emporia took to displaying openwork linens, while society banquets now featured decent soy sauce, shark's - fin soup, and chilled sea slug in vinegar. Later still, the wealthy acquired bearskin rugs and fox - fur jackets, while their wives flaunted solid - gold earrings and silver bracelets.

Stand at the gate to one of the grander mansions, and you would be greeted by endless novelties: a cartload of bamboo arrows one day, a batch of pinewood boards the next. Sometimes, curiously shaped stones would be heaved in for artificial mountains in rockery displays, or fresh fish for the morning porridge. Shoals of giant tortoises, over a foot long, would be carted off to the imperial city, packed into bamboo cages, their heads shrunk back into their shells.（第 331 页第 1 行）

杨译：Time passed quickly after Yu left. Imperceptibly from day to day the capital took on a more prosperous look. First some of the wealthy started wearing pongee；then oranges and pomeloes came on sale in the big fruit－shops while new materials hung in the silk shops，and good soyabean sauce，shark－fin soup and sea－slugs in vinegar appeared on the tables of the well－to－do. Later still men had bear－skin rugs and jackets lined with fox skin，while their wives took to wearing gold ear－rings and silver bracelets.

One had only to stand at one's gate to see fresh sights. One day a cartful of bamboo arrows would pass，the next a load of pine boards；sometimes grotesque rocks to make artificial mountains were carried past，or live fish to be sliced to make porridge. You could even see cartloads of tortoises one foot two inches long，their heads tucked into their shells，being taken in bamboo cages to the capital.（第 73 页第 19 行）

本段描写的是京师的风貌，充满了细节描写，细致入微，通过对细节的描写展现当时的社会风貌。

根据 Word 2003 可读性统计数据结果可知，原文共 225 个汉字，7 个句子。蓝译 161 个单词，7 个句子；杨译 159 个单词，也是 7 个句子。在原文与译文字数上汉语原文远远多于英语译文。阅读难易度蓝译为 50.3，杨译为 64.3。阅读等级蓝译为 11.2，杨译为 8.6，蓝译和杨译的语言程度从数据上看还是比较明显的。

在翻译原文"富翁的筵席上有了好酱油，清炖鱼翅，凉拌海参"时，蓝译为 while society banquets now featured decent soy sauce，shark's－fin soup，and chilled sea slug in vinegar，杨译为 and good soyabean sauce，shark－fin soup and sea－slugs in vinegar appeared on the tables of the well－to－do。两位译者的译文句式略有不同，蓝译采用了以 banquets 为主语，以三个并列成分为宾语；而杨译则是把"好酱油，清炖鱼翅，凉拌海参"做主语，起到了突出细节的作用。一句译文突出了译者的主体性，看到了不同译者对于相同文本的处理方式。

例 4. 原文：这确是一座好山。既不高，又不深，没有大树林，不愁虎狼，也不必防强盗：是理想的优栖之所。两人到山脚下一看，只见新叶嫩碧，土地金黄，野草里开着些红红白白的小花，真是连看看也赏心悦目。他们就满心高兴，用拄杖点着山径，一步一步的挨上去，找到上面突出一片石头，好像岩洞的处所，坐了下来，一面擦着汗，一面喘着气。《采薇》（第 100 页第 4 行）

蓝译：Now this － this was a mountain of delights：its summit not too high，its ravines not too deep, without threat of tigers or wolves, or marauding robbers; a perfect retreat. The two of them looked happily about the base of the mountain: at the fresh, delicately emerald leaves; at the golden earth; at the tiny red and white flowers blooming among the wild grasses. Up they went, tapping out the paths with their walking sticks, until a sudden outcrop of stone indicated the presence of a cave in the cliff-face. Panting for breath, they sat down and wiped the sweat from their faces. (第345页第7行)

杨译:This was just the place for them. Neither too high nor too extensive, the mountain had no great forests where might lurk tigers, wolves or bandits. It was an ideal retreat. At its foot, gazing round, they saw fresh foliage of a tender green, earth a rich gold, and wild grass starred with tiny red and white flowers. The mere sight was enough to gladden the eyes and heart. Rejoicing, tapping their way up the path with their sticks, they finally reached the overhanging boulder at the top which afforded shelter. There they sat down to wipe their perspiration and take breath. (第101页第5行)

本段描写的是主人公两个人在山上采薇的情景,作者描写了山上的景色。

根据 Word 2003 可读性统计数据结果可知,原文 150 个汉字,5 个句子。蓝译为 104 个单词,4 个句子,杨译为 102 个单词,7 个句子,在句子字数上汉语原文比译文要高。阅读难易度蓝译为 73.6,杨译为 72.6。阅读等级蓝译为 6.6,杨译为 6.7。从数字上看,这段译文是少有的蓝译和杨译的数据接近的段落,说明二者在这段原文的翻译中,所用句式和词都比较接近。

译者主体性在译文中随处可见,例如对原文"只见新叶嫩碧,土地金黄"的翻译,蓝译为 at the fresh, delicately emerald leaves; at the golden earth,杨译为 fresh foliage of a tender green, earth a rich gold,蓝译的译文是排比写出了以 at 连接的介词短语来表达原文;杨译则是采用了一系列的名词词组,虽然句式不同,但都不失流畅性。

例5. 原文:当眉间尺肿着眼眶,头也不回地跨出门外,穿着青衣,背着青剑,迈开大步,径奔城中的时候,东方还没有露出阳光。杉树林的每一片叶尖,都挂着露珠,其中隐藏着夜气。但是,待到走到树林的那一头,露珠里却闪出各样的光辉,渐渐幻成晓色了。远望前面,便依稀看见灰黑色的城墙和雉堞。《铸剑》(第126页第6行)

蓝译:Before the sun was risen in the east, a puffy-eyed Mei Jianchi walked out of the gate without a backwards look. His blue coat over his shoulders, the blue sword on his back, he advanced in great strides towards the city. Every leaf in the fir-tree wood hung with dew drops, still enclosing the night air within. As he emerged from the forest, however, the droplets were sparkling with new dawn light. In the distance, he could just make out the crenellated outlines of the grey city wall. (第358页第4行)

杨译:Mei Jian Chi, his eyelids swollen, left the house without a look behind. In the blue coat with the sword on his back, he strode swiftly towards the city. There was as yet no light in the east. The vapours of night still hid in the dew that clung to the tip of each fir leaf. But by the time he reached the far end of the forest, the dew drops were sparkling with lights which little by little took on the tints of dawn. Far ahead he could just see the outline of the dark grey, crenellated city walls. (第127页第7行)

本段落描写的是眉间尺带着复仇的信念离开家,踏上复仇之路。段落中描写了眉间尺快到京城的情景。

根据Word 2003可读性统计结果可知,原文130个字,4个句子。蓝译为88个单词,5个句子;杨译为100个单词,6个句子。符合汉语原文和英语译文的字数分布规律。阅读难易度蓝译为68.8,杨译为84.1。阅读等级蓝译为8,杨译为5.6。比较二者的数值,蓝译的语言程度还是高于杨译。

在整段的句式处理上,两位译者各有千秋,在句子的多样性方面二者具有共同的特性。在具体的原文处理上,读者还是能够看到二者的不同的。例如对原文"穿着青衣,背着青剑,迈开大步,径奔城中的时候"的翻译,蓝译为His blue coat over his shoulders, the blue sword on his back, he advanced in great strides towards the city,杨译为In the blue coat with the sword on his back, he strode swiftly towards the city。蓝译用了两个独立主格结构His blue coat over his shoulders, the blue sword on his back,杨译则是用了三个介词短语In the blue coat with the sword on his back来表达原文对眉间尺的细节描写,两位译者的译文再次说明了译者主体性的存在。

例6. 原文:老子还没有回答,四个巡警就一拥上前,把他扛在牛背上,签子手用签子在牛屁股上刺了一下,牛把尾巴一卷,就放开脚步,一同向关口跑去了。

到得关上,立刻开了大厅来招待他。这大厅就是城楼的中一间,临窗一望,只见外面全是黄土的平原,愈远愈低;天色苍苍,真是好空气。这雄关就高踞峻坂之上,门外左右全是土坡,中间一条车道,好像在峭壁之间。实在是只要一丸泥就可以封住的。《出关》(第160页第29行)

蓝译：Before Laozi was able to reply, the four policemen gathered round and lifted him back on to the ox. With a jab from the customs official's stick, the ox flicked up its tail and galloped off towards the pass.

Once they had arrived, his hosts immediately opened the main hall to receive him – the central room in the gate – tower, overlooking loess plains that levelled infinitely off to the horizon, beneath a vast, blue sky; the air was indeed excellently clear and sharp. The huge fortress surmounted a steep slope; just beyond the gate, a cart track wound between the pass's impregnable dirt precipices – so narrow it seemed a mere ball of mud would block it.（第376页第22行）

杨译：Before Lao Zi could reply, the four constables pressed forward and lifted him on to the ox. One of the customs officers pricked the creature's rump with his awl, and the ox, drawing in its tail, made off at a run towards the pass.

Once there, they opened up the main hall to receive him. This was the central room of the gate – tower and from its windows nothing could be seen but the loess plateau outside, sloping down towards the horizon. The sky was blue, the air pure. This imposing fortress reared up from a steep slope, while to right and left of its gate the ground fell away so that the cart track through it seemed to run between two precipices. A single ball of mud would indeed have sufficed to block it.（第163页第33行）

本段落描写的是老子在关卡准备出关的情形，描写了关卡周围的景色。

根据 Word 2003 可读性统计结果可知，本段原文175个汉字，6个句子。蓝译译文117个单词，4个句子；杨译为134个单词，7个句子。从句子字数上看，杨译的字数与原文的字数比要高于蓝译与原文的比值，说明杨译的特点（是）忠实于原文，但却略显语言不够简练。阅读难易度蓝译为63.7，杨译为75.6。阅读等级蓝译为9.1，杨译为7.4。蓝译的语言难易程度同以往的段落特点基本一致，高于杨译。

在句子多样性方面两位译者没有太大差别，都使用了各种不同的方式展开句子。在对待具体的句子翻译时候则采用不同的策略，例如在对原文“签子手用签子在牛屁股上刺了一下，牛把尾巴一卷，就放开脚步，一同向关口跑去了”。在这句原文中，动词有“刺”、“卷”、“放开”、“跑”等。蓝译为 With a jab from the customs official's stick, the ox flicked up its tail and galloped off towards the pass，杨译为 One of the customs officers pricked the creature's rump with his awl, and the ox, drawing in its tail, made off at a run towards the pass。从二者的译文中可以看出，蓝译把原文的动词转译为介词引导的短语和名词，来替代原文的动词，更符合英文的表达习惯。杨译没有转译词性，仍然使用了动词来表达原文。

例7. 原文：墨子走进宋国的国界的时候，草鞋带已经断了三四回，觉得脚底上很发热，停下来一看，鞋底也磨成了大窟窿，脚上有些地方起茧，有些地方起泡了。他毫不在意，仍然走；沿路看看情形，人口倒很不少，然而历来的水灾和兵灾的痕迹，却到处存留，没有人民的变换得飞快。走了三天，看不见一所大屋，看不见一棵大树，看不见一个活泼的人，看不见一片肥沃的田地，就这样地到了都城。

城墙也很破旧，但有几处添了新石头；护城沟边看见烂泥堆，像是有人淘掘过，但只见有几个闲人坐在沟沿上似乎钓着鱼。《非攻》(第176页第20行)

蓝译：By the time Mozi crossed into Song, the laces on his straw sandals had broken three, perhaps four times, and the soles of his feet were burning. Pausing to examine them, he discovered a large hole in the bottom of his sandal, and calluses and blisters all over the soles of his feet. He walked on, ignoring the pain, looking about him as he went. Though there were plenty of people around, the landscape had been slower to recover, and still bore the scars of years of flooding and war. In the three days it took him to reach the capital, he didn't see a single decent house, tree or patch of fertile land – or indeed anyone with much life to him.

The city wall, too, was looking distinctly run-down. In a few places, it had been patched with new stone, and piles of mud rose up by the moat, as if some dredging work had been carried out. Right now, though, the only people in sight were a few idlers, sitting by the side of the moat and fishing, it seemed. (第384页第6行)

杨译：By the time Mo Zi crossed the frontiers of Song, the strings of his straw sandals had broken three or four times and the soles of his feet were burning. When he stopped to investigate, he found that large holes had rubbed through the sandals so that his feet were callous and blistered. He continued on his way, quite regardless. As he walked he looked round: the country was by no means depopulated, but on all sides were signs of the ravages of years of flood and fighting — these were replaced less rapidly than the people. For three days he walked without seeing a single large building, a single sizable tree, a single animated human face, a single fertile field. And so he came to the capital.

The city wall was crumbling away, but here and there fresh masonry had been added. Beside the moat were heaps of mud, as if dredging had been going on. The only men in sight, however, were some loafers sitting by the moat, probably fishing. (第

177 页第 23 行)

《非攻》描写了战国时代墨子止楚攻宋的故事。

根据 Word 2003 可读性统计结果可知,原文共 232 个汉字,6 个句子。蓝译为 183 个单词,8 个句子;杨译为 171 个单词,9 个句子。阅读难易度蓝译为 73.5,杨译为 69.8,蓝译的难易度略高于杨译,在二者的段落对比中是比较少见的。阅读等级蓝译为 8.6,杨译为 8.2,蓝译的阅读难度等级略高杨译一些。

在句式处理上,两位译者的译者主体性有着具体的体现。例如在对原文"鞋底也磨成了大窟窿,脚上有些地方起茧,有些地方起泡了"的翻译上,蓝译为 Pausing to examine them, he discovered a large hole in the bottom of his sandal, and calluses and blisters all over the soles of his feet,蓝译在翻译原文的动词"起茧"、"起泡"上,在译文中用了名词 calluses 和 blisters 来表示原文的意思。杨译为 When he stopped to investigate, he found that large holes had rubbed through the sandals so that his feet were callous and blistered,则是用了系表结构,用了形容词和分词形式来表达原文。

例 8. 原文:庄子——(黑瘦面皮,花白的络腮胡子,道冠,布袍,拿着马鞭,上)出门没有水喝,一下子就觉得口渴。口渴可不是玩意儿呀,真不如化为蝴蝶。可是这里也没有花儿呀,……哦!海子在这里了,运气,运气!

(他跑到水溜旁边,拨开浮萍,用手掬起水来,喝了十几口)唔,好了。慢慢地上路。(走着,向四处看)啊呀!一个髑髅。这是怎的?(用马鞭在蓬草间拨了一拨,敲着,说:)

蓝译:ZHUANGZI:[*entering; gaunt, weather - beaten face, grey beard, dressed in Daoist cap and gown, carrying a horse - whip*] I' m parched, I' ve not had a drop of water since I set out. What a thundering bore thirst is. How much more fun to turn into a butterfly. Though there don' t seem to be any flowers round here... A pool! What a stroke of luck! [*Rushing over to the side of the stream, he pushes aside the duckweed, cups his hands and gulps a dozen mouthfuls.*] That's better. On we go, slowly does it. [*Looking about him as he walks.*] Aha! A skull. What happened to this chap, I wonder. [*He parts the grass with his whip and taps the skull.*] (第 393 页第 6 行)

杨译:*Enter Zhuang Zi. He has a thin, dark face and a grizzled beard. He is wearing a Taoist cap and cloth gown and carries a whip.*

ZHUANG ZI: I' ve had nothing to drink since leaving home. It's no joke, this thirst. Far better change into a butterfly! But there are no flowers here.... Ah, I see a pool. What luck! (*He runs to the pool, clears aside the duckweed on the surface and scoops up some water. He drinks about a dozen mouthfuls.*) That's better. I'll start off slowly again. (*As he walks he looks round.*) Hullo, a skull! How did this happen? (*He parts the grass with his whip and taps the skull.*)（第 199 页第 5 行）

本文本是小说的开篇，描写的是庄子上场的情形。

根据 Word 2003 可读性统计结果可知，本段的原文共 173 个汉字，12 个句子。蓝译为 118 个单词，14 个句子；杨译为 113 个单词，17 个句子。杨译在字数上还是多于蓝译，没有蓝译的译文简洁。阅读难易度蓝译为 90.6，杨译为 97.6，二者相差不大。阅读等级蓝译为 2.6，杨译为 1.3，二者的等级都很低，这主要原因在于本段落原文都是独白的形式，句子比较短，故而语言程度较低，阅读等级也随之降低。

在处理描写句子方面，两位译者采用的都是忠实于原文的方法，直接翻译。例如对于原文“黑瘦面皮，花白的络腮胡子，道冠，布袍，拿着马鞭，上”的翻译，蓝译为 entering; gaunt, weather - beaten face, grey beard, dressed in Daoist cap and gown, carrying a horse - whip，用了几个词组和分词结构，描述了庄子上场时的装扮和动作，简单、明了。杨译为 He has a thin, dark face and a grizzled beard. He is wearing a Taoist cap and cloth gown and carries a whip，用了两个完整的简单句来进行描述，都是用 He 来做主语，与汉语原文的语序很贴近。

第 5 节　鲁迅小说描写段落翻译结语

从《彷徨》《呐喊》和《故事新编》的段落翻译分析中可以看出，蓝诗玲和杨宪益的译文风格与译者主体性紧密相关，对蓝译和杨译的译文分析，有助于译者主体性的进一步研究。

译者主体性在国外的研究早在 20 世纪 70 年代就开始了，西方翻译理论界出现了“文化转向”，尤以苏珊·巴斯内特的《翻译、历史与文化》为代表。这推动了翻译研究从语言层面转向文化层面，从原语研究转向译入语研究。人们发现翻译过程不仅是一个从原语到译语的简单转换过程，而且是一个充满创造的过程，从而使翻译的主体地位得到了应有的重视。译者也经历了从幕后到幕前和从隐形人到主体的漫长过程。译者主体性的研究也渐渐成为翻译研究中的热点课题。各种翻译流派重新确立了译者的地位和身份，当代翻译理论如功能学派、描写学派、阐释学等都开始质疑原文的唯一权威性，并将译者推向更主导、更权威的地位。劳伦斯·韦努蒂提出在翻译中要求译者隐身是错误的。乔治·斯坦纳的基于阐释学分析的翻译四步骤也体现了译者的存在及在翻译过程中的作用。安托瓦纳·贝尔曼在《翻译批评论:约翰·唐》中指出,译论批评必须以译者为主体和基本出发点,并提出了“走向译者”的口号。

在国内,早在20世纪90年代学者们就开始进行译者主体性的研究。其中有代表性的研究有袁莉(1996)、查明建(2003)和陈大亮(2004)等。之后十余年来,学者们围绕译者主体性所涉及的具体问题从不同的理论视角在不同领域展开研究。

首先,从不同的理论角度,学者们就译者主体性发挥的作用、必要性进行了大量的研究:屠国元、朱献珑(2003)从现代哲学阐释学中的历史性、偏见观和视域融合几个核心概念的分析入手,论证了误读存在的合理性和译者的主体性。朱月娥(2010)研究了翻译主体生态系统中的译者主体性,指出译者主体性介入无处不在,这一介入有利于在各语种间建立共生关系、维护民族文化个性和世界文化的多样性。侯林平、李燕妮(2013)从评价理论框架下对译者主体性进行了研究;陈卫红(2014)从女性主义研究视角,论证了译者主体性在翻译过程中的作用。

其次,从不同的翻译领域,学者们也对译者主体性做了很多研究。邱丹叶(2009)探讨了在散文翻译中发挥译者主体性的作用。李海军等(2012)研究指出在科技翻译中,译者主体性的发挥也至关重要。王静(2013)对电影翻译中译者的主体作用予以论证,认为一部精彩影片的翻译自始至终都贯穿着译者的主体性。黄勤(2013)探讨了在文学典籍翻译中,译者应遵循翻译美学原则,充分发挥自身的主体性,再现文学经典的艺术魅力。

另外,还有结合不同的译本研究译者主体性的体现,如刘迎娇(2012)从译者个体性主体因素和译者社会性主体因素对比分析了《红楼梦》的译者主体性;孙瑜(2014)以歌德《浮士德》的汉译者为主要研究对象,从翻译学角度探讨译者主体性及主体间性。最后,学者们就如何发挥译者的主体性或译者主体性的限制因素也做了一定的研究:曾伟婷(2014)及马亚丽、张凌(2013)都从不同的角度和不同的作品对于译者主体性进行了探讨。

译者主体性的发挥在翻译过程中会受到多种因素的制约,所以研究和探讨制约译者主体性的各种因素应该是研究者研究的重点。

参考文献

1. Bassnett, Susan. *Translation Studies* [M]. London: Methuen &Co,

Ltd, 1980.

2. Douglas, Robinson. *The Translator's Turn* [M]. Beijing: Foreign Language Teaching and Research Press, 2006.

3. Newmark, Peter (2002). No global communication without translation [A]. In Gunilla Anderman &Margaret Rogers (eds). *Translation Today: Trends and Perspectives* [M]. Beijing: Foreign Language Teaching and Research Press. 2006.

4. 曾伟婷:《译者主体性的影响因素——以葛浩文〈红高粱家族〉译本为例》,宁夏大学硕士论文,2014 年。

5. 查明建、田雨:《论译者主体性——从译者文化地位的边缘化谈起》,载《中国翻译》,2003 年第 1 期。

6. 陈大亮:《谁是翻译主体》,载《中国翻译》,2004 年第 2 期。

7. 陈卫红:《女性主义翻译理论视角下的译者主体性》,载《教育理论与实践》,2014 年第 21 期。

8. 黄勤:《翻译美学视角下的文学典籍译者主体性阐释——以"共读〈西厢〉"两英译本为例》,载《红楼梦学刊》,2013 年第 3 期。

9. 李海军、蒋晓阳:《论科技翻译中的译者主体性》,载《中国科技翻译》,2012 年第 3 期。

10. 刘迎娇:《〈红楼梦〉英全译本译者主体性对比研究》,载《外国语文》,2012 年第 1 期。

11. 马亚丽、张凌:《译者主体性的制约因素分析》,载《牡丹江大学学报》,2013 年第 12 期。

12. 穆雷、蓝红军:《2010 年中国翻译研究综述》,载《上海翻译》,2011 年第 3 期。

13. 穆雷、诗怡:《翻译主体的"发现"与研究——兼评中国翻译家研究》,载《中国翻译》,2003 年第 1 期。

14. 邱丹叶:《散文英译中的译者主体性》,载《南京理工大学学报》,2009 年第 6 期。

15. 孙瑜:《〈浮士德〉汉译者主体性及主体间性研究》,上海译文出版社 2014 年版。

16. 屠图元、朱献珑:《译者主体性:阐释学的阐释》,载《中国翻译》, 2003 年第 6 期。

17. 王静:《试论电影翻译中译者的主体性》,载《电影文学》,2013 年第 8 期。

18. 许钧:《"创造性叛逆"和翻译主体性的确立》,载《中国翻译》, 2003 年第

1 期。

19. 袁莉:《关于翻译主体研究的构想》,见张祖毅、许钧:《面向二十一世纪的译学研究》,商务印书馆 2002 年版。

20. 袁莉:《也谈文学翻译之主体意识》,载《中国翻译》,1996 年第 3 期。

21. 张舟萍、徐智明:《试析鲁迅〈白光〉中的幻觉描写》,载《名作欣赏》,1984 年第 4 期。

22. 朱月娥:《翻译主体生态系统中的译者主体性》,载《中国科技翻译》,2010 年第 1 期。

第 7 章

鲁迅小说中的修辞翻译研究

第 1 节　修辞与翻译概述

修辞学是由柏拉图的学生亚里士多德发展起来的。这时的修辞学更适合称为修辞术,是指演说的艺术。在亚里士多德著作《修辞的艺术》的第一句,他描述修辞为辩证法的相对物,即是说辨证方法是寻找真理的要素,修辞方法便用作交流真理。

修辞在西方被定义为“说服艺术”, 是“通过象征手段影响人们的思想、感情、态度和行为的一门实践”(刘亚猛,2014:2)。它关注如何通过恰当的方式调节受众情感并做出修辞者预期的反应。翻译是一个面向西方受众的现代说服行为和修辞活动,不论为了怡情、感动、诉求、告知还是鼓动、推销,都离不开某种意义上的说服(陈小慰,2007:60;2008:55)。

作为利用各种语言材料和多种语言手段来收到尽可能好的表达效果的一门科学。修辞学同逻辑学、心理学、社会学、美学、文艺学、历史学和民俗学等都有联系。

在英汉两种语言中,各种修辞现象十分普遍。正因为丰富的修辞手法的运用,才使得文章有了五彩斑斓的色彩。因此,在英汉对比于翻译过程中,如果缺乏对修辞手法的敏感,不能艺术地解构和建构修辞效果,那么许多优秀的文学作品将从此黯然失色,不为人知。所以“要在了解本国修辞传统的基础上,了解什么样的话语符合外国受众期望, 在他们的价值尺度下中听在理,得体自然;了解采用什么样的方式方法传递信息, 阐明事实才容易被他们接受, 而不是逐字照搬国内宣传语气和行文模式”(陈小慰,2013:260)。

中国先秦时期的修辞者是一些政治家与外交家,修辞活动主要为统治阶级服务;西方修辞则在民主政体下产生,面向广大听众,如何说与说什么同样重要,说者和听者的地位是平等的。由于社会语境不同,中西方修辞在修辞者和受众的关系上存在较大差异。中国修辞重达意和说话者,强调思想内容的表达,而西方修辞关注听众和读者,劝说方式是研究的重点。我国政治经济文化等方面的信息,吸引他们来华学习(鞠玉梅,2013)。

翻译在当今世界所有主要语言的发展过程中都曾起过值得称道的促进作用,而且它在现代汉语发展过程中持续发挥的关键影响在人类语言史上或许并不多见。翻译不仅深度卷入现代汉语书面语即白话文的形成,而且从来就没有停止对其词汇、句法尤其是修辞的影响。在改革开放和全球化时代,汉语正以令人眼花缭乱的步伐不断丰富自己的词汇,更新自己的表达习惯,提高自己的话语策略水平,而在所有这些创新的背后更是处处可见翻译的身影。以研究语言应用为己任的修辞学界没有理由不将审视的目光投向翻译。

不管我们是否已经意识到这一点,修辞和翻译之间都存在着非同寻常的密切关系。翻译是一种双重甚至多重修辞行为。译者对源文本的跨文化阐释不仅必须把握其语义结构,尤其要求吃透其修辞结构。很难想象一个没有较高修辞素养的人能够成为称职的译者,反过来也一样。考虑到修辞者力图促使受众接受的立场、观点、思想、情趣总是外在于后者的接受范围,修辞完全应该被理解为一种广义的"翻译",即便修辞行为不涉及双语转换时也是如此。那么作为译者,无论翻译英译汉或汉译英时,都会碰到修辞的运用,这时需要我们运用一定技巧与策略,既将原文的忠实意思翻译出来,又不影响其修辞的表达效果。

英文的语义层次有较严格的形式规范。根据英语修辞学,重要的成分应放在重要的位置。一句中最强调的部位是句末,称作句尾焦点(End Focus),其次是句首(杨霞华,2014)。在带有从属结构的复杂句中,语义重心要放在主句中,非语义重心应置于从属结构中(章正邦,2009)。英语修辞中用一些句法形式来显示语义层次,但汉语在句法结构上没有明显的标记来表示这种语义层次,表现出"隐形"特征。这就是说,英语用句法结构形式来表明语义重点,而汉语常通过"意义"来体现语义层次,在结构形式上看不出哪儿是语义重点。英语的标记清晰,表现出"显性"特征(游汝杰,2003)。

在不同的文体中,修辞的译法也是不同的,如科技翻译。英国语言学者戴维·克利斯特尔认为,科技语言应当避免抒情、幽默、比喻及其他任何带有主观色彩的语言。刘宓庆也认为科技英语要"尽力避免使用旨在加强语言感染力和宣传效果的各种修辞格,忌用夸张、借喻、讥讽、双关及押韵等修辞手段"。一般说来,科技语言排斥积极修辞手法。

汉语的修辞手段很多,包括比喻、夸张等。翻译含有修辞手段的句子是对译者的极大挑战。因为“受英汉语言文化差异的制约,归化处理后的修辞不可能达到与原修辞同等的效果,部分文化内涵的缺失亦在所难免”(刘福莲,2010)。那么如何在译文中体现原文的风采,应该采用什么样的翻译策略呢?刘福莲(2010)在其文章《论林译〈浮生六记〉中修辞手段的处理》中总结了林语堂先生翻译中所用的技巧和策略,归纳了包括直译、省略、替换、增译等方法,认为林译的翻译是以归化策略为主、异化策略为辅的原则。

在鲁迅小说中,比喻的修辞手段是最为明显的。蓝译和杨译处理包含比喻修辞的原文也是人们研究的重点。纽马克(Newmark)(2006:84)认为任何有物质层面意义的事物都可以或多或少以修辞的方式来阐释,翻译过程中由译者来决定是否以比喻的方式来表达。

对于明喻和暗喻的修辞手段,专家学者各有自己的观点。“汉语隐喻是一种不用比喻词的比喻,也就是说,句中只有本体和喻体,它们之间的比喻关系不用比喻词来表示,而是隐藏在句子之中”(韩家权、陆晓蓉,2015)。而罗宾森(Robinson)(2006:160)则认为暗喻是把某事等同于另外一件事,对于翻译而言就是使得目标语言等同于源语言。

鲁迅小说中的修辞手段是非常丰富的,下面就《彷徨》《呐喊》和《故事新编》中的含有修辞手段的句子翻译进行探讨。

第2节　《彷徨》中的修辞翻译

1.《祝福》中的修辞翻译

1)原文:五年前的花白的头发,即今已经全白,全不像四十上下的人;脸上瘦削不堪,黄中带黑,而且消尽了先前悲哀的神色,仿佛是木刻似的;只有那眼珠间或一轮,还可以表示她是一个活物。《祝福》(第6页第6行)

蓝译:Hair that five years ago had been grey was now completely white. Her ashen face gaunt with deprivation, she looked years, decades beyond her true age - around forty. The expression of haunting sadness she had once worn was gone, replaced by a kind of facial paralysis; only the occasional movement of her eyeballs indicated she remained a functioning organism. (第162页第35行)

杨译:Her hair, streaked with grey five years before, was now completely white, making her appear much older than one around forty. Her sallow, dark – tinged face that looked as if it had been carved out of wood was fearfully wasted and had lost the grief – stricken expression it had borne before. The only sign of life about her was the occasional flicker of her eyes. (第 7 页第 8 行)

解析:原文的场景是作者对回到家乡看到祥林嫂时候的描写。鲁迅先生用比喻的方法刻画出了祥林嫂的形象,祥林嫂在承受了封建迷信和道德礼教令人窒息的重压后,悲哀至极,反而“消尽了先前悲哀的神色”,成了面无表情的木头人,只有眼珠会动,证明是个活人(冉祥谦,2006)。原文“仿佛是木刻似的”的含义是面无表情,所以在翻译的时候就要突出原文的含义。原文的汉语表达是运用了比喻的修辞方法,蓝译为 replaced by a kind of facial paralysis,译者也是运用了比喻的修辞手段,用 facial paralysis 来表示主人公的面无表情。杨译为 as if it had been carved out of wood,译者使用了明喻的修辞方式,与原文对应,原文“仿佛……”使用的就是明喻的修辞方法,而 as if 也是英语中明喻常用的表达词语。

2)原文:第二天,不但眼睛窈陷下去,连精神也更不济了。而且很胆怯,不独怕暗夜,怕黑影,即使看见人,虽是自己的主人,也总惴惴的,有如在白天出穴游行的小鼠,否则呆坐着,直是一个木偶人。《祝福》(第 28 页第 18 行)

蓝译:The next day, her eyes seemed sunken with dejection, as she crept about, more listlessly than ever. Like a mouse venturing out of its hole in daylight, she was terrified of everything: of the darkness, of shadows, of other people – even her employers. Sometimes she would simply sit, blank and stupid, as if carved out of wood. (第 177 页第 37 行)

杨译:The next day her eyes were sunken, her spirit seemed broken. She took fright very easily too, afraid not only of the dark and of shadows, but of meeting anyone. Even the sight of her own master or mistress set her trembling like a mouse that had strayed out of its hole in broad daylight. The rest of the time she would sit stupidly as if carved out of wood. (第 29 页第 21 行)

解析:原文的场景是,祥林嫂在庙里虽然捐钱买了门槛,但是在鲁家仍然被视作不祥之人,这样的打击令祥林嫂难以承受,因此在以后的日子里,祥林嫂逐渐变得胆小,在各种重压之下变得憔悴不堪,最终含恨离开这个充满罪恶的世界。作者接连运用两个比喻,写出了祥林嫂在封建道德礼教的重压下羞于见人,如百日之鼠,思维已经僵化凝固,宛如“木偶人”一般了(蒋道文,2004)。“有如在白天出穴游行的小鼠”,是明喻的表达方法,“直是一个木偶人”是暗喻的表达方法。蓝译为 Like a mouse venturing out of its hole in daylight,译者用了明喻的修辞手段,和原文的修辞手段一样。第二个修辞句子则是 as if carved out of wood,仍旧使用了明喻的手段。杨译为 trembling like a mouse,译者使用了明喻的修辞手段,选择了明喻表达法常用的词汇 like,第二句也是使用了明喻 as if carved out of wood。从二位译者的译文中可以看出,译者基本是参照原文的修辞手段进行翻译,例如本段原文中明喻和暗喻的修辞手段,译者或者是用明喻方法,或者是暗喻方法来表达原文。"不同的事物之间总存在或多或少的相似关系,并且有的相似性还是主观临时赋予的,所以暗喻(包括死喻和活喻)是普遍存在的。明喻往往说明本体和喻体的相似点,暗喻则隐藏相似点,故更耐人寻味"(冯全功,2012)。两位译者正是清楚了事物之间的相似关系,所以把祥林嫂的悲惨形象细致地在译文中刻画了出来。

3)原文:柳妈的打皱的脸也笑起来,使她蹙缩得像一个核桃,干枯的小眼睛一看祥林嫂的额角,又盯住她的眼。祥林嫂似很局促了,立刻敛了笑容,旋转眼光,自去看雪花 。《祝福》(第 26 页第 10 行)

蓝译:Mrs Liu's sour frown also broke into a smile, puckering her face up like a walnut, her tiny, shrivelled pupils darting from her interlocutor's forehead to her eyes. Discomforted by her scrutiny, Xianglin's wife stopped smiling and looked away, out at the snowflakes.(第 175 页第 19 行)

杨译:Amah Liu's lined face broken into a smile too, wrinkling up like a walnut - shell. Her small beady eyes swept the other woman's forehead, then fastened on her eyes. At once Xianglin's Wife stopped smiling, as if embarrassed, and turned her eyes away to watch the snow.(第 27 页第 11 行)

解析:原文描写的是柳妈和祥林嫂闲聊,谈论祥林嫂为什么会再嫁等等,正是因为柳妈这个人物,最后促成了祥林嫂的悲剧。柳妈可以说是在那个年代无知、迷信的普通民众的代表,由于柳妈的一系列无知而迷信的说法,使得无知而又善良的祥林嫂逐渐走向毁灭。柳妈的形象可以说是令人痛恨的,读者在痛恨柳妈的同时又对祥林嫂的命运无比同情。鲁迅写柳妈时用"核桃"作比喻,描写了经过岁月摧残的柳妈有多么苍老(冉祥谦,2006)。原文"像一个核桃"很显然是个明喻句子,蓝译为 like a walnut,杨译为 like a walnut - shell,两位译者的处理方式都是采用了和原文一样的明喻句子,使用了明喻常用词 like,忠实于原文。

2.《在酒楼上》中的修辞翻译

1)原文:几株老梅竟斗雪开着满树的繁花,仿佛毫不以深冬为意;倒塌的亭子边还有一株山茶树,从暗绿的密叶里显出十几朵红花来,赫赫的在雪中明得如火,

愤怒而且傲慢，如蔑视游人的甘心于远行。《在酒楼上》（第36页第27行）

蓝译：A scattering of ancient plum trees were in full defiant flower, as if oblivious to the midwinter snow. Perhaps a dozen fiery red camellias were blooming amid a dense covering of dark green leaves on a tree by a ruined pavilion – there was something furiously, contemptuously bright about their contrast with the snow, which I imagined directed at me and my aimless travels.（第179页第14行）

杨译：Several old plum trees in full bloom were braving the snow as if oblivious of the depth of winter; while among the thick dark green foliage of a camellia beside the crumbling pavilion a dozen crimson blossoms blazed bright as flame in the snow, indignant and arrogant, as if despising the wanderer's wanderlust.（第37页第32行）

原文描写的是作者到S城，在一家酒楼吃饭。本段描写的就是酒楼的后窗风景。作者运用了比拟的修辞方法写景，蕴含了特殊的意义。"寒冷的严冬，老梅却不在意，山茶树依然傲慢"表现了老梅和山茶树孤傲坚强的性格。树木适应环境、反抗环境的能力往往强于人类，这种精神依然是时代所需要的（冉祥谦，2006）。山茶树的红花像火一样，不惧寒冬。本篇小说反映的是当时的知识分子苦闷、彷徨的心态，而作者对于老梅和山茶花的描写用意明显，就是希望知识分子们能够有坚定、勇敢的精神来面对客观世界。原文"明得如火"很显然是明喻的修辞手段，蓝译为 a dozen fiery red camellias were blooming，在译文中看不到明喻的常用表达词语，译者是用了 fiery 一个词来形容茶花的鲜艳；杨译为 a dozen crimson blossoms blazed bright as flame in the snow，译者把"如火"翻译了出来，使用了 bright as，所以是明喻的修辞手段。两位译者的不同处理方法说明了不同的译者具有不同的认知，所以译文也体现着各自的风格。"比喻的修辞价值就在于使语言更具有形象性、生动性、新颖性和拓延性。但是如果在文化的鸿沟前完全无法将原文等值翻译时，译者只好舍弃形式，追求意合"（张爱慧，2008）。两位译者的译文生动、形象，从形式到内容都反映了原文的含义。

2）原文：独有眼睛非常大，睫毛也很长，眼白又青得如夜的晴天，而且是北方的无风的晴天，这里的就没有那么明净了。《在酒楼上》（第44页第21行）

蓝译：It was just her eyes that were unusual: enormous, with very long lashes, as clear as the still midnight skies you get in the north. You don't get nights like that down here.（第183页第25行）

杨译：Only her eyes were unusually large with very long lashes and whites as clear as a cloudless night sky — I mean the cloudless sky of the north on a windless day; here it is not so clear.（第45页第23行）

原文描写的是作者与主人公吕纬甫在酒楼上谈论顺姑的事情,通过吕纬甫的口来描述顺姑这个人物形象,同时也反映了当时的社会现状。不论是知识分子还是普通民众,他们的命运都是一样的,如果不能够坚强起来,就逃脱不了命运的安排。作者运用了比喻的修辞手法,眼能传神,晶莹明澈的眼睛透视了人物纯洁无瑕的内心世界,作者把自己对顺姑的热烈赞颂之情都倾注在这个美好的比喻之中(常晶静,1998)。原文"眼白又青得如夜的晴天"是含有比喻修辞手段的一句话,蓝译为 as clear as the still midnight skies,译文中很明显选择了 as clear as 这样的明喻常用表达词,杨译为 as clear as a cloudless night sky,两位译者的处理方式一致,都是采取了明喻的修辞手段,与汉语原文的修辞手段一致。

3.《幸福的家庭》中的修辞翻译

1)原文:就在他背后的书架的旁边,已经出现了一座白菜堆,下层三株,中层两株,顶上一株,向他叠成一个很大的 A 字。《幸福的家庭》(第 64 页第 14 行)

蓝译:Six cabbages had materialized next to the bookcase behind him, looming up – in a three – two – one formation – into a large, A – shaped mound.(第 191 页第 38 行)

杨译:Beside the bookcase behind him had appeared a mound of cabbages, three at the bottom, two above, and one at the top, confronting him like a large letter A.(第 65 页第 17 行)

原文描写的是小说主人公试图创作一个以"幸福家庭"为主题的小说,但是在现实中,他的生活却并不幸福,依然在幻想着理想的幸福生活是什么样子的。该段描写的大白菜堆起来就像个 A 字,来表现主人公过的贫困拮据的生活,吃着便宜的大白菜,却还在梦想着所谓的幸福生活是什么。作者运用比喻意在讽刺这位作者,过着穷窘的生活却在幻想虚构着什么"幸福的家庭"。通过 A 字向人们展示了企图脱离现实的矛盾与荒谬(刘经建,1996)。原文"一个很大的 A 字"是个暗喻的使用,暗示着现实与梦想的差异,蓝译为 A – shaped mound,杨译为 like a large letter A。很显然,蓝译使用了暗喻的手段,杨译则是明喻,其中的 like 说明了比喻的类别。两位译者的比喻修辞手段不同,但都从不同的方面忠实于原文。

2)原文:他当即一瞥自己的床下,劈柴已经用完了,只有一条稻草绳,却还死蛇似的懒懒地躺着。《幸福的家庭》(第 64 页第 25 行)

蓝译:He glanced under his own bed: where the firewood had once been, a piece of rope now stretched over the floor like a dead snake.(第 192 页第 15 行)

杨译:He glanced beneath his own bed; the firewood had all been used up, and there was only a piece of straw rope left, still coiling there like a dead snake.（第 65 页第 27 行）

原文描写的是主人公在描绘着幸福家庭的房子应该是什么样的，需要很大的房间，还要有书房，书房里肯定不会用来堆白菜，还要有堆积房来放杂物等，但现实却是残酷的，床下放置劈柴，劈柴也用尽了，只剩一条稻草绳，如死蛇一样。作者运用了比喻的修辞手法，把“稻草绳”比喻为死蛇，渲染了人物生活的沉闷与穷困潦倒的气氛（刘经建，1996）。原文“死蛇似的懒懒地躺着”是个比喻的说法，蓝译为 stretched over the floor like a dead snake，译者和原文修辞手段一致，也是采用了明喻的修辞方法；杨译为 still coiling there like a dead snake，两位译者都是使用了明喻的方法，做到了译文原文之间的对等。

4.《肥皂》中的修辞翻译

1）原文：他看见一地月光，仿佛满铺了无缝的白纱，玉盘似的月亮现在白云间，看不出一点缺。《肥皂》（第 90 页第 18 行）

蓝译：He gazed at the moonlight, carpeting the ground like a bolt of white silk. A full moon nestled, like a jade dish, between the clouds.（第 205 页第 8 行）

杨译：The moonlight on the ground was like seamless white gauze, and the moon — quite full — seemed a jade disc among the bright clouds.（第 91 页第 18 行）

这一句出现在小说结尾部分。本文通过主人公四铭先生买肥皂这件事，揭露了四铭伪善的面目。作者在小说中采用了大量对比的写法，例如本句就是其中的一个。作者运用了比喻写景的修辞手法，讽喻事理，用月光无缺来反衬四铭虚伪道德的有缺（冉祥谦，2006）。原文“玉盘似的月亮现在白云间”中的“似的”表明这是个明喻修辞手段，蓝译为 A full moon nestled, like a jade dish，译者的 like a jade dish 表明这是个含有明喻修辞手段的句子；杨译为 the moon — quite full — seemed a jade disc among the bright clouds，译文中的 seemed a jade disc 表明也是一个含有明喻修辞的句子，两位译者都采用了明喻的修辞手段。

2）原文：这日他比平日起得迟，看见她已经伏在洗脸台上擦脖子，肥皂的泡沫就如大螃蟹嘴上的水泡一般，高高的堆在两个耳朵后，比起先前用皂荚时候的只有一层极薄的白沫来，那高低真有霄壤之别了。《肥皂》（第 90 页第 22 行）

蓝译：He woke rather later than usual to find his wife bent over the washstand rubbing at her neck, lather massed luxuriantly up behind her ears, like the bubbles in a crab's mouth – nothing like the scanty layer of foam generated by her old acacia pods.（第 205 页第 13 行）

杨译:Getting up latter than usual, he saw his wife leaning over the wash - stand rubbing her neck, with bubbles like those emitted by great crabs heaped up over both her ears. The difference between these and the small white bubbles produced by honey locust pods was like that between heaven and earth. (第91页第23行)

原文出现在小说的最后一段中,描写的是四铭先生看四铭太太用肥皂洗脸,洗脸的时候四铭太太耳朵后面的肥皂泡非常多,就像螃蟹吐出的水泡。作者采用了比喻的修辞手法,把螃蟹嘴上泛起的水泡用来比喻人搓肥皂造成的泡沫,实在奇巧而幽默,引人发笑(常晶静,1998)。作者通过四铭买肥皂这件事,采用对比的手法描写了像四铭先生一样虚伪的人,但其讽刺意味极强,一块肥皂就反映出了伪君子的面目,让人觉得好笑,就如四铭太太耳朵后面的肥皂泡。蓝译为 like the bubbles in a crab's mouth,译者直接采用了明喻的修辞手段,与原文对应;杨译为 with bubbles like those emitted by great crabs。虽然两位译者的表达方式略有不同,但句子的修辞手段和主要用词是相同的,这也反映了虽然人的认知不同,但也有部分一致的地方。

5.《长明灯》中的修辞翻译

原文:坐在首座上的是年高德韶的郭老娃,脸上已经皱得如风干的香橙,还要用手捋着下颏上的白胡须,似乎想将他们拔下。《长明灯》(第104页第20行)

蓝译:and in which the virtuously venerable Mr Guo - his face as gnarled as a wind - dried orange - occupied the seat of honour, tugging on the white beard sprouting from his lower jaw, as if plotting to pluck it out. (第211页第29行)

杨译:In the place of honour sat old Guo, in the fullness of years and virtue, his face as wrinkled as a wind - dried orange, plucking at the white hairs on his chin as if eager to pull them out. (第105页第22行)

小说描写的是一个叫吉光屯的村子,关于村里的长明灯是否要继续点着引发了震动,一个"疯子"要熄灭长明灯,而其他村民为了维护象征着封建传统与制度的长明灯,最后把疯子关了起来。本句描写的场景是人们聚在四爷的客厅中,讨论如何处理"疯子"的行为。作者运用比喻的修辞手法,用"风干的香橙"来形容郭老娃满是皱纹的脸,刻画出一个封建遗老僵尸一般的丑态。以这样一个行将就木的老朽,象征整个封建势力腐朽没落日趋灭亡的命运(刘经建,1996)。原文"如风干的香橙"可以看出这是个明喻修辞手法,蓝译为 as gnarled as a wind - dried orange,译者用 as…as 来形容郭老娃的丑陋的脸,突出了原文对郭老娃这样的没落阶层的厌恶和讽刺;杨译为 his face as wrinkled as a wind - dried orange,两位译者的译文差别不大,唯一的差别是 as…as 中的形容词不同,蓝译是选择了 snarle,杨译为 winkle,都反映了原文的含义——郭老娃丑陋不堪的脸。

6.《示众》中的修辞翻译

原文:于是他背后的人们又须竭力伸长了脖子;有一个瘦子竟至于连嘴都张得很大,像一条死鲈鱼。《示众》(第 118 页第 30 行)

蓝译:Forcing those behind him to crane their necks to get a view. The mouth of one undernourished specimen among them hung open with the effort – like that of a dead perch.(第 218 页第 27 行)

杨译:Thereupon the people behind him were forced to crane their necks hard again, one lean fellow even gaping like a dead perch.(第 119 页第 30 行)

原文描写的是刑场的场景,对人们围观刑场看热闹的描写。作者采用了精彩的比喻手法,描写了刑场的看客,看客对被杀者没有丝毫的怜悯,只是争先恐后地围观,麻木得真像一条张着嘴的"死鲈鱼"。通过这一形象的比喻,抨击了国民性之劣根性——麻木不仁(冉祥谦,2006)。从原文"像一条死鲈鱼"可以明显看出这是个明喻修辞手段,蓝译为 like that of a dead perch,杨译为 like a dead perch。两位译者都采用了明喻的修辞手段,在译文中都有明喻常用的表达词汇 like,与原文对等。

7.《高老夫子》中的修辞翻译

1)原文:他一出门,就放开脚步,像木匠牵着的钻子似的,肩膀一扇一扇地直走,不多久,黄三便连他的影子也望不见了。《高老夫子》(第 132 页第 16 行)

蓝译:Once out of the door, he lengthened his stride, swinging his shoulders as a carpenter would his drill. Soon, Huang San had lost sight of him.(第 225 页第 29 行)

杨译:Once outside he quickened his step, striding straight ahead sawing the air with his arms. Before long, Huang San lost sight of him completely.(第 133 页第 17 行)

原文描写的是高老夫子和黄三在办公室聊天后分手的情景,作者运用讽刺性的比喻手法,描写不学无术而又风流自赏的高老夫子走路的丑态,栩栩如生的描绘中显现出佻达的性格,也隐含着作者对他轻蔑的情感(张鹄,1981)。原文"像木匠牵着的钻子似的,肩膀一扇一扇地直走"可以看出这是个含有明喻修辞手段的句子,形象地描绘了高老夫子的走路姿态,这个姿态是毫无美感的,可见作者对高老夫子对这个人物的厌恶。蓝译为 swinging his shoulders as a carpenter would his drill，译者也采用了原文的明喻修辞手段，使用了 as 明喻常用表达词，直译出原文。杨译为 striding straight ahead sawing the air with his arms，译者使用了暗喻的修辞手段，用 sawing the air with his arms 来表达出高老夫子走路的姿态，两位译者的翻译处理方法再次证明了译者的主体性在翻译过程中的体现。

"译者除了要忠实地表达原文比喻性词语的意义外，还应尽可能保持原文的形象比喻、丰富联想、修辞效果等。在译文中适当地做出调整有时是迫不得已而为之，为的是使译文能被读者接受"（冯庆华，2008）。两位译者的译文在这个方面做得是很到位的。

2）原文：半屋子都是眼睛，还有许多小巧的等边三角形，三角形中都生着两个鼻孔，这些连成一气，宛然是流动而深邃的海，闪烁地汪洋地正冲着他的眼光。《高老夫子》（第 138 页第 1 行）

蓝译：the classroom was now an ocean of eyes, of dainty little equilateral triangles perched upon delicate nostrils, swirling into a single glittering mass, rushing towards him.（第 229 页第 11 行）

杨译：half a roomful of eyes, and many dainty little isosceles triangles with two nostrils in the middle of each. These merged to appear a deep, moving sea, and this gurging ocean dazzled his eyes.（第 139 页第 1 行）

原文描写的是高老夫子在课堂上的表现，高老夫子被介绍给学生，然后登上讲台，却因学识低下而遭到学生的窃笑，在这种情况下，高老夫子手足无措，最后只能草草结束上课。作者运用比喻的修辞手法，入木三分地揭破了这个新文化敌人的庸俗鄙陋、不学无术的真面目，笔调诙谐而蕴含深刻（刘经建，1996）。原文"宛然是流动而深邃的海"从修辞手段上看还是个含有明喻的句子，因为有"宛然"二字和像……都用来表示明喻。蓝译为 swirling into a single glittering mass，译者的译文中包含的是隐喻修辞手段。高老夫子在惊恐无措的情况下，看下面的学生已经不是学生了，而是闪烁着的幽深的大海，译文很生动。杨译为 These merged to appear a deep, moving sea，与原文高度对等，再次体现了杨译的翻译风格。同样，杨译也采用了隐喻的修辞手段来形容高老夫子所处的不堪境地。

8.《孤独者》中的修辞翻译

1）原文：大家都怏怏地，似乎想走散，但连殳却还坐在草荐上沉思。忽然，他流下泪来了，接着就失声，立刻又变成长嚎，像一匹受伤的狼，当深夜在旷野中嗥叫，惨伤里夹杂着愤怒和悲哀。《孤独者》（第 152 页第 3 行）

蓝译：Lianshu still sat on his mat, deep in thought. But just as everyone prepared to disperse, tears suddenly began to course down his cheeks, followed by long howls – like the nocturnal howls of a wounded wolf in the wilderness, rasping with an agonized grief.（第235页第4行）

杨译：The disgruntled mourners seemed about to leave, but Wei was still sitting on the mat, lost in thought. Suddenly, tears fell from his eyes, then he burst into a long wail like a wounded wolf howling in the wilderness at the dead of night, anger and sorrow mingled with his agony.（第153页第3行）

原文描写的是魏连殳回家参加祖母的大敛，在大殓之后魏连殳的反应。作者运用了比喻的修辞手法，通过魏连殳像受伤的狼一样哭嚎的描写，揭示了他内心对封建传统的痛恨和强烈的反抗（刘经建，1996）。这段描写深刻体现了魏连殳对现实的抵抗，但是又无能为力的无奈心理，只能像狼一样长嚎，抒发自己内心的苦闷压抑。这样的发泄虽然没有实际的作用，但多少缓解了内心的愁绪。原文"立刻又变成长嚎，像一匹受伤的狼，当深夜在旷野中嗥叫，惨伤里夹杂着愤怒和悲哀"包含了明喻的修辞手段，蓝译为 followed by long howls – like the nocturnal howls of a wounded wolf in the wilderness, rasping with an agonized grief，译者采用了和原文一样的明喻手段，用 like 来引导明喻。杨译为 he burst into a long wail like a wounded wolf howling in the wilderness at the dead of night, anger and sorrow mingled with his agony，译者使用的也是明喻手段。两位译者的不同体现在选词上，蓝译对狼嚎使用了 howl，杨译选用了 wail，但把 wail 比喻为 howling of a wolf，来表现魏连殳的无奈和痛苦，更加生动。两位译者的句子结构也各有特色。

2）原文：一切是死一般静，死的人和活的人。《孤独者》（第178页第5行）

蓝译：A sepulchral silence prevailed over the living and the dead.（第250页第10行）

杨译：Everything was deathly still, both the living and the dead.（第179页第5行）

原文描写的是魏连殳去世。作者原打算去拜访魏连殳，但是没有想到魏连殳已经去世，这令作者难以接受。作者运用了比喻的修辞手法，写出了社会现实的黑暗带给人的沉重感受（蒋道文，2004）。作者面对魏连殳的去世非常痛心，但同时也感到无能为力。周围的环境和人物都令作者感到了死亡带来的沉重感，活着的人和死去的人都给人一种死去的感觉，这是对现实不抱希望的感觉，是对现实的失望感觉。原文的"一切是死一般静，死的人和活的人"包含着比喻的修辞手段，比喻活着或死去都像死掉的一样没有生气。蓝译为 A sepulchral silence prevailed over the living and the dead,译者用了隐喻的修辞手段,sepulchral 的意思是 suggestive of a grave or burial,所以用这个词来修饰 silence,突出了隐喻的效果。杨译是 Everything was deathly still, both the living and the dead. 译者选择了 deathly,根据词典的定义 If you say that there is a deathly silence or a deathly hush, you are emphasizing that it is very quiet. 意思就是死一般的,所以译者也是选择了暗喻的修辞手段。

9.《伤逝》中的修辞翻译

1)原文:依然是这样的破窗,这样的窗外的半枯的槐树和老紫藤,这样的窗前的方桌,这样的败壁,这样的靠壁的板床。《伤逝》(第 188 页第 6 行)

蓝译:the same broken window, the same moribund locust tree and ancient wisteria, the same square table, the same mildewed wall, the same plank bed pushed against it. As I lie on it now. (第 254 页第 9 行)

杨译:The broken window with the half-withered locust tree and old wistaria outside it and the square table in front of it are unchanged. Unchanged too are the mouldering wall and wooden bed beside it. (第 189 页第 6 行)

原文描写的是涓生在子君去世一年后,在会馆曾经和子君共同生活过的房间里缅怀和子君的点点滴滴,还是同样的房间,同样的桌子和墙壁,但一切都已经物是人非。涓生在回忆着过去,心中悲痛万分,只能在回忆中体会着曾经的悲苦。作者运用了排比的修辞方法,通过这样的排比句式等修辞手段,说明了场景已经是物是人非,道出了涓生对子君的深切怀念和自己对这段婚姻的沉痛反思(冉祥谦,2006)。在鲁迅小说中,作者用的最多的修辞手段是比喻,本段中的修辞手段是排比,由五个“这样的……”词组构成,蓝译由五个 the same …组成,也就是说译者也同样用了五个排比的词组来表达原文。蓝译通常不拘泥于原文,但也是根据文本而定,如果文本是比较容易在英语中找到对应的表达法,蓝译也是可以尽量地忠实于原文的,而不是进行解释和再创作。杨译为两个 the 开头的名词词组,把前三个排比句子,以一个介词词组的形式表达出来,也就是说译者打破了原文的排比句型,对原文进行了改造,用两个名词词组来替代了原文的五个排比词组。译文比较通顺,但在语气上却减弱了原文要表达的悲痛伤心的情绪。

2)原文:但我的心却又觉得沉重。我为什么偏不忍耐几天,要这样急急地告诉她真话的呢?现在她知道,她以后所有的只是她父亲——儿女的债主——的烈日一般的严威和旁人的赛过冰霜的冷眼。此外便是虚空。负着虚空的重担,在严威和冷眼中走着所谓人生的路,这是怎么可怕的事呵!而况这路的尽头,又不过

是——连墓碑也没有的坟墓。《伤逝》(第212页第29行)

蓝译:Yet my heart was still heavy. Why couldn't I have waited a few days longer – why had I been in such a hurry to tell her the truth? What did she have left now? A life spent in the debt of a grimly authoritarian father, despised by all she encountered; everything empty of meaning. Walking this road of life, burdened with hollowness and contempt. How terrifying! And at the end of this road: an unmarked grave. (第269页第3行)

杨译:However, my heart was still heavy. Why couldn't I have waited a few days instead of blurting out the truth to her like that? Now she knew all that was left to her was the blazing fury of her father — to his children he was heartless creditor — and the cold looks of bystanders, colder than frost or ice. Apart from this there was only emptiness. What a fearful thing it is to bear the heavy burden of emptiness, walking what is called one's path in life amid cold looks and blazing fury! This path ends, moreover, in nothing but a grave without so much as a tombstone. (第213页第30行)

原文描写的是当涓生知道子君离开自己后的心理反应,涓生感到非常后悔,怨恨自己为什么不能忍耐几天,在心里把子君的艰难一一思量,为子君的命运担忧,心疼又可怜子君的身世和境况。作者运用一系列比喻的修辞手法,显示出子君家庭严厉、社会冷酷、生活空虚、前路茫茫的凄凉处境,非常形象地反映了旧中国女性无可逃遁的悲剧命运,同时也表现了涓生的苦痛与矛盾(张鹄,1981)。原文“烈日一般的严威和旁人的赛过冰霜的冷眼。在严威和冷眼中走着所谓人生的路,连墓碑也没有的坟墓”包含着一系列的比喻,有明喻也有暗喻,“烈日一般的……”可以算作是明喻,而后面的比喻可以说是暗喻,来形容人世的艰难和人生的悲惨的结局。蓝译为 A life spent in the debt of a grimly authoritarian father, everything empty of meaning, burdened with hollowness and contempt, an unmarked grave,译者采用了隐喻的修辞手段,表达了子君的悲惨现状。译者仍旧是把句子在整体上进行了整合,把翻译重心放在句子的整体意义上,而不是纠结于某个词组或单句,体现了译者的一贯翻译风格。杨译为 the blazing fury of her father, the cold looks of bystanders, colder than frost or ice, the heavy burden of emptiness, in nothing but a grave without so much as a tombstone,译者也是采用了隐喻的修辞手段,用 blazing fury 来形容子君父亲的严厉,用 heavy burden 来比喻内心空虚之下的压抑情感,杨译虽然也是使用了隐喻的修辞手段,但对原文并没有做过多的再创作。

3)原文:一天是阴沉的上午,太阳还不能从云里面挣扎出来;连空气都疲乏着。《伤逝》(第216页第18行)

蓝译:One overcast morning, when the sun seemed unable to fight its way out of the clouds and even the air seemed weary,(第 270 页第 33 行)

杨译:One overcast morning when the sun had failed to struggle out from behind the clouds and the very air was tired,(第 217 页第 18 行)

原文描写的是涓生在知道子君已经过世的消息后,心情极度悲痛,每天都沉浸在悲伤、空虚和无奈之中,作者运用了比拟的修辞方法,通过比拟刻画揭示了更深刻的东西。写空气沉闷、凝滞衬托涓生在经历了爱情长跑之后的灰颓疲惫的心情(冉祥谦,2006)。原文"太阳还不能从云里面挣扎出来;连空气都疲乏着"中,作者用"挣扎"来形容涓生在爱情路上的艰难困苦的状态,用"疲乏"来形容涓生惨淡爱情结束后的心境,整个比拟的修辞手段生动又形象地描绘了当时青年人不幸的爱情生活。蓝译为 when the sun seemed unable to fight its way out of the clouds and even the air seemed weary,译者采用了直译的翻译策略,把原文的比拟手段翻译出来,译文流畅自然。杨译为 the sun had failed to struggle out from behind the clouds and the very air was tired,译者的翻译策略与蓝译相同,采取了直译。两位译者的不同只表现在对于原文否定句的处理,蓝译使用了 unable 来表示不能,杨译选择了 fail 一词来表示否定,但表达的意思是相同的,译者主体性造成了译文的差异。

10.《弟兄》中的修辞翻译

1)原文:这样的许多回,他知道了汽笛声的各样:有如吹哨子的,有如击鼓的,有如放屁的,有如狗叫的,有如鸭叫的,有如牛吼的,有如母鸡惊啼的,有如呜咽的……。《弟兄》(第 230 页第 18 行)

蓝译:Again and again this performance was repeated, until he was able to distinguish between all manner of car – horn timbres: some were like whistles, others like the beat of a drum, others like farts. Some barked like dogs, or quacked like ducks, or bellowed like oxen, or clucked like a hen, or hooted like ... (第 277 页第 13 行)

杨译:When this had happened a number of times, he could tell the difference between various horns: some sounded like whistling, others like drumming, farting, dogs barking, ducks quacking, cows mooing, hens squawking, sobbing. . . . (231 页第 19 行)

原文描写的是沛君知道靖甫生病后等车的焦急心情。作者一连用了八个比喻,说明了沛君听到发出各种声响的汽笛,盼车心切的场景(张鹄,1981)。蓝译为like whistles, others like the beat of a drum, others like farts. Some barked like dogs, or quacked like ducks, or bellowed like oxen, or clucked like a hen, or hooted like ... 译者在翻译的时候也是用了八个比喻,用 like 作为标志词,生动地描绘了汽笛的响声。杨译为 like whistling, others like drumming, farting, dogs barking, ducks quacking, cows mooing, hens squawking, sobbing... 译者遵照原文选择了明喻修辞手段。两位译者的不同是蓝译 like 后面所跟随的词汇是名词,像某种动物,而不是叫声;杨译 like 后面跟随的词汇是 V + ing 形式,名词 + V + ing 形式,突出了动物的叫声,更加生动形象。

2)原文:他因为这些梦迹的袭击,怕得想站起来,走出房外去,但终于没有动。也想将这些梦迹压下,忘却,但这些却像搅在水里的鹅毛一般,转了几个围,终于非浮上来不可:——荷生满脸是血,哭着进来了。他跳在神堂上……。《弟兄》(第 236 页第 18 行)

蓝译:Terrified by his subconscious, desperate to run out of the room, he tried to sit still and suppress his visions. But like goose down in water, they soon floated back to the surface:

Hesheng runs in, crying, his face covered in blood, and jumps on to the ancestral altar to denounce his uncle. (第 280 页第 28 行)

杨译:Afraid of these vestiges of his dream which assailed him, he wanted to stand up and leave the room, but could not move. He also wanted to suppress and forget these dream fragments; but they seemed like goose - feathers plunged into the water, which after floating round several times finally surfaced again. —Hesheng came in sobbing, his face streaming with blood. He jumped onto the shrine... (237 第页第 18 行)

原文描写的是沛君在弟弟生病后的各种反应,例如在晚上睡觉时候做了很多的梦,梦中发生了很多事情,而这些事情往往又是他内心深处的一些想法,沛君想要去除这些梦境,却无法压下出现在脑海中的梦中片段。作者运用了比喻的修辞手法,用搅在水里的鹅毛来比喻驱逐不去的梦迹,既新奇又传神(丁琰,1998)。蓝译为 But like goose down in water, they soon floated back to the surface,杨译为 they seemed like goose - feathers plunged into the water,两位译者都采用了明喻的修辞手段,忠实于原文,译文生动有趣。

11.《离婚》中的修辞翻译

1)原文:她打了一个寒噤,连忙住口,因为她看见七大人忽然两眼向上一翻,圆脸一仰,细长胡子围着的嘴里同时发出一种高大摇曳的声音来了。"来——

兮!”七大人说。《离婚》(第256页第25行)

蓝译:With a sudden shudder of fear, she shut her mouth: his eyes rolled heavenward, Mr Qi had tilted his moon – face up to the ceiling. ‘En . . . ter!’ A colossal imperative erupted from his scantily carded mouth. (第290页第36行)

杨译:She gave a start, and the words died on her lips, for suddenly Seventh Master rolled his eyes and lifted his round face. From the mouth framed by that wispy moustache issued a shrill, trailing cry: “Come here! . . . ”(第257页第28行)

原文描写的是爱姑想要离婚,来找七大人给评理,而七大人却是一个道貌岸然的伪君子,作者在描写七大人的时候,用一翻、一仰和一种高大摇曳的声音,运用了个性化的神态描写,通感的修辞手法,以高大摇曳形容七大人的声音,化无形为有形,传神地刻画出了七大人故作威严、拿腔拿调的滑稽形象。这形象给爱姑造成了巨大的心理压力,使她屈服于这种威吓之下,同时也表达了作者对大人物的讽刺和批判。蓝译为 A colossal imperative,杨译为 a shrill, trailing cry,两位译者都选择了形容词修饰名词的词组来形容原文“高大摇曳”,突出了原文的讽刺意味。

2)原文:爱姑觉得自己是完全孤立了;爹不说话,弟兄不敢来,慰老爷是原本帮他们的,七大人又不可靠,连尖下巴少爷也低声下气地像一个瘪臭虫,还打“顺风锣”。《离婚》(第256页第7行)

蓝译:Aigu felt completely isolated. Her father had nothing to say, her brothers were too scared to come, she knew whose side Mr Wei was on, and even Mr Qi had clearly crossed the room himself, dragging that squeaky runt with a pointy chin with him. (第290页第15行)

杨译:Aigu felt completely isolated. Her father refused to speak, her brother had not dared come, Mr. Wei had always been on the other side, and now Seventh Master had failed her, while even this young sharp – chin, with his soft talk and air of a flattened bug, was simply saying what was expected of him. (第257页第9行)

原文描写的是爱姑找七大人评理,最后却是人们都被七大人的做派给吓到,最后离婚的事情不了了之。作者运用了比喻的修辞手法,这一比喻描绘出人物摄于权势而低三下四的形态,以瘪臭虫作比,使人因人们的可怜相而感到心情沉重,悲叹不已(蒋道文,2004)。蓝译为 dragging that squeaky runt with a pointy chin with him,从蓝译中看不到原文“像一个瘪臭虫”的字眼,译者再次从篇章段落的角度重新整合了原文,用通顺地道的语言把原文翻译出来,这大概也是汉译英中的外译译者的风格。杨译为 while even this young sharp – chin, with his soft talk and air of a flattened bug,在译文中读者看到了 a flattened bug 的出现,再现了杨译忠实于原文的翻译风格。

第3节 《呐喊》中的修辞翻译

1.《狂人日记》中的修辞翻译

1)原文:只有廿年以前,把古久先生的陈年流水簿子,踹了一脚,古久先生很不高兴。赵贵翁虽然不认识他,一定也听到风声,代抱不平;约定路上的人,同我作冤对。《狂人日记》(第16页第3行)

蓝译:All I could think of was that twenty years ago, I stamped on the Records of the Past, and it has been my enemy since. Though he has no personal acquaintance with this Past, (第22页第22行)

杨译:I can think of nothing except that twenty years ago I trod on Mr. Gu Jiu' old ledgers, and Mr. Gu was most displeased. (第17页第6行)

原文描述的是小说主人公"我",就是"狂人"发现周围的人鬼鬼祟祟好像要做对自己不利的事情,恐惧害怕自己被吃掉,在想自己和赵贵翁有什么过节,回想起自己曾经把古久先生的陈年流水簿子踹了一脚,所以得罪了他。实际上作者运用了比喻的修辞手法,把"古久先生的陈年流水簿子"比喻、象征着长期被封建统治集团歪曲、颠倒了的中国历史,而狂人的踹了一脚,形象地反映了反封建战士对吃人社会的抗争。蓝译为 I stamped on the Records of the Past,译者没有翻译"古久先生",这样的处理使得整句翻译变得容易了,只是把"流水簿子"用 Records of the Past,也就是陈年旧账形象地表达出来,弱化了阅读障碍,提高了译文的流畅性。"汉英民族在认知方式上存在着差异,因而对同一事物往往会有不同的认识或者看法。"(唐义均,2011)所以,"古久先生"的省略正是汉英民族认知差异在个体的具体体现。杨译为 I trod on Mr. Gu Jiu' old ledgers,译者把"古久先生"翻译了出来,但是译文必须要加注释,否则读者会感到迷惑。这个古久先生是小说中的人物还是历史人物? 实际上,古久先生指的是中国封建社会长期的历史,加注释会提高译者的理解,但阅读的流畅性会受到影响,所以两个译者的处理方法各有其特点,蓝译更注重译文的接受度,更多地考虑到了可能的读者感受,杨译则是更倾向于维持原文的味道。

2)原文:我翻开历史一查,这历史没有年代,歪歪斜斜的每叶上都写着"仁义道德"几个字。我横竖睡不着,仔细看了半夜,才从字缝里看出字来,满本都写着

两个字是“吃人”!《狂人日记》(第 18 页第 11 行)

蓝译:When I flick through the history books, I find no dates, only those fine Confucian principles ‘benevolence, righteousness, morality’ snaking their way across each page. As I studied them again, through one of my more implacably sleepless nights, I finally glimpsed what lay between every line, of every book: ‘Eat people!’(第 24 页第 12 行)

杨译:I tried to look this up, but my history has no chronology and scrawled all over each page are the words: “Confucian Virtue and Morality.” Since I could not sleep anyway, I read intently half the night until I began to see words between the lines. The whole book was filled with the two words — “Eat people.”(第 19 页第 12 行)

原文描写的是狂人听说有吃人的村庄,感到非常的震惊,联想到自己是人,也有被吃掉的危险,翻看历史书,发现吃人自古以来就有,满篇的“仁义道德”之下却掩盖着一个吃人的历史。狂人所说的“吃人”就是一种比喻,是指封建社会的家族制度和礼教的弊害达到了极为可怕的程度,包括了肉体上的屠杀和精神上的奴役和摧残两个方面,而精神上的摧残更为严重。狂人的话一针见血地揭示了几千年中国封建历史的本来面目,辛辣地讽刺了一切统治者的凶残本质(周爱荣,2002)。蓝译为 I finally glimpsed what lay between every line, of every book: ‘Eat people!’, 杨译为 The whole book was filled with the two words — “Eat people.” 两位译者对于包含比喻修辞的句子的处理策略比较一致,都是采用了直译的方法,蓝译要比杨译的文法更复杂一些,用词更难一些。

3)原文:黑漆漆的,不知是日是夜。赵家的狗又叫起来了。

狮子似的凶心,兔子的怯弱,狐狸的狡猾,……《狂人日记》(第 22 页第 3 行)

蓝译:There is darkness all around me. I cannot tell day from night. The Zhaos’ dog has started barking again. Fierce as a lion, cowardly as a rabbit, cunning as a fox...(第 26 页第 13 行)

杨译:Pitch dark. I don’t know whether it is day or night. The Zhaos’ dog has started barking again. The fierceness of a lion, the timidity of a rabbit, the craftiness of a fox....(第 23 页第 6 行)

原文描写的是狂人被关起来后的心理活动,作者运用象征、比喻的修辞手法。这两段话包含两方面的意思,一方面是狂人发病期间被家里人好意关在屋子里这种特定情景以及主人公此时的狂乱心理的真实表现,另一方面又是对黑暗的封建社会及其统治势力所做的极为精彩的象征性描述(严家炎,2011)。蓝译为 Fierce as a lion, cowardly as a rabbit, cunning as a fox...,杨译为 The fierceness of a lion, the timidity of a rabbit, the craftiness of a fox. . . . ,两位译者的译文在句法上的结构比较一致,忠实于原文,都选用了三个词组来表达这几个隐喻修辞短语,译文的修辞手段和原文一样,也是隐喻表达方式,用狮子、兔子和狐狸分别形容封建势力下的代表人物的特征:凶恶、怯懦和狡猾。

2.《孔乙己》中的修辞翻译

1) 原文:"因为他姓孔,别人便从描红纸上的'上大人孔乙己'这半懂不懂的话里,替他取下一个绰号,叫做孔乙己。"《孔乙己》(第 36 页第 26 行)

蓝译:Kong Yiji wasn't even his real name: it was the first few characters – kong, yi, ji – in the old primer that children used for learning to write. Kong was his surname, all right, but someone somewhere must have once rattled humorously on with yi and ji and the nickname stuck. (第 33 页第 17 行)

杨译:And as his surname was Kong, he was given the nickname Kong Yiji from kong, yi, ji, the first three characters in the old – fashioned children's copybook. (第 37 页第 29 行)

原文描写的是作者在酒馆里做学徒,介绍小说的主要人物孔乙己。作者采用的是"引用"的修辞手法。修辞方法是为塑造人物形象服务的。鲁迅说过,"创作难,就是给人起一个称号或诨名也不易"。这里"引用"描红纸上半懂不懂的话,给孔乙己起了个半懂不懂的绰号,概括和凝聚孔乙己这个人物的性格特征:没有地位,这个绰号本身就是生动形象而高度凝练的语言。作者选用引用的修辞手段,来突出孔乙己这个人物的既可悲、可怜又可恨的复杂的性格特征。蓝译为 it was the first few characters – kong, yi, ji – in the old primer that children used for learning to write. 译者直接点明孔乙己这三个字的来源,是孩子们学习写字的帖子里选取的,孔乙己这三个字出现了一次。杨译为 he was given the nickname Kong Yiji from kong, yi, ji, the first three characters in the old – fashioned children's copybook, 译者把孔乙己作为名字出现了一次,作为字帖里的字又出现了一次,在行文上略显啰唆,不够简练。但二者的译文中出现的孔乙己这几个字还是会令读者感到些许的困惑,所以,对一个译者来说,对与文化或历史有关的名词或事件的翻译,应该多采用解释的翻译方法来增进读者的理解,虽然这样做,对原文的文采和韵味都会是个损害,但这样的译文照顾到了读者,不影响读者的阅读和理解,这才是最重要的。

2)原文:有一天,大约是中秋前的两三天,掌柜正在慢慢地结账,取下粉板,忽然说,"孔乙己长久没有来了。还欠十九个钱呢!"《孔乙己》(第 40 页第 15 行)

蓝译:'I haven't seen Kong Yiji for ages,' the manager pronounced one day, probably a little before the Mid – Autumn Festival, as he took down the slate to work slowly through the accounts. 'He still owes me nineteen coppers!'(第35页第19行)

杨译:One day, shortly before the Mid – Autumn Festival I think it was, my boss who was slowly making out his accounts took down the tally – board. "Kong Yiji hasn't shown up for a long time," he remarked suddenly. "He still owes nineteen coppers."(第41页第14行)

作者运用了反复的修辞手法,在文中,掌柜四次提到了"孔乙己还欠十九个钱呢",一次是中秋节前的两三天,二次是中秋节过后,三次是到了年关,四次是到第二年的端午节,这一反复说明了孔乙己的穷困不堪,已经不能再保持原来从不拖欠的"好品行"了,另外掌柜的除了拿孔乙己当笑料外,只关心孔乙己拖欠的酒钱,由此可看出掌柜的自私与冷酷,也说明孔乙己已经卑贱到了极点(张鹄,1981)。蓝译为 He still owes me nineteen coppers! 杨译为 He still owes nineteen coppers,两位译者都采取了直译的翻译方法。

3)原文:如果出到十几文,那就能买一样荤菜,但这些顾客,多是短衣帮,大抵没有这样阔绰。只有穿长衫的,才踱进店面隔壁的房子里,要酒要菜,慢慢地坐喝。《孔乙己》(第36页第6行)

蓝译:If their budgets stretched to ten coppers or more, a meat dish would be within their reach. But such extravagance was generally beyond the means of short – jacketed manual labourers. Only those dressed in the long scholar's gowns that distinguished those who worked with their heads from those who worked with their hands made for a more sedate, inner room, to enjoy their wine and food sitting down.(第32页第10行)

杨译:while a dozen will buy a meat dish; but most of the customers here belong to the short – coated class, few of whom can afford this. As for those in long gowns, they go into the inner room to order wine and dishes and sit drinking at their leisure.(第37页第6行)

原文是对来酒馆喝酒的客人进行的描写,作者运用借代的修辞手法。"短衣帮"指穷苦的劳动人民,"穿长衫的"指有钱的上层人物,用衣着特征来指代人,除了形象鲜明之外,很容易使人联想到等级制度的森严,社会地位的不公(周爱荣,2002)。蓝译为 short – jacketed manual labourers, those dressed in the long scholar's gowns;杨译为 the short – coated class, those in long gowns,两位译者对原文的处理可以说异曲同工,都非常贴切地表达了原文的含义。

3.《药》中的修辞翻译

1)原文:路的左边,都埋着死刑和瘐毙的人,右边是穷人的丛冢。两面都已埋到层层叠叠,宛然阔人家里祝寿时候的馒头。《药》(第58页第8行)

蓝译:To the left of this natural boundary line were buried the bodies of the executed and those who had died in prison; to the right lay the mass graves into which the town's poor were sunk. Both sides bulged with grave mounds, like the tiered crowns of steamed bread with which wealthy families celebrated their birthdays.(第43页第9行)

杨译:Left of the path, executed criminals or those who had died of neglect in prison were buried. Right of the path were paupers' graves. The serried ranks of grave mounds on both sides looked like the rolls laid out for a rich man's birthday.(第59页第9行)

原文描写的是华大妈去墓地为华小栓上坟,路遇革命者夏瑜的妈妈夏四奶奶,对坟场场景的描写。作者运用比喻来讽喻事理,阔人的幸福是由穷人的血泪换来的,有钱人家里的馒头越多,穷人家的坟头就愈多,两相对比,思想极其深刻(刘经建,1996)。蓝译为 like the tiered crowns of steamed bread with which wealthy families celebrated their birthdays,杨译为 The serried ranks of grave mounds on both sides looked like the rolls laid out for a rich man's birthday,两位译者都是使用了明喻的修辞手段。

2)原文:老栓也向那边看,却只见一堆人的后背;颈项都伸得很长,仿佛许多鸭,被无形的手捏住了的,向上提着。静了一会,似乎有点声音,便又动摇起来,轰的一声,都向后退;一直散到老栓立着的地方,几乎将他挤倒了。《药》(第50页第8行)

蓝译:Shuan watched them, the view beyond blocked by the ranks of backs and extended necks – as if they were so many ducks, their heads stretched upwards by an invisible puppeteer. A moment's silence, a slight noise, then they regained the power of motion. With a roar of movement, the mass of them pushed back towards Shuan, almost sweeping him over in the crush.(第38页第28行)

杨译:Old Shuan looked in that direction too, but could only see people's backs. Craning their necks as far as they would go, they looked like so many ducks, held and lifted by some invisible hand. For a moment all was still; then a sound was heard, and a stir swept through the onlookers. There was a rumble as they pushed back, sweeping past Old Shuan and nearly knocking him down. （第 51 页第 7 行）

原文描写的是人们围观革命者被行刑的场景，这句话也是鲁迅小说中比较经典的句子。作者运用了比喻的修辞手法，用仿佛被无形的手向上提着颈的鸭子，来比喻惦着脚伸着脖子，围在刑场周围看热闹的人们，形象地反映了他们的愚昧和麻木（周爱荣，2002）。蓝译为 as if they were so many ducks, their heads stretched upwards by an invisible puppeteer，杨译为 they looked like so many ducks, held and lifted by some invisible hand，两位译者都沿用了原文的修辞手段，使用了明喻的修辞方法。

3）原文："这给谁治病的呀？"老栓也似乎听得有人问他，但他并不答应；他的精神，现在只在一个包上，仿佛抱着一个十世单传的婴儿，别的事情，都已置之度外了。他现在要将这包里的新的生命，移植到他家里，收获许多幸福。《药》（第 50 页第 21 行）

蓝译：Who's that for – who's ill?' Shuan vaguely heard someone ask. Whoever it was, he ignored them. His mind was now focused on one object alone, as if he held in his hands the single heir to an ancient house; all else was shut out. His only thought was to place this elixir inside his son, and enjoy its blessings. （第 39 页第 9 行）

杨译："Whose sickness is this for?" Old Shuan seemed to hear someone ask; but he made no reply. His whole mind was on the package, which he carried as carefully as if it were the sole heir to an ancient house. Nothing else mattered now. He was about to transplant this new life to his own home, and reap much happiness. （第 51 页第 23 行）

原文描写的是华老栓拿到人血馒头后的反应。华老栓觉得自己仿佛看到了希望，对于他来说，馒头就象征着生命。作者运用了比喻的修辞手法，直接刻画人物心理。一连串的比喻表现了华老栓买来人血馒头后充满希望的狂喜心情，反映了他的麻木和愚昧，体现了作者哀其不幸的怜悯和同情，控诉了封建统治者对劳动人民灵魂的精神摧残，揭露了这个吃人社会的黑暗（冉祥谦，2006）。蓝译为 as if he held in his hands the single heir to an ancient house，杨译为 as if it were the sole heir to an ancient house，两位译者都采用了明喻的修辞手段，使用了常用的修辞表达标志语 as if，忠实于原文，译文通顺贴切。

4）原文：老栓走到家，店面早经收拾干净，一排一排的茶桌，滑溜溜的发光。但是没有客人；只有小栓坐在里排的桌前吃饭，大粒的汗，从额上滚下，夹袄也贴住了脊心，两块肩胛骨高高凸出，印成一个阳文的"八"字。《药》（第 50 页第 27

行)

蓝译:By the time Shuan returned home, the main room at the teahouse had been cleaned and tidied, its rows of tables polished to an almost slippery shine. No customers, only his son, sitting eating at one of the inner tables, fat beads of sweat rolling off his forehead, thick jacket stuck to his spine, the hunched ridges of his shoulder blades almost joined in an inverted V. A frown furrowed Shuan's forehead.(第 39 页第 17 行)

杨译:When Old Shuan reached home, the shop had been cleaned, and the rows of tea – tables were shining brightly; but no customers had arrived. Only his son was sitting at a table by the wall, eating. Beads of sweat stood out on his forehead, his lined jacket was sticking to his spine, and his shoulder blades stuck out so sharply, an inverted V seemed stamped there.(第 51 页第 30 行)

原文描写的是华小栓病得很严重,因为瘦弱,所以肩胛骨看起来就像个"八"字。作者运用比喻的修辞手法,把小栓"痨病"已入膏肓用"八"字描写,突出展现了小栓的骨瘦如柴病势严重,将形似与神似高度统一在一起(张鹄,1981)。蓝译为 the hunched ridges of his shoulder blades almost joined in an inverted V. A frown furrowed Shuan's forehead,杨译为 and his shoulder blades stuck out so sharply, an inverted V seemed stamped there,原文采用的是比喻的修辞手段,译文采用的是暗喻的方法,用"八"比喻小栓的瘦弱的肩胛骨的形状,很形象,突出了小栓的病弱。

4.《明天》中的修辞翻译

1)原文:单四嫂子早睡着了,老拱们也走了,咸亨也关上门了。这时的鲁镇,便完全落在寂静里。只有那暗夜为想变成明天,却仍在这寂静里奔波;另有几条狗,也躲在暗地里呜呜的叫。《明天》(第 78 页第 2 行)

蓝译:With Mrs Shan asleep, and Gong and his fellow drinkers gone, the Universal Prosperity locked its doors. Silence descended on Luzhen. Only the darkness remained, agitating to become tomorrow's first light, concealing within itself the howls of the village dogs.(第 52 页第 14 行)

杨译:Fourth Shan's Wife was asleep, Old Gong and the others had gone, the door of Prosperity Tavern was closed. Luzhen was sunk in utter silence. Only the night, eager to change into the morrow, was journeying on in the silence; and, hidden in the darkness, a few dogs were barking.(第 79 页第 2 行)

原文描写的是单四嫂子的孩子死了,当人们都走了后,整个鲁镇便沉浸在夜幕中，但是希望却还在。作者运用了比拟的修辞手法，暗示光明的明天，一定会战胜黑暗的今天（冉祥谦，2006）。蓝译为 Only the darkness remained, agitating to become tomorrow's first light, concealing within itself，杨译为 Only the night, eager to change into the morrow, was journeying on in the silence；两位译者都采用了比拟的修辞方法，表达了原文的深刻含义。

2）原文："没有声音，——小东西怎了？"

红鼻子老拱手里擎了一碗黄酒，说着，向间壁努一努嘴。《明天》（第 68 页第 1 行）

蓝译：'Can't hear a thing – what's wrong, d'you think?' Lifting his bowl of rice wine, Red – Nosed Gong made a face in the direction of next door.（第 46 页第 1 行）

杨译："Not a sound—what's wrong with the kid?" A bowl of yellow wine in his hands, Red – nosed Gong jerked his head towards the next house as he spoke.（第 69 页第 1 行）

原文描写的是小说人物之一红鼻子老拱帮着照看孩子的场景。作者运用了借代的修辞手法，用"红鼻子"来突出人物特征，将老拱的形象刻画得更加鲜明，让读者易于记忆（韦丙海、沈兰华，1998）。蓝译为 Red – Nosed Gong made a face in the direction of next door，杨译为 Red – nosed Gong jerked his head towards the next house，可以看出来两位译者对于原文的"红鼻子老拱"的处理是一致的，唯一的区别是 nosed 的大小写问题。

5.《一件小事》中的修辞翻译

原文：我这时突然感到一种异样的感觉，觉得他满身灰尘的后影，刹时高大了，而且愈走愈大，须仰视才见。而且他对于我，渐渐的又几乎变成一种威压，甚而至于要榨出皮袍下面藏着的"小"来。《一件小事》（第 84 页第 32 行）

蓝译：In that brief moment, a curious sensation overtook me: his back, filthy with dust, suddenly seemed to loom taller, broader with every step he took, until I had to crick my neck back to view him in his entirety. It seemed to bear down on me, pressing out the petty selfishness concealed beneath my fur coat.（第 54 页第 19 行）

杨译：Suddenly I had the strange sensation that his dusty retreating figure had in that instant grown larger. Indeed, the further he walked the larger he loomed, until I had to look up to him. At the same time he seemed gradually to be exerting a pressure on me which threatened to overpower the small self hidden under my fur – lined gown.

(第85页第34行)

原文描写的是作者在车夫扶着老妇人离开,从后面看车夫时候的感慨。作者运用对比性的夸张手法,突出车夫高尚伟大的人格,反衬自己自私渺小的心灵(周爱荣,2002)。蓝译为 suddenly seemed to loom taller, broader with every step he took, pressing out the petty selfishness concealed beneath my fur coat,杨译为 the further he walked the larger he loomed, to be exerting a pressure on me which threatened to overpower the small self hidden under my fur-lined gown,两位译者的翻译可以说各具特色,有一点相同的就是都比较忠实于原文,用不同结构的句子来完成对原文的解释。

6.《头发的故事》中的修辞翻译

1)原文:他说:"我最佩服北京双十节的情形。早晨,警察到门,吩咐道'挂旗!''是,挂旗!'各家大半懒洋洋的踱出一个国民来,撅起一块斑驳陆离的洋布。这样一直到夜,——收了旗关门;几家偶然忘却的,便挂到第二天的上午。他们忘却了纪念,纪念也忘却了他们!"《头发的故事》(第92页第12行)

蓝译:Oh, they know how to celebrate Double Tenth in Beijing. First thing, a policeman turns up and orders you to Fly the Flag! Yes, yes, officer, mumbles your model citizen, sleepwalking out to stick a faded old rag up. Then comes back out when it gets dark, takes it down and shuts up shop. Unless he forgets, of course, and leaves it up overnight. What does the Revolution mean to him? What does he mean to the Revolution? Not a thing. (第56页第15行)

杨译:"The Double Tenth Festival in Beijing strikes me as admirable," he observed. "In the morning a policeman comes to your gate to order, 'Put up a flag.' 'A flag, right!' Most families lackadaisically bring out a national flag, and that cloth of many colours is hung up till the evening, when they take it down and shut the gate. A few may forget and leave it up till the next morning."

They have forgotten the anniversary, and the anniversary has forgotten them. (第93页第10行)

原文描写的是小说人物N先生描写双十节的情景。蓝译为 sleepwalking out to stick a faded old rag up,杨译为 lackadaisically bring out a national flag, and that cloth of many colours is hung up till the evening。蓝译的理解与原文略有出入,翻译过来是一块褪色的破旧的布,但原文大意说的是色彩杂乱的布,所以两位译者因为理解不同,译文也是不同。

2)原文:"我要借了阿尔志跋绥夫的话问你们:你们将黄金时代的出现豫约给这些人们的子孙了,但有什么给这些人们自己呢?"《头发的故事》(第 98 页第 6 行)

蓝译:What is it that Artzybashev says in Sheviriof? You promise their children and grandchildren paradise on earth, but what can you give them in the here and now?(第 59 页第 31 行)

杨译:Borrowing the words of Artzybashev, let me ask you: You subscribe to a golden age for posterity, but what have you to give these people themselves?(第 99 页第 6 行)

原文描写的是 N 先生借用某作家的一句话来表达自己的心情。作者运用了反问的修辞手法,表达了 N 先生对中国近代革命的失望心情(严家炎,2011)。蓝译为 You promise their children and grandchildren paradise on earth, but what can you give them in the here and now? 杨译为 You subscribe to a golden age for posterity, but what have you to give these people themselves? 从译文中可以看出,两位译者都使用了反问的修辞手段,都使用了一个疑问句,来表达小说人物的失望心情。

3)原文:宣统初年,我在本地的中学校做监学,同事是避之惟恐不远,官僚是防之惟恐不严,我终日如坐在冰窖子里,如站在刑场旁边,其实并非别的,只因为缺少了一条辫子!《头发的故事》(第 96 页第 11 行)

蓝译:The year the last emperor came to the throne - 1909, that would be - I was in charge of student affairs at my local middle school. The other teachers treated me like a leper, while the local officials watched me like hawks. Every day I felt like I was stuck in an ice house, or waiting for my own execution. And just because I had no queue.(第 58 页第 34 行)

杨译:At the start of the Xuantong era, when I was dean of our local middle school, my colleagues kept at a distance from me, officialdom mounted a strict watch over me. I felt as if sitting all day in an ice - house, or standing by an execution ground. And the sole reason for this was my lack of a queue。(第 97 页第 12 行)

原文描写的是小说中的 N 先生剪辫子后所遭遇的经历。小说作者运用了比喻的修辞手法,用两个比喻,将 N 先生剪辫子以后,受到歧视咒骂,惶惶不可终日的那种抽象难受的心理具体化、形象化(韦丙海、沈兰华,1998)。蓝译为 Every day I felt like I was stuck in an ice house, or waiting for my own execution. 杨译为 I felt as if sitting all day in an ice - house, or standing by an execution ground. 两位译者对比喻修辞手段的处理与原文一致,蓝译选择了 felt like,杨译选择了 felt as if,处理策略比较相同，都采用了明喻的修辞手段明确地表达了原文的意思。

7.《风波》中的修辞翻译

1）原文：临河的土场上，太阳渐渐的收了他通黄的光线了。场边靠河的乌桕树叶，干巴巴的才喘过气来，几个花脚蚊子在下面哼着飞舞。《风波》（第104页第1行）

蓝译：Over the mudflats down by the river, the sun was slowly gathering in its golden rays. The parched leaves of the tallow trees on the bank seemed to gasp with relief, a smattering of mosquitoes dancing and droning below.（第61页第8行）

杨译：On the mud flat by the river, the sun's bright yellow rays were gradually fading. The parched leaves of the tallow trees beside the river were at last able to take breath, while below them a few striped mosquitoes danced and droned.（第105页第1行）

原文描写的是风波发生的地点和周围的环境。作者运用了拟人的修辞手法描写景象。写天气热，蚊子活动猖獗（冉祥谦，2006）。蓝译译文为 The parched leaves of the tallow trees on the bank seemed to gasp with relief, a smattering of mosquitoes dancing and droning below，杨译译文为 The parched leaves of the tallow trees beside the river were at last able to take breath, while below them a few striped mosquitoes danced and droned. 两位译者也是使用了拟人的修辞手段，蓝译用词包括了 gasp, dancing and droning 等；杨译用词包括 take breath，danced and droned，都非常生动地描绘了小说发生的场景，给人深刻的印象。

2）原文：革命以后，他便将辫子盘在顶上，像道士一般；常常叹息说，倘若赵子龙在世，天下便不会乱到这地步了。《风波》（第108页第11行）

蓝译：After the 1911 Revolution, he had coiled his queue up on to his head, like a Daoist priest. If there was just a bit more of The Romance of the Three Kingdoms spirit about today, he would often sigh to himself, things would not be in the pickle they were.（第64页第13行）

杨译：After the Revolution he had coiled his queue on the top of his head like a Taoist priest, and he often remarked with a sigh that if only Zhao Yun were still alive the empire would not be in such a bad way.（第109页第13行）

原文描写的是赵七爷在革命之后，也模仿别人把辫子盘在头上，不是真革命却也装出革命的样子。作者运用了比喻的修辞手法，把封建残余势力的代表赵七爷比喻成假道士，揭示出他们伪装革命、随波逐流的丑恶面目（韦丙海、沈兰华，

1998)。蓝译为 like a Daoist priest,杨译为 like a Taoist priest。蓝译和杨译对待原文的处理方式一致,都使用了 priest 一词,对于道教一词的翻译二人所用词汇的拼写不一致,但用法和意义是一样的。

3) 原文:九斤老太虽然高寿,耳朵却还不很聋,但也没有听到孩子的话,仍旧自己说,“这真是一代不如一代!”《风波》(第104页第20行)

蓝译:Mrs Nine – Pounds's hearing was little impaired for all her seventy – eight years – but happily the girl's verdict escaped her ears. ‘The youth of today,’ she went on. ‘It wasn't like this in my day ...’(第62页第9行)

杨译:Old Mrs. Ninepounder for all her great age was not deaf. She did not, however, catch what the child had called and went on muttering to herself, “Yes, indeed. Each generation is worse than the last.”(第105页第22行)

原文描写的是九斤老太对现状的不满,抱怨着一代不如一代。作者运用了反复的修辞手法,在文中“一代不如一代”反复了8次。由于生活的困顿,这位农家老太产生了“一代不如一代”的今不如昔的烦恼和牢骚。反复的运用,表现了作者对劳动人民的深切同情,同时也表现了作者对九斤老太这一消极慨叹的批判(周爱荣,2002)。蓝译为 It wasn't like this in my day,杨译为 Yes, indeed. Each generation is worse than the last,两位译者的译文中并没有表现出原文的反复的修辞手段,均以普通的句子来表达九斤老太的抱怨。

8.《故乡》中的修辞翻译

1)原文:我吃了一惊,赶忙抬起头,却见一个凸颧骨,薄嘴唇,五十岁上下的女人站在我面前,两手搭在髀间,没有系裙,张着两脚,正像一个画图仪器里细脚伶仃的圆规。《故乡》(第128页第15行)

蓝译:Looking up in some trepidation, I now saw before me a woman of around fifty: high cheekbones, thinly drawn lips, hands on hips, trousered legs set angularly apart, like the limbs of a compass.(第74页第10行)

杨译:I looked up with a start, and saw a woman of about fifty with prominent cheekbones and thin lips standing in front of me, her hands on her hips, not wearing a skirt but with trousered legs apart, just like the compass in a box of geometrical instruments.(第129页第15行)

原文描写的是作者见到“豆腐西施”杨二嫂时的情景,作者运用了比喻的修辞手法,“凸颧骨,薄嘴唇”描写了杨二嫂的外貌,突出了她带有尖酸自私特点的小市民形象,“薄嘴唇”为下文写她伶牙俐齿、语言尖刻做铺垫。作者还用“细脚伶仃的圆规”比喻她的体形,突出其“瘦”。这段外貌描写抓住了杨二嫂的面部和体形特征,十分传神地刻画出一个生活艰辛、瘦骨嶙峋的中年妇女的典型形象。蓝译为 like the limbs of a compass,杨译为 just like the compass in a box of geometrical instruments,两位译者都是使用了明喻的修辞手段,都使用了 compass 这个词。但二者还是有区别的,蓝译使用了明喻的修辞手段,同时也使用了暗喻的修辞手段,例如译文中的 limbs of compass,作者用 limbs 来比喻杨二嫂的脚和站立的姿势,生动形象。

2)原文:手里提着一个纸包和一支长烟管,那手也不是我所记得的红活圆实的手,却又粗又笨而且开裂,像是松树皮了。《故乡》(第 130 页第 23 行)

蓝译:A paper bag and a long pipe were carried in rough, clumsy hands cracked like pine bark – again, no longer the strong, pink hands I remembered.(第 75 页第 27 行)

杨译:He was carrying a paper package and a long pipe, nor was his hand the plump red hand I remembered, but coarse and clumsy and chapped, like the bark of a pine tree.(第 131 页第 26 行)

原文描写的是“我”看到成年后的闰土的情景。原文使用了明喻的修辞手段,比喻闰土的手“像是松树皮了”,说明闰土在生活上的操劳。同时,作者也采用对比的修辞方法,从身材、脸色、眼睛、衣着和手的变化来突出表现中年闰土穷苦、窘迫的生活状态。蓝译是 rough, clumsy hands cracked like pine bark – again, no longer the strong, pink hands I remembered,译文中译者使用了明喻的修辞手段,如 like pine bark 来表达强烈的对比。杨译为 the plump red hand I remembered, but coarse and clumsy and chapped, like the bark of a pine tree,译者使用明喻的修辞方法,采用 like the bark of a pine tree 来进行对比,说明少年和成年闰土的举动变化。

3)原文:母亲和我都叹息他的景况:多子,饥荒,苛税,兵,匪,官,绅,都苦得他像一个木偶人了。《故乡》(第 134 页第 1 行)

蓝译:Mother and I sighed over his situation together: too many children, famine, taxes, soldiers, bandits, officials, corrupt local potentates – they'd all taken their pound of flesh.(第 77 页第 4 行)

杨译:Mother and I both shook our heads over his hard life: many children, famines, taxes, soldiers, bandits, officials and landed gentry, all had squeezed him as dry as a mummy.(第 135 页第 1 行)

原文描写的是“我”和母亲聊到闰土的现状时候说的话,造成闰土凄惨命运的根本原因是帝国主义势力与封建势力的相互勾结,闰土在经济上窘迫,在精神上麻木。作者运用了比喻的修辞方法,用“木偶人”来比喻闰土所承受的重压,闰土在重重困苦下已经没有了感觉,近乎麻木,这个比喻恰如其分地写出了命运带给他的痛苦。这也是闰土性格发生巨大变化的原因。蓝译为 they'd all taken their pound of flesh,原文是明喻,但译者则用暗喻的方法来形容苛捐杂税等吃掉了闰土的血肉,译文更加生动传神。杨译为 all had squeezed him as dry as a mummy,译者使用了明喻的修辞手段,与原文的修辞方法一致。杨译的译文一贯忠实于原文,原文是“木偶人”,译文也采用了对应的方法,使用了 mummy 来表达,说明闰土被压榨得如同木乃伊一样血肉不存的悲惨人生。

4)原文:他只是摇头;脸上虽然刻着许多皱纹,却全然不动,仿佛石像一般。《故乡》(第 132 页第 28 行)

蓝译:He went on shaking his head. None of his wrinkles ever moved – as if they were written on stone.(第 76 页第 34 行)

杨译:He kept shaking his head; yet, although his face was lined with wrinkles, not one of them moved, just as if he were a stone statue.(第 133 页第 31 行)

原文描写的是主人公“我”向他询问过得好不好,而闰土的反应很迟缓,不知道该说什么,给人僵硬、麻木的印象。这句话运用比喻的修辞方法,形象地刻画出闰土内心不平,却又无力反抗,更不知如何改变现状的愚钝、麻木的木偶人形象。蓝译为 as if they were written on stone,译者使用的修辞手段是明喻,比喻闰土脸上的皱纹就好像是刻在石头上一样,说明闰土的麻木状态。杨译为 just as if he were a stone statue,译者也是使用了明喻的修辞手段,用 stone statue 来形容闰土看起来就像是一个石像一样。两位译者虽然都使用了明喻的修辞手段,但所用的句子不尽相同,蓝译句子的主语是 wrinkles,皱纹被刻画在石头上。而杨译是把闰土用做主语,说明人就像石像一样。从二者的译文可以看出,译者的不同认知造成了不同的理解和表达。

5)原文:我似乎打了一个寒噤;我就知道,我们之间已经隔了一层可悲的厚障壁了。《故乡》(第 132 页第 2 行)

蓝译:I almost felt myself shudder with sadness – at the thick wall sprung up between us.(第 76 页第 1 行)

杨译:I felt a shiver run through me; for I knew then what a lamentably thick wall had grown up between us.(第 133 页第 2 行)

原文描写的是主人公“我”和闰土之间产生的距离感,“我”还想着少年时期的闰土,但闰土的一句“老爷”,生生阻隔了二人之间原本的亲近。这句话运用了比喻的修辞手法,“厚障壁”比喻封建等级观念在“我”和闰土之间造成的冷漠和隔膜,反映了封建的传统等级观念对闰土的毒害和摧残之深,表明少年时代的纯真友谊已经被森严的等级观念取代了(薛金星,2010)。蓝译为 at the thick wall sprung up between us,杨译为 for I knew then what a lamentably thick wall had grown up between us。两位译者都使用了 thick wall 来表示原文"厚障壁",对应原文的修辞手段,也使用了暗喻的修辞方法。

9.《阿 Q 正传》中的修辞翻译

1)原文:阿 Q 在这刹那,便知道大约要打了,赶紧抽紧筋骨,耸了肩膀等候着,果然,啪的一声,似乎确凿打在自己头上了。《阿 Q 正传》(第 158 页第 16 行)

蓝译:Realizing, at this instant, that another thrashing was coming his way, Ah-Q braced himself and waited. Predictably enough, a hard object cracked emphatically against his head.(第 91 页第 24 行)

杨译:With great strides he bore down on Ah Q who, guessing at once that a beating was in the offing, hastily flexed his muscles and hunched his shoulders in anticipation. Sure enough, Thwack! Something struck him on the head.(第 159 页第 18 行)

原文描写的是阿 Q 看到钱太爷的大儿子时的情景,阿 Q 把他称为"假洋鬼子",阿 Q 忍不住骂了假洋鬼子是个"秃驴",这让假洋鬼子很生气,用手杖击打阿 Q。作者运用了夸张的修辞手法,逼真地描写出了阿 Q 的紧张心情(周爱荣,2002)。原文的修辞手段在塑造人物形象方面起到了极大的促进作用,使得阿 Q 的形象更丰满。蓝译为 Predictably enough, a hard object cracked emphatically against his head,杨译为 Sure enough, Thwack! Something struck him on the head,两位译者各有文采,都把阿 Q 的动作和反映惟妙惟肖地翻译了出来。

2)原文:假洋鬼子回来时,向秀才讨还了四块洋钱,秀才便有一块银桃子挂在大襟上;未庄人都惊服,说这是柿油党的顶子,抵得一个翰林;《阿 Q 正传》(第 194 页第 12 行)

蓝译:When this deputy returned, he collected four silver dollars from the village genius, in exchange for which the latter was presented with a silver peach, which he pinned to the lapel of his gown. This, it was put about with gasps of admiration, was the insignia of the Persimmon Oil Party. Their local scholar was now equal in rank to a member of the imperial academy!(第 114 页第 36 行)

杨译:When the Bogus Foreign Devil came back he collected four dollars from the successful county candidate, after which the latter wore a silver peach on his chest. All the Weizhuang villagers were overawed, and said that this was the badge of the Persimmon Oil Party , equivalent to the rank of a Han Lin.（第 195 页第 15 行）

原文描写的是阿 Q 想要革命却不知道如何参加革命党,他发现把头发盘起来不行,必须要结识革命党,于是便去接近假洋鬼子。本段中作者运用了借代的修辞手法。“银桃子”是用事物的质地和形状来代替“柿油党”的徽章。“柿油党”是通过谐音来代替所谓的“自由党”,运用借代的修辞手法表现了作者对“柿油党”和“假洋鬼子”的嘲讽之意、憎恶之情(韦丙海、沈兰华,1998)。原文的“柿油党”实际是“自由党”,是谐音造成的误读,但就是这个误读的柿油党,却也反映出当时部分所谓革命的民众,实际上根本不知道自己在做什么,对于革命也只是处于萌芽状态,也说明了造成阿 Q 未来悲惨的结局不是没有原因的。蓝译为 the insignia of a silver peach,the Persimmon Oil Party,译者对于“柿油党”的处理是直译;杨译为 the badge of a silver peach,the Persimmon Oil Party,译者的处理策略是直译,两位译者对于“柿油党”的翻译是一样的,但二者的区别也还很明显,例如原文提到的“翰林”,蓝译是 a member of the imperial academy,突出了翰林的文化含义,杨译 the rank of a Han Lin 则突出了“翰林”的文化独特性。但杨译容易造成阅读的障碍,普通读者对于 Han Lin 如果没有注解是很难理解的。

3）原文:这一夜没有月,未庄在黑暗里很寂静,寂静到像羲皇时候一般太平。《阿 Q 正传》(第 198 页第 18 行)

蓝译:A perfect peace seemed to reign over Weizhuang that moonless night – as perfect as in the time of the ancient sage emperors.（第 117 页第 27 行）

杨译:There was no moon that night, and Weizhuang was very still in the pitch darkness, as quiet as in the peaceful days of Emperor Fu Xi.（第 199 页第 20 行）

原文描写的是阿 Q 看到赵家被抢了,他看着赵家被抢,思前想后却仍然想不明白,为什么革命不被允许,赵家被抢的好处也和自己没有关系,未庄很乱,没有了太平,而作者这时候却说夜晚的未庄寂静得就像羲皇时候。作者运用了比喻的修辞手法,“羲皇时候”是人类的早期,是为后人向往的太平盛世、理想社会,是人类的黄金时代。此时的未庄寂静到像羲皇时候一般太平,犹如回到了远古的理想社会。然而这太平的黑夜中正上演着麻木的阿 Q 被毒害、被杀戮的悲惨事件,最令人感到可悲的是阿 Q 到死也没有看清楚自己悲惨的命运(李志坚,2008)。蓝译为 as perfect as in the time of the ancient sage emperors,译者使用了明喻的修辞手段,as perfect as 作为明喻的标识语,与原文对应。杨译为 as quiet as in the peaceful days of Emperor Fu Xi,译者选用的是 as quiet as 作为明喻标识语。两位译者虽然都使用了明喻的修辞手段,但是二者的译文还是有差别的,可以看出两位译者不同的处理方式,最明显的就是对于原文中“羲皇”的处理,蓝译用 ancient emperors

来替代“羲皇”，杨译则把“羲皇”Emperor Fu Xi 直译了出来，从读者的角度来说，如果没有注解，难免会有阅读障碍。

10.《端午节》中的修辞翻译

原文：待到知道我想要向他通融五十元，就像我在他嘴里塞了一大把盐似的，凡有脸上可以打皱的地方都打起皱来。《端午节》（第 222 页第 15 行）

蓝译：Then I asked him if I could borrow fifty dollars off him, just for the next few days. He made this face, as if I'd just stuffed a handful of salt in his mouth.（第 130 页第 11 行）

杨译：When he learned that I wanted a short – term loan of fifty yuan, he looked as if I'd stuffed his mouth with salt — every wrinkle on his face crinkled.（第 223 页第 15 行）

原文描写的是方玄绰与方太太讨论着薪水问题，谈论生活的不易、借钱的艰难。作者通过“在他嘴里塞了一大把盐”的新颖设喻，写出了小官吏方玄绰在生活“万分拮据”中，向人借贷时喜剧式的遭遇，有力地反映出人情之淡薄（张鹄，1981）。蓝译为 as if I'd just stuffed a handful of salt in his mouth，杨译为 he looked as if I'd stuffed his mouth with salt，原文的修辞手段为比喻，所以两位译者的处理方式与原文一致，都采用了明喻的修辞方法，朴实自然。

11.《白光》中的修辞翻译

1）原文：赶走了租住在自己破宅门里的杂姓——那是不劳说赶，自己就搬的，——屋宇全新了，门口是旗杆和匾额，……要清高可以做京官，否则不如谋外放。……他平日安排停当的前程，这时候又像受潮的糖塔一般，霎时倒塌，只剩下一堆碎片了。《白光》（第 232 页第 14 行）

蓝译：He would get rid of the tenants who had rented rooms in the derelict old family house – though likely as not, they would all have deferentially moved out of their own accord, to make way for him. The whole house would be made good as new, its gate embellished with a flagpole and plaque ... If he preferred to work behind the scenes, away from the cut – and – thrust of local politics, a cosseted job in the capital would be his; otherwise, he could settle for a lucrative post in the provinces ... Like a tower of barley sugar attacked by rain, his glorious future crumbled about him, leaving only fragments at his feet.（第 233 页第 20 行）

杨译：The other families renting his tumble – down house had been driven away —

no need for that, they would move of their own accord — and the whole place was completely renovated with flagpoles and a placard at the gate.... If he wanted to keep his hands clean he could be an official in the capital, otherwise some post in the provinces would prove more lucrative. Once more the future mapped out so carefully had crashed in ruins like a wet sugar - candy pagoda, leaving nothing but debris behind. (第233页第14行)

原文描写的是陈士成看榜归来的情景。陈士成又一次落榜了,内心充满了酸涩和痛苦,看榜之前所想象的美好梦想都破灭了,陈士成痛不欲生。作者运用新颖而奇特的比喻,使得人物形象栩栩如生地展现在读者面前,引发了读者对更广阔涵义的联想(张鹄,1981)。由于落榜,陈士成的精神受到了极大的打击。原文的修辞手段是明喻,原文"这时候又像受潮的糖塔一般,刹时倒塌,只剩下一堆碎片",其中"受潮的糖塔"用来比喻陈士成甜美的梦想,却因为落榜而破灭了。蓝译为 Like a tower of barley sugar attacked by rain,杨译为 like a wet sugar - candy pagoda,两位译者的明喻修辞手段比较明显,都使用了明喻标识语 like,译者的译文与原文的修辞手段一致,没有明显的区别。

2)原文:空中青碧到如一片海,略有些浮云,仿佛有谁将粉笔洗在笔洗里似的摇曳。《白光》(第234页第16行)

蓝译:The sky hung over him in an ocean of blue, the occasional cloud drifting across its surface, like pieces of chalk dipped into inky water. (第135页第4行)

杨译:The deep blue of the sky was like an expanse of sea, while a few drifting clouds looked as if someone had dabbled a piece of chalk in a dish for washing brushes. (第235页第18行)

原文描写的是陈士成在知道又一次落榜后,内心充满了悲伤与痛苦,回到家后仍然处于一个懵懂迷茫的状态,到了夜晚人们都睡了,只有陈士成在寂静的夜晚承受着落榜的痛苦。作者运用了比喻的修辞手法来描写景物,这段景物描写将夜空写得空灵,是为衬托陈士成内心的空寂(冉祥谦,2006)。蓝译为 like pieces of chalk dipped into inky water,杨译为 as if someone had dabbled a piece of chalk in a dish for washing brushes,两位译者都使用了明喻的修辞手段,分别使用了明喻标识语 like 和 as if,但在选词和表达上,还是看得到两位译者的区别,蓝译更注重整体原文的意义,对于原文的再创造比较明显,例如原文"笔洗"这个词,译者就转译为 inky water,巧妙地解决了有文化色彩的词汇"笔洗"的翻译,而杨译则直译为 dish,忠实于原文,没有过多的修改。

12.《兔和猫》中的修辞翻译

原文:造物太胡闹,我不能不反抗他了,虽然也许是倒帮他的忙……那黑猫是不能久在矮墙上高视阔步的了,我决定的想,于是又不由得一瞥那藏在书箱里面的一瓶青酸钾。《兔和猫》(第252页第13行)

蓝译:Well, if I can't beat the Creator, I might as well join him in his little game of willful destruction. That black cat won't be stalking up and down that wall for ever, I resolved to myself, glancing at the bottle of potassium cyanide in my book cabinet.(第143页第17行)

杨译:The Creator goes too far. I cannot but oppose him, although this may be abetting him instead. That black cat must not be allowed to lord it much longer on the low wall, I resolved. Then, involuntarily, my eye fell on a bottle of potassium cyanide tucked away in my case of books.(第253页第13行)

原文描写的是作者经常找机会打猫,对小白兔充满同情。作者运用了比喻的修辞手法,把弱小生命的群体比喻为小白兔,强大的黑暗势力比喻为大黑猫。"大黑猫不能久在矮墙上高视阔步了"表达了作者对黑暗恶势力的憎恶之情,启示人们对凶残势力不能有丝毫的容忍了(陆汉军,2000)。蓝译为 That black cat won't be stalking up and down that wall for ever,杨译为 That black cat must not be allowed to lord it much longer on the low wall,从两位译者的修辞手段很难看到原文的比喻用法,但是比拟的修辞手段却很明显。原文"高视阔步"一般都用来形容人走路的姿态,译文中的大黑猫在译者的笔下就犹如一个傲慢的人在墙上洋洋得意地走路。

13.《鸭的喜剧》中的修辞翻译

原文:俄国的盲诗人爱罗先珂君带了他那六弦琴到北京之后不多久,便向我诉苦说:"寂寞呀,寂寞呀,在沙漠上似的寂寞呀!"《鸭的喜剧》(第258页第1行)

蓝译:'This place is so lonely,' the blind Russian poet Eroshenko once complained to me, not long after he and his balalaika had arrived in Beijing. 'As lonely as the desert!'(第144页第1行)

杨译:Not long after the blind Russian poet Eroshenko brought his six-stringed guitar to Beijing, he complained to me, "Lonely, lonely! Like the loneliness in a desert!"(第259页第1行)

蓝译为 As lonely as the desert! 杨译为 Lonely, lonely! Like the loneliness in a desert! 两位译者的译文修辞手段一样,都是明喻,分别使用了明喻的常用标志语

as 和 like,忠实于原文。

14.《社戏》中的修辞翻译

1)原文:我们每天的事情大概是掘蚯蚓,掘来穿在钢丝做的小钩上,伏在河沿上去钓虾。虾是水世界里的呆子,决不惮用了自己的两个钳捧着钩尖送到嘴里去的,所以不半天便可以钓到一大碗。《社戏》(第 272 页第 18 行)

蓝译:Most of every day was spent digging up earthworms, threading them on to copper - wire hooks and lying on our stomachs on the river bank fishing for prawns. Prawns are waterborne dolts: they will happily insert a hook into their own mouths with their own pincers. In no time at all, we would catch ourselves a great bowlful, (第 151 页第 29 行)

杨译:We spent most of our days digging up earthworms, putting them on little hooks made of copper wire, and lying on the river bank to catch prawns. The silliest of water creatures, prawns willingly use their own pincers to push the point of the hook into their mouths; so in a few hours we could catch a big bowlful. (第 273 页第 21 行)

原文描写的是"我"与小伙伴们在外面玩乐的场景,挖蚯蚓钓虾,充满了无尽的乐趣。原文使用了拟人的修辞手段,形象地写出了虾"呆笨"的特点,"决不惮""两个钳捧着钩尖送到嘴里",从动作描写的角度,表现了虾的"呆",把虾当成人来写,生动形象。蓝译为 Prawns are waterborne dolts: they will happily insert a hook into their own mouths with their own pincers,译者的比拟手段体现在副词 happily 的使用上,用 happily 来修饰虾的动作。杨译为 The silliest of water creatures, prawns willingly use their own pincers to push the point of the hook into their mouths,译者把虾的动作用人的行为来表达,非常有趣味,给人印象深刻。

2)原文:淡黑的起伏的连山,仿佛是踊跃的铁的兽脊似的,都远远地向船尾跑去了,但我却还以为船慢。《社戏》(第 276 页第 4 行)

蓝译:Far off inland, the dusky black of a mountain range rushed past the stern, curved like the spine of an iron beast coiled back to spring. Though the going still felt slow to me. (第 153 页第 29 行)

杨译:Distant grey hills, undulating like the backs of some leaping iron beasts, seemed to be racing past the stern of our boat; but I still felt our progress was slow. (第 277 页第 4 行)

原文描写的是"我"与小伙伴们去看戏,坐在船上看河两岸的景色。这一景物描写运用了比喻和拟人的修辞手法,表现了"我"去看社戏时急切、激动的心情。

蓝译为 the dusky black of a mountain range rushed past the stern, curved like the spine of an iron beast coiled back to spring,译者使用了比喻和比拟的修辞手段,和原文对应。汉语中有表示明喻的常用词"仿佛",译文中用的是 like。杨译为 Distant grey hills, undulating like the backs of some leaping iron beasts, seemed to be racing past the stern of our boat,译文中的明喻常用词为 like 和 seem。两位译者对于细节的翻译有各自的理解和阐释,如"踊跃的铁的兽脊似的",蓝译为 the spine of an iron beast coiled...,杨译为 the backs of some leaping iron beasts,杨译的思维与汉语原文非常贴近,可以看出来译者受到了汉语的影响。

3)原文:最惹眼的是屹立在庄外临河的空地上的一座戏台,模糊在远处的月夜中,和空间几乎分不出界限,我疑心画上见过的仙境,就在这里出现了。《社戏》(第276页第17行)

蓝译:My eyes were drawn first to the stage, looming up out of an empty common just beyond the village proper – its outline only dimly visible from afar in the moonlit night, reminding me of fantastical sketches of fairytale landscapes I had seen.(第154页第7行)

杨译:Our eyes were drawn to the stage standing in a plot of empty ground by the river outside the village, hazy in the distant moonlight, barely distinguishable from its surroundings. It seemed that the fairyland I had seen in pictures had come alive here.(第277页第19行)

原文描写的是作者和小伙伴们结伴去看戏,到了地方后看到了远处的戏台。作者用"仙境"比喻自己看到的戏台,生动贴切,表现了月光下戏台境界的美妙和"我"心情的愉悦(薛金星,2010)。蓝译为 reminding me of fantastical sketches of fairytale landscapes I had seen,杨译为 It seemed that the fairyland I had seen in pictures had come alive here。对于仙境的翻译,蓝译选择了 fairytale landscapes,杨译的选择是 fairyland,二者异曲同工。译文的修辞手段,蓝译是暗喻,杨译则是明喻,使用了 seem 一词表示"看起来就像……"

第4节 《故事新编》中的修辞翻译

1.《补天》中的修辞翻译

1)原文:大风忽地起来,火柱旋转着发吼,青的和杂色的石块都一色通红了,饴糖似的流布在裂缝中间,像一条不灭的闪电。《补天》(第20页第28行)

蓝译:A sudden strong gust of wind bellowed the column of flame into life, spinning it round. The variously coloured stones reddened, then bolted liquidly, eternally through the crack like malt sugar.（第 305 页第 7 行）

杨译:A high wind sprang up, the fiery pillar whirled and roared, the blue stones and the stones of many colours became a uniform crimson. They rushed into the crack like a torrent of melted sugar or unflickering sheet lightning.（第 21 页第 31 行）

原文作者运用了比喻的修辞手法,创造性地把五色石比喻成是“一条不灭的闪电”,想象丰富,比喻奇特(常晶静,1998)。蓝译为 then bolted liquidly, eternally through the crack like malt sugar,杨译为 They rushed into the crack like a torrent of melted sugar or unflickering sheet lightning。蓝译把原文“饴糖似的流布在裂缝中间”翻译了出来,但“像一条不灭的闪电”并没有翻译出来,通过 like malt sugar 来表达原文的含义。杨译把原文的两个明喻都翻译了过来,再次体现了杨译忠实于原文的特色。蓝译则多从篇章的角度,对原文在理解的基础上进行再创作。

2）原文:天边的血红的云彩里有一个光芒四射的太阳,如流动的金球包在荒古的熔岩中;那一边,却是一个生铁一般的冷而且白的月亮。《补天》(第 22 页第 9 行)

蓝译:The sun blazed light over a blood - red horizon, like a golden ball petrified in ancient lava. A frigidly off - white moon, the colour of pig - iron, hung opposite.（第 305 页第 25 行）

杨译:In the blood - red clouds at the horizon was the glorious sun like some fluid orb of gold lapped in a waste of ancient lava. Opposite, the frigid white moon seemed as if made of iron.（第 23 页第 10 行）

原文作者运用比喻的修辞手法,用包在荒古的熔岩中的“流动的金球”和冷而白的“生铁”来分别形容女娲时代的太阳和月亮,抓住了事物间“热”、“亮”、“冷”等共同点,采用浓烈的色彩对比和冷暖对比,使人仿佛置身于那远古的神奇宇宙之间,大大突出了这古老传奇的神话色彩(刘经建,1996)。蓝译为 like a golden ball petrified in ancient lava. A frigidly off - white moon, the colour of pig - iron, hung opposite,杨译为 like some fluid orb of gold lapped in a waste of ancient lava. Opposite, the frigid white moon seemed as if made of iron。两位译者对原文的两个明喻处理方式一致,第一句的明喻在译文中也采用了明喻的修辞手段,对于第二个明喻,蓝译则是采用了暗喻的修辞手段,杨译采用了明喻方法,忠实再现了原文的意境。

2.《奔月》中的修辞翻译

1)原文:聪明的牲口确乎知道人意,刚刚望见宅门,那马便立刻放缓脚步了,并且和它背上的主人同时垂了头,一步一顿,像捣米一样。《奔月》(第30页第1行)

蓝译:It is an acknowledged truth that intelligent beasts can read the human mind. The moment that its master's gate swung into view, the horse slowed its canter and, just like its rider, hung its head, letting it jolt at each step like a pestle pounding rice in a mortar. (第307页第1行)

杨译:It is a fact that intelligent beasts can divine the wishes of men. As soon as their gate came in sight the horse slowed down and, hanging its head at the same moment as its rider, let it jog with each step like a pestle pounding rice. (第31页第1行)

原文作者运用了贴切的比喻,用捣米的动作进行比喻,不仅形似,更重要的是把马和背上主人的情绪和心境表露得淋漓尽致(常晶静,1998)。蓝译为 letting it jolt at each step like a pestle pounding rice in a mortar,杨译为 let it jog with each step like a pestle pounding rice,两位译者都使用了明喻的修辞手段来对应原文,形象生动。

2)原文:那时快,对面是弓如满月,箭似流星。飕的一声,径向羿的咽喉飞过来。也许是瞄准差了一点了,却正中了他的嘴;一个筋斗,他带箭掉下马去了,马也就站住。《奔月》(第40页第3行)

蓝译:The bow, distended like a full moon, released its missile towards Yi's throat. Perhaps its archer's aim had been a little out, for it hit him squarely in the mouth. Thus punctured, Yi tumbled from his horse, which came to a halt. (第313页第11行)

杨译:In a flash, his enemy's bow arched like a full moon and the arrow whistled through the air towards Yi's throat. Perhaps the aim was at fault, for it struck him full in the mouth. He tumbled over, transfixed, and fell to the ground. His horse stood motionless. (第41页第4行)

原文作者运用了两个明喻,弓如满月、箭似流星造成工整的对偶句式,既有具体生动的形象,又有整齐匀称的韵律,使搭弓射箭的场面鲜明深刻(徐风敏、崔春泽,2003)。蓝译为 distended like a full moon, released its missile towards Yi's throat,杨译为 his enemy's bow arched like a full moon and the arrow whistled through the air towards Yi's throat,两位译者对于原文的两个明喻处理方式比较一致,对

第一个明喻“弓如满月”,两位译者也都使用了明喻的修辞手段,但对第二个明喻“箭似流星”,则以平铺直叙的方式描述了出来,没有使用修辞手段。

3.《理水》中的修辞翻译

1)原文:“洪水滔天,”禹说,“浩浩怀山襄陵,下民都浸在水里。我走旱路坐车,走水路坐船,走泥路坐橇,走山路坐轿。”《理水》(第74页第24行)

蓝译:‘The flood waters ran high,‘ Yu said, ’encircling mountains and engulfing hills; the people were inundated. Where the road was dry, I travelled by cart; on water, I travelled by boat. I sledged over mud and climbed mountains on sedan chairs.(第332页第23行)

杨译:“When the Great Flood swept the land, encircling mountains and engulfing hills, the people were swallowed up in the water,” said Yu. “I went by carriage on land, by boat on the water, by sledge through the mud, by sedan - chair through the mountains.”(第75页第26行)

原文作者运用了排比的修辞手法,写出了大禹在水势巨大、白浪滔天的环境里,公而忘私,为治理洪水解救人民,不辞劳苦,与人民同心相连的精神风貌(周溶泉、徐应佩,1984)。蓝译为 Where the road was dry, I travelled by cart; on water, I travelled by boat. I sledged over mud and climbed mountains on sedan chairs,杨译为 I went by carriage on land, by boat on the water, by sledge through the mud, by sedan - chair through the mountains,从译文中可以看出来,蓝译使用了排比句,以 I 为主语,把原文的四种行走的方式表达了出来。杨译是使用了简单句的结构,把四种行走方式以 by 构成的介词短语来表达原文,译文流畅而简练。

2)原文:所以市面仍旧不很受影响,不多久,商人们就又说禹爷的行为真该学,皋爷的新法令也很不错;终于太平到连百兽都会跳舞,凤凰也飞来凑热闹了。《理水》(第76页第17行)

蓝译:As a result, the succession had little impact on market conditions, and soon even men of business were recommending that everyone should emulate Yu and proclaiming the excellence of the venerable Gao Yao’s new laws. And so peace and prosperity returned: even the beasts of the kingdom danced for joy, and phoenixes descended to join the fun.(第333页第27行)

杨译: So business was not affected, and before long the merchants were saying that Yu’s ways were an excellent example to all, and Gao Yao’s new laws were not bad. Then such peace reigned throughout the world that even wild beasts danced and phoenixes flew down to join in the fun.（第 77 页第 20 行）

原文作者运用了夸张的修辞手法，表明了大禹的德行赢得了举国上下的尊敬，受到了广大人民群众的爱戴，把他作为学习的榜样（周溶泉、徐应佩，1984）。蓝译为 even the beasts of the kingdom danced for joy, and phoenixes descended to join the fun，杨译为 even wild beasts danced and phoenixes flew down to join in the fun，从两位译者的译文可以看出他们的处理方式比较接近，都是使用了夸张的修辞手段来对应原文，都使用了 beast 和 phoenix 来表达夸张。

4.《采薇》中的修辞翻译

1）原文：这时候，叔齐真好像落在深潭里，什么希望也没有了。抖抖的也拗了一角，咀嚼起来，可真也毫没有可吃的样子：苦……粗……

叔齐一下子失了锐气，坐倒了，垂了头。然而还在想，挣扎的想，仿佛是在爬出一个深潭去。爬着爬着，只向前。终于似乎自己变了孩子，还是孤竹君的世子，坐在保姆的膝上了。这保姆是乡下人，在和他讲故事：黄帝打蚩尤，大禹捉无支祁，还有乡下人荒年吃薇菜。《采薇》（第 102 页第 20 行）

蓝译：Trembling with despair, Shuqi also broke a corner off and set about chewing it – quite inedible. Shuqi slumped with dejection, his head hanging down on to his chest. But still his brain was working away to pull him out of the abyss – onwards and upwards, upwards and outwards. He travelled back in his memory to his childhood – as the son of Lord Guzhu. He was sitting on the knee of his nanny, a simple peasant woman, listening to her tell him stories of the Yellow Emperor fighting the giant Chi You, of Yu catching the flood demon Wu Zhiqi, of the famine that the people survived by eating ferns.（第 346 页第 35 行）

杨译：Shuqi felt he had fallen into a deep abyss. All hope had gone. With trembling fingers he broke off a piece of the cake and started chewing it. No doubt about it, it was uneatable. Bitter... coarse.... Losing heart, Shuqi sat down hanging his head. He cudgelled his brains desperately, however, like a man struggling to clamber up out of an abyss. In fancy, he had become a child again, son of the king of Guzhu. He was on the lap of his nurse, a country woman who told him stories about the Yellow Emperor's victory over Chi You, Great Yu's capture of Wu Zhi Qi, the famine which reduced the peasants to eating vetch.（第 103 页第 23 行）

原文作者运用了比喻的修辞手法，其中的“好像……”、“似乎……”等表明这些句子中的明喻修辞手段。蓝译为 Trembling with despair, He travelled back in his memory to his childhood – as the son of Lord Guzhu，译者对于原文的明喻修辞手段基本上是采用了暗喻，用 travel back in his memory 来比喻情绪的波动。杨译为 Shuqi felt he had fallen into a deep abyss, he had become a child again, son of the king of Guzhu，译者采用了明喻和暗喻来对应原文的修辞手段，译文流畅通顺。

2）原文："谁知道呢。我也没有看见她的脚。可是那边的娘儿们却真有许多把脚弄得好像猪蹄子的。"《采薇》（第 94 页第 4 行）

蓝译：'Couldn't say. I didn't see them myself. A lot of the women round those parts do funny things to their feet – bind them like pig's trotters.'（第 341 页第 28 行）

杨译："Who knows? I didn't see her feet. But a lot of the women in those parts do fix up their feet like pigs' trotters."（第 95 页第 4 行）

原文作者运用了比喻的修辞手法，妙趣横生，并借机对旧社会妇女缠足的恶习所造成的迫害给予讽刺（孙云、王桂华，1984）。原文的"像……"表明这句话是个明喻，蓝译为 bind them like pig's trotters，杨译为 fix up their feet like pigs' trotters，两位译者对于"猪蹄子"的翻译都选用了 trotter 这个词，很生动，译文句子是采用了明喻的修辞手段。

5.《铸剑》中的修辞翻译

1）原文：当最末次开炉的那一日，是怎样地骇人的景象呵！哗啦啦地腾上一道白气的时候，地面也觉得动摇。那白气到天半便变成白云，罩住了这处所，渐渐现出绯红颜色，映得一切都如桃花。我家的漆黑的炉子里，是躺着通红的两把剑。你父亲用井华水慢慢地滴下去，那剑嘶嘶地吼着，慢慢转成青色了。这样地七日七夜，就看不见了剑，仔细看时，却还在炉底里，纯青的，透明的，正像两条冰。《铸剑》（第 122 页第 7 行）

蓝译：I remember when he finally opened up his furnace – the terror of it! A jet of white vapour roared up, shaking the ground beneath our feet. Then it enveloped the room in a cloud that slowly glowed crimson, a halo of peach – blossom light about it. There the two swords lay, bright red in our pitch – black furnace. When your father sprinkled well water over them, they hissed and roared, slowly turning blue. On this went for seven days and seven nights, until the swords lay, almost invisible, at the bottom of the furnace – two pure – blue, transparent icicles.（第 355 页第 34 行）

杨译：What a fearful sight when he finally opened his furnace! A jet of white vapour billowed up into the sky, while the earth shook. The white vapour became a white cloud above this spot; by degrees it turned a deep scarlet and cast a peach – blossom tint over everything. In our pitch – black furnace lay two red – hot swords. As your father, sprinkled them drop by drop with clear well water, the swords hissed and spat and little by little turned blue. So seven days and seven nights passed, till the swords disappeared from sight. But if you looked hard, they were still in the furnace, pure blue and transparent as two icicles.（第 123 页第 9 行）

原文描写的是眉千尺的母亲描述两把绝世宝剑炼制的过程，作者运用了比喻的修辞手法，用冰的寒冷来巧喻宝剑的锋利，令人胆寒。这隐含于内的“寒”字，渲染了两柄稀世宝剑的神奇威力（刘经建，1996）。作者也使用了拟人的修辞手法，用一个“吼”字，体现出炼剑的动人心魄的场景。蓝译为 a halo of peach – blossom light about it, they hissed and roared, slowly turning blue, two pure – blue, transparent icicles，对于原文的比喻和拟人的修辞手段，译者也采用了相同的修辞手段，表达拟人的修辞手段。译者用 hiss 和 roar 来表达原文，与原文不同，原文的明喻手段则是采用了暗喻的修辞手段。杨译为 cast a peach – blossom tint over everything, the swords hissed and spat and little by little turned blue, pure blue and transparent as two icicles，译者对于原文的比喻修辞手段也采用了同样的修辞方法，分别使用了明喻和暗喻，拟人则是用 hiss 和 spit 来表达。

2）原文：他们不但都不放，还用全力上下一撕，撕得王头再也合不上嘴。于是他们就如饿鸡啄米一般，一顿乱咬，咬得王头眼歪鼻塌，满脸鳞伤。先前还会在鼎里面四处乱滚，后来只能躺着声吟，到底是一声不响，只有出气，没有进气了。《铸剑》（第 142 页第 26 行）

蓝译：On they hung, yanking the head to and fro between them, giving the king's mouth no opportunity to hold a bite. Then they fell frenziedly upon him, like starving hens pecking at rice, mauling him until his entire face was a scaly, ruptured mess. In time, he stopped thrashing about the cauldron and merely floated, moaning, until even that lay beyond him. Finally, he breathed his last.（第 368 页第 7 行）

杨译：They pulled with all their might in opposite directions, so that the king could not keep his mouth shut. Then they fell on him savagely, like famished hens pecking at rice, till the king's head was mauled and savaged out of all recognition. To begin with, he lashed about frantically in the cauldron; then he simply lay there groaning; and finally he fell silent, having breathed his last.（第 143 页第 28 行）

原文描写的是三个头颅在锅里的争斗，小说作者运用了比喻的修辞手法，“如饿鸡啄米一般”这一比喻，除把“咬”的动作形象化，还写出了两个人同这个暴君不共戴天的仇恨（孙云、王桂华，1984）。蓝译为 like starving hens pecking at rice，杨译为 like famished hens pecking at rice,两位译者的处理方式相同,都采用了明喻的修辞手段,用 pecking at rice 生动形象地表达出了原文的含义。

6.《出关》中的修辞翻译

原文:老子像一段呆木头似的坐在中央,沉默了一会,这才咳嗽几声,白胡子里面的嘴唇在动起来了。大家即刻屏住呼吸,侧着耳朵听。《出关》(第162页第11行)

蓝译:In the middle of them all sat Laozi, still as a block of wood. After a long silence, he cleared his throat a few times, and the lips within his white beard began slowly moving. Everyone held their breath and leant in to listen. (第377页第5行)

杨译:Lao Zi sat in the middle like a senseless block of wood. After a deep silence, he coughed a few times and his lips moved behind his white beard. At once all the others held their breath to listen intently while he slowly declaimed:(第163页第12行)

原文作者运用了比喻的修辞手法,在文章中有六次把坚持无为的老子比作一段呆木头,鲁迅用借喻的手法给主张超凡入圣达到身如枯林的老子以讽刺,并反复使用。在形象化的同时,强化了作者的寄意,增加了嘲弄之意,加深对作品思想的理解(徐风敏、崔春泽,2003)。蓝译为 still as a block of wood,杨译为 like a senseless block of wood。两位译者的处理方式一致,都采用了明喻的修辞手段,对译者来说,这样的修辞句子翻译起来难度不是很大。

7.《非攻》中的修辞翻译

1)原文:走了三天,看不见一所大屋,看不见一棵大树,看不见一个活泼的人,看不见一片肥沃的田地,就这样的到了都城。《非攻》(第176页第25行)

蓝译:In the three days it took him to reach the capital, he didn't see a single decent house, tree or patch of fertile land – or indeed anyone with much life to him. (第384页第13行)

杨译:For three days he walked without seeing a single large building, a single sizable tree, a single animated human face, a single fertile field. And so he came to the capital. (第177页第29行)

原文作者运用了排比的修辞手法。四个排比句式,描写出到处留痕的水灾兵灾带给人们的是流离失所、有家不能回的苦难和悲惨的生活,表现了作者关心人民疾苦的思想感情(史志谨,2007)。蓝译为 he didn't see a single decent house, tree or patch of fertile land – or indeed anyone with much life to him,译者以人为主语，把原文的四个排比成分用了四个名词词组来表达，做译文的宾语。杨译为 without seeing a single large building, a single sizable tree, a single animated human face, a single fertile field，译者的处理方法是用介词 without 来引导四个名词词组做介词的宾语。两位译者的译文都忠实于原文。

2）原文：楚王早知道墨翟是北方的圣贤，一经公输般绍介，立刻接见了，用不着费力。墨子穿着太短的衣裳，高脚鹭鸶似的，跟公输般走到便殿里，向楚王行过礼，从从容容地开口道：《非攻》（第184页第25行）

蓝译：The King of Chu was no stranger to the name Mozi, the sage of the north. The moment Gongshu Ban announced him, he was immediately admitted to the royal presence. Mozi followed Gongshu Ban into the palace – his bony feet sticking out of the bottom of his ill – fitting robe like an egret's – and bowed before the king.（第389页第1行）

杨译：Since Mo Di's fame as a sage of the north was known to the king of Chu, Gongshu Ban's introduction procured him an audience at once without any difficulty. In clothes that were too short, like a long – legged heron, Mo Zi accompanied Gongshu Ban into one of the rooms of the palace. Having made his obeisance to the king of Chu, he calmly embarked on this speech：（第185页第27行）

原文描写的是墨子觐见楚王时对墨子的外貌描写。原文作者运用了比喻的修辞手法，用"高脚鹭鸶"形象突出了墨子的短衣长腿，形态和神态彼此相似，作者用动物的滑稽可笑之处，揭示了墨子幽默可笑的本质特征（崔绍范，1993）。蓝译为 his bony feet sticking out of the bottom of his ill – fitting robe like an egret's，译者使用了明喻的修辞手段，用 like 表示句子是含有明喻的结构。杨译为 In clothes that were too short, like a long – legged heron，译者采用了明喻的修辞手段。两位译者的处理方式一致。

3）原文："我这义的钩拒，比你那舟战的钩拒好。"墨子坚决的回答说。"我用爱来钩，用恭来拒。不用爱钩，是不相亲的，不用恭拒，是要油滑的，不相亲而又油滑，马上就离散。所以互相爱，互相恭，就等于互相利。现在你用钩去钩人，人也用钩来钩你，你用拒去拒人，人也用拒来拒你，互相钩，互相拒，也就等于互相害了。所以我这义的钩拒，比你那舟战的钩拒好。"《非攻》（第190页第9行）

蓝译：A hundred times better,"Mozi responded robustly. "Love is my attack, respect my defence. Without love and respect, there will never be peace – only treachery. Love begets love; respect, respect; while your grapnels and pikes beget only further aggression and mutual destruction. That is why I say my justice is superior to your warships.（第 391 页第 25 行）

杨译：“The grapnels and pikes of my justice are better than yours,” replied Mo Zi emphatically. “I grapple with ‘love’, I ward off with ‘respect.’ Those who don't grapple with love lose men's affection. Those who don't ward off with respect are vulgarized. To be unloved and vulgar in men's eyes means being cut off. But mutual love and respect result in mutual benefit. If you attack others with grapnels and ward them off with pikes, they will pay you back in your own coin. The use of grapnels and pikes means mutual destruction. That is why the grapnels and pikes of my justice are better than those of your naval battels.”（第 191 页第 10 行）

原文采用了比喻的修辞手法。墨子用比喻阐发自己“兼爱”“非攻”的政治主张，既形象又通俗，他的话充分反映了他的机智胆量与辩才（孙云、王桂华，1984）。蓝译为 Love is my attack, respect my defense，蓝译采用了和原文作者相同的修辞手段，用暗喻来表达原文，把抽象的表达用简洁的词汇来阐释。杨译为 I grapple with “love”, I ward off with “respect.” 杨译的修辞手段也是暗喻，但作者把所表达的中心词汇用引号标示出来，着重说明自己对原文的理解。“中西方作者的思维方式不同，其修辞心理具有很大差别，中西语言是作者思维的外衣，是两个不同的体现，因此在修辞文本的翻译过程中，必须考虑到心理和思维的因素”（张爱慧，2008）。正是这些心理和思维的差异，才会有不同的理解和译文。

8.《起死》中的修辞翻译

原文：您是贪生怕死，倒行逆施，成了这样的呢？（橐橐）还是失掉地盘，吃着板刀，成了这样的呢？（橐橐）还是闹得一塌糊涂，对不起父母妻子，成了这样的呢？（橐橐）您不知道自杀是弱者的行为吗？（橐橐橐！）还是您没有饭吃，没有衣穿，成了这样的呢？（橐橐）还是年纪老了，活该死掉，成了这样的呢？（橐橐）还是……唉！《起死》（第 198 页第 13 行）

蓝译：Did greed, cowardice or general malfeasance reduce you to this? [tap, tap] Or did you fall on your sword, after defeat in battle? [tap, tap] Or did you commit a crime so dreadful you could no longer face your family? [tap, tap] Did no one ever tell you that suicide is the coward's way out? [tap, tap, tap] Did you starve, or maybe freeze to death? [tap, tap] Or die of a ripe old age? [tap, tap] Or ...（第 393 页第 16 行）

杨译：Did greed, cowardice and disregard for the right reduce you to this? (Rap, rap.) Did the loss of power and subsequent decapitation reduce you to this? (Rap, rap.) Or were you so disgraced that you could not face your parents, wife and children? (Rap, rap.) Don't you know that suicide is the act of a coward? (Rap, rap, rap.) Or did the lack of food and clothing reduce you to this? (Rap, rap.) Did old age and death long overdue reduce you to this? (Rap, rap.) Or was it...? (第199页第12行)

原文描写的是庄子在荒原上行走,看到了一个骷髅,便对这骷髅进行了责问,问其为何会有如此的境地,整段都是庄子的自言自语。原文作者运用了排比的修辞手法,来表达原文人物的性格,来导入正文。蓝译为Or did you fall,Or did you commit,Did no one ever tell Did you starve,译者用了一系列的did you…来表达原文的排比修辞手段,译文形式工整,可读性很强。杨译为Did the loss of power,Or were you so disgraced,Or did the lack of food,Did old age and death,译文在形式上没有蓝译工整,但整体上的句式比较接近,只是句子的主语更加多变而已。两位译者的译文都采用了反复的修辞手段来应对原文中的排比。"反复(repetition)就是对某个词或语言成分进行重复,借以加强语气和感情。"(李诗平,1998)所以两位译者"使用同一个词汇反复的手段来还原原文的结构与意义,表现了中国语言的气韵"(张玲,2014)。

对于原文的拟声词"橐橐",两位译者也是不同的表达形式,蓝译是[tap, tap],杨译是[rap, rap],这也说明"不同译者可能使用同一个拟声词翻译原语的拟声词,但更多情况下,是使用不同的拟声词,甚至不同的策略"(黄生太,2011)。本段就是一个非常好的例子。

第5节　修辞与翻译结语

鲁迅小说中带有修辞的句子多不胜数,对于原文的修辞在译文中也以各种修辞手段得到了相应的处理。对于修辞原文翻译的探讨,令人不得不面对修辞与翻译二者之间的关系。翻译与修辞是颇有渊源的两个研究领域。尽管二者的关系尚未引起足够的研究兴趣,理论已得到系统梳理,我们只考虑中西学术史上两个相关事实,就不难想见其密切程度。西方翻译思想的源头一般追溯到西塞罗。这位古罗马哲人对翻译实践做出的总结,尤其是对"逐词对应"(word for word)和"逐意对应"(sense for sense)这两种翻译手法的区分,被广泛推崇为翻译理论的滥觞(Steiner 1975;Lefevere 1992;Bassnett 2002)。如果将视角由西方转向中国,则我们不能不想到严复在《天演论》"译例言"中对翻译标准的界定。这一创始性事件无疑是中国现代翻译思想发展史上一个石破天惊并且难以逾越的里程碑,其意义及影响透过中外翻译史学家及翻译理论家对严复常年不辍的关注至今仍被强烈感受到。然而,除了极个别例外(如 Hermans 2003),海内外学者的讨论无不将注意力聚焦于严复提出的"译事三难"即"信、达、雅"本身,鲜有扩展和延伸审视的目光,将该标准置放于其文本语境及话语传统中加以考虑。其实,严复在同一"译例言"中对自己所提翻译标准究竟植根于何处已有明确交代:"《易》曰:修辞立诚。子曰:辞达而已。又曰:言之无文,行之不远。三者乃文章正轨,亦即为译事楷模。"(严复 1981:xi)他不仅将翻译的三大标准分别与先秦典籍中关于修辞的三个最为精辟的权威表述一一对应,指出正是从这三个表述他获得了将"信"、"达"、"雅"确立为"译事楷模"的理论灵感和话语授权,而且言犹未尽,进一步将"译事楷模"明确等同于"文章正轨",或者说将前者明确纳入后者的概念外延。很明显,对严复而言,翻译只不过是修辞的一种特殊模式,修辞规范("文章正轨")因而理所当然地应该是翻译的"上位法"。

翻译中的修辞问题是一个庞大的课题,非一两篇文章所能涵盖、论及。比喻的翻译也相当复杂,涉及语言、文化、认知等诸方面。本文挂一漏万,旨在引起广大初学翻译者的注意,注意学习修辞、研究修辞、培养强烈的修辞意识,妥善处理翻译中的各种修辞现象,使译文达到一个完美的境界。

"修辞作为一种交际手段,是运用恰当的语言来表达思想,是对语言的美化。作为一种言语交际,修辞是说者与听者共同组成的过程,因此修辞的研究也要注重探讨受众的接受。"(关海鸥,2011)鲁迅小说中的修辞在两位译者的演绎下,原文的精髓得到了充分的体现,为当代译者提供了价值非常高的实例。

参考文献

1. Bssnett, Susan. *Translation Studies* [M]. 3rd ed. London: Routledge. 2002.

2. Hermans, Theo. Cross - cultural translation studies as thick translation [J]. *Bulletin of the School of Oriental and African Studies* 2003, 66. 3 (October): 380 - 389.

3. Lefevere, André. *Translation, History, Culture: A Source Book* [M]. London: Routledge. 1992.

4. Newmark, Peter. *About Translation* [M]. Beijing: Foreign Language Teaching and Research Press. 2006.

5. Robinson, Douglas. *The Translator's Turn* [M]. Beijing: Foreign Language

Teaching and Research Press. 2006.

6. Steiner, George. *After the Babel*: *Aspects of Language and Translation* [M]. London: Oxford University Press. 1975.

7.《孔乙己》优秀实用课件(一)人教新课标版 http://www.doc88.com/p-295182466573.html.

8. 常晶静:《鲁迅小说比喻特色初探》,载《丽水师专学报》,1998 年第 4 期。

9. 陈小慰:《翻译与修辞新论》,北京:外语教学与研究出版社 2013 年版。

10. 陈小慰:《外宣翻译中“认同”的建立》,载《中国翻译》,2007 年第 1 期。

11. 崔绍范:《鲁迅作品中的幽默比喻》,载《内蒙古民族师院学报(哲社版)》,1993 年第 1 期。

12. 丁琰:《鲁迅比喻的艺术特色》,载《湘潭大学学报(哲学社会科学版)》,1998 年第 6 期。

13. 冯庆华:《英汉翻译基础教程》,北京:高等教育出版社 2008 年版。

14. 冯全功:《广义修辞学视域下的〈红楼梦〉英译研究》,南开大学博士论文,2012 年。

15. 关海鸥:《汉语模糊修辞英译限度的美学解读》,载《东北师大学报(哲学社会科学版)》,2011 年第 2 期。

16. 韩家权、陆晓蓉:《汉语修辞英译面面观——以〈布洛陀史诗〉(壮汉英对照)为例》,载《语言教育》,2015 年第 2 期。

17. 李志坚:《论呐喊、彷徨中夜的意向》,http://blog.sina.com.cn/s/blog_4594a33f01008lz1.html.

18. 黄生太:《〈红楼梦〉拟声词及其英译研究》,上海外国语大学博士论文,2011 年。

19. 蒋道文:《鲁迅小说中的“比喻”》,载《康定民族师范高等专科学校学报》,2004 年第 2 期。

20. 鞠玉梅:《关于中西修辞学传统的思考》,载《齐鲁学刊》,2013 年第 3 期。

21. 李诗平:《英语修辞手册》,长沙:湖南人民出版社 1998 年版。

22. 刘福莲:《论林译〈浮生六记〉中修辞手段的处理》,载《中南大学学报(社会科学版)》,2010 年第 6 期。

23. 刘经建:《鲁迅运用比喻的语言艺术》,载《宁夏大学学报》,1996 年第 4 期。

24. 刘宓庆:《文体与翻译》,北京:中国对外翻译出版公司 1985 年版。

25. 刘亚猛:《追求象征的力量:关于西方修辞思想的思考》,北京:生活·读书·新知三联书店2014年版。

26. 陆汉军:《鲁迅小说〈兔和猫〉象征性内涵粗解》,载《南宁高等师范专科学校学报》,2000年第1期。

27. 陆耀东、唐达晖:《鲁迅小说独创性初探》,长沙:湖南人民出版社1984年版。

28. 冉祥谦:《鲁迅小说常用修辞方法》,载《天津职业院校联合学报》,2006年第6期。

29. 史志谨:《鲁迅小说〈非攻〉解读》,载《陕西师范大学继续教育学报》,2007年第2期。

30. 孙云、王桂华:《试论鲁迅小说的比喻》,载《语言教学与研究》,1984年第3期。

31. 唐义均:《汉英翻译技巧示例》,北京:外文出版社2011年版。

32. 韦丙海、沈兰华:《〈呐喊〉塑造人物形象的修辞艺术》,载《山东教育学院学报》,1998年第3期。

33. 徐风敏、崔春泽:《鲁迅小说中比喻的运用浅析》,载《绥化学院学报》,2003年第2期。

34. 薛金星:《中学教材全解》,西安:陕西人民教育出版社2010年版。

35. 严复:《〈天演论译例言〉》,商务印书馆1981年版。

36. 严家炎:《论鲁迅的复调小说》,北京大学出版社2011年版。

37. 杨霞华:《英语写作与修辞》,合肥:安徽教育出版社2014年版,第321页。

38. 游汝杰:《中国文化语言学引论》,北京:高等教育出版社2003年版,第177页。

39. 张爱惠:《心理学视角下的修辞翻译——〈红楼梦〉回目英译研究》,载《巢湖学院学报》,2008年第5期。

40. 张鹄:《鲁迅小说的比喻》,载《湖南师院学报(哲学社会科学版)》,1981年第4期。

41. 张玲:《古典戏剧英译中的"中国英语"——以汤显祖的〈紫箫记〉英译为例》,载《山东外语教学》,2014年第4期。

42. 章正邦:《新编英语语法教程》,上海:上海外语教育出版社2009年版。

43. 周爱荣:《鲁迅小说中修辞的妙用》,载《黄河水利职业技术学院学报》,2002年第3期。

44. 周溶泉、徐应佩:《熔古铸今"故事新篇"——鲁迅的小说〈理水〉》,载《名作欣赏》,1984年第1期。